MOORHAMMERS
FEST

GÜNTER NEUWIRTH

MOORHAMMERS FEST

KRIMI

styria krimi

ENDE MAI, DONNERSTAG

1

„Ist jemand zu Hause?“

Gottfried Moorhammer pochte erneut gegen die Tür. Nur der Gesang einer Amsel und das entfernte Summen von Bienen waren zu hören, keine Schritte auf dem knarrenden Holzboden im Haus, kein Klappern von Geschirr oder Rumpeln der alten, schweren Stühle.

Er schaute sich um. Der Bergriederhof hatte sich in all den Jahrzehnten nicht verändert, so als ob hier oben auf dem Südhang des Tambergs Zeit keine Rolle spielte. Schon immer standen hier knorrige Apfel- und Birnbäume, schon immer sah der Stadel aus, als ob er beim nächsten Gewitter weggespült werden würde, und das Haus wirkte, als ob das mit roten Tonschindeln gedeckte Dach nur aus Höflichkeit nicht über den Leuten zusammenbrach, die hier an die Tür klopften. Gottfried Moorhammer ließ seinen Blick schweifen und atmete tief ein. Wer hielt heutzutage schon Ziegen, deren Stallgeruch in der Luft lag? Wer ließ das Gras wachsen, bis sich ein Schnitt mit der Sense lohnte? Wer brannte solch hervorragenden Schnaps und sammelte solch köstlichen Honig wie Katharina Moser? Wo war die alte Hexe bloß? Gottfried tat ein paar Schritte im noch taufeuchten Gras.

„Kathi, bist du da?“

„Was schreist du so herum, verflixt noch mal? Machst ja die Viecher scheu.“

Gottfried drehte sich um die eigene Achse und stemmte seine Fäuste in die Hüfte. Eine groß gewachsene Frau mit einem kunstvoll geflochtenen grauen Zopf und einer auf der Schulter getragenen Harke kam um die Ecke.

„Meine Güte, Kathi", rief er aus, „du bist ja seit unserem letzten Treffen noch schöner geworden!"
„Du Rabenbraten, du elender, dir werde ich geben. Da so herumzupöbeln. Willst du meine Tür einschlagen?"
Gottfried trat an Kathi heran, umarmte sie stürmisch und drückte ihr eine ganze Serie von Küssen auf Wangen und Hals. Er grapschte nach ihrem Gesäß.
„Dein Hintern wird auch immer knackiger. Und das mit sechzig Jahren! Wie machst du das bloß?"
Kathi schubste Gottfried zur Seite und schüttelte den Kopf.
„Nichts als Unfug im Kopf. Und ich bin dreiundsechzig, du Esel."
„Dein Küchengarten ist ein Traum. Jedes Mal wieder bin ich begeistert."
Gottfried wies mit weiter Geste über die eingezäunten Gemüsebeete.
„Ich habe schon gehört, dass du wieder im Land bist. Bleibst du diesmal länger?"
Gottfried nickte.
„Zu Hause ist es halt doch am schönsten. Was brauche ich New York, Warschau, Tokio und Barcelona, wenn ich im Stodertal sein kann? Wenn alles gut geht, werde ich bis in den Winter hierbleiben."
Der breitschultrige Mann mit den kräftigen Händen, dem dichten, grau durchzogenen Bart und den unergründlich blauen Augen holte tief Luft. Für einen Bauernsohn aus den Bergen hatte Gottfried Moorhammers Leben einen erstaunlichen Lauf genommen. Seine Steinskulpturen standen auf vielen Plätzen in den Metropolen der Welt, andere Arbeiten fanden sich in bedeutenden Museen und Sammlungen. Auch Professuren hatte man ihm angeboten, diese aber hatte er von sich gewiesen. Er war Künstler, kein Lehrer, er arbeitete hart und verkaufte viel

und teuer. Gottfrieds älterer Bruder war in jungen Jahren tödlich verunglückt, so war der elterliche Hof an ihn gefallen, als er in Wien an der Akademie der bildenden Künste studiert hatte. Gottfried hatte nicht ein Joch Wiese oder Wald verkauft, er hatte auch in den Jahren als bettelarmer Jungkünstler den Hof behalten, doch nach dem Tod seiner Eltern und während seiner Wanderjahre war der Hof verwildert und verfallen. Knapp nach seinem vierundvierzigsten Geburtstag, als er wegen einer gescheiterten Liebe eine tiefe seelische Krise durchlitten hatte, war er zurück in das Stodertal gekommen, hatte in seine da schon prall gefüllte Goldtruhe gegriffen und sein Geburtshaus vollständig sanieren lassen. Nach seinen Vorstellungen natürlich. So war aus dem ehemaligen Bauernhof ein Refugium der Kunst geworden, entlegen vom Dorf, umringt von Wiesen und Wäldern, auf denen keine Land- oder Forstwirtschaft mehr betrieben wurde, sondern die nach dem erklärten Willen ihres Besitzers Horte der Stille und des Wildlebens sein sollten. Der Wald und die verwilderten Wiesen schützten ihn, so Gottfrieds mehrfach geäußerte Anschauung, vor den vielen nervigen Touristen, die es im Sommer zum Wandern und im Winter zum Schifahren in die Berge rund um Hinterstoder zog.
„Hast du schon gefrühstückt?“, fragte Kathi.
„Nur eine Tasse Kaffee.“
„Dann komm rein. Ich schmiere dir ein Butterbrot und brate ein paar Eier. Erzähl mir eine von deinen verrückten Geschichten.“
Gottfried lächelte ihr zu.
„Du musst mir aber einen von deinen mystischen Tees kochen.“
„Das sowieso.“

2

Elvira Altmann griff zum Autoschlüssel und startete den Motor. Kurz blickte sie über die Schulter.

„Seid ihr angeschnallt?“

„Na klar.“

Elvira stieg auf das Gaspedal und reihte sich in den Verkehr auf der Gersthofer Straße. Sie hatte immer in diesem Teil von Wien gelebt und konnte sich wirklich nicht vorstellen, dass sich das irgendwann ändern würde. Warum auch? Man brauchte Ankerplätze in einem bewegten Leben, anderenfalls würden einen die Wogen der Zeit allzu leicht in fremde und vielleicht gefährliche Gewässer spülen, würden einen im äußersten Fall gegen die schroffen Klippen des Lebens werfen. Sie war im Bezirk Währing aufgewachsen, hatte in ihrer Studienzeit in einer kleinen Bude in Gürtelnähe gewohnt, die sie selbst während der vier Jahre in Paris nicht aufgegeben hatte. Und danach, als sie wieder nach Wien zurückgekommen war und in ihrer Heimatstadt beruflich schnell beachtliche Erfolge erzielt hatte, hatte sie sich eine sehr geräumige und helle Dachgeschosswohnung im Bezirksteil Gersthof gekauft. Mit Blick ins Grüne. Natürlich hatte ihr Vater beim Ankauf der Wohnung eines seiner Sparbücher aufgelöst. Wann immer es ihre Zeit erlaubte, besuchte sie ihn, kochte für ihn, schaute nach dem Rechten. Sie liebte ihren achtzigjährigen Vater über alles, auch wenn er schon sehr vergesslich war und manchmal die beiden Töchter Elvira und Franziska miteinander verwechselte. Nach dem Tod seiner Ehefrau hatte er sich aufopfernd um seine halbwüchsigen Mädchen gekümmert, hatte ihnen auf seine ruhige und bedachte Weise all ihre Wünsche zu erfüllen versucht. Zuneigung, Gerechtigkeit und Fleiß, das hatte er seinen Töchtern beigebracht, mit dem Ergebnis, dass er jetzt im Winter seines

Lebens auf deren Hilfe und Beistand bauen konnte. Elvira kümmerte sich um die Heimhilfe und die Putzfrau, während Franziska alle medizinischen Belange ihres alten Vaters im Auge behielt. Natürlich, Elviras um zwei Jahre jüngere Schwester war Ärztin. So konnte der alte Mann nach wie vor in seiner Wohnung leben.

„Wie lang dauert die Fahrt?"

Elvira tauchte aus ihren Gedanken hoch und schaute in den Rückspiegel zu ihrer Tochter Jasmina.

„Mindestens zwei Stunden. Wahrscheinlich sogar zweieinhalb."

„Wir werden unterwegs mal eine Pause einlegen müssen."

„Musst du schon wieder aufs Klo?"

„Jetzt noch nicht, aber bald."

„Schauen wir, dass wir erst einmal auf die Autobahn kommen."

Elvira lenkte ihren VW Passat Kombi routiniert durch den lebhaften Stadtverkehr in Richtung Westautobahn. Berufsbedingt war sie viel mit dem Auto unterwegs, immer wieder fuhr sie auch längere Strecken und führte viel Ausrüstung mit, daher hatte sie einen gut motorisierten, komfortablen Wagen mit geräumigem Kofferraum gekauft. Auch jetzt hatte sie einiges an Ausrüstung dabei, sie hatte ein paar Tage konzentrierter Arbeit vor sich. Vorausgesetzt natürlich, sie würde sich konzentrieren können. Zusätzlich befanden sich auch ihr Gepäck und das ihrer zwei Fahrgäste im Wagen. Jasmina war wie in letzter Zeit stets in schwarze Kleidung gehüllt und ihren Freund Clemens hatte Elvira noch nie anders als in Schwarz gesehen.

Manchmal machte sich Elvira um ihre achtzehnjährige Tochter Sorgen, manchmal wirkte sie ein bisschen weltfremd, allzu verträumt und einzelgängerisch, und Clemens war auch nicht unbedingt die Art von Mann, die sie sich als Mutter für ihre Tochter wünschte, dann aber wieder musste sich Elvira eingestehen, dass sie sich zu viele Sorgen machte. Jasmina hatte in der letzten Woche die Matura mit Auszeichnung abgelegt und sie schien sich bei den Vorbereitungen zur großen Abschlussprüfung ihrer Schullaufbahn gar nicht besonders verausgabt zu haben. Ja, sie war immer eine gute Schülerin gewesen, in Deutsch, Englisch und Französisch hatte sie nie eine andere Note als sehr gut gehabt, aber in manchen Dingen des Lebens schien Jasmina sehr dünnhäutig zu sein. Immerhin, und das hatte Elvira stets als beruhigend empfunden, hatte Jasmina keinerlei künstlerische Ambitionen entwickelt, weder mit dem Zeichenstift noch an der Klaviertastatur oder sonst wie. Sie las ausgesprochen viel, aber sie schien nie den Gedanken erwogen zu haben, selbst zu schreiben. Das fand Elvira erleichternd. Nicht auszudenken, sie hätte die künstlerische Ader ihres Vaters geerbt. Der blanke Irrsinn!

Sie hatten lange darüber debattiert, was die augenfällig lernfreudige Tochter studieren sollte. Ein Sprachenstudium lag bei Jasminas Talenten wirklich nahe und Elvira war es gelungen, ihr ein derartiges Studium schmackhaft zu machen. Sie würde im Oktober an der Uni Wien mit Germanistik und Romanistik beginnen.

„Ich habe für Papa ein Geburtstagsgeschenk besorgt. Also, eigentlich haben Clemens und ich das Geschenk gemeinsam besorgt."

Elvira Altmann zog ihre Augenbrauen hoch und schaute wieder durch den Rückspiegel zu den beiden jungen Leuten nach hinten.

„Und was ist es?"

„Ein Buch."

„Schön."

„Ein altes Buch."

„Welches Buch?"

„Ein Exemplar der ersten Ausgabe von Maxim Gorkis Roman *Das Werk der Artamanows*."
„Der deutschen Übersetzung oder des russischen Originals?"
„Des russischen Originals."
„Oho, eine echte Rarität also."
„Clemens hat es im Internet gekauft. War gar nicht so billig. Du weißt schon, Papa steht ja auf revolutionäre Künstler."
„Er wird sich bestimmt freuen. Auch wenn er Russisch nicht lesen kann."
„Ist für seine Sammlung gedacht. Er hat ja auch japanische Bücher."
„Schon klar. Gute Wahl."
Kaum auf der Autobahn, betätigte Elvira Altmann den Blinker und fuhr zügig an einem schwer beladenen Lieferwagen vorbei. Wirklich eilig hatten sie es nicht, sie würden zu dritt ein paar Tage, maximal eine Woche, in Hinterstoder bleiben und Gottfrieds Geburtstagsfest war für Freitagabend angesetzt, aber am Beginn einer längeren Autofahrt drückte Elvira immer einmal auf die Tube. Später würden sie in einer Raststätte eine Kaffeepause einlegen und danach gemütlicher unterwegs sein.

3

Jens packte das Fernglas in den Rucksack und zog die Sturmhaube über. Zum Glück war es nicht sehr heiß, so würde er trotz Haube und Handschuhen nicht allzu sehr schwitzen. Immerhin hatte er hier keine Stacheldrahtzäune oder hohe Mauern zu überwinden. Und im Gebäude war keine Alarmanlage installiert, das wusste er. Eigentlich ein leichtes Spiel, aber er war kein professioneller Einbrecher, er war überhaupt kein Einbrecher, weder ein Profi noch ein Amateur. Es gab keine Alternative, er musste es tun. Absolut keine Alternative! Jens fluchte still in sich hinein.

Er spähte um sich, konnte aber weit und breit niemanden entdecken. Über eine Stunde hatte er im Versteck gewartet, dann war Moorhammer mit seinem Geländewagen abgefahren und hatte den ehemaligen Bauernhof still hinter sich gelassen. Jens hatte wie geplant eine Viertelstunde gewartet, ob Moorhammer eventuell schnell zurückkehren würde, etwa weil er seine Geldbörse oder sein Handy oder weiß der Teufel was vergessen hatte, aber der Toyota Hilux war nicht wieder auf den Hof gerollt. Moorhammer würde also frühestens in zwei Stunden hier wieder auftauchen.

Jens lief los, überquerte die Wiese, duckte sich im Schatten der ehemaligen Scheune. Vorteilhaft, dass der Hof so weit abseits lag, keine Nachbarn hielten hier neugierig Maulaffen feil und hatten nichts Besseres zu tun, als vermummte Schatten, die über den Nachbarhof schlichen, bei der Polizei zu melden. Leichtes Spiel eigentlich, dennoch schnappte Jens nach Luft.

Er wusste, wo der Reserveschlüssel lag. Ein Lohn seiner Mühen, tagelang mit dem Fernglas das Haus beobachtet zu haben. Moorhammers Haushälterin Barbara Satzberger hatte einmal ihren Schlüssel vergessen und war zielgerichtet zum Holzstapel hinter dem Haus marschiert. Für Jens war es danach ein Kinderspiel gewesen, das Versteck ausfindig zu machen.

Jens steckte den Schlüssel an und drehte ihn im Schloss. Er öffnete die Hintertür nur einen Spalt und schlüpfte hinein. Vorsichtig lauschte er in das große alte Haus. Mehrere Generationen an Bauersleuten, Gottfried Moorhammers Vorfahren, und das Gesinde hatten hier gelebt und die Mauern mit Leben erfüllt, nun aber umgab den ungebetenen Gast völlige Stille. Jens putzte sorgsam seine Sportschuhe ab. Er schaute auf seine Armbanduhr. Und eilte los.

Vorsichtig öffnete er die Schubladen des Schreibtisches. Er durfte keine Spuren hinterlassen, nichts durfte darauf hindeuten, dass er hier herumgeschnüffelt hatte. Die Situation kam Jens grotesk vor. Er war weder Einbrecher noch Detektiv, er war Komponist! Was tat er hier eigentlich? Er biss auf seine Lippen. Keine Selbstzweifel, jetzt war er schon mitten drinnen, jetzt konnte er keinen Rückzieher mehr machen, jetzt musste er an das Ziel denken.

Über eine halbe Stunde verbrachte er damit, Moorhammers Büro zu durchsuchen. Zum Glück legte der große Mann keinen Wert auf penible Ordnung, Bücher, Papiere und allerlei Krimskrams lagen in wilden Haufen umher. Moorhammer würde bestimmt nicht bemerken, dass sein Büro durchsucht worden war.

Jens fluchte. Nichts, keine Spur von den Dokumenten. Wo war ihr Reisepass? Adna hatte doch gesagt, dass er hier irgendwo verwahrt sein musste. Hatte sie ihn getäuscht? War hier irgendwo im Haus ein versteckter Tresor in die Mauer eingelassen? Vielleicht im Atelier!

Jens verließ das Wohngebäude, versperrte die Hintertür, huschte zum Atelier im hinteren Teil des Anwesens und betrat die Arbeitsräume des Bildhauers. Die Tür war nicht versperrt. Große Nordfenster, massige Steinblöcke, teilweise in rohem Zustand, teilweise behauen, eine wuchtige, mehrere Meter breite Werkbank mit dem Werkzeug, vom einfachen Steinmetzhammer bis zu Präzisionsschleifmaschinen. Jens war beeindruckt. War er von Moorhammers Arbeit immer gewesen. Darin machte er sich nichts vor, er bewunderte den bärbeißigen Mittfünfziger. Jens' Metier waren Töne, Melodien, Klänge, luftige und flüchtige Momente des Hörens, hier aber arbeitete ein Mann mit nacktem Stein, Marmor, Granit, Kalk, gleichsam dem diametralen Gegenteil von Musik. Und dieser Mann arbeitete gut, verdammt gut sogar. Jens' Handschuh strich über die steinerne Oberfläche eines weiblichen Gesäßes. Er wusste, wessen Gesäß für diese halb fertige Skulptur als Vorbild gedient hatte, er wusste es zu gut. Jens war eigentümlich erregt. Sein Blick fiel auf den Zeichentisch. Von unentrinnbarer Gravitation angezogen trat er näher. Er schnappte nach Luft. Moorhammers Skizzen. Jens schüttelte den Kopf. War es möglich, dass ein Mann mit derartig breitem Korpus und massigen Händen Bleistiftzeichnungen von solch feinsinniger und filigraner Schönheit anlegen konnte? Unglaublich, aber wahr. Nur mit wenigen Strichen und Schattierungen hatte Moorhammer Adnas Schönheit auf Papier gebannt.

Jens klappte eine großformatige Mappe auf. Seine Augen öffneten sich weit. Aktfotos. Er blätterte atemlos durch die Bilder. Im A3-Format ausgedruckte Fotos, die Moorhammer mit seiner Digitalkamera von Adna geschossen hatte. Die Erotik der Bilder ließ Jens beinahe die Luft vor den Augen flirren. Das waren keine aufreizenden Pin-up-Bilderchen oder aufdringlichen Pornos, das waren Studien weiblicher Schönheit in klassischen Posen. Dieser Teufelskerl Moorhammer hatte einfach einen begnadeten Blick für den Moment der optischen Sensation.

Jens schüttelte die Begeisterung von sich. Er durfte sich hier nicht der Kunstbetrachtung hingeben, er musste an sein Ziel denken. Wo war der verfluchte Reisepass?

Jens hörte ein Auto. Seine Pulsfrequenz beschleunigte sich schlagartig. Er eilte ans Fenster und lugte hinaus. Ein roter Peugeot Kombi, Barbara Satzbergers Auto. Sie durfte ihn um keinen Preis entdecken. Jens beobachtete, wie Barbara den Kofferraum ihres Wagens öffnete, einen Karton heraushob und in die vordere Scheune trug. Was für ein Glück! Jens lief sofort los. Wenn Barbara den Einkauf, wahrscheinlich Geschirr, Getränke oder sonstige Dinge für Moorhammers Fest, in die vor-

dere Scheune lud, dann würde sie ihn bei genügender Vorsicht nicht entdecken. Mit schnellen Bewegungen legte Jens den Schlüssel in sein Versteck zurück.
Wenig später hockte er im Gebüsch und lugte durch das Fernglas. Moorhammers Haushälterin hatte ganz offensichtlich nichts von seiner Anwesenheit in Haus und Atelier bemerkt. Immerhin das war geglückt. Aber bei seiner Suche war er nicht ans Ziel gekommen. Jens zog die HK P10 aus dem Gurt und packte die Waffe wieder in den Rucksack. Fluchend lief er in den Wald.

4

Katharina lehnte sich zurück und nahm einen Schluck Kräutertee.
„Dass du dich mit solchen Leuten abgibst."
Gottfried zuckte mit den Schultern.
„Jeder Beruf hat so seine Härten. Solche Leute sind die Härte meines Berufs. Besserwisser, Klugscheißer, Karrieristen, Arschkriecher und Beutelschneider, die Kunstszene besteht fast ausnahmslos aus diesen Leuten."
„Da sind mir meine Bienen lieber. Die stechen nur, wenn es nicht anders geht."
„Danke für das exzellente Frühstück. Magst du morgen Abend zu meinem Geburtstagsfest kommen?", fragte Gottfried mit schiefem Grinsen.
Katharina Moser verzog die Miene.
„Nur mit der Heugabel. Dann kann ich ein paar von der Bande aufspießen."
„Solange du sie nicht auf den Grill schmeißt und mit scharfem Senf als lokale Spezialität servierst, wäre das schon in Ordnung."

„Nein, nein, feier du ruhig mit deinen Freunden, ich werde ein Gläschen auf dein Wohl trinken, hier, auf meinem Hof, bei meinen Tieren."
„Das wäre aber eine tolle Sache. Ich würde dich mit großem Pomp als die wunderbare Frau vorstellen, die mich in die Kunst der Liebe eingeführt hat, die mir den Weg in die Herzen und Betten von tausend Frauen gewiesen hat."
„Angeber."
„Na hallo, Kathi", empörte sich Gottfried, „das ist keine Angeberei! In Hunderten Zeitungsartikeln und Kunstbüchern sind meine amourösen Heldentaten als Beweis meiner immensen künstlerischen Leidenschaft bejubelt oder verspottet worden."
Katharina erhob sich und räumte das Geschirr vom Tisch. Gottfried schaute träumerisch zum Fenster hinaus.
„Das waren Zeiten, nicht wahr? Die Jugend. Lang ist es her. Lange habe ich dich umgarnt, habe um deine Gunst geworben, sie geradezu erfleht."
„Du warst schon als Bub eine Nervensäge."
„Die sagenumwobene Moser Kathi, die schönste und wildeste Frau, die jemals das Stodertal bewohnt hat. Die Wilderin, die Berghexe, das salige Weib in der schönsten Gestalt fraulicher Vollkommenheit. Hinter vorgehaltener Hand haben wir Buben von nichts anderem geredet als von einer Liebesnacht mit dir. Ich habe nächtelang auf der Lauer gelegen, mit der Axt in der Hand, und war bereit, jedem Kerl, der in dein Fenster gestiegen ist, den Schädel zu spalten."
„Ein paar hätten es durchaus verdient."
„Hast du jemals Geld genommen?"
„Spinnst du? Wenn einer mit Geld gekommen ist, habe ich den Hund auf ihn gehetzt. Ich habe mich nie für Geld interessiert."
„Du hast dich für Männer interessiert."
Katharina Moser wiegte den Kopf.

„Mal mehr, mal weniger."
„Und für Frauen. Das haben alle gewusst."
„Ich nehme das Leben, wie es kommt."
„In deinen Armen bin ich zum Mann geworden! Monatelang habe ich darauf gewartet, habe dich mit Blumenkränzen, Liebesgedichten und frivolen Zeichnungen beschenkt."
„Du warst ein furchtbarer Quälgeist."
„Warum hast du mich so lange darben lassen?"
„Na, weil du noch keine sechzehn warst. Glaubst du, ich lasse mir von der Meute den Hof niederbrennen, nur weil ich einen Minderjährigen in mein Bett lasse? Außerdem fand ich deine Geschenke charmant. Habe gleich gewusst, dass du keiner von den Schwachköpfen mit dicken Waden und prallen Hoden bist."
Gottfried schaute an sich herab.
„Obwohl, dicke Waden und pralle Hoden habe ich schon immer gehabt."
„Du warst aber kein Schwachkopf."
„Vielen Dank für das Kompliment. Das zählt mehr als die wortreichste Lobhudelei der Frau Kunstminister oder des Herrn Universitätsprofessors."
„Jajaja, ist schon genug Schmeichelei, ich lass mich auf keinen Fall dazu überreden, bei deiner Orgie als lustiges Original des Landlebens aufzutreten. Das kannst du vergessen."
Gottfried nickte und erhob sich.
„Wie laufen deine Geschäfte?"
„Ich bleibe auf meiner Ware nicht sitzen."
„Das höre ich gern."
Kathi lehnte sich an den Herd und verschränkte die Arme.
„Vor allem der Schnaps geht weg wie warmes Brot."
„Dein Schnaps ist halt der beste, den man kriegen kann."
„Dein verrückter Freund hat mir letztens, ich war gerade nicht im Haus, einen Zettel in die Tür gesteckt. Eine Bestellung über

zwanzig Flaschen. Wenn ich Zeit und Lust habe, werde ich ihm die Lieferung vorbeibringen. Unersättlich, der Mann. Dass der so viel säuft, schaut man ihm gar nicht an."

„Heiner säuft nicht so viel. Er verschenkt die meisten deiner Flaschen."

Kathi schmunzelte.

„Im Gegensatz zu dir, nicht wahr? Du säufst meinen Schnaps schon."

„Ich würde mir lieber mitten ins Herz stechen, als deinen Schnaps an irgendwelche Banausen zu verschenken."

Die beiden lachten.

„Also, was willst du?"

„Drei Flaschen Zwetschke, fünf Flaschen Birne, fünf Flaschen Obstler. Und Most sowieso, drei Doppler."

„Ich habe auch Honigwein."

„Drei Flaschen."

„Honig auch?"

„Hm, ich nehme zwei Kilo Waldhonig."

„Den Frühlingsblütenhonig solltest du probieren."

„Ist er gut?"

„Mein bester Honig. Nicht billig, aber gut."

„Zwei Kilo. Hast du Ziegenfleisch?"

„Nein."

„Verkaufst du mir eine?"

„Heuer nicht. Vielleicht nächstes Jahr. Käse kannst du haben."

„Pack mir ein schönes Stück ein."

Katharina stellte eine halb volle Flasche und zwei Schnapsgläser auf den Tisch.

„Du, Kathi, aber nur ein Stamperl. Ich muss heute noch Auto fahren."

Sie füllte die Gläser randvoll.

„Seit wann bist gerade du so ein Braver?"

„Seit alle paar Kilometer ein Polizist mit einem Alkomat steht.“
Die beiden hoben ihre Gläser und stießen an.
„Ach, die Polizisten, unsere Freunde und Helfer. Gibst ihnen halt eine von den Flaschen ab und dann hast du deine Ruhe.“

5

Stühlerücken.
Christina warf einen Blick auf die Zeitanzeige ihres Handys, packte die Handtasche und erhob sich. Vier Uhr Nachmittag, die Besprechung in der Polizeidirektion Linz hatte sich, wie üblich bei Besprechungen in großem Kreis, über den ganzen Tag dahingezogen. Das Thema der Besprechung war durchaus relevant: Mehrere Städte in Oberösterreich waren in den Fokus von professionellen Betrügern geraten, auch in Christinas Heimatstadt Steyr waren Fälle aktenkundig geworden.
Der Enkeltrick zog immer noch, drei ältere Damen aus Steyr waren die Opfer. Zwei waren Frauen aus dem einfachen Volk, denen die kargen Ersparnisse der Witwenpension aus der Tasche gezogen worden waren, eine Frau war die Witwe eines ehemals leitenden Ingenieurs der Motorenfabrik und ihr hatten die Betrüger rund vierzigtausend Euro abgeluchst.
Das Schema funktionierte immer gleich. Alleinstehende alte Menschen wurden gezielt ausforscht, dann rief ein Profi an und gab sich als Enkel oder Neffe aus, entlockte in einem ganz alltäglichen Gespräch mit exakt ausgeführten rhetorischen Tricks die relevanten Informationen und bat die Oma oder den Opa dann um einen kleinen Vorschuss für einen Wohnungskauf oder für eine Ausbildung. Wenn dann die alten Leute das Geld besorgt hatten und der Enkel oder Neffe das Geld abholen sollte, hatte er irgendwelche Probleme, etwa eine Autopanne oder

Zugverspätung, weswegen er einen Freund oder eine Freundin schickte. Die Springer im System waren Leute vor Ort, die gar nicht wussten, von wem sie die Aufträge erhielten, sie holten das Geld und lieferten es ab, bezogen ihr ausgemachtes Honorar und verschwanden.
Christina hatte einen dieser Springer ausfindig gemacht, mit dem mäßigen Erfolg, dass dieser wegen Teilnahme an einer kriminellen Handlung auf freiem Fuß angezeigt worden war. Das Verfahren stand noch aus, aber seine Strafe würde nicht hoch sein, schließlich hatte man es nur mit einem unbedeutenden Laufburschen zu tun, der das bisschen Geld, kaum erhalten, innerhalb einer Stunde in einer Spielhalle in den Automaten versenkt hatte. Christina hatte dem Mann eine Therapie wegen seiner Spielsucht nahegelegt, ein Vorschlag, den dieser brüsk von sich gewiesen hatte. Ein bisschen Zocken in der Spielhalle könne man doch nicht als Krankheit bezeichnen!
Christina schüttelte einige Hände, der Besprechungsraum leerte sich. Sie verließ den Raum und schaute in das Gesicht ihres jungen Kollegen Friedel Holzmann.
„Deiner Miene zufolge tippe ich auf schwerwiegende Müdigkeitserscheinungen nach überlangem Vortrag mit wenig interessantem Inhalt."
Friedel blickte sich gehetzt um.
„Bin ich negativ aufgefallen?"
„Nicht wirklich", flüsterte Christina verschwörerisch. „Du warst nicht der Einzige, der sich Mühe geben musste, den Vortrag unseres hochgeschätzten Wiener Kollegen zu überstehen. Na ja, zwei Stunden für ein paar Fakten, die man in einer halben Stunde bequem zusammenfassen kann, ist natürlich schon eine bemerkenswerte Leistung."
Sie gingen nebeneinander den Gang entlang. Friedel Holzmann hatte sich, das war Christina von mehreren Seiten zugetra-

gen worden, nicht nur gut in den Alltag in der Polizeidirektion eingelebt, er war in den letzten Monaten sogar zu einer regelrechten Stütze des Kriminaldienstes geworden. Kaum ein Kriminalist in Oberösterreich rief nicht bei Friedel an, wenn es darum ging, Hintergrundinformationen in verschiedensten IT-Systemen zu recherchieren. Da nahm ihm selbst sein ansonsten trockener und fast militärisch strenger Vorgesetzter nicht krumm, dass Friedel mit einem kecken Spitzbart, einem Piercing und, sobald die Sonne sich auch nur ein paar Minuten pro Tag zeigte, mit halblangen Hosen und Sandalen zur Arbeit erschien. Und dass sich Friedel sein Haar auf Länge eines Bürstenschnittes trimmen würde, war sowieso undenkbar.

„Gott sei Dank. Ich will nicht noch negativer auffallen als sonst auch immer."

Christina drückte auf ihren knurrenden Magen.

„Ich hätte in der Mittagspause doch mit den Kollegen essen gehen sollen."

„Du wärst dann nachmittags garantiert eingeschlafen."

„Wahrscheinlich. Jetzt brummt halt der Magen."

Eine Idee erhellte Friedels Miene.

„Was hältst du von Paprikahuhn?"

Christina zog erstaunt die Augenbrauen hoch.

„Wie kommst du auf Paprikahuhn?"

„Vesna hat heute ihren freien Tag. Und es ist ausgemacht, dass gegen fünf das Essen auf dem Tisch steht."

Christina hatte mehrmals Geschichten über Friedels Lebensgefährtin Vesna gehört und einmal sogar dienstlich mit ihr telefoniert. Die junge Frau arbeitete als Sozialarbeiterin in der Bewährungshilfe.

„Du lädst mich zum Essen ein?"

Friedel blieb stehen und legte seine rechte Hand auf Christinas linken Unterarm.

„Wenn du einmal Vesnas Paprikahuhn gegessen hast, gehst du nur mehr mit einem Flammenwerfer in Gasthäuser, bei denen der Koch sich an diesem Gericht versucht. Du weißt ja, seit unserem ersten gemeinsamen Fall bin ich ja eher Pflanzenfresser, aber wenn Vesna Paprikahuhn zubereitet, hilft alles nichts, da muss man essen, bis man bewusstlos vom Sessel kippt. Bio-Huhn übrigens, eh klar. Das macht ihre Erblinie, Mutter Bosnierin, Vater Bosnier, Großeltern Bosnier, seit dem fünfzehnten Jahrhundert lauter Bosnier. Sei mir nicht böse, ich bin sicher, es gibt ein paar wirklich gute Köche in Österreich, aber Paprikahuhn kann eigentlich nur von einer Ungarin oder einer Bosnierin zubereitet werden. Alles andere wirkt hilflos."
Christina runzelte die Stirn.
„Friedel, hör auf, mir rinnt das Wasser im Mund zusammen."
„Du bist hiermit eingeladen."
Christina wiegte den Kopf. Ihr Ehemann Wilhelm hatte schon beim Frühstück angekündigt, er würde kaum vor neun Uhr abends nach Hause kommen und unterwegs essen. Sie hatte nicht vor, heute noch in ihrem Büro in Steyr vorbeizuschauen, also sprach eigentlich nichts dagegen, noch ein Stündchen in Linz zu bleiben.
„Na, ich weiß nicht. Kommt das nicht ein bisschen spontan? Was wird deine Freundin sagen?"
„Sie wird sagen: Christina, lass es dir schmecken."
„Und wenn sie gar nicht für drei Personen gekocht hat?"
„Wenn Vesna Paprikahuhn kocht, dann immer im großen Topf, sodass wir drei Tage davon essen können. Die drei oder vier Teller, die du runterfetzen wirst, fallen nicht ins Gewicht."
Christina lachte.
„Drei oder vier Teller?", wiederholte sie fragend mit einem Seitenblick auf Friedels ein wenig füllige Konstitution. „Das ist eher deine Spielklasse."

Er zog sein Handy aus der Hosentasche.
„Ich rufe gleich an."
Es geschah in Wahrheit selten, dass Christina Menschen traf, die sich von ihrer in der Regel distanzierten, manchmal sogar unnahbaren Art völlig unbeeindruckt zeigten. Friedel war so ein Mensch. Während andere sich vor ihrem apart-sportlichen, häufig eleganten, kühlen und wenn nötig streitbaren Auftreten abschrecken ließen und lieber einen Sicherheitsabstand zur Frau Abteilungsinspektor hielten, hatte Friedel von Anfang an genau darauf gepfiffen und die um sieben Jahre ältere, im Dienstgrad weit über ihm stehende Polizistin wie eine gute alte Freundin angesprochen. Friedel redete alle und jeden so an, und zwar so lange, bis der oder die Betreffende unmissverständlich zu erkennen gab, nicht jovial und auf gleicher Höhe angesprochen werden zu wollen. Genau das hatte Christina nicht getan, sie hatte zugelassen, dass er nicht nur ein Kollege war, sondern jemand, der sie aus dem Stegreif zum Essen in seine Wohnung einladen wollte und auch durfte.
„Hallo Vesna, Folgendes ..."
Christina lauschte dem Telefonat mit einem Schmunzeln.

6

Heiner Schweiger öffnete die Tür zu seiner Salzburger Wohnung und ließ Adna eintreten. Er hob die Einkaufstüten und zog mit der Fußspitze hinter sich die Türe zu. Adna streifte durch die Räume und schaute sich neugierig um.
„Was für eine schöne Wohnung! Wunderbare Möbel. Ein toller Ausblick."
Heiner stellte sich neben seinen Gast und ließ den Blick über die Salzach und die gegenüberliegenden Dächer der Altstadt

schweifen. Verstohlen musterte er Adna von der Seite. Der Ausblick aus dem Fenster war ihm lange vertraut, aber so schönen Besuch hatte er selten in seinem Domizil.

„Danke, Heiner, dass du mir diese großartige Stadt gezeigt hast. Ab heute liebe ich Salzburg!"

Er verfolgte aufgewühlt, wie die junge Frau durch den Salon wehte, die Bilder betrachtete, an den offenen Kamin trat und ein Glas Wasser aus der bereitstehenden Karaffe füllte. Frühmorgens waren sie von Hinterstoder aufgebrochen und hatten zwei Stunden später den Wagen auf Heiners Stellplatz in der Tiefgarage abgestellt. Danach hatten sie in einem Kaffeehaus ausgiebig gefrühstückt und waren von Boutique zu Boutique gezogen. Heiner hatte Adna alle Wünsche erfüllt, von robusten Wanderschuhen über schicke Sommerkleider bis zur Spitzenunterwäsche hatte er alles gekauft, was ihr ins Auge gesprungen war. Mittags hatten sie in einem vornehmen Restaurant eine Kleinigkeit zu sich genommen, um hernach die hiesigen Museen zu besuchen. Adna hatte darauf bestanden. Sie könne nicht in eine neue Stadt kommen, ohne durch die dortigen Museen zu laufen, hatte sie gesagt. Heiner selbst liebte das Salzburg Museum, doch mit der jungen Tunesierin an seiner Seite war der Besuch in der Neuen Residenz ein ungleich lebendigeres Vergnügen als sonst gewesen. Nun lief es auf den Abend zu, so waren die beiden in seine Stadtwohnung gekommen.

Heiner trat an die Bar und goss Whiskey in ein Glas. Er setzte sich auf das ausladende Sofa und streckte die Beine von sich. Die Strapazen des Tages machten sich bemerkbar. Immer auf den Beinen, immer unterwegs, quer durch die Altstadt in diese und dann in jene Richtung. Heiner war gut zu Fuß, das machten die regelmäßigen Bergtouren und Jagdausflüge, aber er war nicht mehr der Jüngste. Im letzten Winter hatte er seinen sechzigsten Geburtstag gefeiert, in diesem Alter musste man sich die Kräfte gut einteilen, um mit einer quicklebendigen jungen Frau Schritt halten zu können.

Adna setzte sich Heiner gegenüber, ihr Lächeln war von bezaubernder Leichtigkeit. Ein gnädiger Wüstenwind hatte diese Perle des Morgenlandes in seine Wohnung geweht.

„Lieber Heiner, ich danke dir für all die schönen Dinge."

Heiner winkte ab und stellte das geleerte Glas auf den Couchtisch. „Meine teure Adna, das Vergnügen war ganz auf meiner Seite. Ich habe einen höchst erfreulichen Tag mit dir verbracht."

Dann redete sie munter drauflos. Sie beschrieb wort- und gestenreich ihre Eindrücke von den Ausstellungsstücken im Museum. Heiner lehnte sich zurück und genoss einfach ihre Anwesenheit. Sie hatte in den Monaten, seit sie bei Gottfried Moorhammer wohnte, ihre Deutschkenntnisse merklich vertieft, die Regeln der Grammatik waren ihr geläufig, nur da und dort tauchte eine falsche Flexion oder eine verwechselte Präposition auf, und der Klang ihres Akzents war schlicht und ergreifend schön. Alles an dieser jungen Frau war schön. Ausnahmslos alles.

Heiner hatte mit wachsender Begeisterung verfolgt, wie die Schläge des Meisters nach und nach ihre Körperlinien aus dem Marmor holten. An drei Skulpturen arbeitete Gottfried Moorhammer gleichzeitig, Figuren von geradezu antiker Würde und Gestalt, und für diese drei Skulpturen stand die junge Tunesierin Modell. Allein dafür würde Heiner Schweiger morgen wieder mit ihr durch die Altstadt laufen und ihr jeden Wunsch erfüllen. Ein Leben lang hatte er sich dem Diktat der Familie gefügt und getan, was von ihm verlangt worden war. Er hatte auf das Studium der Kunstgeschichte verzichtet und Wirtschaft studiert, er hatte nicht eine junge, wilde Künstlerin geheiratet, sondern die wohlerzogene Tochter eines Industriellen, er hatte Jahrzehnte emsig für den Fortbestand der Fabriken und Warenhäuser gearbeitet und insgesamt siebzehn Jahre lang als oberster Leiter der Firma neuntausend Arbeitern und Angestellten vorgestanden. Unter seiner Ägide waren die Produktionsstraßen modernisiert, die Geschäftsprozesse den Anforderungen der Gegenwart angepasst, war das Familienvermögen gemehrt worden. Nun aber leitete sein Neffe als Generaldirektor die Firma und Heiners Tochter war dessen rechte Hand im Vorstand. Die junge Generation hatte sich bewähren wollen, also hatte Heiner vor drei Jahren seinen Rückzug aus den Geschäften vollzogen und konnte sich seither vollends seiner Liebhaberei widmen, nämlich der Kunst.

„Ich möchte die Kleider probieren."

Heiner erhob sich und wies zu einer offen stehenden Tür.

„Aber ja, meine Liebe, nur zu. Das Gästezimmer ist für dich vorbereitet. Darin kannst du dich nach Belieben ausbreiten. Der Tisch für das Abendessen ist für sieben Uhr reserviert, da bleibt noch genug Zeit."

Adna packte die Einkaufstüten und verschwand im Gästezimmer. Heiner bemerkte, dass sie die Tür nicht schloss. Er trat an die Stereoanlage und legte eine CD ein. Ein Streichquintett von Luigi Boccherini erfüllte in dezenter Lautstärke den Salon. Heiner goss sich noch etwas Whiskey ein, er brauchte heute nicht mehr mit dem Auto zu fahren, sein junger Gast und er würden hier übernachten und morgen wieder aufbrechen. Am frühen Nachmittag würden sie in Hinterstoder sein, sodass alle Vorbereitungen für Gottfrieds Fest noch bequem erledigt werden konnten. Adna hatte ein wunderbares kleines Geschenk für Gottfried ausgesucht, einen höchst geschmackvoll geschnittenen chinesischen Jadedrachen. Heiner hatte natürlich auch ein Geschenk für ihn. Etwas Besonderes.

Aus den Augenwinkeln nahm er eine Bewegung wahr. Heiners Mund klappte auf. Adna tanzte in ein hauchdünnes Sei-

denkleidchen gehüllt zur Musik durch den Raum, drehte sich mehrmals um die eigene Achse, wirbelte dabei ihr langes pechschwarzes Haar durch die Luft, warf ihre Beine hoch. Heiner musste das Whiskeyglas abstellen.
Adna schwebte auf ihn zu und schmiegte sich an ihn. Er schnappte nach Luft.
„Ich möchte mich für deine Gastfreundschaft bedanken", hauchte sie ihm ins Ohr.
Heiner schluckte schwer.
„Aber, meine Teure, aber … das geht doch nicht."
„Gefalle ich dir nicht?"
„Doch, doch! Du bist wunderschön, ich bin geradezu geblendet von deiner Schönheit, aber das geht doch nicht."
„Bitte, bereite mir auch diese Freude."
„Adna, du bist doch Gottfrieds Gefährtin. Ich kann ihn doch nicht derart hintergehen!"
Sie schlang ihre Arme um Heiners Hals und strich mit ihrer Nasenspitze über die seine.
„Gottfried muss es nicht erfahren."
„Ich kann ihn nicht belügen!"
„Schweigen ist keine Lüge."
Heiner sah in Adnas Augen, in zwei grüne Oasen, verlor sich darin und fand sich in einer neuen, wunderbaren Welt wieder, in ihrer Welt. Er schlang seine Arme um ihre Hüften, hob sich hoch und drehte sich mit ihr im Kreis der Musik. Ein Leben lang hatte er immer an morgen gedacht, immer das Richtige getan, alle Erwartungen erfüllt, erst Gottfried Moorhammer hatte Heiner beigebracht, die Freiheit zu spüren. Er war frei. Jetzt. In diesem Augenblick. Und Gottfried würde es verstehen. Vielleicht nicht gleich. Später. Das Schweigen ist keine Lüge. Die Liebe ist keine Lüge. Wie glücklich er war.

7

Christina tauchte in den köstlichen Duft. Ihr Magen knurrte.
„Darf ich vorstellen? Das ist Vesna, das ist Christina."
Ein offenes, freundliches Lächeln, ein apartes Gesicht und tiefgründige dunkle Augen begegneten Christina. Die beiden Frauen schüttelten einander die Hände.
„Lässig, dass wir uns mal kennenlernen", sagte Vesna.
Christina wusste von diesem einen Telefonat mit der Frau, dass sie völlig akzentfreies Deutsch im Klang der oberösterreichischen Landeshauptstadt sprach. Natürlich, die junge Frau war in Linz aufgewachsen und zur Schule gegangen, sie besaß die österreichische Staatsbürgerschaft, nur mehr ihr Name und dass sie mit ihren Eltern bosnisch sprach, deuteten darauf hin, dass sie als Kleinkind vor den Kriegswirren beim Zerfall Jugoslawiens in Sicherheit gebracht worden war.
„Die Freude ist ganz auf meiner Seite."
„Nehmt euch etwas zu trinken. Ich bin in der Küche noch nicht ganz fertig. In fünfzehn Minuten können wir essen."
Die junge Frau wirkte ebenso robust wie feminin, die Tätowierung ihres rechten Oberarms und die flotte Kurzhaarfrisur wirkten authentisch. Zweifellos war sie eine Sozialarbeiterin, die sich im schwierigen Geschäft der Bewährungshilfe durchzusetzen verstand. Christina fand, Friedel und Vesna passten gut zusammen, sie waren zwei unkomplizierte, kontaktfreudige, unprätentiöse Menschen, die sich auch in einem gewissen Hang zur Schlampigkeit trafen. Friedel räumte schnell einen Stapel Zeitungen von einem Stuhl und bot ihr einen Sitzplatz an.
„Wer von euch beiden spielt Gitarre?", fragte Christina mit einem Blick auf eine makellos polierte Westerngitarre auf einem Ständer neben dem Sofa.

„Sag bloß, du hast nicht gewusst, dass ich als Liedermacher der wahre Nachfolger von Bob Dylan bin? Ich bin von Unwissenden umgeben!"
Christina zog schmunzelnd die Augenbrauen hoch.
„Sieh an. Du verfügst also über verborgene Talente."
„Keine Sorge, Christina, ich komme bald ganz groß raus. Drei Songs habe ich schon geschrieben und in puncto Gitarrenspiel bin ich demnächst auf internationalem Niveau. Schätze mal noch dreißig oder vierzig Jahre knallhartes Üben und ich wäre dann so weit für die Weltkarriere."
Christina lachte. Zum Glück hatte sie die Einladung angenommen. In letzter Zeit mochte sie die Stille ihrer Wohnung nicht, wenn Wilhelm wieder einmal endlos lange arbeitete oder auf Dienstreise war.

8

Gottfried eilte mit ausgebreiteten Armen auf Jasmina zu, umarmte sie und küsste ihr gleich ein halbes Dutzend Mal links, rechts die Wangen.
„Tochterherz, du wirst immer schöner! Wie geht es dir, mein Lieb?"
„Eh gut."
Gottfried ließ seine Hände noch eine Weile auf ihren Schultern ruhen und schaute sie mit leuchtenden Augen an.
„Es tut so gut, dich wiederzusehen. Und gratuliere zur Matura! Deine Mutter hat am Telefon gesagt, du hättest mit Auszeichnung abgeschlossen."
„Es lief ganz gut."
„Meine Tochter! Ich bin stolz auf dich."
Gottfried wandte sich nun Elvira zu, die schmunzelnd die emotionsgeladene Begrüßung verfolgt hatte.

„Elvira, meine Liebe, du siehst hinreißend aus. Willkommen in meinem Haus."
Elvira wusste, dass man Gottfried, wenn er denn begonnen hatte, Küsse um sich zu werfen, nicht entgehen konnte. Die beiden umarmten einander und tauschten Wangenküsse aus.
„Du bist also Clemens", sagte Gottfried dann und reichte dem jungen Mann seine Hand.
Dieser erwiderte reichlich verschämt den Gruß, nun, man stand auch nicht jeden Tag einem so berühmten Mann gegenüber.
„Schön, dass ihr gekommen seid. Ich freue mich. Jetzt rein in die gute Stube, ich habe das Abendessen für euch vorbereitet."
Gottfried führte seinen Besuch aus Wien in die rustikal mit rohen Naturholzmöbeln eingerichtete Bauernstube. Auf dem Tisch fanden sich vier Gedecke, eine Platte mit Speck, Wurst- und Käseaufschnitt, eine Schüssel mit Radieschen, Paprika und Tomaten, eine Schale Liptauer, ein Korb mit Brot, ein Krug Wasser, Apfelsaft und eine Flasche Birnenbrand. Gottfried füllte vier Schnapsgläser.
„Ich erhebe das Glas auf die bestandene Reifeprüfung. Zum Wohl!"
Die Gläser wurden geleert, dann nahmen sie Platz.
„Greift zu! Ich hoffe, ihr habt Hunger. Keine falsche Bescheidenheit, bei mir muss gegessen werden."
Gottfried schmierte Liptauer auf ein Brot und belegte es zusätzlich dick mit Wurst. Die vier aßen.
„Jasmina, hast du dein Gepäck noch im Auto?"
„Nein, es ist im Hotel."
„Im Hotel? Ihr werdet doch bei mir übernachten."
Jasmina schüttelte den Kopf.
„Mama hat in Hinterstoder Zimmer für uns gebucht."
„Ja, was soll denn das? Ich habe im Haus zwei vollständig ein-

gerichtete Gästezimmer. Wozu wollt ihr dann im Hotel logieren?“

Gottfrieds Blick wanderte zu Elvira. Drei Jahre lang waren sie zusammen gewesen, drei wunderbare, tolldreiste, verrückte Jahre. Anfangs war Gottfried noch ein mäßig bekannter Künstler gewesen, der um seine ersten Ausstellungen wie ein Tiger gekämpft hatte. Die ersten Monate ihrer Beziehung waren Gottfried, der wahrlich viele Frauen gekannt hatte, nach wie vor als eine der hellsten Zeiten seines Lebens in Erinnerung. Und dass in dieser wunderbaren Zeit Jasmina ins Leben gefunden hatte, erfüllte ihn noch heute mit Freude und Stolz. Aber das Familienleben mit einem kleinen Würmchen in den Armen der jungen Mutter hatte nicht so geklappt, wie sie sich das vorgestellt hatten. Gottfried hatte eine äußerst karriereförderliche Auftragsarbeit in New York erhalten, während Elvira gerade eben in der Wiener Kunstszene Fuß gefasst hatte. Eine Zeit lang hatten sie vermittels vieler Interkontinentalflüge das Familienleben intakt zu halten versucht, aber die Schwierigkeiten hatten sich gehäuft. Und als dann Gottfried für zwei Jahre nach Tokio gegangen war, hatte sich die Beziehung zu Vergangenheit gewandelt.

„Wir wollen dir nicht zur Last fallen“, sagte Elvira kühler als beabsichtigt.

„Ihr seid doch keine Last! Im Gegenteil, ich freue mich schon seit Tagen auf euren Besuch.“

Elvira setzte ein gewinnendes Lächeln auf.

„Aber Gottfried, wir sind ja da. Du wirst die Zimmer wahrscheinlich für die anderen Gäste deines Festes benötigen.“

Gottfried nickte mit verzwickter Miene.

„Ja, schon, ich habe allen möglichen Leuten versprochen, dass sie hier bei mir übernachten können. Aber wenn ihr die Zimmer wollt, schmeiße ich die anderen einfach raus!“

Elvira lachte nun. Das war typisch Gottfried. Ordnung konnte er einfach nicht halten und Planung war ihm überhaupt ein Fremdwort.

„Du brauchst niemanden rauszuschmeißen. Wir haben unsere Zimmer im Hotel."

Gottfried brach in schallendes Gelächter aus.

„Und ob ich jemanden rausschmeißen werde! Ein Fest bei Gottfried Moorhammer ohne drei Schwerverletzte, fünf Rausschmisse und neun Monate später sieben uneheliche Kinder kann es gar nicht geben!"

FREITAG

9

Die Sonne näherte sich dem Horizont, der Himmel über ihr füllte sich schnell mit Helligkeit. Die Nacht war kühl gewesen und es würde wohl weit in den Vormittag hinein dauern, bis die Quecksilbersäule im Thermometer hochkletterte. Kathi hob die Werkzeugkiste auf die Ladefläche des Wagens und setzte sich hinter das Steuer. Ihr alter Iveco Daily leistete nach wie vor gute Dienste. Zum Glück hatte sie einen Mechaniker bei der Hand, der wirklich etwas von Motoren verstand und bei der Vergabe von Prüfplaketten nicht allzu pingelig war. Der Pritschenwagen war für das Wandern der Stöcke unverzichtbar, und nur für diesen Zweck besaß sie den Wagen, sie legte keine großen Strecken auf der Autobahn zurück, transportierte keine schweren Lasten, sie fuhr mit damit nur zu den Weideplätzen und alle paar Monate zum Einkaufen in den Großmarkt. Ihr Mechaniker zeigte Verständnis, dass eine alleinstehende Bäuerin und unabhängige Imkerin nicht über die finanziellen Mittel für einen hochmodernen Fahrzeugpark verfügte, also machte er ihr immer wieder gute Preise für die Servicearbeiten und bemängelte kaum, dass die Kupplung nicht mehr taufrisch war und der Rost dem Wagen gehörig zusetzte. Immerhin bezahlte Kathi ihn mit dem wahrscheinlich besten Obstler, den man in den Alpen überhaupt kriegen konnte. Manchmal nahm er auch Honig oder von ihr eingemachtes Gemüse. Geld eher selten.
Kathi hatte schon vor Jahren Geschäftspartner gesucht, deren Rechnungen in Naturalien beglichen werden konnten. Sie misstraute dem Geld. Und wenn sie die Zeitung durchblätterte, wusste sie nur zu gut, warum. Kaum eine Woche verging, da nicht irgendein politischer Wichtigtuer dem Fluch des Geldes

erlegen war, für diese oder jene an den Haaren herbeigezogenen Scheinleistungen utopische Geldbeträge entgegengenommen hatte und sich für eine Weile ein Lotterleben als ökonomischer Siegertyp hatte leisten können. Mit dem üblichen Ergebnis, früher oder später ein Fall für die Staatsanwaltschaft zu werden. Ihr Garten, ihr Hof, ihre Bienen brachten immense Erträge, immerhin wusste Kathi nach vierzig Jahren Berufspraxis sehr genau, wie sie zu arbeiten hatte, aber diese Erträge waren allesamt landwirtschaftlicher, nicht pekuniärer Natur.
Sie startete den Wagen und fuhr in Richtung der Stellplätze los. Heute hatte sie noch einige Vorbereitungsarbeiten zu erledigen, doch morgen schon wollte sie mit den ersten zwölf Stöcken wandern. Die Tracht auf der Streuobstwiese musste eingebracht werden, der Frühlingsblütenhonig bot fast alle Jahre wieder erste Qualität und die alten, robusten Apfel- und Birnbäume auf dem Südhang lieferten dann im Herbst reiches Fallobst für die Brände. Kathi war heilfroh, mit dreiundsechzig Jahren noch so ausdauernd und beweglich zu sein, dass ihr die Arbeit keine Probleme verursachte. Nun, ein Leben lang erstklassige Nahrung, unermüdliche Bewegung in freier Natur, treue Tiere als Begleiter und selbst gebrannter Schnaps, da brauchte man keine Angst vor ein paar Lebensjährchen zu haben.
Katharina Moser kurbelte das Fenster runter und ließ sich den kühlen Fahrtwind ins Gesicht streichen. Schon tauchte die Sonne über dem Berghang auf. Sie lächelte. Ein guter Tag für die Arbeit.

10

Gottfried hatte abends nur eine kleine Kostprobe genommen. Der Birnenbrand war von erlesener Qualität. Er wusste, wenn er denn eines Tages seines Leben überdrüssig sein sollte und

ebenjenes in die Versenkung tauchen lassen wollte, so würde Schnaps dieser Güte einen sinnvollen Weg ergeben, aber gestern hatte er wirklich nur gekostet, sich an der Wärme des Getränks erfreut und dann den Korken zum richtigen Zeitpunkt wieder in den Flaschenhals gestöpselt. So war er nach erholsamem Schlaf erwacht und nach dem Frühstück voller Tatkraft in den Tag gestartet. Gottfried bestückte eben die Bar mit den von Kathi gekauften Flaschen, als er ein auf den Hof fahrendes Auto hörte. Er lugte durch das Fenster.
Barbara packte einen Einkaufskorb, warf hinter sich die Autotür zu und stapfte in das Haus.
„Ah, Gottfried, du bist schon wach!“
„Natürlich. Es ist acht Uhr. Die vereinbarte Zeit.“
Barbara Satzberger warf ihre Augenbrauen in Wellen. Sich mit Gottfried etwas auszumachen war immer auch ein Glücksspiel. Vergaß er die Abmachung oder vergaß er die Abmachung nicht, das war die permanente Frage. Er hatte ihr schon vor ein paar Jahren sämtliche Schlüssel zu seinem Haus gegeben, in all der Zeit hatte sie ihre Arbeit als Haushälterin vorbildlich erledigt. Hier würden blankes Chaos und heillose Destruktion herrschen, wenn Barbara nicht mit tüchtiger Hand Ordnung hielte. Sie erhielt dafür auch ein respektables Gehalt, und zwar so respektabel, dass sie keiner anderen Tätigkeit nachzugehen brauchte. Und manchmal kommunizierten Gottfried und Barbara so, als ob sie ein altes Ehepaar wären, ein bisschen zänkisch, ein bisschen misstrauisch, aber von einer untrüglichen Gemeinsamkeit und Vertrautheit im Alltag erfüllt. Das waren Barbaras schönste Momente, die ihr auch über die manchmal monatelangen Reisen von Gottfried hinweghalfen. Immer dann, wenn sie an langen Winterabenden allein in seinem Haus saß und Tee trank, weil Gottfried von Stadt zu Stadt, von Ausstellung zu Ausstellung zog und hier kaum Hausarbeit anfiel, pendelte

sie zwischen Trübsinn über ihre Einsamkeit und Vorfreude auf den Moment, wenn er wieder heimkehrte und sein Haus und ihr Leben mit Lachen, Schimpfen und manchmal auch Küssen erfüllte.

„Hast du das Brot gekauft?"

Gottfried schaute in den Einkaufskorb.

„Ja."

Zu zweit traten sie in die Küche. Gottfried entnahm dem Korb große, dunkle, nach der Backstube duftende Brotlaibe. Er lächelte breit.

„Wunderbar! Das beste Brot der Welt. Ich kriege gleich Hunger."

„Hast du beim Fleischer alles gekriegt?"

Barbara und Gottfried hatten gemeinsam das Fest geplant, er hatte seine Ideen und Vorstellungen skizziert und sie hatte die Einkaufszettel geschrieben. Es sollte ein Fest ganz nach dem Geschmack des Hausherrn sein, kein artifizielles Stelldichein der Reichen und Schönen mit Kaviar, Sushi und Prosecco, sondern ein uriges Fest mit Schmalzbrot, Blutwurst und Obstbrand. Gottfried öffnete den Kühlschrank, der bis an den Rand gefüllt war.

„Schaust du, ob alles da ist?"

Barbara inspizierte methodisch die Fleisch- und Wurstvorräte im Kühlschrank. Gottfried trat ein paar Schritte zurück und musterte sie von hinten. Nach den Maßstäben der internationalen Katalogschönheit, wie sie von gut bezahlten Mannequins in den Modezeitschriften propagiert wurden, war Barbara Satzberger eine unauffällige Frau. Man sah ihr die siebenunddreißig Lebensjahre an, sie war ein bisschen mollig, hausbacken frisiert, aber Gottfried hatte an ihr immer eine höchst anziehende Aura der Weiblichkeit wahrgenommen. Er umfasste sie von hinten, drückte sie an sich und wühlte seine Nasenspitze in ihr Haar.

„Gottfried! Was machst du jetzt schon wieder?"
„Nun, ich meine, es ist klar, was ich mache."
„Was wird denn deine Flamme dazu sagen?", erhob Barbara sehr verhalten Protest gegen die Zudringlichkeit.
„Adna ist nicht da."
Barbara genoss seufzend seine Liebkosungen.
„Ach, Gottfried, du bist einfach unmöglich. Wir haben noch so viel zu erledigen."
Er drehte sie um und schaute ihr tief in die Augen.
„Das haben wir, meine Liebe, genau das haben wir."

11

Elvira Altmann zog an der Klingel. Eine altertümliche Konstruktion, man zog am Knauf und über ein Gestänge wurde die Bewegung auf die Glockenaufhängung übertragen, woraufhin drei kleine Glöckchen schellten. Sie wartete und zog erneut. Die Tür wurde geöffnet und eine blonde Frau Mitte dreißig lachte Elvira entgegen.
„Ach, Frau Altmann, da sind Sie ja! Kommen Sie nur herein, wir haben Sie schon erwartet."
Elvira zog ein wenig die Augenbrauen hoch. Die Haushälterin schien richtig aufgekratzt zu sein. Ein guter Tag für die Frau? Elvira kam nicht mehr dazu, genauer das Thema zu überdenken, denn Gottfried eilte geschäftig durch das Vorhaus auf sie zu.
„Elvira, du bist wieder pünktlich wie eine Schweizer Uhr!"
„Manche Dinge ändern sich nicht."
„Hast du dein Zeug dabei?"
„Allerdings."
„Ich helfe dir beim Tragen."
„Das wäre sehr nett."

„Ich helfe auch", sagte Barbara.
Gottfried wandte sich ihr zu, lächelte sie gewinnend an und fasste ihr in einer kleinen, sehr vertrauten Geste an den Oberarm.
„Barbara, vielen Dank, aber das schaffen wir schon. Kümmere du dich bitte um das Geschirr und den Schweinebraten."
Elvira schnupperte nun den sich langsam verbreitenden Duft eines Bratens, der im Backrohr eben auf Temperatur kam.
„Bin schon unterwegs."
Barbara sauste in die Küche. Und Elvira hatte im Prinzip verstanden, wie es hier im Haus zuging. Hatte sie etwas anderes erwartet? Natürlich nicht. Gottfried und Elvira traten an den Wagen und hoben die Koffer heraus.
„Das Stativ kannst du liegen lassen", sagte Gottfried. „Ich habe genau das gleiche Modell im Atelier."
Wenig später hatten sie Elviras Koffer auf dem breiten Arbeitstisch geöffnet. Gottfried musterte ihre Arbeitsgeräte.
„Keine Mittelformatkamera mehr?"
„Nein. Bin schon vor ein paar Jahren vollständig auf Digitalfotografie umgestiegen. Die neuen Geräte sind absolut hervorragend, wirklich, ich bin ein echter Fan der Digitalfotografie. Die Hasselblad verwende ich kaum noch. Gebe sie natürlich nicht her, diese Kamera ist ein Juwel, aber für die alltägliche Arbeit verwende ich meine japanischen Spielzeuge."
Elvira entnahm dem Koffer eine digitale Spiegelreflexkamera und lugte durch das Okular. Gottfried brachte drei großformatige Mappen, legte sie auf dem Arbeitstisch bereit und klappte die erste Mappe auf.
„Leider bin ich nicht mehr dazu gekommen, die Blätter zu sortieren. Ich hoffe, das ist kein Problem."
„Aber nein, kein Problem. Vielmehr kribbelt es mir schon in den Fingern, mich in die Mappen zu wühlen."

Gottfried lächelte sie von der Seite an, verfolgte mit einer eigentümlichen Faszination, wie sie sich geradezu auf die Skizzenmappe stürzte.

Elviras Arbeit bestand darin, Kunstbücher und Ausstellungskataloge zu gestalten, sie arbeitete für mehrere Museen an der Digitalisierung zeitgenössischer bildender Kunst und drei Mal in ihrem Leben hatte sie auch schon hauptverantwortlich Ausstellungen in Wien organisiert.

„Soll das Buch wieder in deinem Salzburger Verlag erscheinen?"

Elvira blickte kurz zu Gottfried.

„Ja, Veronika Michler wartet schon ungeduldig auf das Buch über deine Zeichenarbeit. Die beiden Bände über deine Steinarbeiten waren Bestseller."

Gottfried kratzte seinen Bart.

„Veronika Michler? Der Name kommt mir bekannt vor."

„Du bist ihr mindestens einmal über den Weg gelaufen, und zwar bei der Präsentation des ersten Buches in Salzburg. Eine Frau in meinem Alter, brünettes Haar, tiefgründige Augen, sehr gutaussehend und ..."

„Ja!", rief Gottfried aus. „Ich erinnere mich. Wie konnte ich eine so attraktive Frau auch nur für einen Moment vergessen?"

„Allerdings, Veronika fällt auf, obwohl sie das oft gar nicht will."

Gottfried lachte schallend.

„Und deswegen gibt sie sich mit Langweilern ab. Der Mann, der sie begleitet hat, dieser staubtrockene Spießer, bei dem mir schon nach zwei Worten Small Talk die Füße eingeschlafen sind. Wie heißt denn diese Vogelscheuche noch?"

„Diese Vogelscheuche ist immerhin einer der bedeutendsten Wirtschaftsanwälte unseres Landes. Und er heißt Hansjörg."

„Und schon habe ich den Namen wieder vergessen. Ein Anwalt also? Sage ich ja, ein spießiger Langweiler. Wann wird das Buch gedruckt?"

„Es soll im Spätherbst gedruckt werden. Es ist für das nächste Frühlingsprogramm angekündigt und angeblich ist die erste Auflage jetzt schon so gut wie ausverkauft."
Gottfried rieb seine Hände.
„Elvira, darf ich dich allein lassen? Du kannst hier im Atelier schalten und walten, wie es dir beliebt, ich muss mich um die Vorbereitung des Festes kümmern."
Elvira legte ein ebenso gewinnendes wie spöttisches Lächeln auf, ein Lächeln, das ihren Scharfsinn, ihre Schlagfertigkeit und ihren Charme vorzüglich zur Geltung brachte und welches Gottfried an ihr immer schon hinreißend gefunden hatte.
„Lieber Gottfried, ich habe still gehofft, dass du genau das sagen würdest."
Er lachte, fasste nach ihrer Hand und küsste sie auf die Wangen. Danach stapfte er eilig aus dem Atelier. Elvira trat an die drei halb fertigen Steinplastiken heran. Sie musste nach Luft schnappen. Unglaublich, was der Mann aus nacktem Stein herausholen konnte. Sie wusste, Gottfried Moorhammers Skulpturen würden den Mann wie sein Name viele Jahre, bestimmt sogar Jahrzehnte überleben.

12

„Schon eine geile Aussicht."
„Ist okay."
Jasmina schloss die Augen und hob ihr Gesicht gegen den lebhaften Wind der Sonne zu. Sie konnte nicht von sich behaupten, eine Sportskanone zu sein, Schifahren hatte ihr im Gegensatz zu so vielen ihrer Klassenkolleginnen kaum Spaß gemacht und einen urtümlichen Drang, Gipfelsiege zu erringen, hatte sie nie in sich gespürt, aber hier und jetzt auf der Aussichtsplattform genoss sie

die Höhenluft. Sie waren mit dem Lift auf die Hutterer Böden zur Zwischenstation, dann noch weiter auf den Hutterer Höss hochgefahren und hatten den kleinen Aufstieg zur Aussichtswarte genommen. Auf der einen Seite thronte das Warscheneck-Massiv, auf der anderen blickten sie auf die Gipfel des Toten Gebirges und in der Ferne war der Dachstein zu erkennen. Jasmina griff in ihren Rucksack und zog die Wasserflasche heraus.

„Willst du auch trinken?"

Ihr Freund Clemens machte ein saures Gesicht und nahm einen schnellen Schluck.

„Können wir jetzt wieder runter?"

„Höhenangst?"

„Ich bin ein Großstadtpoet. Berge gehen mir konsequent auf den Geist."

„Wir hätten nicht hier heraufkommen müssen."

„Scheiß drauf, jetzt sind wir schon da, haben diesen Turm bestiegen, aber das reicht mir dann auch schon wieder."

Seine Bewegungen waren fahrig, seine Miene wirkte gehetzt, ganz klar, Clemens war kein Mann der Berge. Außerdem hatte er heute noch keine Tablette eingeworfen.

„Hast du das Zeug dabei?", fragte Jasmina flüsternd.

Er nickte mit verkniffenen Augen.

„Dann gib mir eine."

Clemens stieg von einem Bein auf das andere und wartete, bis die anderen Bergtouristen die Plattform verlassen hatten. Er langte in die Innentasche seiner Jacke und zog ein kleines Kunststoffsäckchen heraus. Verstohlen reichte er Jasmina eine Tablette. Die beiden jungen Leute warfen je eine Tablette ein und spülten sie mit Wasser runter.

„Glaubst du, dass deine Mutter etwas spitzkriegen wird?"

Jasmina wiegte den Kopf.

„Sie beobachtet uns genau."

„Sie ist verdammt clever. Wir müssen vorsichtig sein."
Für eine Weile lag Schweigen zwischen ihnen. Jasmina fühlte die sich ausbreitende Wirkung der Tablette. Amphetamine sind der Motor der urbanen Gegenwartspoesie, das war Clemens' kreatives Credo, und er war richtig gut, Jasmina stand auf ihn und seine wilden Gedichte. Sie hatte ihn überredet, sie hierher zu begleiten, denn ihr Vater liebte wilde, kreative, chaotische Kunst und er würde bestimmt von Clemens' Gedichten begeistert sein. Und er kannte alle und jeden in der Kulturszene. Mit einer Empfehlung von Gottfried Moorhammer würde es ein Leichtes sein, einen Verlag zu finden. Und vielleicht würde ihr Vater ihr ja auch Geld zur bestandenen Matura geben. Geld konnte sie gut gebrauchen. Das waren Jasminas Überlegungen gewesen, deshalb hatte sie die Einladung zum Geburtstagsfest angenommen. Sie hoffte nur, dass Clemens nicht wieder einen Fehler machen würde. Aber sie war guter Dinge, in letzter Zeit hatte er richtiggehend professionell gehandelt.
Clemens schüttelte seine Nervosität ab, wie ein Hund das Wasser nach einem Bad im Teich.
„Hast recht, Jasmina, geile Aussicht."
Er zeigte zur schroff abfallenden Felswand der Spitzmauer.
„Wenn ich den Freitod suche, möchte ich von diesem Berg springen. Tausend Meter freier Fall in die Felswand. Klatsch! Montane Unsterblichkeit im kosmischen Hirngespinst. Total geil!"
Jasmina lachte schrill.

13

Christina schubste die Tür des Badezimmers hinter sich zu, das Badetuch um ihren Leib geschlungen. Mit dem Handtuch trocknete sie ihr Haar. Sie hatte heute ihren freien Tag, denn

sie musste am Wochenende Dienst verrichten, auch Wilhelm hatte sich an diesem Freitag freigenommen. Freinehmen wollen, wie Christina sah. Sie hätten gemeinsam joggen wollen, doch Wilhelm war wegen eines Anrufes nicht mitgekommen. So war sie allein knapp acht Kilometer in flottem Tempo gelaufen und hatte danach eine Dusche genommen. Er habe noch etwas zu tun, müsse noch dieses Angebot durchrechnen und jene Projektplanung bearbeiten, hatte er, bevor sie losgelaufen war, gesagt und seinen Laptop aufgeklappt. Das Wochenendhaus des Ehepaars Kayserling war in der Regel ein Hort der Stille, beide versuchten nach Möglichkeit ihre anspruchsvollen Berufe bei Eintritt in ihr Refugium hinter sich zu lassen, aber Christina und Wilhelm wussten, dass das leider nicht immer möglich war. Wenn kriminalpolizeiliche Untersuchungen Christinas Anwesenheit erforderten oder wenn in Wilhelms Firma irgendwo der Hut brannte, gab es für sie keine geregelten Arbeits- und Freizeiten. Schon in den letzten Wochen, das hatte Christina genau beobachtet, war Wilhelms Anspannung kontinuierlich gewachsen und langsam fürchtete sie, dass ihrem Mann und seiner Firma W. Kayserling Logistiksysteme das Wasser bis zum Hals stand. Erst diese Woche war ein lukratives Projekt geplatzt. Leider geschah so etwas nicht zum ersten Mal in der letzten Zeit.
Wilhelm stand auf der Terrasse und telefonierte. Lautstark. Völlig auf das Gespräch konzentriert. Christina schlüpfte in ihre Freizeitkleidung.
Nach dem Frühstück in ihrer Stadtwohnung in Steyr hatten sie sich in das rund dreißig Kilometer entfernte Wochenendhaus in Molln begeben. Christina liebte das knapp fünfzig Jahre alte, auf den neuesten Stand der Technik gebrachte Haus, welches Wilhelm schon vor Jahren seinem Großonkel abgekauft hatte. Es war keine protzige Villa mit weitläufigem Park, sondern

ein schmuckes Einfamilienhaus mit ein paar alten Obstbäumen und soliden Nebengebäuden. Es gehört zu den Ritualen dieser Ehe, an ihren freien Tagen gemeinsam Haus und Garten in Ordnung zu halten. Doch so wie es schien, würde Wilhelm wohl heute wenig Zeit und Muße finden, den Rasen zu mähen. Christina nahm sich für den Nachmittag diese Arbeit vor, zuvor aber begab sie sich in die Küche. Wenn schon Wilhelm von seinem Telefon und seinem Laptop nicht zu trennen war, so würde sie sich das Vergnügen nicht nehmen lassen, in aller Ruhe das Mittagsmahl zuzubereiten.
Zuletzt war Wilhelm auch ihr gegenüber auffällig kurz angebunden gewesen, ja manchmal sogar unnahbar. Würde es in seiner Firma Kündigungen geben? Christina hoffte es nicht, denn sie wusste aus siebenjähriger Ehe, dass Wilhelm diesen Teil seiner Verantwortung als Unternehmer absolut nicht ausstehen konnte und bei Kündigungen oft tagelang grübelte, nicht selten von schlechtem Gewissen geplagt. Diese Stimmung färbte dann natürlich auf sie ab.
Sie öffnete den Kühlschrank. Sie hatten geplant, Wiener Schnitzel zuzubereiten, aber Christina verwarf den Plan. Sie würde Kartoffelpuffer braten und dazu dicken Bohnensalat reichen. Das war eine Speise, die Wilhelm immer an seine Kindheit erinnerte. Seine Mutter habe die köstlichsten Kartoffelpuffer der Welt gebraten, aber ihre kämen da fast heran, hatte er einmal mit einem Schmunzeln auf den Lippen zu Christina gesagt. In jedem Fall hoffte sie, seine Laune würde sich durch die Puffer und einen vollen Magen bessern.
Sie ging hurtig ans Werk.

14

Der dunkle Wagen rollte gemächlich durch Hinterstoder. Heiner hatte seinen Mercedes nicht allzu zügig über die Autobahn gelenkt, beim Autobahnknoten Voralpenkreuz hatten sie in der Raststation einen kleinen Mittagsimbiss zu sich genommen. Jeder zurückgelegte Kilometer entfernte ihn von einem Glück, das in seinem Leben zu erringen er nicht mehr erhofft hatte. Heiner krallte förmlich seine Fingerspitzen in das Lenkrad. Er verehrte Gottfried als Künstler, schätzte sich überglücklich, der Freund eines so bedeutenden Mannes zu sein, genoss es, bei einer Flasche Wein den Abend über mit Gottfried in dessen Atelier zu sitzen und über Kunst und Kultur zu philosophieren, mit ihm im Jagdhaus in den Bergen Brot und Speck zu essen. Seit er Gottfried kannte, hatte sich Heiners Leben verändert, ja geradezu umgekrempelt. Er hatte sich in Österreich dauerhaft angesiedelt, die Wohnung in Salzburg und das Jagdhaus im Stodertal gekauft, hatte die Alpen, die er immer schon gerne bereist hatte, zu seiner Wahlheimat gemacht.

Sieglinde und er hatten sich nicht scheiden lassen. Warum hätten sie es tun sollen? Sie liebten sich zwar nicht mehr, aber sie respektierten einander. In seiner Familie war es nicht üblich, sich scheiden zu lassen, nicht so sehr aus Gründen der Religion oder Familientradition, sondern eher aus ökonomischer Klugheit. Scheidungen verursachten Streit und kosteten viel Geld. So hatten Sieglinde und Heiner beschlossen, ihre ehelichen Dinge neu zu regeln und sich weite Freiräume zu eröffnen. Sie lebte ihr komfortables Leben im Familiensitz in Hannover, er hatte sich in den Alpen angesiedelt. Und zu Weihnachten, zu Hochzeiten und Begräbnissen traten sie gemeinsam auf, ohne Hass zwischen ihnen, ohne Missgunst oder Streit, sondern wie zwei reife Menschen, die ihre Ehe im Griff hatten und allen gesellschaftlichen Verpflichtungen entsprechen konnten. Die Stärke, diesen Lebensweg zu gehen, hatte Heiner gefunden, als er vor ein paar Jahren Gottfrieds persönlicher Freund geworden war. Und Heiner wusste, als Gottfried Moorhammers Freund und Gönner würde auch er in die Kunstgeschichte eingehen.

Gestern aber war etwas Unvorhergesehenes passiert. Er hatte den Himmel auf Erden erfahren, er hatte mit Adna geschlafen, mit Gottfrieds Geliebter, er war von ihrer Schönheit und Jugend in eine andere, in eine wunderbare Welt entführt worden. Wie konnte er nun Gottfried unter die Augen treten? Dabei hatte alles so unverfänglich begonnen. Eines Abends, es war kaum eine Woche her, hatte Heiner von den Aufführungen der letztjährigen Salzburger Festspiele erzählt, als Adna festgestellt hatte, diese Stadt, von der man so viel hörte, nicht zu kennen. Gottfried selbst hatte vorgeschlagen, dass Heiner Adna bei seiner nächsten Fahrt nach Salzburg mitnehmen sollte. Und Heiner hatte ihr dann unter vier Augen angeboten, noch vor Gottfrieds Geburtstag loszufahren, damit sie ein Geschenk kaufen konnte. So hatte das eine das andere ergeben.

„Diese schönen Berge."

Heiner schreckte aus seiner Grübelei hoch und schaute zu Adna hinüber, die ihren Kopf fast gefährlich weit aus dem geöffneten Fenster hielt.

„Eine Tante von mir hat im Leinebergland gelebt, ich habe dort die Sommer meiner Kindheit verbracht. Schöne Gegend, wirklich, aber wenn man einmal die Alpen gesehen hat, würde man niedersächsische Erhebungen nicht Berge nennen."

„Ich war einmal mit meinen Eltern in den Bergen des Tellatlas. Man kann den Atlas nicht mit den Alpen vergleichen. So viel Wasser hier, so viele Bäume. Ich liebe dieses Land. Ich möchte hier nie wieder fort!"

Heiner bog auf die Straße, die zu seinem Jagdhaus den Berg emporführte und tauchte in den üppigen Waldgürtel entlang der Steyr, die hier noch ein Bächlein war. Adna und er hatten noch einige Vorbereitungen zu erledigen, im Laufe des späten Nachmittags würden sie beim Jubilar auftauchen. Was sollte er Gottfried sagen, wenn dieser fragte, wie der Aufenthalt in Salzburg gewesen war? Was?

15

Jens sah den schwarzen Mercedes weit vor sich, aus der Entfernung konnte er sogar erkennen, dass jemand den rechten Arm und den Kopf aus dem Fenster der Beifahrerseite streckte. Er wusste nur zu gut, wer die Beifahrerin war, deren dunkles Haar im Wind tanzte. Jens biss die Zähne zusammen und stieg kräftig in die Pedale.

Er war ein Mann der Zweiräder. Für den täglich praktizierten Sport stieg er auf sein Mountainbike, für Kurzstreckenfahrten auf seine Vespa und für längere Strecken nahm er seine BMW Enduro. Er machte sich auf Zweirädern gut, ein groß gewachsener, schlanker Mann, agil und kantig, ausdrucksstark und ausdauernd, sowohl im Sportdress als auch in der Lederkluft gab er eine gute Figur ab, viele Frauen fanden ihn interessant. Er hatte mit seinen Zweirädern einen eigenen, unverwechselbaren Stil kreiert, und er kaschierte damit sehr geschickt, dass er sich die Autos, die ihm gefallen und die für sein Image etwas hergegeben hätten, schlicht und einfach nicht leisten konnte. Verdammtes Geld.

Seit einem Jahr lebte er nun schon in Windischgarsten in einer schmucken, aber unspektakulären Wohnung und arbeitete am E-Piano, an den Synthesizern, am Schreibtisch und am Computer an seinen Kompositionen. Seine neue Oper gedieh nicht sehr schnell, aber sie würde wieder seinen hohen Ansprüchen genügen. Er hatte Heiner vor einem Monat Auszüge des ersten Aktes am Piano vorgespielt, hatte seine Partitur erklärt, das Libretto ausgedruckt. Heiner war wie immer begeistert gewesen und hatte den offenen Schuldschein ohne mit der Wimper zu zucken eingesteckt. Was würde Jens ohne Heiner und dessen Stiftung tun? Wieder in der Bruchbude in seiner Heimatstadt Münster wohnen? Wieder in der total versifften Künstler-WG in Dortmund? Es war zum Verzweifeln.

Die Kritik überschlug sich jedes Mal wieder mit Lob, wenn eines seiner Stücke Premiere hatte, aber das Publikum blieb den Aufführungen fern und die TV-Anstalten sendeten Aufzeichnungen, wenn überhaupt, erst nach Mitternacht. Er hatte zwar schon eine respektable Zahl an Preisen eingeheimst, deren Gelder ihm aber im besten Fall ein karges Auskommen sicherten. Von den finanziellen Mitteln, die ihm den Lebensstil ermöglichten, der ihm vorschwebte, war er weit entfernt. Mit wachsender Panik hatte Jens die Einsicht gewonnen, dass er mit seiner intellektuellen, komplexen, absolut gegen den Strich des populären Geschmacks gebürsteten Musik niemals das Geld verdienen würde, das ein hübsches Popsternchen mit einem völlig belanglosen Liedchen aus der Retorte in nur einem Quartal einstrich. Oder vielmehr deren Produzent, denn Popsternchen verglühten schnell, Produzenten blieben und verdienten gut.

Einmal hatte er sich an einem Musical versucht, hatte versucht, in der Populärmusik Fuß zu fassen. Es war ein Fiasko gewesen. Nach drei Aufführungen hatte die Bühne das Stück abgesetzt, sein Ruf als Musicalkomponist war auf Lebzeiten ruiniert und nur mit größter Mühe und einer Phase extremer musikalischer Avantgarde hatte er seinen Status als ernsthafter Komponist wiederherstellen können.

Und jetzt? Und heute?

Jetzt und heute würde Jens sechshundert Höhenmeter mit dem Fahrrad abspulen, würde mit eiserner Disziplin wie an jedem Nachmittag seinem Körper Höchstleistung abverlangen. Vormittags hatte er drei Stunden konzentriert gearbeitet, danach das Mittagessen, Salat mit Vollkornbrot, zu sich genommen und eine halbe Stunde seine Yogaübungen gemacht. Und abends würde er zu Moorhammers Fest gehen, Mineralwasser trinken, einen Happen essen, er würde Heiner schmeicheln, seine Waffe ziehen, die reichen Pinkel auf der Party der Reihe nach liquidieren, Adna packen und mit ihr, der Einzigen, der Wunderbaren, die Flucht ergreifen. In die Berge türmen. In die Wüste. In den Wald. Egal wohin, einfach fort, sie lieben bis in die Ewigkeit und Dunkelheit, mit ihr dem Chor der Engel und den Posaunen der Hölle lauschen, zum Dämon der Wollust, Ekstase und Wut werden.
Das Mountainbike verschwand beinahe lautlos im Wald.

16

Elvira parkte ihren Wagen in der Wiese vor dem Haus. Eine ganze Reihe von Autos war dort schon abgestellt, durchwegs große, teure Autos mit bunt gemischten Nummernschilder, München, Stuttgart, Zürich, Wien. Und ein paar Einheimische waren ebenfalls schon vorgefahren. Elvira musterte Jasmina. Ihre Tochter hatte sich für den Anlass richtig herausgeputzt, sie hatte überraschend in geradezu klassischem Stil Schminke aufgelegt, denn wenn sie am Samstagabend mit ihren Freunden ausging, trug sie in der Regel den Grufti-Look ganz in schwarz. Auch Clemens hatte sichtbar seine Schuhe poliert, seinen Milchbart rasiert und sein schulterlanges Haar in einem Zopf gezähmt. Gottfried würde sich für seine Tochter und de-

ren Freund nicht vor seinen Millionärsfreunden schämen müssen, sofern natürlich Gottfried sich überhaupt für irgendetwas schämte. Elvira warf ihre leichte Weste über, der anbrechende Abend versprach klar und trocken, aber kühl zu werden. Zwei weitere Fahrzeuge rollten heran. Elvira schaute auf ihre Armbanduhr. Es war zehn Minuten nach sechs Uhr, sie hatten sich innerhalb des akademischen Viertelstündchens eingefunden, waren also trotz der schieren Ewigkeit, die Jasmina vor dem Spiegel gebraucht hatte, pünktlich erschienen. Nun, ihre Anreise vom Hotel in Hinterstoder hierher war ja nicht sehr weit gewesen.
„Also, meine Lieben, immer hinein in die Höhle des Löwen."
Die Haustür stand offen. Im Vorhaus war ein Tisch bereitgestellt, auf dem Teller, Gläser und Besteck gestapelt waren, auch mehrere Karaffen mit Wasser und eine Schüssel mit Obst der Saison standen parat.
Barbara Satzberger trat auf die drei Wiener Gäste zu und offerierte ihnen auf einem Tablett Sektflöten.
„Guten Abend, liebe Gäste. Bitte zugreifen."
„Vielen Dank. Wo ist denn Gottfried?"
Barbara deutete zur Hintertür des Vorhauses.
„Im Garten. Geht gleich durch. Wir haben das Buffet draußen aufgebaut. Das Wetter hält, heute kommt kein Regen."
Barbara wieselte geschäftig gleich den nächsten durch die Haustür eintretenden Gästen entgegen und hieß sie willkommen. Elvira nickte einigen ihr bekannt vorkommenden Gesichtern zu und schritt schließlich durch das Vorhaus in den hinteren Garten, gefolgt von Jasmina und Clemens.
Als Elvira am frühen Nachmittag ihre Arbeit im Atelier beendet hatte, mehr als eine erste Sichtung des Materials war in der kurzen Zeit nicht möglich gewesen, hatte sie noch die Vorbereitungen im Garten mitbekommen. Drei Handwerker hatten

einen Holzboden verlegt, auf dem ein Jazztrio die Instrumente aufgebaut hatte und nun in dezenter Lautstärke Standards spielte, weiters hatten sie Tische und bequeme Korbstühle aufgestellt und Lichtgirlanden in die alten Obstbäume gehängt. Das Ambiente wirkte gediegen, elegant und dann doch wieder rustikal. Eine geschmackvolle Mischung, wie Elvira fand.

Gottfrieds Gelächter wischte über die Geräuschkulisse. Elvira schaute zu der größeren Gruppe beim Nussbaum. Sie erkannte einige der Personen, trat näher und kniff unwillkürlich die Augen zusammen. Was für eine schöne junge Frau! Schlagartig war Elvira beeindruckt. Dunkle Augen, größer noch als der Vollmond in klaren Frühlingsnächten, ein sinnlicher Mund, dunkles langes Haar, eine grazile Halslinie über zwei makellos geformten Schultern. Elvira trat in die Gruppe. Und was für ein geschmackvolles Frühsommerkleid, figurbetont, freizügig, aber in keiner Weise aufdringlich. Das also war Adna. Kein Wort, das sie über die Schönheit der jungen Frau bislang gehört hatte, war überzogen gewesen.

„Elvira! Meine Liebe, da bist du ja endlich!"

Gottfried trat ihr entgegen, umarmte und küsste sie theatralisch.

„Endlich treffen wir uns wieder", sagte Elvira mit einem ironischen Unterton. „Ganze drei Stunden haben wir einander nicht gesehen."

Gelächter in der Gruppe.

„Elvira schießt gerade Fotos von meinen Zeichnungen für einen Bildband. Sie hat heute Vormittag im Atelier mit der Arbeit begonnen", erklärte Gottfried der Runde und erntete verstehendes Kopfnicken. „Bist du vorangekommen?"

„Es geht. Die ersten Schritte sind getan."

„Wunderbar. Aber wo ist unsere Tochter? Jasmina! Komm doch zu mir, mein Herz."

Jasmina trat verschämt lächelnd in die Runde, gefolgt von Clemens.
„Meine Freunde, ich darf euch meine geliebte, nun erwachsene Tochter Jasmina vorstellen. Sie hat dieser Tage ihre Matura abgelegt. Mit Auszeichnung!"
Jasmina erhielt für ihre Leistung Beifall aus der Runde. Heiner trat vor und ließ es sich nicht nehmen, der jungen Frau mit Wangenküsschen zu gratulieren. Er hatte sie vor drei Jahren kennengelernt, als Jasmina im Winter zum Schiurlaub bei ihrem Vater zu Besuch gewesen war. Heiner konnte sich erinnern, dass der Backfisch damals wenig motiviert auf den Berghängen unterwegs gewesen war und sich eher ins Zimmer mit einen Berg von Büchern zurückgezogen hatte. Aus dem Teenager war eine hübsche junge Frau geworden, wie Heiner nun sah. Und man erkannte den Vater in ihren Gesichtszügen.
Elvira beobachtete genau Jasminas Mienenspiel, als sie der nur um ein paar Jahre älteren Geliebten ihres Vaters die Hand reichte. Irgendeine Reaktion hatte sie erwartet, Wut, Ablehnung, Freude, Belustigung, irgendetwas, aber da war nichts in Jasminas Augen zu erkennen gewesen, gar nichts. Das fand Elvira irritierend.
„Elvira, darf ich vorstellen? Adna, meine punische Prinzessin."
„Guten Abend."
„Guten Abend."
Elviras Miene hingegen war nicht so ungerührt, sie war weit eher kühl und distanziert, zumindest fürchtete Elvira, ihre Miene würde ihre Empfindungen verraten, wo sie doch all ihre Routine im gesellschaftlichen Umgang aufbot, um höflich und unbestimmt zu bleiben.
„Da seid ihr ja! Willkommen in meinem Haus!", rief Gottfried aus und warf die Arme hoch.

Er eilte dem eben im Garten auftauchenden älteren Ehepaar entgegen. Elvira nippte an ihrem Sektglas. Der Gipfel des Großen Priel schaute auf die Versammlung von Menschen in diesem Garten herab. War es ein gefälliger Blick? Ein trotz des frühlingshaften Lebens düsterer? Welche Schatten flackerten im Schein der Fackeln? Elvira biss sich auf die Lippen und verscheuchte damit die plötzlich aufgetauchte Irritation. Sie wand sich Jasmina und Clemens zu.
„Sagt einmal, habt ihr Hunger?"
„Eigentlich schon", antwortete Clemens. Jasmina nickte zustimmend.
„Ich auch. Habe zu Mittag nur einen kleinen Happen gegessen. Was haltet ihr von einem Sturm auf das Buffet?"
„Mama, das ist zwar eine von deinen guten Ideen, aber ist das Buffet schon eröffnet?"
Elvira zwinkerte ihrer Tochter zu.
„Gerade, wenn es noch nicht eröffnet ist, schmeckt es am besten."
„Dann los! Machen wir uns unmöglich."
Elvira lachte auf.
„Selbst wenn wir es versuchen, werden wir es nicht schaffen. Fürs Unmöglichmachen ist immer noch dein Vater zuständig."

17

„Frau Altmann, ich bin sehr erfreut, Sie wieder einmal zu treffen."
„Die Freude ist ganz auf meiner Seite."
Heiner trat an Elvira heran, beide trugen Weingläser vor sich her.
„Sie arbeiten also an einem neuen Buch."
„Ja, über Gottfrieds Zeichenarbeit."
Heiner nickte wissend.

„Ein bislang viel zu wenig beachteter Zweig seines Schaffens, wie ich meine. Ich darf mich glücklich schätzen, eine umfangreiche Sammlung seiner Zeichnungen mein Eigen zu nennen und Optionen auf noch weitere zu haben."
„Niemand auf der Welt hat eine umfangreichere Sammlung von Gottfrieds Werken."
„Allerdings. Schade, dass ich Gottfried nicht in früheren Jahren kennengelernt habe. Ich wäre mit großer Freude sein Mäzen gewesen, als er noch arm und unbekannt war. Jetzt braucht er meine finanzielle Unterstützung beileibe nicht."
Elvira schmunzelte.
„Die braucht er wahrlich nicht mehr."
„Wissen Sie, dass ich auch Skizzen besitze, die Gottfried in der Zeit angefertigt hat, als er noch mit Ihnen zusammen war?"
Elvira zog die Brauen hoch.
„Die freizügigen Skizzen etwa?"
Heiner lächelte breit und seine Augen zeigten einen anrüchigen Glanz.
„Die freizügigen, in der Tat."
Elvira konterte seinem Lächeln kokett.
„Tja, die Leichtigkeit der Jugend."
Beinahe unwillkürlich blickten beide zu der jungen Frau hinüber, die eben ihre hochhackigen Schuhe fortschleuderte und barfuß über die Wiese lief.
„Ist sie nicht eine unglaublich schöne Frau!", hauchte Heiner.
Elvira lauschte tief in diesen Seufzer.
„Allerdings. Unglaublich auch, dass eine Nordafrikanerin sich hier in Hinterstoder aufhält. Und dann noch solche Kleidung trägt. Sie ist doch moslemischen Glaubens?"
Heiner winkte ab.
„Na ja, nicht alle Moslems sind Mudschaheddin. Sie stammt aus einer sehr westlich orientierten tunesischen Künstlerfami-

lie und ist zwei Jahre in Düsseldorf zur Schule gegangen. Ich glaube nicht, dass Adna je in den engen Strukturen einer streng religiösen moslemischen Welt leben könnte."

„In jedem Fall kann keiner der anwesenden Herren die Augen von ihr lassen. Sie inbegriffen, mein lieber Heiner."

Heiner zwinkerte Elvira zu.

„Das macht allein der Frühling, verehrte Elvira. Wie soll man sich dagegen sträuben?"

18

„Also, ich bin ganz Ohr."

Gottfried spürte zwar den Wein und Schnaps ein bisschen, aber er hatte auch tüchtig beim Essen zugelangt, sodass er sich noch lange nicht als betrunken bezeichnen würde, höchstens als etwas beschwipst. Jasmina schluckte. Sie hatte es schließlich nach drei Anläufen geschafft, ihren Vater zur Seite zu ziehen. Gemeinsam mit Clemens standen sie nun etwas abseits.

„Du Papa, es ist so … ich bin ja jetzt mit der Schule fertig … und …"

Gottfried wartete geduldig.

„Und was, meine Liebe?"

„Na ja, ich bin ja jetzt achtzehn und ich möchte im Herbst auf die Uni gehen und Mama hat natürlich schon eine tolle Wohnung und sie ist eh total tolerant und so, aber …"

„Wollt ihr zusammenziehen?", fragte Gottfried und ließ seinen Blick zwischen Jasmina und Clemens hin und her pendeln.

„Das wollen wir", antwortete Clemens.

„Ihr seid noch sehr jung. Lasst euch Zeit."

„Wir sind erwachsen und können selbst für uns entscheiden", konterte Jasmina trotzig.

„Das will ich hoffen und ich erwarte es auch von euch. Wenn ich richtig verstehe, worauf du hinauswillst, Jasmina, dann versucht du mich zu fragen, ob ich dir Geld geben kann, damit ihr euch eine gemeinsame Wohnung leisten könnt. Ist das richtig?"
„Ja, Papa."
Gottfried hob den Blick in den Abendhimmel, dachte ein Weilchen nach und nahm dann Clemens scharf in den Blick.
„Du bist also Poet."
„Das bin ich."
„Ich möchte etwas lesen."
„Echt jetzt, Papa? Würdest du Texte von Clemens lesen?"
„Jasmina, ich habe fünfzehn Jahre wie ein Ackergaul geschuftet, damit ich als Bauernbub vom Berg in der Kunstszene auch nur irgendwie wahrgenommen werde. Diese entwürdigende und immense Plackerei gönne ich niemandem, nicht einmal meinen größten Feinden. Wenn Clemens die Absicht hat, sein Leben als Literat zu führen, dann hat er sowieso keinen leichten Weg gewählt, wenn ich da mit meinen Beziehungen den einen oder anderen Schritt erleichtern kann, dann werde ich das mit großer Freude tun. Aber zuerst möchte ich etwas von dir lesen, junger Mann."
Clemens und Jasmina warfen einander freudig erregte Blicke zu.
„Und du, meine Liebe, sollst wissen, dass ich schon vor Jahren ein Sparbuch für dich angelegt habe. Jetzt bist du achtzehn und du hast die Schule mit Bravour gemeistert, es ist also die Zeit gekommen, dir dieses Sparbuch auszuhändigen."
Jasmina strahlte ihren Vater glücklich an.
„Und du kennst mich, Jasmina, Geiz ist meine Sache nie gewesen."

19

Jens Tillmann nippte an seinem Glas Mineralwasser. Er hatte nie verstanden, warum sich die allermeisten Männer dem Alkohol so zugetan zeigten, er fand es einfach uninteressant, betrunken zu sein. In der Jugend hatte er mit seinen Kumpels das eine oder andere Saufexperiment gewagt und festgestellt, dass ihm Betrunkenheit als existenzieller Zustand in Wahrheit widerlich war. Was kam zutage, wenn Männer sich betranken? Nach den ersten paar Gläsern war einer vielleicht gelockert und ließ ohne große Hemmungen den Strom der Gedanken und Gefühle fließen, was durchaus witzig und interessant sein konnte, aber kaum stieg der Pegel, wurden selbst die Kerle, denen man nüchtern mit gutem Gewissen Niveau, Stil und Intellekt attestieren konnte, zu lächerlichen Idioten. Jens hatte nicht vor, sich jemals zum Idioten zu machen, nicht vor anderen und schon gar nicht vor sich selbst. Außerdem hatte Jens Tillmann schon in jungen Jahren festgestellt, dass er sich nicht an den juvenilen Ritualen seiner männlichen Altersgenossen zu beteiligten brauchte, um von den Mädchen bemerkt zu werden. Er hatte bloß sein individuelles Profil hervorstellen müssen, um aufzufallen. Er war groß, blond und schlank, seine Züge waren schon in jungen Jahren kantig, beinahe streng gewesen, er hatte immer schon ernst und tiefgründig gewirkt, und sobald er sich ans Klavier gesetzt hatte, hatten auch jene Mädchen, auf die er ein Auge geworfen hatte, lebhaftes Interesse entwickelt. Er hatte nie zu seinem Klavierspiel gesungen, er mochte seine Stimme beim Gesang nicht, zum Troubadour oder Minnesänger war er von Anfang an nicht geeignet, deshalb hatte er sich für das Studium der Komposition entschieden und darin geglänzt. Einer seiner Kommilitonen hatte ihn ein einzelgängerisches Genie genannt. Ein stimmiges Image, das er nur allzu gerne vor

sich hergetragen und das auch auf viele Frauen höchst anziehend gewirkt hatte. Nun aber, heute und hier, waren ihm all die Frauen, die ihm interessierte Blicke zuwarfen, egal, was heißt egal, er bemerkte sie nicht einmal. Er hatte nur Augen für eine. Und sie hatte auch Augen für ihn.
„Schmeckt dir der Wein nicht?"
Jens schreckte aus seiner Grübelei hoch. Er musterte den Gastgeber des heutigen Abends von der Seite.
„Ich habe dir noch gar nicht zum Geburtstag gratuliert."
„Du gratulierst mir nicht, du verschmähst den Schweinebraten und trinkst meinen Wein nicht. Du bist ein schwieriger Gast."
„Verzeih, ich will es nicht an Höflichkeit mangeln lassen. Gratuliere zum Geburtstag. Und Schweinebraten esse ich nie, ich habe den Kräuteraufstrich gekostet. Sehr gut. Und zuvor habe mit dem exzellenten Sekt auf dein Wohl angestoßen. Ich trinke wenig, weil ich mit der Vespa unterwegs bin."
Gottfried lachte brummend.
„Man könnte dich für einen Transzendentalphilosophen halten. Oder einen asketischen Mystiker."
„Nun, jeder liebt das Leben auf seine Art."
Gottfried kippte sein Weinglas.
„Ich habe im letzten Herbst in Bochum deine Oper gehört."
„Die erste oder die zweite Aufführung?", fragte Jens schmunzelnd.
Gottfried ignorierte die Selbstironie und nickte ihm zu.
„Ich habe die halbe Nacht kein Auge zugetan und pausenlos die Chöre des Finales gehört. Ein Meisterwerk, mein Freund! Und gerade weil die dumme Masse das nicht versteht, beweist mir, dass mein Urteil richtig ist. Grandiose Tonkunst."
Für eine Weile lag Stille zwischen den Männern.
„Ich habe dir nie von meinem Aufenthalt in New York erzählt", murmelte Jens.
„Hast du nicht."

„Ich bin wohl eine Stunde vor deinem Monument in Manhattan gestanden. Ich habe es nicht glauben können, welche Gefühle und Gedanken man in Stein schlagen kann. Erstmals habe ich die Kraft der Bildhauerei wirklich verstanden."
Wieder standen die beiden eine Weile schweigend Schulter an Schulter.
„Und wenn du", brummte Gottfried düster, „Adna weiter mit deinen begehrlichen Blicken verfolgst, dann werde ich dich eigenhändig erschlagen."
Ein Schmunzeln wischte kurz über Jens' Gesicht.
„Von der starken Hand des Meisters erschlagen! Ich würde in ein spektakuläres Kapitel der Kunstgeschichte eingehen."
„Mach dich nur lustig, aber bereue deine Späße nicht zu spät."
Jens wandte sich Gottfried zu, in seiner Miene lag keinerlei Ironie.
„Die lackierten Affen hier wissen es noch nicht und du verschleierst es zugegebenermaßen sehr geschickt, aber du bist am Ende, alter Mann, du bist ausgebrannt, ein Wrack. Du erschlägst niemanden mehr, und mich am allerwenigsten. Trink noch eine Flasche Wein, das ist alles, was dir übrig bleibt."
Gottfried lächelte über das ganze Gesicht und zwinkerte Jens zufrieden zu.
„Viel Spaß an diesem Abend, mein Freund, genieße die Zeit in meinem Haus. Lass dich mal so richtig gehen und nimm noch etwas Grünzeug und Mineralwasser. Niemand soll sich über meine Gastfreundschaft beschweren."

20

Der Song verklang. Heiner trat auf die Band zu und gab das vereinbarte Zeichen. Die Band schlug einen Tusch und sammelte die Aufmerksamkeit der Festgäste. Heiner nahm das ihm

gereichte Mikrofon zur Hand und wartete, bis sich die Menschenschar rund um ihn gruppiert hatte.
„Verehrte Gäste, meine geschätzten Damen und Herren, meine lieben Freundinnen und Freunde, ich freue mich außerordentlich, hier vor Sie treten zu können. Ich erlaube mir die Freiheit, an Gottfrieds Geburtstag das Wort sozusagen in offiziellem Rahmen an Sie zu richten, an Sie alle und natürlich auch an dich, lieber Gottfried. Zu nun schon etwas vorgerückter Stunde möchte ich dir nochmal herzlich zu deinem fünfundfünfzigsten Geburtstag gratulieren, nicht ohne mich auch gleichzeitig für dieses schöne und stimmige Fest hier im Garten deines Hauses zu bedanken. Ich will wirklich keine lange Rede schwingen, wir alle hier sind für dich ja keine Unbekannten, wir alle wissen von deinen immensen Verdiensten in der Bildhauerei, deinem internationalen Ruf, von deinen großartigen künstlerischen Leistungen. Ich kann mich also kurz fassen und zum Kern meiner Rede und meines Anliegens vorstoßen."
Heiner holte tief Luft und ließ seinen Blick schweifen. Er sah, dass Gottfried ein wenig die Augenbrauen hochzog. Ganz offensichtlich wusste er nicht, was nun kommen würde. Heiner schmunzelte. Er hatte alles im Hintergrund arrangiert, hatte den Familienanwalt in Hannover alles erledigen lassen, niemand hier wusste, welches Geschenk er vorbereitet hatte.
„Liebe Festgäste, lieber Gottfried, wie hier zweifelsfrei bekannt ist, bin ich ja ein notorischer Museumsbesucher, ein Liebhaber aller Künste und begeisterter Sammler. Wie alle Anwesenden wissen, gebe ich für diese meine Leidenschaft im Jahr erhebliche Geldbeträge aus meiner Privatkasse aus, und es ist ja auch kein Geheimnis, sondern vielmehr eine in den Medien mit großer Aufmerksamkeit beachtete Tatsache, dass ich mit der Stiftung *Kunstblick* ein wohldotiertes Fundament für die Produktion bedeutender künstlerischer Leistungen in Bildhauerei,

Malerei, Musik und Literatur geschaffen habe. Ich habe mich bei Gründung der Stiftung selbst als deren Vorsitzenden eingesetzt. Sieben Jahre habe ich den Vorsitz innegehabt und ich bin der Meinung, dass ich dieses Amt nun übergeben sollte. Wie Sie alle wissen, ist es nie gut, wenn ein Mensch ein Amt zu lange ausübt, da schleichen sich mit der Zeit verkrustete Strukturen ein. Diese will ich aufbrechen und trete vom Vorsitz der Stiftung *Kunstblick* hiermit zurück. Als meinen Nachfolger, immerhin diesen Schritt will ich noch als ehemaliger Vorsitzender und natürlich auch als Stifter setzen, bestimme ich nach reiflicher Überlegung meinen guten Freund, den bedeutendsten Bildhauer der Gegenwart, den großartigsten Menschen, der mir je begegnet ist: Gottfried Moorhammer!"

Applaus und Bravorufe erhoben sich unter den Bäumen des Gartens. Gottfried schüttelte ehrlich überrascht den Kopf. Langsam trat er auf Heiner zu.

„Gottfried, mein Freund, komm zu mir."

„Ich bin sprachlos", brummte Gottfried in das Mikrofon.

„Gottfried, natürlich ist die Übergabe des Stiftungsvorsitzes auch ein juristischer Akt, diesen werden wir in den nächsten Tagen noch erledigen können. Jetzt aber, von Mann zu Mann, bitte ich dich, den Vorsitz zu übernehmen. Ich kann mir niemanden vorstellen, der engagierter, sachkundiger und menschlicher über die Millionen verfügen würde."

Gottfried war sichtlich bewegt.

„Heiner, ich weiß gar nicht, was ich sagen soll."

„Natürlich ist es eine symbolische Geste, denn ich weiß ja ungefähr, was du so im Jahr verdienst, und weiß auch, dass du noch nie einen Cent aus meiner Stiftung erhalten hast, du bist durch deine Arbeit ökonomisch völlig unabhängig, und gerade deswegen, so glaube ich, bist du der ideale Nachfolger als Vorsitzender. Niemand wird dir je die Absicht nachsagen können, dass du dich durch die Stiftung selbst bereicherst, denn du bist ja schon reich. Außerdem gibt es ja wie in jeder Stiftung eine Kontrollinstanz. Dein Kunstverstand und dein großes Herz für junge und unabhängige, für nonkonformistische und innovative Künstlerinnen und Künstler werden dazu beitragen, dass die Stiftung *Kunstblick* auch in den nächsten Jahren für viele Kunstschaffende eine sichere Basis für Kreativität und Spontanität bietet. Glaubst du, dieser hohen Aufgabe gewachsen zu sein?"

Gottfried wiegte den Kopf.

„Nun, Heiner, ich bin ehrlich überrascht und durch das große Vertrauen in der Seele berührt, wirklich, mein Freund, aber ich erbitte mir drei Tage Bedenkzeit."

„Selbstverständlich! Du kannst auch eine Woche Bedenkzeit haben."

„Drei Tage sollten genügen", sagte Gottfried, umarmte Heiner und drückte ihm links, rechts Küsschen auf die Wange.

Adna stürzte auf Gottfried zu und zog ihn stürmisch an sich, danach umarmte sie Heiner. Die beiden Männer nahmen die junge Frau in die Mitte und tauchten in die Menschenschar. Die Band setzte mit einem flotten Jazzstandard ihr Programm fort. Elvira fiel in den Applaus ein, trat aber ein paar Schritte zurück und wollte das leere Wasserglas abstellen. Sie durfte nicht zu viel Wein trinken, denn sie musste noch mit dem Auto fahren. Weit war der Weg ja nicht, doch selbst auf kurzen Strecken mochte sie nicht mit erhöhtem Alkoholspiegel unterwegs sein. Sie entdeckte, wie ihre Tochter und ihr Freund einander in den Armen lagen. Sie nickte unmerklich. Da kamen wohl keine schlechten Zeiten auf den hoffnungsvollen Jungpoeten zu, die Literaturstipendien der international bekannten Stiftung waren zwar nicht so hoch dotiert wie die Stipendien für bildende Kunst, würden aber einem einundzwanzigjährigen Mann ein komfortables Leben ermöglichen.

Dann entdeckte sie den groß gewachsenen, schlanken Mann, der ihr zuvor schon aufgefallen war. Er stand mit völlig unnahbarer Miene und verkniffenen Augen abseits im Schatten eines Baumes und hielt ein leeres Glas in der Hand. Unmöglich zu ahnen, was in ihm vorging.

SAMSTAG

21

In früheren Jahrhunderten sind die Imker tatsächlich mit den Stöcken auf dem Rücken unterwegs zu den besten Trachten gewesen. Von ihrem Großvater hatte Katharina Moser alles über die Imkerei gelernt und auch die Geräte und Werkzeuge kennengelernt, die man vor der Industrialisierung verwendet hatte. Auch die Buckelkraxen, mit denen der Imker den Korb getragen hatte. Eine solche Rückentrage hatte sich Kathi selbst gebaut, nicht allerdings, um mit Stock für Stock darauf zu Fuß zu wandern, sondern nur um die einzelnen Stöcke von der Ladefläche ihres Wagens hochzuheben und auf den vorbereiteten Plätzen abzustellen. Die Stöcke wogen einiges und schon vor über fünfzehn Jahren war sie dazu übergegangen, diese nicht mit den Armen zu heben, sondern mit den Rückentragen. Ein stabiles Rückgrat gab es nicht im Supermarkt zu kaufen und Kathi wollte ihres so lange wie möglich gut in Schuss halten.
Sie stellte den zwölften und letzten Stock ab und schnaufte durch. Die Sonne zeigte sich schon hinter der Berglinie. Sie hatte die Zeit wieder genau richtig erwischt, nicht zu früh und nicht zu spät. Der Reihe nach entfernte sie die Gitter vor den Fluglöchern, die Bienen flogen nur träge aus und Kathi kam ohne Stiche davon. Ein kühler Morgen, die Bienen waren einfach noch träge und gar nicht aggressiv. In einer halben Stunde aber würde die Sonne die Streuobstwiese voll beleuchten und merklich erwärmen und etwas später, gegen Mittag, würden dann auch die Holundersträucher und Wildrosen im Licht liegen und intensiv duften.
Kathi trat an einen der alten Birnbäume heran, befühlte den Stamm, inspizierte die Krone und wiegte den Kopf. Die Wiese

hatte eine ausgesprochene Gunstlage, Südhang, windgeschützt, weitläufig, die Obstbäume hatten schon viele Sommer gesehen, aber dieser Baum würde wohl dem nächsten Sturm nicht standhalten. Seit siebenundzwanzig Jahren lieferte sie dem Hauser Sepp die Pacht für die Nutzung der Streuobstwiese in Form von Schnaps ab. Meine Güte, wie viele Winterabende hatten sie beisammengesessen, Brot und Speck gegessen, Birnenbrand getrunken und über die Holzköpfe im Dorf geschimpft, die von nichts anderem reden konnten als von Geld, dicken Autos und noch mehr Touristen im Tal. Fünf Jahre lang hatte Sepp mit dem damaligen Bürgermeister Streit gehabt und Prozesse geführt, weil dieser just Sepps Bergwiesen in einen Outdoor-Adventure-Park hatte umbauen lassen wollen. Allein für diese Bezeichnung hatte Sepp dem Bürgermeister eine Tracht Prügel in Aussicht gestellt. Völliger Blödsinn so etwas, die närrischen Stadtleute sollten sich ihre Knochen anderswo brechen, nicht auf seiner Wiese, hatte Sepp gesagt und seine Ländereien nicht verkauft. Eines Tages war der Bürgermeister mit dem halben Gemeinderat und einigen dynamischen Unternehmertypen aufgetaucht, um dem alten Querulanten ins Gewissen zu reden, aber Sepp und Kathi hatten Schulter an Schulter den aufgeblasenen Angebern Paroli geboten. Sepp hatte sogar gedroht, sein Gewehr zu holen. Mittlerweile war ein jüngerer Bürgermeister an der Macht und der war froh, dass es die naturbelassenen Wälder und Wiesen des Bergrieder- und Steinleithenhofes noch gab, denn irgendeine neue Richtlinie hatte es ermöglicht, zusätzliche EU-Fördermittel für die Gemeinde zu lukrieren, wenn altes Bauernland erhalten blieb. Sepp hatte gemeint, dass mit jedem Jahr eine neue Blödheit von den Politikern zu erwarten sei und dass daher die seit Jahrhunderten bewährte bäuerliche Lebensweise jedem modischen Schnickschnack vorzuziehen sei. Und Kathi konnte daher nach wie vor die Stöcke auf der

Streuobstwiese aufstellen. Wer wusste schon, wie lange noch, Sepp Hauser war mittlerweile zweiundachtzig Jahre alt.
Kathi stockte ruhig und gemessen die Stöcke auf, sie war völlig in ihre Arbeit vertieft. Die Bewegungsmuster hatte sie von ihrem Großvater abgeschaut. Die Bienen summten immer lebhafter um sie herum. Menschen, die sich von schwirrenden Insekten nervös machen ließen, brachten die wichtigsten Fähigkeiten für die Imkerei nicht mit, nämlich innere Ruhe und äußere Gelassenheit.
Nach getaner Arbeit setzte sich Kathi auf die Ladefläche ihres Wagens und biss herzhaft in ihr Brot, schnitt ein Stück Ziegenkäse ab und nahm einen Schluck gewässerten Most aus der Flasche. Aus der Ferne beobachtete sie die anhebende emsige Betriebsamkeit der Bienen.
Ihre Jacke war beim Aufladen der Stöcke vor Sonnenaufgang schmutzig geworden, also erhob sich Kathi und marschierte zum Bach hinüber, um die Flecken auszuwaschen. Sie tauchte in den Wald und in das Rauschen des Wildbaches. Sie kniete sich hin, formte ihre beiden Hände zu einem Gefäß, schöpfte Wasser, wusch sich das Gesicht und spülte ihren Mund. Sie erhob sich wieder und wollte die Jacke reinigen.
Da entdeckte sie flussaufwärts ein buntes Stoffstück an einem im Wasser liegenden Ast. Kathi stieg ein paar Schritte den Hang hinauf und zog den Ast aus dem Bach. Der Stoff schien ganz neu zu sein, nicht irgendein alter Lappen, den ein Forstarbeiter weggeworfen, oder ein Stofftaschentuch, das ein Jäger verloren hatte. Ein schöner Stoff, bunt, möglicherweise aus einem Sommerkleid gerissen.
Kathi runzelte die Stirn und spähte den Hang empor. Mit ausgreifenden Schritten marschierte sie bergan. Vorerst konnte sie nichts entdecken. Das Rauschen des Wasserfalls kam immer näher. Sieben Meter fiel der Bach in die Tiefe, ein kleines

Naturjuwel, an dem zum Glück kein Wanderweg vorbeiführte und das somit nur den Einheimischen bekannt war. Kathi schob sich über den kurzen Steilhang zum Wasserfall hoch. Sie hielt die Luft an.

Ein Bild von grauenvoller Schönheit.

Die junge Frau lag rücklings auf dem großen Stein, Arme und Beine von sich gestreckt, das Haar tanzte im Wasserstrom, die Augen blickten starr in den Himmel. Kathi stieg in das Wasser und trat an die Tote heran. Ihr letzter Blick hatte den Sternen gegolten, zu denen sie aufgebrochen war. Kathi fühlte nach dem Puls der jungen Frau. Was für ein würdevoller Tod. Der Strom hatte das Kleid hochgeschoben, Kathi blickte kurz auf das vom Wasser umspülte Geschlecht der Frau. Sie hatte also kein Höschen getragen. Kathi schaute den Wasserfall empor, mittlerweile selbst bis auf die Haut durchnässt. Sieben Meter war die Frau gefallen und mit dem Rücken und dem Hinterkopf auf den großen Stein gestürzt. Beim Sturz war das Kleid zerrissen und das lose Stoffstück hatte sich weiter unten verfangen. Das pausenlos strömende Wasser hatte das Blut von den Ohren, von der Nase und dem Mund der Frau gewaschen. Kathi kämpfte gegen den Impuls, die Frau hochzuheben und im kühlen Waldboden zu bestatten, in stiller Andacht dem Körper Ruhe zu geben. Es wäre richtig gewesen, die junge Frau hier an Ort und Stelle ihres Todes auch zu begraben, es wäre aber nicht gerecht gewesen, denn irgendjemand hatte sie in den Wasserfall gestoßen, das wusste Kathi instinktiv, sie war bestimmt nicht gesprungen und gefallen, sie war gestoßen worden.

Kathi legte die Hand auf die kühle Wange. Wie schön sie im Leben gewesen sein musste. Und wie verloren.

22

Christina öffnete die Heckklappe ihres Autos, entnahm dem Kofferraum die Wanderschuhe und schlüpfte hinein.
„Rund fünfzehn Minuten Fußmarsch von hier. Da hinauf."
Sie nickte dem uniformierten Polizisten zu.
„Haben Sie die Spurensicherung benachrichtigt?"
„Äh, nein, also, es ist nicht klar, ob das nötig sein wird."
Christina warf die Stirn in Falten und maß den Mann skeptisch.
„Eine Tote liegt im Bachbett und Sie sind sich nicht sicher, ob wir die Spurensicherung brauchen werden?"
„Na ja, es wird wohl wieder ein Unfall gewesen sein. Also ich glaub bestimmt, dass es ein Unfall war. Eine Ausländerin. Sieht man gleich. Türkin. Oder Perserin. Wenn so eine in den Steilhang steigt, gibt es immer einen Unfall. Die Touristen unterschätzen andauernd die Berge. Was ich da schon erlebt habe. Lauter Verrückte und Ahnungslose."
Christina unterließ jede weitere Bemerkung und versperrte ihren Dienstwagen. Kaum war sie zur Tür hinausgetreten, um nach Steyr ins Büro zu fahren, Wilhelm hatte noch am Frühstückstisch gesessen, war sie angerufen worden. So hatte sie sich die dreißig Kilometer in nördlicher Richtung nach Steyr erspart und war von Molln direkt nach Hinterstoder im Süden gefahren. Nach einigen weiteren Telefonaten mit den ortsansässigen Polizisten hatte sie die richtige Forststraße gefunden und war den Berg emporgerumpelt. Auf diesem Weg wäre ein Geländewagen nützlich gewesen, aber ihr VW Golf hatte den Anstieg vorsichtig gelenkt auch geschafft. In einiger Entfernung sah sie einen abgestellten Pritschenwagen inmitten der hoch gelegenen Streuobstwiese.
„Ist das das Fahrzeug der Frau, die die Tote gefunden hat?"
„Ja. Gehört der Moser Kathi."

Christina schaute den Polizisten an. Sein irgendwie belustigter und gleichzeitig geringschätziger Tonfall war auffällig.
„Wer ist die Dame?"
Der Polizist kicherte.
„Dame ist gut. Die Moser Kathi ist eine alte Berghexe. Bisschen verrückt, Sie verstehen. Die Bienenstöcke dort drüben gehören ihr."
Christina warf sich den Gurt ihrer Handtasche über die Schulter.
„Die Frau ist also wie ihr Auto noch hier irgendwo anwesend."
„Aber ja, der Ludwig und sie sind oben beim Wasserfall."
„Also, dann nichts wie los."
Christina marschierte zügig in der zuvor angezeigten Richtung den Hang empor. Der Polizist musste sich sputen, um an ihr dranzubleiben. Die Sonne des frühen Tages erhellte die Streuobstwiese, Christina vernahm in der Ferne lebhaftes Summen. Sie stiegen am Wiesenrand empor, tauchten dann in den Wald und kamen zum Wildbach. Den zunehmend steilen Hang zum Wasserfall nahm Christina im Eilschritt. Durch Joggen, Radfahren und sportliches Bergwandern war ihre Fitness blendend, auch die Wege rund um Hinterstoder waren ihr aus manchen Touren bekannt, aber diesen Ort kannte sie nicht. Für einen Augenblick hielt sie inne und schaute empor in die Felswand, aus welcher der Wasserfall in die Tiefe brach. Ein schöner Ort, kühl, tosend, und läge da nicht eine tote Frau auf dem vom stürzenden Wasser glatt polierten Felsen, hätte sie auch gesagt: lebendig. Christina liebte bewegtes Wasser, Quellen, Bäche, Flüsse, eine unerklärliche Faszination ging davon aus. Und im Bergwald versteckte Wasserfälle liebte sie erst recht. Ein malerischer Anblick, nicht zuletzt, weil da eine schöne junge Frau in einem schicken Sommerkleid tot im Wasserstrom lag und einen verstörenden Kontrapunkt zur Naturidylle bot.

Christina langte in ihre Handtasche und entnahm den stets bei sich getragenen kleinen Fotoapparat. Sie ließ langsam den Blick kreisen und begann dann systematisch eine Fotodokumentation anzulegen. Dann trat sie zurück zu den beiden abseits wartenden Polizisten. Christina sah in rund fünfzig Meter Entfernung eine Person an einem Baum gelehnt sitzen. Die ältere Frau schien gedankenverloren in die Wipfel der Fichten und Tannen zu schauen, sie hatte eine Decke um die Schultern geworfen. Christina steckte die Kamera in die Handtasche und zog stattdessen das Handy hervor.
„Rufen Sie jetzt doch die Spurensicherung, Frau Abteilungsinspektor?"
Christina nickte mit verzwickter Miene dem Kollegen zu.
„Wird sich nicht vermeiden lassen."
„Sie glauben nicht, dass es ein Unfall war?"
„Selbst wenn es einer war, müssen wir hier alles sichern."
„Leere Kilometer", brummte der zweite Polizist verdrießlich.
Christina fasste den Mann scharf ins Auge.
„Glauben Sie, dass junge Frauen aus dem Nahen Osten in recht freizügiger Sommerkleidung zum Wandern in die Berge gehen? Barfuß? Haben Sie die Kratzer an den Fußsohlen und Knöcheln bemerkt? Am rechten Handgelenk ist ein kleiner Bluterguss."
Der Polizist zog überrascht die Brauen hoch.
„Die Frau ist barfuß durch den Wald gelaufen, so viel scheint sicher. Warum? Ist sie vor jemandem davongelaufen? Hat dieser jemand sie bis an den Wasserfall gejagt und dann in die Tiefe gestoßen? Möglich wäre es. Also, meine Herren, wir sind hier noch lange nicht fertig."
Christina drückte ihr Telefon ans Ohr.

23

Zuerst grollte ein sonores Brummen aus den Tiefen seines massigen Körpers, danach erst, Ewigkeiten später, war die erste Bewegung möglich. Gottfried schlug die Augen auf und wischte sich mühsam mit der flachen Hand über das Gesicht. Er hatte es kommen gesehen, glasklar und unausweichlich, und hatte sich wie stets nicht dagegen wehren können, war vielmehr in vollem Wissen um die Nachwirkungen in den Schnaps getaucht. Verfluchte Sauferei. Zum Glück hatte er sich nie an Cannabis, Kokain, Opium oder anderen Drogen versucht, denn zweifellos wäre er längst in Teufels Küche gelandet, auch hatte er in seinem Leben nicht eine einzige Zigarette geraucht, so war ihm auch dieses Laster erspart geblieben. Diese Abstinenzleistung war aber zweifellos nur deswegen möglich, weil Gottfrieds autodestruktive Veranlagung zum Rausch ein Leben lang vollständig durch Alkohol befriedigt hatte werden können. In der Jugend das Bier, später der Wein, jetzt der Schnaps, diese Drogen, in rekordverdächtigen Mengen konsumiert, hatten ihm stets genügt, um sich aus der drögen Welt und in die verheißungsvolle Ekstase zu katapultieren. Daher hatte er gestern Abend, als Heiner mit seiner Ankündigung dem Abend einen klaren Akzent gegeben hatte, genau gewusst, wohin das Fest zu seinem fünfundfünfzigsten Geburtstag führen würde, nämlich genau in jenen Zustand, der ihm nun unendliche Mühe bereitete, sich von der Matratze zu erheben. Wie spät war es? Wo befand er sich überhaupt? Gottfried setzte sich umständlich auf und schaute sich um. Er erkannte immerhin den Raum, das war ja schon mal ein gutes Zeichen. Das Atelier. Er hatte also im Atelier geschlafen. Warum? War er zu betrunken gewesen, um es in sein Schlafzimmer zu schaffen? Er konnte sich nicht mehr erinnern.
Gottfried erhob sich und blickte auf sein Nachtlager. Im an das

Atelier angeschlossenen Magazin befanden sich neben den Regalen mit Farben, Werkzeugen und sonstigen Materialien für seine Arbeit auch immer zwei schlichte Matratzen und einige Decken, daraus hatte er eine Bettstatt in der hinteren Ecke des Ateliers improvisiert. Gottfried schaute durch die breite Glasfront zum Stand der Sonne. Es war noch früh am Morgen, lange also hatte sein Schlaf wohl nicht gedauert. Er tapste barfuß durch das Atelier und spürte noch den Restalkohol. Er musste sich mit beiden Händen an der Werkbank abstützen und durchatmen. Der Rücken schmerzte, die Schultern schmerzten, doch der Kopf schmerzte erstaunlicherweise kaum.

„Du Goldstück, Kathi. Hoch sollst du leben", brummte er in seinen Bart.

Er wusste genau, dass sein Kopf geradezu explodieren würde, wäre der gestern getrunkene Schnaps von schlechter Qualität gewesen.

Gottfried war mit Boxershorts und seinem völlig zerknitterten Hemd bekleidet, gewiss hatte er seine Hose irgendwo neben der Matratze hingeworfen und zuvor übersehen. Er nahm etwas Schwung, verließ das Atelier und marschierte in die Küche. Stapel an Geschirr standen herum, die Reste des Büfetts waren in heillosem Durcheinander auf dem Küchentisch abgeladen worden, die Spüle war mit benutzten Gläsern angefüllt. Barbara hatte da einiges an Arbeit vor sich, hier wieder für Ordnung zu sorgen. Gottfried ignorierte das Chaos, schnappte eine Tasse aus dem Schrank und betätigte die Espressomaschine. Ein großer Schwarzer tropfte in die Tasse. Der Duft des Kaffees erweckte einige der müden Lebensgeister in ihm.

Mit der Tasse in der Hand durchmaß er das Vorhaus und trat in die noch taufeuchte Wiese seines Gartens. Ein guter Schluck Kaffee, die Morgensonne, der Gesang einer Amsel im Nussbaum, ein über die Wiese hüpfendes Brutpaar Buchfinken, drei

Hausspatzen, die Brotkrümel vom Tisch pickten und die gestochen scharf gegen den hellblauen Himmel sich abzeichnenden Grate der Berge. Heimat. Diese Luft, dieses hellgrüne Frühlingslicht, die Kühle auf der Haut, das war Heimat. Jahre, gar Jahrzehnte hatte er nach diesem Gefühl ruhelos gesucht, und hier, von all seinen Fahrten und Irrfahrten in sein Geburtshaus zurückgekehrt, hatte er es gefunden.
Er wusste jetzt schon, dass auch der heutige Abend lange werden würde, nicht aber wegen eines Festes oder eines Besäufnisses, sondern weil er die Energie zur Arbeit wieder in sich fühlte.

24

„Guten Morgen, Frau Moser."
Christina trat in das Blickfeld der Frau.
„Guten Morgen."
Kathi suchte nach Christinas Augen.
„Mein Name ist Kayserling, ich bin von der Kriminalpolizei Steyr. Ich habe ein paar Fragen an Sie."
„Dann setz dich da her. Du stehst mir in der Sonne."
Christina rührte sich nicht von der Stelle.
„Frau Moser, wann haben Sie die Tote gefunden?"
„Kriminalpolizei also. Respekt, jetzt dürfen junge Mädels also schon zur Kriminalpolizei. Früher haben Frauen bestenfalls Strafzettel schreiben dürfen. Na, vielleicht wird die Welt ja mit der Zeit doch besser."
„Frau Moser, haben Sie meine Frage verstanden?"
„Freilich habe ich deine Frage verstanden, bin ja nicht schwerhörig. Noch nicht. Eine Lesebrille brauche ich schon lange, aber einen Hörapparat nicht."
Christina atmete durch.

„Eine Stunde nach Sonnenaufgang."
„Das ist die Zeit? Eine Stunde nach Sonnenaufgang? Haben Sie auf die Uhr gesehen?"
„Welche Uhr? Ich habe keine Uhr. Also zu Hause habe ich schon eine Pendeluhr, aber sonst habe ich keine."
„Das heißt, ungefähr eine Stunde nach Sonnenaufgang haben Sie den Fund gemacht."
„Ungefähr."
„Was haben Sie dann gemacht?"
„Ich bin zum Staribacher Bernhard gefahren und habe die Polizei gerufen. Als die beiden Burschen gekommen sind, sind wir wieder hier heraufgefahren. Seither sitze ich in der Sonne und wärme mich auf."
Christina musterte die noch immer feuchte Kleidung der älteren Frau. Sie machte sich Notizen von den Aussagen.
„Staribacher Bernhard, das ist der Bauer, dessen Hof in rund zwei Kilometer Entfernung von hier am Forstweg liegt. Ist das korrekt?"
„Drei Kilometer."
„Sie besitzen also kein Handy?"
„Wofür sollte ich eines haben?"
Christina schaute auf ihre Armbanduhr. Der zeitliche Rahmen dieser Aussage schien plausibel.
„Warum sind Sie zu der Toten in das Wasser gestiegen?"
„Um zu schauen, ob sie noch lebt."
„Haben Sie sonst noch etwas verändert. Die Lage der Arme oder Beine? Etwas an der Kleidung?"
„Den linken Arm habe ich gehoben und nach dem Puls gefühlt. War aber nichts. Das Mädel ist schon länger tot."
Christina schaut die Wiese hinab zu den in einiger Entfernung stehenden Bienenstöcken. Sie kratze sich mit dem Bleistift am Kopf.

„Frau Moser, Sie sind also Imkerin."
„So ist es."
„Und Sie haben frühmorgens die Bienenstöcke dort unten aufgestellt?"
„Habe ich alles schon deinen Burschen erzählt."
„Wie kommt es, dass Sie hier heraufgestiegen sind?"
„Hab ich deinen Burschen auch schon erzählt."
„Können Sie bitte Ihre Aussage wiederholen?"
„Schwer von Begriff?"
Christina räusperte sich.
„Frau Moser, darf ich Sie um einen etwas freundlicheren Tonfall bitten? Ich bemühe mich auch um Höflichkeit."
Kathi zuckte mit den Schultern.
„Aber aus der Sonne gehst du mir nicht. So viel zur Höflichkeit."
Christina trat einen Schritt zur Seite, wodurch Kathi wieder voll im Licht saß.
„Also, Frau Moser, warum sind Sie hier heraufgestiegen?"
„Habe im Bach Flecken aus meiner Jacke schrubben wollen und zuerst Hände und Gesicht gewaschen. Dann habe ich den Fetzen im Bach entdeckt und ihn genau angesehen. Ist mir komisch vorgekommen, dass da tief im Wald ein Stück von einem nagelneuen Stoff im Bach liegt. Also bin ich zum Wasserfall hochgestiegen. Und da habe ich die Tote entdeckt."
Christina notierte die Aussage in Stichworten.
„Eine letzte Frage noch."
„Also."
„Kennen Sie die Tote?"
„Nein. Habe das Mädel nie zuvor gesehen."
Christina steckte den Notizblock in ihre Tasche.
„Nun denn, Frau Moser, ich danke für Ihre Aussage."
„Kann ich jetzt endlich gehen?"

„Selbstverständlich. Besten Dank für Ihre Kooperation. Falls wir noch Fragen haben, nehmen wir Kontakt auf. Die Kollegen kennen ja Ihre Adresse."

Kathi erhob sich und streifte die Decke von ihren Schultern. Sie fasste Christina mit verkniffenen Lippen scharf ins Auge.

„Das Mädel ist ermordet worden."

„Wie kommen Sie darauf?"

„Sagt mir mein Bauch. Irgendein Sauhund hat sie runtergestoßen. Gehe jede Wette ein."

„Tja, Frau Moser, die Klärung des Vorfalls können Sie jetzt getrost der Polizei überlassen."

„Damit ihr die Akten im Hinterzimmer verstauben lassen könnt, nicht wahr?"

Christina nickte der Frau zu und wandte sich zum Gehen.

„Schönen Tag noch, Frau Moser."

Christina stapfte auf die beiden in einiger Entfernung wartenden Polizisten zu.

„Ihren Namen weiß ich nicht", rief Kathi Christina hinterher, „und gesehen habe ich sie auch noch nie! Aber ich weiß, dass sie eine punische Prinzessin ist."

Christina wandte den Kopf.

„Eine punische Prinzessin? Was soll das heißen?"

„Das fragst du am besten den Gottfried selbst. Sein Hof ist nicht weit von hier. Durch den Wald."

25

Sie legte den Löffel ab und schob die Müslischale zur Seite. Elvira griff zur Kaffeetasse und nahm einen Schluck. Bei der Auswahl des Quartiers hatte sie, wie es ihre Art war, das teuerste und das billigste Hotel des Ortes gemieden. Sie war mit

ihrer Wahl zufrieden, das Hotel bot komfortable Zimmer ohne übertriebenen Luxus, vernünftige Preise und ein reich gedecktes Frühstücksbüfett. Wirklich hungrig war sie nicht, sie hatte im Laufe des gestrigen Abends mehrmals Happen nachgelegt. Elvira schaute auf die Uhr im Speisesaal. Zeit genug, sie hatte keine Eile. Gewiss würde sie ohnedies erst am Nachmittag wirklich sinnvoll arbeiten können. Am Vormittag waren wohl noch die Alkoholleichen aus Gottfrieds Haus zu entfernen. Sie hatte den Absprung rechtzeitig erwischt, genau in dem Moment, als das bis dahin sehr stimmungsvolle Fest in eine Orgie umzuschlagen drohte, war sie aufgebrochen, hatte in der Hotelbar noch einen Schlummertrunk genommen und sich auf ihr Zimmer begeben. Sie hatte bei offenem Fenster fest und tief geschlafen. Mit dem untrüglichen Nutzen, an diesem Vormittag ausgeruht und belastbar zu sein.
Jasmina und Clemens hatten noch bleiben wollen, sie würden ein Taxi nehmen, hatte Jasmina gesagt, oder vielleicht sogar durch die Nacht marschieren, sie fänden das cool, der dunkle Wald sei voll gruselig. Elvira hatte diese Idee nicht so cool gefunden, dann aber eingesehen, dass hier, in einem beliebten Touristenort, wohl kaum Motorradbanden mit Schlagringen, Dealer mit Springmessern oder nächtliche Perverse auf sie lauerten, sondern dass die größte Gefahr für ein junges Pärchen darin bestand, angeheitert in den Straßengraben zu purzeln. Die beiden bewohnten ein eigenes Zimmer, also wusste Elvira nicht, wann sie ins Hotel gekommen waren. Und dass sie um diese Zeit zum Frühstück im Speisesaal erschienen, hatte sie ohnehin nicht erwartet.
Sie hatte es nicht eilig, wieder zu Gottfrieds Hof zu fahren. Bestimmt würden er und seine Gäste noch schlafen, also bestellte Elvira eine weitere Tasse Kaffee und nahm die Tageszeitung zur Hand.

26

„Herr Pokorny, halten Sie bitte das Seil."
Arno Pokorny wiegte skeptisch seinen Kopf.
„Meinen Sie, dass es notwendig ist?"
Christina zuckte mit den Schultern.
„Vielleicht nicht wirklich notwendig, aber meine Schuhe und Socken sind ohnedies schon nass. Herr Pokorny!"
Der Leiter des kriminaltechnischen Teams zuckte mit den Schultern, legte das Seil zuerst um einen kräftigen Baum, dann um seine Hüften und zog es stramm.
„Es kann losgehen!"
Christina hatte sich das andere Ende des Seils um die Hüften gebunden. Sie prüfte noch einmal den Sitz und die Festigkeit des Knotens. Dann stieg sie in das Bachbett und tastete sich langsam zur Kante des Wasserfalls voran. Natürlich hatte Pokorny recht, der Blick in die Tiefe war für die kriminaltechnische Erfassung des Fundortes nicht wirklich wesentlich, dennoch hatte Christina darauf bestanden. Sie schaute über ihre Schulter zum Mann mit dem Sicherungsseil.
„Achtung, ich beuge mich jetzt vor!"
„Alles klar!"
Zwei weitere Männer der Spurensicherung standen neben Pokorny und verfolgten Christinas Ausflug an den Wasserfall. Sie beugte sich vorsichtig über die Kante und schaute nach unten. Eben waren drei Männer damit beschäftigt, die Leiche zu bergen, die geöffnete Blechkiste stand am Bachufer parat. Christina hielt den Atem an und versuchte sich den Sturz vor ihrem geistigen Auge auszumalen. Wirklich hoch war der Wasserfall nicht, die Messung von der Kante bis zum Felsen hatte eine Höhe von sieben Metern und sechzehn Zentimetern ergeben, aber diese Höhe hatte gereicht, den Schädel und das Rückgrat

der Frau so schwer zu beschädigen, dass innerhalb weniger Minuten der Tod eingetreten sein musste. Der Arzt war sich in diesem ersten Befund sicher gewesen.

Christina winkte Pokorny, der das Seil langsam wieder einholte, ihr Schwerpunkt war wieder unter ihren Beinen, also drehte sie sich um und stapfte durch das knöcheltief schnell strömende Wasser zurück. Hatte ihre Klettertour etwas gebracht? Sie wusste es nicht. Pokorny war so taktvoll und fragte nicht danach, sondern wickelte das Seil auf. Sie setzte sich, leerte das Wasser aus ihren Wanderschuhen und wrang die Socken aus.

„Okay, wir machen weiter nach Plan", sagte Christina. „Suchen Sie das Gelände hier oben nach Spuren ab. Alles kann wichtig sein."

Die beiden Kriminaltechniker in ihren weißen Anzügen nickten Christina zu und schwärmten aus. Die Untersuchung der unmittelbaren Wasserfallkante hatte nichts ergeben, hier waren nur Felsen, manche unter Wasser, manche über Wasser, und auf den Felsen waren keinerlei Fußabdrücke oder sonstige Spuren gefunden worden.

Christina schlüpfte wieder in ihre nassen Schuhe und band die Schnürsenkel.

„Also für mich ergibt das hier keinen klaren Eindruck, Frau Kayserling. Es könnte eine theatralische Selbsttötung, ein Unfall nach einer verrückten Mutprobe oder kaltblütiger Mord gewesen sein. Rätselhaft."

Christina nickte Pokorny zu.

„Sehe ich auch so. Und genau deswegen müssen wir tiefer bohren."

„Arno! Kommst du mal! Frau Abteilungsinspektor, schauen Sie!"

Pokorny und Christina eilten in Richtung des Kriminaltechnikers, der sie herbeiwinkte. Sie starrten auf einen unter einem

Farn liegenden goldenen Armreifen. Pokorny schoss sofort ein paar Fotos, dann hob er den Armreifen hoch und ließ ihn in einen Kunststoffbeutel gleiten. Die drei Polizisten starrten das Schmuckstück an.

„Schaut wertvoll aus."

„Orientalischer Stil."

„Ob das echte Smaragde sind?"

27

Sie betätigte den Blinker und bog von der Hauptstraße ab. Christina zähmte ihr Temperament und drückte das Gaspedal nur mäßig durch. Wenn sie unter Druck stand, musste sie sich regelmäßig mit erheblicher Disziplin daran erinnern, dass auch für Kriminalpolizistinnen die Temporegeln der Straßenverkehrsordnung galten. Auf der schmalen Straße durch den Wald konnte sie ohnedies nicht schnell fahren, der VW Passat mit Wiener Kennzeichen vor ihr bewegte sich gemächlich und überholen war hier nicht möglich. Nach einem kurzen Waldstück tat sich die Wiese vor dem ehemaligen Bauernhof auf. Sehr schöne Lage, dachte Christina, nicht allzu weit von Hinterstoder entfernt und dennoch völlig still und abgeschieden.

Auf der Wiese vor dem Haus parkten drei Autos, zwei mit Schweizer Kennzeichen, eines mit deutschem. Anhand der Reifenspuren erkannte Christina, dass hier vor Kurzem noch wesentlich mehr Autos geparkt hatten. Sie stellte ihren Wagen neben den VW Passat und blickte auf die Uhr. Knapp vor elf.

Die beiden Frauen stiegen zeitgleich aus ihren Autos. Christina maß über das Dach ihres Wagens hinweg die Frau Mitte vierzig. Distinguiertes Auftreten, gepflegtes Haar, komfortable Kleidung, sympathisches Lächeln.

„Guten Tag."
„Guten Tag", erwiderte Christina.
Sie schritten auf das Haustor zu.
„Sie statten also Gottfried auch einen Besuch ab", hob Elvira an.
„So ist es."
„Ich habe Sie gestern Abend gar nicht beim Fest gesehen, oder war ich einfach nur sehr unhöflich und unaufmerksam?"
„Ich war nicht eingeladen."
„Ach so."
„Sind Sie eine Bekannte von Gottfried Moorhammer?"
Elvira lächelte.
„Das kann man so sagen."
Christina hielt vor der geschlossenen Haustür an und wollte zur Klingel greifen, doch Elvira öffnete einfach und hielt ihr die Tür auf.
„Immer hinein. Gottfried ist zu Hause und er erwartet mich. Ich bin sicher, er hat kein Problem damit, dass ich Sie hereinbitte. Nicht zuletzt, weil ohnedies noch einige seiner Gäste im Haus sind. Sie wollen doch zu Gottfried, oder?"
„Ja. Ich muss mit ihm sprechen."
„Dann kommen Sie."
„Vielen Dank."
Die beiden Frauen traten in das Vorhaus. Unwillkürlich schweifte Christinas Blick umher. Die Frau aus Wien durchmaß das Vorhaus, nahm einen Seitengang und durchquerte ein Stückchen den hinteren Garten zu einem großen Nebengebäude mit breiter Glasfront. Das Tor stand offen, Christina hörte Stimmen. Sie trat in das Atelier des Meisters und ließ die Atmosphäre des Ateliers ein Weilchen auf sich wirken. Sie war beeindruckt.
„Grüezi, Frau Altmann. Kommen Sie, um zur Tat zu schreiten?"

Der Akzent des Mannes war eindeutig, einer der Gäste aus der Schweiz. Elvira mischte sich unter die Gruppe, die inmitten des Ateliers stand und in ein angeregtes Gespräch vertieft war.
„Nun, Herr Frei, die Arbeit ruft."
„Ich hoffe, Sie wollen uns nicht gleich wieder an die frische Luft setzen!"
Da sprach nun die Dame, die im Auto aus Stuttgart gesessen hatte.
„Das kommt mir gar nicht in den Sinn. Ich bin hier ja auch ein Gast. Wenn uns also jemand an die frische Luft setzen wird, dann ganz bestimmt der Hausherr selbst."
„Und davon", hob Gottfried lautstark an, „kann keine Rede sein! Ihr müsst sowieso alle bei mir zu Mittag essen. Von gestern Abend sind noch jede Menge Reste übrig!"
Gelächter lag in der Runde. Christina wartete beim Tor.
„Ich kann mich gar nicht von diesem Anblick trennen", sagte die elegante Dame. „Gottfried, dein Atelier ist so inspirierend. Rohes Material, in den Dachbalken hängende Kreativität, nackter Stein, blanker Stahl. Und erst diese Skulpturen! Gottfried, ich fühle ganz elementar, dass diese drei Skulpturen wahre Meisterwerke werden. Seht nur diese formvollendete Rundung des weiblichen Gesäßes. Obwohl die Arbeit noch nicht abgeschlossen ist, erkennt man schon die Meisterschaft."
„Hast du schon einen Käufer für diese Skulpturen?"
„Noch nicht. Und ich weiß auch gar nicht, ob und wann ich die drei verkaufen werde. Vielleicht behalte ich sie einfach."
„Was für ein Frevel!", rief die Frau empört. „Du darfst den Menschen deine meisterlichen Arbeiten einfach nicht vorenthalten! Ich kaufe alle drei! Egal, was es kostet! Richard, können wir uns das leisten?"
Wieder hallte Gelächter durch den Raum. Der Ehemann gab seiner Frau keine Antwort auf ihre Frage, weil diese wirklich

nicht nötig war. Selbstverständlich konnte er sich das leisten, anderenfalls hätte er keine Einladung zu Gottfrieds Fest erhalten, hätte auch nicht eines der Gästezimmer im Haus des Meisters beziehen können und stünde gar nicht hier in diesem Atelier.

„Und, Frau Schriebenstein“, sagte nun wieder der Schweizer, „was Sie über das Gesäß dieser Skulptur gesagt haben, kann ich, sozusagen aus der Perspektive des kunstbeflissenen Mannes, hier vor dem Steinbildnis stehend und gestern Abend im Anblick des natürlichen Vorbildes voll und ganz bestätigen.“

Gelächter. Gottfried kratzte seinen Bart.

„Aber wo ist sie eigentlich? Hat jemand von euch Adna gesehen?“

Gottfried entdeckte die beim Ateliertor stehende Frau. Die Augen der Leute richteten sich auf Christina.

„Guten Tag“, grüßte diese lapidar die Runde.

„Guten Tag. Wer sind Sie?“

„Entschuldige Gottfried“, warf Elvira ein. „Ich habe die Dame hereingeführt.“

Christina schritt auf Gottfried zu.

„Herr Moorhammer, mein Name ist Kayserling, ich bin von der Kriminalpolizei Steyr. Haben Sie vielleicht einen Augenblick Zeit für mich?“

Für eine Weile lag Stille im Raum.

„Kriminalpolizei? Gibt es eine Anzeige wegen des Festes?“

Christina maß mit sachlicher Miene die Blicke der anwesenden Damen und Herren. Das waren keine Leute, mit denen man sich als kleine Kriminalbeamtin leichtfertig anlegte, denn nur mit einem Anruf hatten solche Leute sofort ein ganzes Bataillon scharfzüngiger Anwälte bei der Hand.

„Keine Anzeige. Ich muss Sie unter vier Augen sprechen.“

„Muss das sein? Sie sehen ja, dass ich Besuch habe.“

Eines konnte Christina gar nicht ausstehen und das war, egal nun ob von einem heruntergekommen Trunkenbold auf der Straße oder von einem international bekannten Künstler im Kreise seiner Millionärsfreunde, wie ein dummes Lehrmädchen behandelt zu werden. Ihre Stimme war ruhig, leise und unnachgiebig.
„Herr Moorhammer, Sie haben eben nach einer Frau namens Adna gefragt. Können Sie mir bitte eine grobe Beschreibung der Person liefern?“
„Eine Beschreibung von Adna? Sie werden doch nicht etwa meinen persönlichen Gast des Landes verweisen!“
Christinas Miene blieb völlig bewegungslos.
„Die Aufgabenbereiche der Fremdenpolizei und der Kriminalpolizei decken sich nur in seltenen Fällen.“
„Ist Adna etwas passiert?“
„Wäre es möglich, diese Fragen in einem Gespräch unter vier Augen zu erläutern?“
Gottfried schüttelte verunsichert den Kopf, seine Gäste blickten beunruhigt.
„Also folgen Sie mir in mein Büro. Meine Lieben, entschuldigt mich für einen Moment.“

28

Die Seife floss von ihrem Körper, Schaum sammelte sich über dem Abfluss. Jasmina Altmann sparte nicht mit warmem Wasser, seit zehn Minuten schon stand sie in der Duschkabine, die Luft im Badezimmer war wegen der hohen Luftfeuchtigkeit kaum noch zu atmen. Endlich schloss sie den Wasserhahn und griff nach dem Handtuch. Sie hatte schlecht geschlafen. An einer Hand konnte sie die Nächte abzählen, die sie in den

letzten Wochen gut geschlafen hatte. Immer diese Träume. Es waren keine schönen Träume, zumindest aber nicht mehr so hässliche wie noch in ihrer Kindheit. Die Träume heute waren nicht mehr so voller Angst, es war mehr Verwirrung und Hilflosigkeit in ihnen. Die Begegnung mit ihrem Vater, mit seinem Leben und all den Leuten, die ihn umgaben, hatte wieder die alten, vergessen gehofften Stimmungen in ihr geweckt. Obwohl sie sich beim Fest gut gehalten hatte, wie sie meinte und wie ihr auch Clemens mehrmals bestätigt hatte. Jasmina, du bist super, Jasmina, du machst das toll, Jasmina, ich bin stolz auf dich. Sie dachte voller Wärme und Zuneigung an ihn. Er hatte auch seine Probleme, er war auch kein starker Mensch, er litt auch unter Träumen, aber wenn sie zu zweit waren, dann waren sie gemeinsam und jeder für sich stärker als alleine. Sie würde für Clemens durch die Hölle gehen. Und er für sie, das wusste sie. Sie waren einfach füreinander bestimmt und würden gemeinsam alt werden. Sie würden nicht so werden wie ihre Eltern, die gerade einmal ein paar Jahre zusammengehalten und sich dann wieder ihrem Egoismus zugewandt hatten.
Ein Schlaglicht blitzte in Jasminas Erinnerung auf. Der Sommer in Warschau. Die Hölle auf Erden. Sie war sieben Jahre alt gewesen. Ihre Eltern hatten über sie verhandelt, als wäre sie ein Gegenstand oder ein seltenes Tier, das man in irgendeinem Stall unterstellen musste. Ihre Mutter hatte über den Sommer eine zweimonatige Reise nach China vor, mit einem Kamerateam sollte es zuerst nach Shenzhen, danach Richtung Südchina gehen. Es war keine Urlaubs- oder Vergnügungsreise gewesen, ihre Mutter hatte die Fotoausrüstung im Gepäck gehabt, die drei Bücher, die mit dem Bildmaterial entstanden waren, nahmen Ehrenplätze in Elviras Bücherregal ein, drei großformatige Bildbände, einer über das moderne Shenzhen,

einer über das antike Südchina und einer über die landschaftlichen Schönheiten des Gelben Flusses. Obwohl es niemals ausgesprochen worden war, hatte Jasmina die Zusammenhänge dennoch klar gesehen: Ihre Mutter war nicht nur wegen ihrer Arbeit mit diesem Kamerateam, das eine Naturdokumentation gedreht hatte, mitgegangen, sondern auch oder vor allem wegen des Regisseurs. Ein Jahr lang hatte ihre Mutter kaum ein Auge für sie gehabt, sondern nur für diesen Mann. Also hatte ihre Mutter veranlasst, dass sie den Sommer bei ihrem Vater in Warschau verbracht hatte.

Damals hatte sie wieder begonnen einzunässen. Meine Güte, wie sie diese Frau gehasst hatte! Jasmina wusste ihren Namen gar nicht mehr, sie hatte sich redlich bemüht, ihn wieder zu vergessen, doch das Gesicht der Frau hatte sich nicht vertreiben lassen. Schauspielerin war sie gewesen, hatte auf großen polnischen Bühnen ihre Kunst dargeboten. Jasmina fühlte auch heute noch die Angst vor dieser und den Hass auf diese Frau. Blond, schön, vollbusig, pausenlos unter Strom, mal voller Wut und derb wie ein Straßenmädchen, dann wieder voller lustiger Einfälle und mit hinreißendem Lachen. Ihr Vater und diese Frau hatten sich stundenlang bis auf das Messer gestritten, um zehn Minuten später in rasender Ekstase im Bett zu liegen. Ein emotionaler Höllenritt. Und Jasmina hatte mittendrin gesteckt, ein siebenjähriges Mädchen, das ihren Vater voller Inbrunst geliebt, das zu ihm stolz aufgeschaut hatte. Er hatte sich rührend um seine Tochter gekümmert, hatte sie im Arm gehalten, wenn sie sich vor den Wutausbrüchen dieser Frau gefürchtet hatte, hatte ihr Geschichten vorgelesen und gemeinsam mit ihr gemalt, wenn die Frau abends auf der Bühne gestanden hatte, hatte für sie gekocht, ihr die Grundlagen der polnischen Sprache beigebracht, war mit ihr ins Kino gegangen, wo sie sich amerikanische Zeichentrickfilme mit polnischer Synchronisati-

on angesehen und an den falschen Stellen gelacht hatten. Auch hatte er wochenlang insgeheim ihr Bett gereinigt, die Frau war nie darauf gekommen, dass Jasmina einnässte. Und dennoch war Jasmina fortgelaufen, nach einem furchtbaren Streit zwischen der Frau und ihrem Vater, bei dem ihm die Hand ausgerutscht war. Jasmina hörte in ihren Träumen noch manchmal das Geschrei der beiden, dann den Schlag und das dumpfe Poltern eines menschlichen Körpers. Eine Ohrfeige, eine einzige Ohrfeige hatte ihr Vater dieser Frau verpasst, aber ihr Vater war Bildhauer, er arbeitete mit Hammer und Meißel, ihr Vater hatte die Kraft eines Bären, die Frau war zwei Tage im Krankenhaus gewesen und danach hatte sie sich noch eine Woche zu Hause im Bett vom Schlag kurieren müssen. Und Jasmina war drei Tage durch Warschau geirrt, hatte in Abbruchhäusern geschlafen und sich von Abfällen ernährt. Eine Polizeistreife hatte sie aufgelesen.
Jasmina wischte die Erinnerungen an die Zeit in Warschau fort. Danach hatte ihr Vater wieder sein Elternhaus hier in Hinterstoder bezogen. Und Jasmina war in den Schulferien regelmäßig hier zu Besuch gewesen. Ihr Vater hatte sie, seine Tochter, immer geliebt, zu beschützen versucht, sich um sie auf seine manchmal rührende, manchmal unbeholfene Art gekümmert, aber in all der Zeit war Jasmina stets klar gewesen, dass nicht sie die Hauptrolle in seinem Leben spielte, auch nicht seine wechselnden Liebhaberinnen, nicht einmal die Kunst, sondern die Hauptrolle in seinem Leben spielte immer er selbst. All die vielen Menschen, die ihn umgaben, dienten einem Zweck, und dieser war, sein zerrissenes Leben zusammenzuhalten. Seine Tochter bildete darin keine Ausnahme.
Und wo war sie in diesem Spiel? Sie wusste es nicht. Sie wusste nicht, wer sie war und warum sie lebte. Sie war einfach da, ein Nebenprodukt der Schaffenskraft des Meisters.

Jasmina hängte das Handtuch zum Trocknen auf und schlich ins Zimmer. Sie setzte sich zu Clemens ans Bett und ließ ihren Blick auf seinem schlanken Rücken ruhen. Wie sie ihn liebte, ihren klugen, einfallsreichen, liebevollen, zerrissenen Mann.
„Wie spät ist es?“, fragte Clemens, in den Polster brummend.
„Längst Zeit zum Aufstehen.“
„Echt jetzt?“
„Wir werden kein Frühstück mehr kriegen.“
„Fuck.“
Jasmina erhob sich vom Bett und sammelte die zwei auf dem Boden liegenden Weinflaschen auf. Sie hatten spätnachts die Flaschen aus dem schier unermesslichen Vorrat ihres Vaters mitgenommen, bis zum Morgengrauen im Hotelzimmer Schulter an Schulter am Boden gesessen, geredet und getrunken. Irgendwann waren sie in das Doppelbett gefallen.

29

Gottfried ließ Christina eintreten und warf die Tür zu seinem Büro zu. Er stellte sich in die Mitte des Raumes und stemmte seine Fäuste in die Hüften. Christina blickte ihm direkt ins Auge.
„Worum geht es, Frau Inspektor?“
„Es geht um eine kriminalpolizeiliche Ermittlung, Herr Moorhammer. Stimmt es, dass in diesem Haus eine junge Frau orientalischer Herkunft wohnt?“
Dunkle Falten legten sich auf Gottfrieds Stirn.
„Adna ist Tunesierin.“
„Wie alt ist die Person?“
„Vierundzwanzig Jahre.“
„Hält Sie sich gegenwärtig im Haus auf?“

„Ich habe sie heute Vormittag noch nicht gesehen."
„Herr Moorhammer, haben Sie vielleicht ein Foto der Frau bei der Hand?"
Kommentarlos beugte sich Gottfried über seinen Schreibtisch und zog aus dem Durcheinander eine Mappe. Er öffnete sie, suchte in den Abzügen und reichte Christina ein großformatiges Porträt einer bildhübschen jungen Frau mit dunklem Haar und noch dunkleren Augen.
„Hier bitte."
Christinas Blick ruhte auf dem zweidimensionalen Gesicht. Unverkennbar, sie hatte keine Zweifel. Christina sah mit einem Seitenblick, dass sich noch eine Unzahl von Fotos der Frau in der aufgeschlagenen Mappe befand. Sehr freizügige Fotos. Gottfried bemerkte ihren spähenden Blick und klappte die Mappe zu.
„Also, erklären Sie mir jetzt, was Sie suchen?"
„In welcher Beziehung stehen Sie zu dieser Frau?"
„Sie ist mein Gast, meine Gefährtin, Geliebte und Schülerin. Und Adna steht mir Modell für meine Arbeit."
„Herr Moorhammer, ich muss Ihnen die traurige Mitteilung machen, dass wir heute früh die Leiche einer jungen Frau gefunden haben. Natürlich müssen wir noch eine vollständige Identifikation des Leichnams durchführen, aber anhand dieses Porträts gehe ich davon aus, dass die Leiche die von Ihnen genannte Adna ist."
Gottfried taumelte. Er stützte sich am Schreibtisch ab, ließ sich auf den Stuhl fallen. Er starrte Christina mit Panik im Blick an.
„Was … sagen … Sie …"
„Herr Moorhammer, es tut mir leid, Ihnen diese Nachricht übermitteln zu müssen."
„Ist sie ermordet worden?"
„Das ist unklar, Herr Moorhammer. Es könnte auch ein Unfall gewesen sein."

„Aber wie … wie ist es passiert?“
„Kennen Sie den Ostrawitzbach?“
„Natürlich, ich bin hier aufgewachsen.“
„Dann kennen Sie bestimmt auch den Wasserfall.“
„Allerdings.“
„Die junge Frau ist dort abgestürzt und ihren tödlichen Verletzungen erlegen.“
Gottfried verbarg sein Gesicht in seinen großen Händen und murmelte unverständliche Worte. Christina erlauschte nur, dass der Mann im hiesigen Dialekt der Landbevölkerung flüsterte.
„Herr Moorhammer, entschuldigen Sie meine Hartnäckigkeit, aber können Sie mir den vollen Namen der jungen Frau nennen?“
Christina wartete. Endlich ließ er seine Hände sinken, seine Miene spiegelte unermessliches Leid und Verzweiflung. Sein Gesicht war kalkweiß.
„Soll ich einen Arzt rufen, Herr Moorhammer?“
Er hörte die Frage gar nicht.
„Adna Sriti.“
Christina fasste schnell in ihre Handtasche und zog den Notizblock.
„Sie ist die … sie war die jüngste Tochter des berühmten tunesischen Musikers Abdullah Sriti.“
Gottfried schob den Schreibtisch zur Seite, öffnete eine versteckte kleine Falltür im Holzboden und hob eine Blechschatulle aus dem Bodenversteck. Zweifelsfrei war dieses Versteck vor langer Zeit angelegt worden, zweifelsfrei hatten Gottfrieds Vorfahren hier ihre kostbarsten Kleinodien vor den neugierigen Augen der Mägde und Knechte verborgen. Gottfried stellte die Schatulle auf den Schreibtisch und sperrte sie auf. Ein bisschen Bargeld, ein Bündel alter Briefe, eine kleine Schmuckkasset-

te und zwei Reisepässe befanden sich darin. Gottfried reichte Christina einen tunesischen und einen spanischen Pass. Christina blätterte die beiden Pässe auf.

„Frau Sriti hat also zwei Staatsbürgerschaften gehabt."

„Ja. Ihre Mutter stammt aus Mallorca, aus Palma, hat aber auch tunesische Wurzeln. Sie war schon als Jugendliche eine populäre Volkssängerin, hat aber ihre Karriere für ihre vier Kinder zurückgestellt. Adna hat ihre Kindheit in Tunis verbracht, die Jugend in Spanien."

„Herr Moorhammer, erlauben Sie, dass ich die Reisepässe an mich nehme, damit die Polizeibehörde mit den Botschaften der beiden Länder in Kontakt treten kann?"

„Natürlich. Tun Sie, was notwendig ist."

Gottfried stellte sich zum Fenster, stützte sich an der Fensterbank ab und starrte in seinen Garten.

„Fühlen Sie sich in der Lage, mir weitere Fragen zu beantworten?"

Christina wartete eine Weile auf eine Reaktion.

„Wann haben Sie Frau Sriti zuletzt gesehen?"

Sie wartete wieder.

„Zuletzt gesehen? Gestern Abend. Bei meinem Fest. Alle habe meine punische Prinzessin gesehen und bewundert, ich selbst am allermeisten. Adna, meine Blume des Atlas, der Atem meines Lebens, mein Komet von Karthago. Was ist nur geschehen?"

„Um welche Uhrzeit?"

„Ich weiß es nicht, der Abend war lang, wir haben getrunken, ich habe getrunken. Ich weiß es nicht mehr. Vielleicht Mitternacht. Vielleicht ein Uhr morgens. Ich weiß es einfach nicht."

„Haben Sie Frau Sriti noch vor dem Einschlafen im Schlafzimmer gesehen?"

„Wir haben kein gemeinsames Schlafzimmer. Außerdem habe ich in der letzten Nacht im Atelier übernachtet."

„Warum im Atelier?“
„Weil ich zu betrunken war, um den Weg in mein Schlafzimmer zu finden.“
„Wann sind Sie zu Bett gegangen?“
„Keine Ahnung. Aber es war spät und ich war betrunken. Fragen Sie meine Gäste.“
„Haben Sie eine Gästeliste?“
„Nein, ich bin nicht sehr gut in Planungsfragen. Ich habe alle eingeladen, die mir eingefallen sind, viele haben zugesagt. Aber fragen Sie Barbara. Sie weiß bestimmt die Namen aller Gäste.“
„Barbara? Wer ist das?“
„Barbara Satzberger, meine Haushälterin. Sie hält hier alles zusammen.“
„Wohnt Frau Satzberger im Haus?“
„Nein, Sie wohnt in ihrem Haus in Hinterstoder.“
„Hat Frau Sriti ein Handy besessen?“
„Nein. Im Haus ist ein Festnetztelefon, das hat sie benutzt, wenn sie mit ihren Eltern oder Freunden telefoniert hat.“
Christina machte sich Notizen.
„Fällt Ihnen ein Grund ein, weswegen Frau Sriti mitten in der Nacht zum Ostrawitzbach gegangen ist?“
Gottfried starrte Christina völlig zermürbt an.
„Ich habe keine Ahnung.“

30

Raimund Brandstätter klickte auf den Button, speicherte somit seine Eingaben in die Datenbank, machte einen Vermerk auf den neben der Tastatur liegenden Papieren und legte sie im Fach für erledigte Arbeiten ab. Langsam und mit der nötigen Gewissenhaftigkeit arbeitete er sich durch den anfallenden Papierkram. Am liebsten werkte er an ruhigen Vormittagen am Computer, bislang hatte man an diesem Samstagvormittag nur einen Verkehrsunfall mit Blechschaden und einen Ladendiebstahl gemeldet. Seine Leute in der Wachstube wussten genau, dass ihr Kommandant an solchen Tagen ohne Eile seine Büroarbeit zu leisten pflegte, sie in Ruhe ließ, solange sie ebenso entspannt und gelassen ihre Pflichten erledigten, und dass er überhaupt keinen Stress machte, wenn sie eine passende Gelegenheit nutzten, im Hinterzimmer eine Runde Bauernschnapsen zu spielen. Von Zeit zu Zeit nahm Raimund sogar einen Platz in der Viererrunde ein und warf mit seinen Jungs die Karten. Er war als Mitspieler hochgeschätzt, weil er sich die gefallenen Karten merkte, Spielverläufe gut einschätzten konnte und pfiffige Witze servierte. Raimund wurde eigentlich nur dann muffig, wenn einer seiner Leute mit Gewalt den Deppen vom Dienst spielte, dann allerdings verstand er es glaubhaft, sich Respekt zu verschaffen.

Sein Handy schlug an. Er schaute auf die Anzeige des Telefons.

„Christina, was für eine Ehre, von dir angerufen zu werden."

„Hallo Raimund. Habe ich das richtig in Erinnerung, dass du an diesem Wochenende Dienst hast?"

„Ich sitze an meinem Schreibtisch und versorge die fehlerfrei arbeitende Software unserer hochgeschätzten Sicherheitsbehörden mit dem nötigen Kleinkram zur Verstopfung der Datenleitungen."

Christina schmunzelte.

„Schön gesagt."

„Hast du auch Wochenenddienst und ist dir auch so langweilig bei der Arbeit vor dem Computer, dass du für ein kleines Schwätzchen anrufst?"

„Wochenenddienst ja, Langeweile nein."

„Also, was liegt an?"

„Ich bin in Hinterstoder im Haus des Bildhauers Gottfried Moorhammer und brauche hier ehestmöglich einen Streifenwagen. Hier muss Präsenz gezeigt werden."
„Hinterstoder? Da bin ich gar nicht zuständig."
„Die Kollegen aus Kirchdorf können mir derzeit keine Streife schicken. Alle unterwegs. Soll ich im Stadtpolizeikommando anrufen oder kannst du mir einen deiner Wagen schicken?"
Raimund schnappte seine Dienstmütze und schnellte hoch.
„Du, Christina, ich bin praktisch schon unterwegs. Bei uns ist derzeit alles ruhig."
„Okay, also die Adresse ist ..."
„Ich weiß, wo der Gottfried wohnt."
„Kennst du den Mann?"
„Aber ja. Noch aus der Jugend. Der wildeste Hund im Umkreis von zweihundert Kilometern."
Das Telefon zwischen Schulter und Kinn eingeklemmt, setzte Raimund seinen Computer in den Standby-Betrieb.
„Du kennst wirklich alle und jeden."
„Hat das etwas mit dem Leichenfund im Stodertal zu tun?"
„Es hat."
„Gib mir zwanzig Minuten, dann bin ich bei dir."
„Danke, Raimund. Bis später."
„Bis gleich."

31

Elvira stellte das Stativ auf und fixierte den Fotoapparat. Gottfrieds Gäste standen noch im Atelier und blickten ein wenig ratlos um sich. Der Auftritt dieser Polizistin hatte für einige Irritation gesorgt, alle hatten sofort verstanden, dass diese Frau nicht wegen irgendeiner Lappalie hier aufgetaucht war.

Um dem peinlichen Schweigen nach Gottfrieds Abgang zu entgehen, hatte Elvira mit der Arbeit begonnen, nicht ohne mit einem Ohr den stockenden Gesprächen im Atelier zu lauschen.

„Er kommt wieder", sagte die Frau aus Stuttgart.

Elvira schaute zum Tor. Sie erschrak. Gottfried wankte beinahe, sein Gesicht war kreidebleich.

„Gottfried, was ist denn geschehen?"

Elvira ging zu Gottfried, der am Tor stand und sich mit einer Hand an der Wand abstützte. Wie alt und erschöpft er mit einem Mal aussah. Seine Gäste umringten ihn. Gottfried starrte eine Weile zu Boden.

„Um Himmels willen, was ist denn geschehen?"

Er hob seinen Blick. Verzweiflung lag darin.

„Adna ist tot."

Schockstarre lag im Raum.

„Aber wie konnte das passieren?"

„Ich weiß es nicht. Ich verstehe nicht, was passiert ist. Sie ist tot."

„Ist diese Polizistin noch im Haus?"

„Sie telefoniert draußen. Sie fordert Verstärkung an."

„Ist Adna ermordet worden?"

„Ich weiß es nicht."

„Das ist doch absurd."

„Wann soll das geschehen sein?"

„Es kann nur in den Morgenstunden passiert sein."

„Das arme Kind."

„Was für ein Jammer. Entsetzlich."

Gottfried schnappte geräuschvoll nach Luft.

„Die Polizei wird eure Personalien aufnehmen", würgte er hervor.

„Aber wozu soll denn das gut sein?"

„Aber Frau Schreibenstein, bedenken Sie, wenn Adna ermordet worden ist, dann sind wir die letzten Menschen, die sie lebend gesehen haben. Die Polizei muss unsere Namen notieren und uns befragen."
„Ich reise ab! Unter keinen Umständen bleibe ich länger."
Gottfried griff nach der Hand der Frau und drückte sie.
„Entschuldigt bitte, meine Freunde, aber genau darum will ich euch bitten. Ich muss jetzt allein sein. Ich bin … völlig außer mir."
„Richard, wir packen!"

32

Christina war für das Telefonat vor das Haus gegangen. Sie ließ ihren Blick über die malerische Bergkulisse streifen und steckte das Telefon wieder in die Handtasche. Sie hatte es noch gar nicht losgelassen, da klingelte es. Sie drückte das Ding an ihr Ohr.
„Kayserling."
„Pokorny."
„Ah, Herr Pokorny. Wie schaut es aus bei Ihnen?"
„Wir sind hier fertig und packen unsere Sachen. Folgendes wollte ich Ihnen noch mitteilen …"
„Ich bin ganz Ohr."
„Wir haben mehrere Fußspuren am und rund um den kleinen Trampelpfad zum Wasserfall entdeckt, die nur wenige Stunden alt sein dürften. Der Waldboden ist relativ trocken, daher geben die Abdrücke verdammt wenig Profil her. Das einzig halbwegs Brauchbare ist, dass eine Person den Pfad verlassen hat und in etwa dreißig Meter Abstand zum Wasserfall an überhöhter Position mit Blick auf den Wasserfall gestanden hat. Die Person hat Schuhgröße 43 oder 44."

„Also wahrscheinlich ein Mann."
„Wahrscheinlich."
Christina überdachte die Informationen.
„Das heißt, wir haben außer dem Schmuckstück gar nichts."
„Genau das heißt es."
„Mist."
„Also, Frau Kayserling, Sie kriegen den Bericht so bald wie möglich."
„Vielen Dank, Herr Pokorny."
Christina wog das Telefon in der Hand und starrte eine Weile ins Leere. Sie sah die glatte Gesichtshaut einer Frau vor sich, der nicht viele Lebensjahre vergönnt gewesen waren. Hatte sie sich durch Leichtsinn oder Verzweiflung selbst um diese Jahre gebracht oder hatte da jemand seine Hände im Spiel gehabt?

33

Kaum stand der Wagen, riss Raimund schon die Beifahrertür auf. Der Streifenwagen hielt neben Christinas schwarzem VW Golf. Die beiden uniformierten Männer gingen auf das Haus zu. Die Tür stand offen, dennoch klopfte Raimund laut.
„Grüß Gott!", rief er in das Vorhaus.
Er hörte Stimmen aus der Stube. Auch die Tür dorthin stand offen. Raimund trat, von seinem Kollegen gefolgt, in den Türrahmen. Gottfried stand im Kreise einiger Leute inmitten des Raumes. Raimund hörte Schweizer und schwäbische Sprachfärbungen. Die Gäste waren offensichtlich im Begriff aufzubrechen, Koffer standen aufgereiht.
„Grüß Gott", wiederholte Raimund die Begrüßung.
Das nervöse Gerede der Menschen stockte schlagartig, alle schauten zu den Polizisten im Türrahmen.

„Wir suchen Frau Inspektor Kayserling."
Gottfried löste sich aus der Gruppe und kam den Polizisten entgegen.
„Die Frau Inspektor ist einen Stock höher in Adnas Zimmer."
„Erlauben Sie, dass wir auch hinaufgehen?"
„Ja, selbstverständlich. Ich zeige Ihnen den Weg."
Gottfried schob sich an den beiden Polizisten vorbei in das Vorhaus. Er hielt inne und schaute Raimund genauer an.
„Raimund? Bist du es?"
„Grüß dich, Gottfried."
Die beiden Männer reichten einander die Hände.
„Meine Güte, ich habe dich Jahre nicht gesehen."
„Jahrzehnte, Gottfried, Jahrzehnte."
„Und doch habe ich dich wiedererkannt. Du bist also zur Polizei gegangen."
„Schon vor einer halben Ewigkeit."
Gottfried nickte. Er war verstört, das sah Raimund genau, und das war kein Schauspiel, Gottfried Moorhammer steckte in einer Art fieberhafter Schockstarre. Ein flotter Schatten flog über die Treppe herab und huschte auf die Männer zu. Sie drehten gleichzeitig die Köpfe.
„Genau zur rechten Zeit!", rief Christina aus. „Danke, Raimund, dass du so schnell gekommen bist."
„Also, was liegt an?"
„Herr Moorhammer, erlauben Sie bitte, dass meine Kollegen die Personalien Ihrer Gäste aufnehmen?"
Gottfried hob abwehrend die Hände.
„Muss das wirklich sein?"
„Es muss."

34

Natürlich hatte sie die Tür hinter sich geschlossen und hatte das Fenster geschlossen gelassen, nur die Vorhänge hatte sie zur Seite gezogen, um genug Licht für die Suche zu haben. Christina kniete am Boden und tastete sich seit fünf Minuten durch die Schmuckschatulle. Vorsichtig drehte und wendete sie die Ketten, Armbänder und Ohrgehänge. Schöner Schmuck, Christina war wirklich angetan, erstklassige Goldarbeiten, kunstvoll graviertes Silber, makellos polierte Edelsteine. Eine Fachfrau für Schmuck war sie zwar nicht, aber dass die Stücke enormen Wert besaßen, wusste sie wohl. Eine Schatulle voll der Kostbarkeiten, sorgsam gepflegt und aufbewahrt. Christina erahnte die fast kindliche Freude, die die ehemalige Besitzerin der Stücke in sich getragen haben musste, als sie mit einem weißen Tuch die Metallkörper und die eingesetzten Steine poliert hatte. Das in sich versunkene Spiel eines zu einer Frau herangewachsenen kleinen Mädchens.

Wie kam eine junge Nordafrikanerin auf die Kante eines im Wald versteckten Wasserfalls? Welche Geheimnisse hatte sie mit sich getragen? Die punische Prinzessin. Christina ging diese Anrede nicht aus dem Sinn. Der Stern von Karthago. War sie ein trauriger Mensch gewesen? Fröhlich? Leichtsinnig? Hatte sie sich ihrer Schönheit geschämt? Oder kühl berechnend Vorteile daraus gezogen? War sie Zwängen unterworfen gewesen? War jeder Tag auf das Neue ein intensives Abenteuer, das impulsiv zu erleben ihre einzige Leidenschaft war? Hatte sie häufig in den Polster ihres Bettes geweint? Warum war sie wenige Wochen nach ihrem vierundzwanzigsten Geburtstag in den Tod gestürzt?

Die Tür zum Zimmer, in welchem Adna Sriti gewohnt hatte, wurde geöffnet. Christina blickte hoch.

„Und, wie weit bist?", fragte Raimund Brandstätter und trat in das Zimmer.
Christina erhob sich und stellte sich neben ihren Kollegen und Freund. Allzu lang kannten sie sich noch nicht, vor kaum einem Jahr hatten sie den ersten gemeinsamen Fall bearbeitet, und doch kam es Christina vor, als ob sie mit Raimund schon ein halbes Leben lang befreundet war.
„Im Prinzip fertig. Und solange wir nicht wissen, ob die Frau getötet worden ist, kriege ich wohl kaum einen Hausdurchsuchungsbefehl. Eine allgemeine Sichtung habe ich gemacht, das hat mir der Hausherr erlaubt."
Raimund blickte sich im Zimmer um.
„Sie hat Ordnung gehalten."
„Allerdings. Die Kleidung liegt sauber geordnet im Kasten, die Schuhe sind geputzt, der Boden und die Regale sind gewischt. Nur in die Schmuckschatulle ist gegriffen worden."
„Der Armreifen, den ihr im Wald gefunden habt, stammt aus dieser Schatulle?"
„Schau mal, Raimund."
Christina kniete wieder auf den Boden vor der Schatulle, Raimund ging in die Hocke.
„Siehst du diesen Halsreifen? Das ist genau der gleiche Stil. Ich würde mich sehr wundern, wenn Arm- und Halsreifen nicht von ein und demselben Goldschmied gefertigt wurden und der jungen Frau gehört haben."
„Tolles Stück. Was kostet so etwas?"
„Keine Ahnung. Zwanzigtausend? Dreißigtausend?"
Die beiden erhoben sich wieder.
„Hat sie den Armreifen beim Fest getragen?", fragte Raimund.
„Nein. Moorhammer hat gesagt, dass sie ein nagelneues Sommerkleid getragen hat. Genau jenes, in dem wir sie gefunden haben. Der Schmuck passt nicht zu westlicher Kleidung. Da,

schau in diese Einkaufstaschen. Frau Sriti war zuletzt mit einem Mann namens Heiner Schweiger in Salzburg zum Einkaufen."

„Der Mann ist jetzt im Haus."

Christina zog die Augenbrauen hoch.

„Heiner Schweiger?"

„Ein Deutscher. Vor fünf Minuten ist er mit dem Taxi gekommen. Der schwarze Mercedes in der Garage gehört ihm. Er hat beim Fest zu viel getrunken, das Auto stehen lassen und ist mit dem Taxi nach Hause. Jetzt wollte er den Wagen holen und hat vom Vorfall gehört. Gottfried und Schweiger sitzen in der Stube. Er ist, wie er sagt, ein Freund des Hauses."

„Dann gehe ich anschließend zu den beiden Herren."

„Hast du alles fotografiert?"

„Ich hoffe ja."

„Die anderen internationalen Gäste sind schon aufgebrochen."

„Ich weiß. Hab gehört, wie die Autos abgefahren sind. Hast du die Namen?"

„Freilich. In jedem Fall ist die junge Frau knapp vor ein Uhr früh zuletzt gesehen worden."

„Das grenzt die Zeit schon mal etwas ein."

„Und was machen wir jetzt?"

Christina zuckte mit den Achseln und streifte die Latexhandschuhe ab.

„Hoffen, dass kein Verdacht eines Gewaltverbrechens auftaucht."

„Was glaubst du?"

„Ich glaube nicht."

Raimund verzog schmunzelnd seine Miene.

„Und genau deswegen wirst du dereinst in der Hölle schmoren."

Christina wandte sich zum Gehen.

„Ach was, da schmore ich doch schon längst."

35

Christina klopfte an die offen stehende Tür und trat in die Stube. Die beiden Männer saßen schweigend bei Tisch und hoben die Blicke. Christina ging auf sie zu.

„Guten Tag“, begrüßte Christina den Mann um die sechzig, der mit Gottfried Kaffee trank. „Mein Name ist Kayserling, Kriminalpolizei Steyr.“

„Guten Tag, Frau Kommissar.“

„Sind Sie Heiner Schweiger?“

„Ja.“

„Herr Moorhammer, darf ich mich ein bisschen zu Ihnen setzen?“

„Natürlich, setzen Sie sich. Wollen Sie auch eine Tasse Kaffee?“

„Vielen Dank, keine Getränke.“

Christina rückte den Stuhl. Gottfried saß ihr gegenüber und Heiner rechts von ihr.

„Haben Sie sich ausreichend umgeschaut?“

„Ja.“

„Und haben Sie auch die Schmuckschatulle gefunden?“

„Habe ich. Vielen Dank, Herr Moorhammer, dass Sie das Betreten Ihres Hauses gestattet haben. Sie wissen, Sie hätten das nicht tun müssen. Ich habe keinen Durchsuchungsbefehl.“

„Wenn es hilft, Adnas Tod aufzuklären, ist es mir recht.“

„Das wird sich weisen.“

„Vermuten Sie ein Verbrechen, Frau Kommissar?“

Christina schaute Heiner direkt in die Augen. Ein selbstbewusster Mann, dachte sie, ein Mann mit Erfahrung, kühler Intelligenz, Zähigkeit und Härte, aber auch ein Mann mit tiefgründigen Augen und sympathischen Zügen.

„Die österreichische Polizei kennt den Dienstgrad Kommissar nicht, Herr Schweiger. Man sagt hier Inspektor.“

„Entschuldigung.“
„Kein Problem. Und zu Ihrer Frage, wir können zurzeit keine Möglichkeit ausschließen.“
Gottfried leerte seine Kaffeetasse mit einem schnellen Zug.
„Wie ich gehört habe, waren Sie mit Frau Sriti vor Kurzem in Salzburg. Ist das korrekt?“
„Das ist korrekt. Adna und ich sind Donnerstagmorgen losgefahren, haben eine Einkaufstour gemacht, waren im Museum und abends im Restaurant. Freitagmittag sind wir wieder abgefahren.“
„Haben Sie in einem Hotel übernachtet?“
„In meiner Salzburger Wohnung.“
Christina ließ kurz den Blick zwischen den beiden Männern hin und her pendeln.
„Wie war denn Ihr Verhältnis zu Frau Sriti?“
„Ich habe sie angehimmelt! Alle, denen das Privileg vergönnt war, Adna zu kennen, haben sie angehimmelt. Ich habe nie eine junge Frau von so offenem und herzlichem Wesen getroffen. Adna war auch talentiert! Adna war ein Phänomen! Adna war immer gut gelaunt, immer hellhörig. Und sie war hochintelligent. Mühelos hat sie die deutsche Sprache erlernt. Nicht wahr, Gottfried, ich habe mehrmals dir gegenüber mein Staunen über ihre riesigen Fortschritte ausgedrückt. Doch vor allem in der Malerei hat sie enorme Fortschritte gemacht.“
„Allerdings.“
„Wie haben Sie Frau Sriti kennengelernt, Herr Moorhammer?“
„Es war bei einer Vernissage in Düsseldorf. Ungefähr ein Jahr ist das her. Da sind wir ins Gespräch gekommen. Am nächsten Tag haben wir uns in einem Café getroffen, sie hat mir einige ihrer Arbeiten gezeigt. Danach haben wir per E-Mail kommuniziert. Im Herbst haben wir uns in Wien getroffen, haben eine Sightseeingtour unternommen, Museen besucht, sind mit ei-

nem Donauschiff von Wien nach Bratislava und zurück gefahren. Einen Monat später war sie für eine Woche hier zu Gast. Zum Schifahren. Anfang des Jahres ist sie wegen der Arbeit hergezogen."

„Sie stand Modell für sie. War das ihre Arbeit?"

„Ein Teil der Arbeit. Ein anderer Teil war ihre Ausbildung. Sie wollte Malerin werden."

„Es kann keinen besseren Lehrmeister geben", ereiferte sich Heiner, „als Gottfried Moorhammer! Frau Inspektor, Sie hätten das sehen müssen. Als Adna hier ankam, war sie eine begabte junge Zeichnerin, mehr nicht, aber innerhalb von nur fünf Monaten haben sich ihre Fähigkeiten, ich möchte sagen, exponentiell gesteigert. In so kurzer Zeit kann kein Student an irgendeiner Kunstuniversität der Welt seine Fähigkeiten derart entfalten. Es war enorm. Ich bin so deprimiert, dass sie nun tot ist."

„Meine Herren, haben Sie irgendeinen Verdacht, der ein Gewaltverbrechen gegen Frau Sriti nahelegt?"

Gottfried schüttelte den Kopf.

„Nein. Ihr Tod ist mir völlig unerklärlich. Niemand hasste Adna, sie hatte keine Feinde, alle liebten sie."

Christina musterte Heiner Schweigers plötzlich etwas verzwickte Miene.

„Herr Schweiger, was ist Ihre Meinung?"

Heiner warf Gottfried einen nervösen Blick zu. Dieser runzelte die Stirn.

„Na ja, wie soll ich sagen ..."

Christina wartete gespannt auf das, was da kommen mochte.

„Was meinst du, Heiner?", fragte Gottfried.

„Frau Kommissar ... Pardon, Frau Inspektor, es ist wahrscheinlich nichts, aber angesichts der Ereignisse sollten Sie Bescheid wissen."

„Worüber, Herr Schweiger?"
„Es hat gestern Nacht einen Streit gegeben. Ich weiß gar nicht, worum es gegangen ist, aber Barbara und Adna sind aneinandergekracht."
„Davon weiß ich gar nichts", sagte Gottfried entgeistert.
„Bitte erzählen Sie genauer, Herr Schweiger."
„Also, das war gegen halb zwölf, knapp vor Mitternacht auf jeden Fall. Wir waren alle schon ein wenig betrunken. Ich bin in die Küche gegangen, um frische Gläser zu holen. Gottfried, du hast gerade den Sauvignon geöffnet und es haben ein paar Weißweingläser gefehlt. Die wollte ich holen. In der Küche habe ich dann mitgehört, wie Barbara und Adna sich gezankt haben. Entschuldige, Gottfried, wenn ich das in Anwesenheit der Polizei sage, aber die beiden haben sich manchmal gestritten."
„Ich weiß."
„Barbara war, das war unschwer festzustellen, schon ein wenig mehr als angeheitert. In jedem Fall hat sie Adna beschimpft, und als Adna dann frech gekontert hat, hat Barbara geschrien, dass sie Adna erwürgen werde. Und Barbara hat drohend eine Weinflasche gehoben. Da bin ich dazwischengegangen, habe Barbara die Flasche entwunden und Adna gebeten, den Raum zu verlassen. Was diese sofort getan hat."
Heiner schluckte schwer, Gottfrieds Miene war düster und unnahbar.
„Sie meinen Barbara Satzberger, die Haushälterin?"
„Ja."
„Hat sich sonst noch etwas ereignet?"
„Sonst nichts. Und um ehrlich zu sein, Frau Inspektor, ich habe fünf Minuten später den Vorfall schon wieder vergessen gehabt. Das war nicht ernst, das war ein kleiner Streit unter Frauen, und Barbara, das wissen wir alle, kann sehr aufbrausend sein. Vor allem, wenn sie getrunken hat."

Christina überdachte das Gehörte und erhob sich.
„Meine Herren, ich danke für das Gespräch. Hier, meine Visitenkarte. Bitte rufen Sie mich an, falls Ihnen noch etwas einfällt. Meine Kollegen und ich werden jetzt wieder abziehen. Guten Tag."

36

Er hätte nicht gedacht, dass er jemals daran Vergnügen finden würde. Jens lag seit einer Stunde in seinem Versteck und beobachtete durch das Fernglas das Kommen und Gehen auf dem Hof. Längst trug er nicht mehr die auffällig gefärbte Kleidung, die man als modebewusster Radfahrer um irrwitzig überteuerte Preise in den Sportgeschäften kaufen konnte, mittlerweile war er durchwegs in grüne oder erdbraune Hosen und T-Shirts gekleidet. Er hatte sich in einem Laden für Jagdausrüstung ausgestattet. Seine Füße steckten nicht mehr in Radfahrerschuhen, sondern in leichten Wanderschuhen, und der Rucksack fiel nicht mehr durch die für Radfahreraccessoires typischen Rückstrahler und Neonfarben auf, sondern im Wald gar nicht mehr. Er war zu einem Krieger geworden, zu einem unsichtbaren Jäger bei Tag und Nacht.
Jens verfolgte, wie die Frau im Hosenanzug mit den beiden Polizisten vor dem Haus beisammenstand, mit ihnen sprach, auf die Uhr blickte und sich dann mit Handschlag von den beiden Männern verabschiedete. Sie stieg in ihren schwarzen VW Golf und verließ das Areal, danach entfernte sich der Streifenwagen. Zweifellos war sie die ranghöhere Polizistin, gewiss eine Kriminalbeamtin, das hatte die Körpersprache der drei völlig klargemacht. Jens hatte auf die große Distanz das Gesicht der Frau nicht erkennen können, aber er hatte sich ihre Bewegungs-

muster genau eingeprägt. Eine bestimmt sehr interessante Frau mit katzenhaftem Schritt, bedächtiger und beim Sprechen sehr präziser Gestik. Wahrscheinlich war sie eine gute Sportlerin. Und sie hatte den Männern in Uniform Anweisungen gegeben. Interessant.

Jetzt waren, so rechnete Jens, nur mehr Heiner und Gottfried im Haus. Ein Gedanke spukte durch seinen Kopf, eine prickelnde Idee, eine anregende Vorstellung. Er würde wie ein Phantom den Hang hinabhuschen, durch die Hintertür ins Haus eindringen, sich anschleichen und sie, ohne dass die beiden fetten alten Männer etwas bemerkten, mit Kopfschüssen aus nächster Nähe jedweder irdischen Qual und Verwirrung entheben. Ein wahrer Samariter.

Sein Lächeln unter der Sturmhaube hatte etwas Teuflisches.

37

In den Sechzigerjahren war das Haus erbaut worden, Christina erkannte das an der für die damalige Zeit typischen Architektur. Ein funktionaler Bau, die Baustoffe waren teuer und knapp und die Menschen auf dem Land nicht wohlhabend gewesen, zweifellos hatten ein paar Männer aus dem Dorf beim Bau zusammengearbeitet und das Bauholz war aus den umliegenden Wälder eigenhändig geholt worden. Nun stand das kleine Einfamilienhaus makellos instand gehalten mit bunten Blumenkästen an den Fenstern in einem hübschen Garten. Blumenbeete, blühende Sträucher und schattenspendende Bäume bildeten das Gartenensemble, auch fehlte nicht ein sorgsam drapierter Steingarten mit drei Gartenzwergen. Und seitlich des Hauses befand sich ein Carport, unter welchem ein roter Kombi geparkt war. Die Häuser in dieser Gasse

sahen einander stilistisch ähnlich, wenngleich die Uniformität von Dorfsiedlungen späterer Jahrzehnte, die durchwegs am Reißbrett geplant worden waren, hier fehlte. Die Dorferweiterung in den Sechzigerjahren war der Zeit entsprechend noch sehr von der Eigeninitiative der Menschen getragen gewesen, weniger von den Strategien der Raumplanung. Christina suchte am Gartentor nach einer Klingel, fand keine, also öffnete sie das Tor und durchquerte den Garten. Sie klopfte an die Tür. Eine blonde Frau in Christinas Alter öffnete. Sie trug eine Küchenschürze über Jeans und Bluse. Küchenduft strömte aus dem Haus.
„Guten Tag, mein Name ist Kayserling, ich bin vom Kriminalreferat Steyr."
„Guten Tag."
„Sind Sie Barbara Satzberger?"
„Ja."
„Darf ich eintreten? Ich muss mit Ihnen sprechen."
Die Frau schaute mit saurer Miene links und rechts zu den Nachbarhäusern und nickte Christina zu.
„Kommen Sie."
Christina folgte der Frau in die Küche. Barbara reduzierte am E-Herd die Hitze unter dem Suppentopf. Das Gartentor lag direkt vor dem Küchenfenster, die Frau hatte zweifellos ihr Kommen genau beobachtet. Christina schaute sich in der Küche um. Alles sehr proper und gediegen, eine Küche wie in tausend anderen Einfamilienhäusern.
„Setzen Sie sich doch, Frau Inspektor. Wollen Sie einen Kaffee?"
„Danke nein, keine Getränke."
Die beiden Frauen setzten sich an den schmalen Küchentisch.
„Sie kommen wegen der Toten am Ostrawitzbach, nicht wahr?"
„Sie wissen darüber also schon Bescheid."

„Beim Einkaufen hab ich es gehört. Stimmt es, dass Adna die Tote ist?“
„Die Identifikation der Leiche war bisher nur anhand eines Fotos möglich, aber eigentlich gibt es da keine Zweifel. Ja, die Tote ist Adna Sriti.“
Barbara legte die Hände auf dem Tisch übereinander und schaute mit dunkler Miene zum Fenster hinaus.
„Frau Satzberger, wie ich gehört habe, sind Sie Haushälterin bei Gottfried Moorhammer. Stimmt das?“
„Ja.“
„Betreuen Sie auch noch andere Häuser?“
„Nein.“
„Ist das ein Vollzeitberuf?“
„Manchmal schon. Die letzten zwei Wochen habe ich praktisch pausenlos gearbeitet. Wegen Gottfrieds Geburtstagsfest.“
„Sie haben bei den Vorbereitungen mitgearbeitet?“
„Was heißt mitgearbeitet? Ich habe alles auf die Beine gestellt. Der Gottfried ist in solchen Dingen vollkommen unbrauchbar. Er hätte eine paar Kartons Wein, ein paar Flaschen Schnaps und Chips im Supermarkt gekauft, zu mehr wäre er nicht fähig gewesen.“
Christina fielen an der Rückwand der Küche ein paar in Glas gerahmte Fotos an der Wand auf. Auf jedem Bild war Gottfried Moorhammer zu sehen.
„Geht sich das finanziell aus, Frau Satzberger?“
„Ich brauche nicht viel Geld. Das Haus hab ich von meinen Eltern geerbt, mein Auto ist abbezahlt, ich habe Reserven.“
„Wie lange arbeiten Sie schon für Herrn Moorhammer?“
„Seit acht Jahren.“
„Leben Sie allein in diesem Haus?“
„Warum fragen Sie mich solche Sachen, Frau Inspektor?“
„Um mir ein Bild der Menschen zu machen, mit denen Frau Sriti Kontakt hatte.“

„War das ein Mord oder ein Unfall?“
„Das ist unklar, Frau Satzberger, deswegen muss ich Recherchen durchführen. Ist es für Sie akzeptabel, meine Fragen zu beantworten?“
Barbara schaute wieder schweigend zum Fenster hinaus. Mit ihrer Stimmung stand es wahrlich nicht zum Besten. Was hatte die Frau so verstimmt?
„Ich bin geschieden“, sagte Barbara, ohne ihren Blick vom Fenster abzuwenden. „Ich war nur ein Jahr verheiratet. Es hat nicht geklappt. Seit zehn Jahren lebe ich als Single. Im Dorf zerreißen sich die Leute längst nicht mehr die Mäuler, die haben mich schon abgestempelt. Ich will keinen Ehemann, der vorm Fernseher sitzt und herumkommandiert, ich brauche keine Kinder, die dauernd lästig sind und, kaum dass sie erwachsen sind, einen undankbar im Stich lassen. Da bleibe ich lieber allein.“
„Frau Sriti hat ungefähr ein halbes Jahr bei Herrn Moorhammer gelebt. Wie gut kannten Sie die Frau?“
Ein hässlicher Zug legte sich in das ansonsten aparte Gesicht.
„Gut genug, das können Sie mir glauben. Gut genug.“
„Das verstehe ich jetzt nicht. Was meinen Sie damit?“
„Dieses kleine Flittchen hat doch den Gottfried nur ausgenutzt!“, rief Barbara aufgebracht.
Christina nahm zur Kenntnis, dass da nicht unerhebliche Emotionen im Spiel waren.
„Soweit ich weiß, haben Frau Sriti und Herr Moorhammer miteinander gearbeitet. Sie stand ihm Modell und er hat sie unterrichtet.“
Barbara winkte ab.
„Ach was! Adna war als Künstlerin völlig untalentiert. Da kann jeder Volksschüler besser zeichnen. Der Gottfried hat nichts dazugelernt. Aber so sind die Männer, die kapieren einfach nicht.“

Christina runzelte die Stirn.
„Es tut mir leid, Frau Satzberger, ich verstehe Ihre Aussagen nicht ganz."
Für einen Sekunde bebten Barbaras Lippen.
„Der Gottfried ist immer wieder solchen Flittchen auf den Leim gegangen. Ich bin lange genug in seinem Haus, ich habe schon einiges gesehen. Da war diese dünne Holländerin. Seine nordische Muse! Ha, dass ich nicht lache! Er hat ihr zwei Autos gekauft. Das erste hat sie zu Schrott gefahren und mit dem zweiten ist sie auf und davon. Und getrieben haben sie es die ganze Zeit. Oder die Russin. Ein halbes Jahr hat sie bei ihm gewohnt, und als sie dann über Nacht verschwunden ist, hat sie einhunderttausend Euro Schulden hinterlassen. Ich kenne diese Weiber. Billige Huren sind das! Nein, billig waren sie nicht, im Gegenteil, die waren verdammt teuer."
„Ich habe Frau Sritis Zimmer gesehen, Frau Satzberger. Ich habe den Eindruck gewonnen, dass sie recht bescheiden gelebt hat."
„Na, die Rechnungen werden schon noch kommen."
„Lieben Sie Gottfried Moorhammer?"
Christina fühlte den feindseligen Blick geradezu körperlich. Die Frau ihr gegenüber war impulsiv, zweifellos, und sie vergötterte Gottfried, so viel hatte Christina schon verstanden. Und bestimmt litt sie darunter, dass ihr Angebeteter sich mit jüngeren und attraktiveren Frauen einließ. Und doch kam sie nicht los von ihm. War Barbara Satzberger eine Frau, die eine Nebenbuhlerin im Affekt von der Kante eines Wasserfalls stoßen konnte?
Barbaras Gesichtsausdruck veränderte sich, Tränen füllten ihre Augen.
„Es tut so weh, immer zurückgestoßen zu werden."
„Frau Satzberger, haben Sie gestern Abend mit Frau Sriti Streit gehabt?"

„Ja."
„Worum ging es?"
„Das weiß ich jetzt gar nicht mehr. Ich war betrunken."
„Haben Sie Drohungen ausgestoßen?"
„Kann sein."
„Wann haben Sie Herrn Moorhammers Haus verlassen?"
„Etwa um halb eins."
„Sind Sie mit Ihrem Wagen gefahren?"
„Wollen Sie mir einen Strafzettel verpassen, weil ich alkoholisiert gefahren bin?"
„Wohin sind Sie gefahren?"
„Hierher."
„Haben Sie Ihr Haus in der Nacht noch einmal verlassen?"
„Nein. Erst heute Vormittag, als ich zum Einkaufen gefahren bin."
„Warum sind Sie jetzt nicht bei Herrn Moorhammer, um Ihre Arbeit zu tun?"
„Heute habe ich mir freigenommen."
„Irgendwie passt das nicht zusammen, Frau Satzberger. Sie haben das Fest organisiert, sie haben die Gäste begrüßt, sie haben die Speisen aufgetragen, man hat mir gesagt, sie wären wie die Gastgeberin oder wie die Hausherrin aufgetreten. Aber dann haben Sie sich betrunken und sind lange vor Ende der Feier abgefahren. Und jetzt haben sie sich freigenommen. Was ist passiert?"
Wieder dieser gehässige Zug um ihren Mund.
„Gottfried hat mich beleidigt!"
„Was hat er getan?"
„Wenn sein Flittchen außer Haus war und mit anderen Männern herumgevögelt hat, dann ist er zu mir gekommen, dann war ich ihm gut genug. Aber kaum war die Kanaille wieder im Haus, hätte ich zurück ins Körbchen huschen sollen."

„War das vor oder nach dem Streit mit Frau Sriti?"
„Vorher."
Christina legte ihre Hände flach auf den Tisch.
„Haben Sie Grund zur Annahme, dass Frau Sriti nicht nur mit Herrn Moorhammer verkehrt hat?"
Barbara lachte boshaft.
„Grund zur Annahme? Ich habe sie mit Jens gesehen, wie sie geflüstert haben, sich aufgegeilt haben, wie sie ein Stelldichein vereinbart haben."
„Sagen Sie mir den ganzen Namen des Mannes."
„Jens Tillmann. Dieser Psychopath mit seiner grässlichen Musik. Er ist einer von Heiners Haus- und Hofkünstlern, eine von den Maden im Speck des ach so kunstliebenden Millionärs. Er wohnt in Windischgarsten in Heiners Künstlerwohnung. Ich habe Adna und Jens zusammen gesehen."
Christina machte sich Notizen.
„Na gut, Frau Satzberger, ich will Ihre Zeit nicht länger in Anspruch nehmen. Vielen Dank für das Gespräch. Auf Wiedersehen."

38

Christina stand vor der Wohnungstür und wartete. Nichts und niemand regte sich. Sie drückte erneut auf die Klingel und wartete. Niemand öffnete. Sie ging an das Ende des Flurs und schaute zum Fenster hinaus. Das zweistöckige Wohnhaus lag am Rand von Windischgarsten. Sie ließ den Blick in die Ferne schweifen. Das weitläufige Tal wurde im Osten vom lang gezogenen Bergstock des Sengsengebirges und im Westen von den Ausläufern des Toten Gebirges begrenzt, im Süden bildeten das Warscheneck-Massiv, die beiden markanten Prielgipfel und der düstere Bosruck den Abschluss des Tals. In früheren Zeiten hatte man über den Phyrnpass müssen, um in die südlich gelegene Steiermark zu kommen. Dann hatte man den Bosruck für die Eisenbahn und Jahrzehnte später für die Autobahn angestochen, kilometerlange Tunnel führten durch den Berg.

Christina hatte sich die Adresse des deutschen Staatsbürgers Jens Tillmann, geboren im westfälischen Münster, am Telefon durchgeben lassen. Sie richtete den Gurt ihrer Handtasche und huschte mit flotten Schritten die Treppe hinab. Drei Mal hatte sie an der Tür geläutet und mindestens fünf Minuten gewartet, also machte sie sich auf den Weg. Im Büro wartete genug Arbeit auf sie.

SONNTAG

39

Die Nacht war miserabel gewesen. Er hatte kurz und unruhig geschlafen, war knapp nach drei Uhr früh aufgestanden, hatte sich, ohne das Licht anzuknipsen, an den Tisch in der Stube gesetzt und dort in schnellen Zügen eine Flasche Weißwein geleert, danach hatte er wieder ein paar Stunden schlecht geschlafen und übel gelaunt ein karges Frühstück zu sich genommen. Das Brot hatte wie Pappmaché geschmeckt, der Kaffee nach Abwaschwasser.

Das Haus lag in völliger Stille. Totenstille.

Gottfried stand am Fenster und blickte in den Garten hinter dem Haus. Er nahm nicht wahr, dass sich das Wetter von der schönsten Seite des Frühlings zeigte, dass ein angenehm mildes Lüftchen wehte, dass die Sonne den Vormittag mit klarem Licht erfüllte, dass sich das Leben auf der Wiese und in den Bäumen unbeirrt von den Ängsten der Menschen die Bahn brach. Worin hatte es bestanden, das Glück der letzten Monate? Wie war es zu dieser allmorgendlichen Leichtigkeit gekommen? Zu diesem Frühtau der Hoffnung? Sie war es gewesen, sie hatte ihn in ein anderes Leben und in eine andere Zeit versetzt. Seine punische Prinzessin.

Wie viele Menschen hatten ihn schon belogen, ihn hintergangen, ihn rücksichtslos verletzt? Wie vielen Menschen hatte er selbst das Nämliche angetan? Gottfried konnte die Zahl nicht annähernd schätzen. Er war kein guter Mensch, das wusste er seit Langem, und er hatte aufgehört, einer sein zu wollen, er hatte sich als fehlerhaft akzeptiert und stets die Ehrlichkeit besessen, diese Fehlerhaftigkeit vor anderen einzugestehen. Damit hatte er, so dachte Gottfried, den höchsten Status an

Moralität, den er in seinem Leben zu erlangen in der Lage war, schon erreicht gehabt. Und dann war Adna in sein Leben getreten und hatte mit nur einem Augenaufschlag die besten Anlagen in ihm hervorgekehrt. Er war lebensfroh, lustig, voller zärtlicher Ideen, voller Zuversicht gewesen. Und die Arbeit war ihm wieder wie von allein von der Hand gegangen, obwohl er schon längere Zeit daran gedacht hatte, Hammer und Meißel ein für alle Mal wegzulegen, obwohl er seinen Elan längst schwinden sah, obwohl er befürchtet hatte, all sein Pulver verschossen zu haben. Adna war aufgetaucht und in ihrem Gefolge wieder die Arbeit mit Marmor. Er hatte die drei Skulpturen gleichzeitig begonnen und in dichten Arbeitszyklen unermüdlich vorangetrieben, wissend, dass diese Skulpturen der Höhepunkt seines gesamten künstlerischen Schaffens, nicht mehr und nicht weniger als die Arbeit eines echten Meisters werden würden. Das Leben in den letzten Monaten hatte sich wie ein schöner Traum angefühlt.

Und jetzt?

Gottfried verließ sein Büro und ging in das Atelier hinüber. Er musste den Klang einer menschlichen Stimme hören. Unbedingt. Er war für das Alleinsein nicht geschaffen. Manche Menschen konnten sehr gut für sich sein, er hatte das nie gekonnt. In den zum Glück kurzen Phasen seines Lebens, in denen er allein gewesen war, hatten sich seine selbstzerstörerischen Anlagen zu bösartigen Dämonen ausgewachsen, denen er mehrmals nur mit viel Glück und nach entsetzlichen Kämpfen hatte entfliehen können.

Elvira Altmann hob den Kopf und blickte zum Ateliertor.

„Und, wie kommst du voran?“, fragte Gottfried mit der in seiner Miene klar ersichtlichen Mühe um ein unbeschwertes Lächeln.

„Schritt für Schritt. Mittlerweile habe ich die Beleuchtungssituation so weit, dass ich damit arbeiten kann.“

Gottfried ließ seinen Blick über die zahlreichen Lampen schweifen, die Elvira rund um den Arbeitstisch aufgestellt hatte. Er wusste von den früheren gemeinsamen Arbeiten, dass Elvira gerade in Fragen der Beleuchtung eine absolute Perfektionistin war. Was man an ihren Fotos dann auch erkannte. Er hatte im Laufe der Zeit mit verschiedenen Kunstfotografen zusammengearbeitet, auch mit internationalen Größen der Szene, mit Männern, die zwanzig oder dreißig Mal so viel verdienten wie Elvira, denen die Hohlköpfe in der Presse Genialität und weiß der Teufel was alles nachsagten, die aber im Vergleich zu Elvira stümperhafte Aufschneider waren. Nun, Gottfried kannte die Kunstszene lange genug, um zu wissen, dass nicht die kunstfertigsten und am härtesten arbeitenden Künstler Berühmtheit erlangten, sondern die, die am weitesten die Klappe aufrissen, oder diejenigen, die jedem einflussreichen Kulturfunktionär bedingungslos den Speichel leckten. Er selbst verdankte seine Karriere nicht seinen großen künstlerischen Fähigkeiten, die brauchte man sowieso, sondern seinem großen Maul und dem rücksichtslosen Einsatz seiner Ellbogen. Für die fotografische Dokumentation seiner Arbeit konnte er sich keine bessere Fotografin als Elvira wünschen.

Gottfried überblickte die für die Ablichtung bereitgelegten Skizzen und Zeichnungen. Der Umgang mit dem Zeichenstift war ihm immer leichtgefallen, schon in seiner Kindheit hatte er mit wenigen Strichen auffällig gute Zeichnungen von Comicsuperhelden und Rennautos angefertigt. In der Pubertät hatte er Pinups gezeichnet und damit bei seinen Kumpels reüssiert. Und wegen dieser Fähigkeit hatte man ihn, den rotzfrechen Bauernbuben mit Maturazeugnis, in der Akademie der bildenden Künste aufgenommen. Er hatte an seiner Zeichenfähigkeit nie wirklich arbeiten müssen, sie war ihm zugeflogen, so hatte er sich zeit seines Lebens auf die Bildhauerei konzentrieren können.

„Du siehst nicht gut aus."
Gottfried schrak aus seiner Grübelei hoch. Er nickte Elvira zu.
„Ich fühle mich auch nicht gut. Schlecht geschlafen."
Elvira stieg von einem Bein auf das andere.
„Ich ..."
„Was?"
„Ich komme mir irgendwie pietätlos vor. Deine Partnerin ist tot, du bist von diesem Schicksalsschlag sichtlich getroffen, und ich dringe da in dein Haus ein und gehe meiner Arbeit nach. Ich fühle mich nicht gut dabei."
Gottfried fasste nach Elviras Händen und drückte sie.
„Nein, bitte nicht. Es tut mir gut, dass du da bist, dass ich nicht allein im Haus bin. Du weißt, Elvira, ich habe das Alleinsein nie gut vertragen. Ich freue mich, dass Jasmina und du hier seid. Die anderen haben es ja gar nicht erwarten können, so schnell wie möglich wieder zu verschwinden."
Elvira setzte ein verzwicktes Lächeln auf.
„Gottfried, verteile keine falschen Lorbeeren. Ich wäre auch schon längst fort, wenn ich nicht hier zu arbeiten hätte."
„Und genau deswegen bitte ich dich, deine Arbeit auch zu tun."
Elvira holte tief Luft.
„Okay, also brauche ich mich nicht länger aufdringlich und deplatziert zu fühlen."
„Du bist hier immer willkommen. Wo sind eigentlich Jasmina und ... Wie heißt der Bursche noch mal?"
„Clemens. Die beiden unternehmen eine Wanderung zum Steyr-Ursprung."
„Ich hoffe, sie kommen zum Mittagessen hierher."
„Sie haben mir nicht gesagt, wo sie oder ob sie zu Mittag essen."
„Gib mir bitte Jasminas Nummer. Ich rufe sie an und sage ihr, dass sie herkommen sollen. Ich freue mich, sie und ihren

Freund zu sehen. Das lenkt mich ab. Was hältst du eigentlich von ihm?“

Elvira schaute ein Weilchen durch die breite Fensterfront in das Grün des Gartens.

„Sie lieben sich wirklich und er ist nett zu Jasmina. Ich glaube, er ist kein Mistkerl, der ihr irgendwann absichtlich wehtun wird. Aber er ist total versessen darauf, ein Poet zu sein. So richtig stabil scheint er nicht im Leben zu stehen.“

Gottfried zuckte mit den Schultern.

„Elvira, hast du wirklich gedacht, dass die Tochter einer Kunstfotografin und eines Bildhauers eine kleine Lehrerin wird, die sich einen biederen Ingenieur zum Mann suchen wird?“

„Du hast natürlich recht. Nenn mich ruhig eine Glucke, aber ich wünschte, ich könnte Jasmina manche Verletzung ersparen.“

Gottfried musterte den beinahe fertig aus dem Stein gearbeiteten rechten Arm einer Skulptur und wusste mit einem Mal, dass er die drei Statuen nicht würde fertigstellen können. Ein bitterer Geschmack lag auf seiner Zunge.

„Die einzige Möglichkeit“, erwiderte er wie aus großer Ferne, „Verletzungen im Leben zu entgehen, ist, gar nicht erst geboren zu werden.“

40

Den Vormittag hatte sie verwendet, um die anstehenden Büroarbeiten zu erledigen, Kleinkram, wie er in jedem Beruf vorkam, den man irgendwann nicht mehr auf die lange Bank schieben konnte. Christina schaute auf die Zeitanzeige des Bildschirms. Es war knapp vor eins. Sie speicherte alle Datensätze und Dateien und fuhr den Computer herunter. Wenig später saß sie in ihrem Dienstwagen.

Sie stellte das Auto auf dem schattigen Parkplatz eines Landgasthofes ab und trat in die Gaststube. Raimund und zwei seiner Kollegen saßen an einem Tisch und erhielten eben ihre Getränke. Sie setzte sich zu den Männern.
„Mahlzeit, die Herren."
Die Kellnerin zückte den Notizblock.
„Wollen Sie die Speisen jetzt bestellen?"
„Ja. Ich nehme das Menü."
„Für mich auch."
„Ein Wiener Schnitzel mit Pommes."
Christina schaute schnell auf die Speisekarte.
„Für mich die Salatplatte und einen gespritzten Apfelsaft."
Die Kellnerin eilte davon. Die Männer hoben ihre Biergläser und prosteten einander zu. Da der Postenkommandant zum Mittagessen ein kleines Bier nahm, durften seine Untergebenen ebenfalls eines bestellen. Ein alltägliches Gespräch entfaltete sich, Christina erhielt ihr Getränk und etwas später wurden die Teller aufgetragen. Sie langte herzhaft zu, das Frühstück war heute sehr knapp ausgefallen, eine Tasse Kräutertee und zwei Scheiben Zwieback.
„Und", richtete Raimund seine Frage an Christina, „hat sich in der Sache mit der Tunesierin noch irgendetwas ergeben?"
Christina schüttelte den Kopf und schluckte einen Happen.
„Nichts Konkretes. Die Autopsie wird frühestens am Dienstag gemacht und die Spurensicherung hat außer der Kleidung des Opfers und dem Armreifen nichts gefunden."
Raimund wiegte den Kopf.
„Na ja, nach ein paar Stunden im strömenden Wasser wird die Kleidung wohl nur mehr die Information hergeben, dass der Fetzen zu hundert Prozent aus Baumwolle besteht."
„Neunzig Prozent Baumwolle, sieben Prozent Polyethylen, drei Prozent Elastan", verbesserte Christina.

„Der österreichischen Polizei entgeht einfach nichts."
„Sag mal, Raimund, woher kennst du Gottfried Moorhammer?"
„Vom Baden und vom Schifahren. Im Hochsommer waren meine Kumpel und ich oft zum Baden an der Steyr. Und der Gottfried ist mit seinen Freunden von Zeit zu Zeit dort aufgetaucht. Wir sind noch mit den Rädern gefahren, der Gottfried mit seinen Burschen mit den Mopeds. Er ist ja drei oder vier Jahre älter als ich."
„Und im Winter habt ihr euch auf dem Höss getroffen."
„Getroffen nicht, eher gesehen. Also, ich habe ihn gesehen. Dass er mich gesehen hat, glaube ich weniger. Der Gottfried war damals ganz knapp davor, Schirennläufer zu werden. Ganz knapp. Der ist den Höss runtergefahren, als gäbe es kein Morgen. Ein kräftiger Bursche, der seit dem vierten Lebensjahr auf den Schiern gestanden ist, jede freie Minute auf der Piste verbracht und Mut gehabt hat, dass es normal für drei reicht, so einer hat im Abfahrtslauf Chancen. Es war für uns junge Burschen schon ziemlich beeindruckend, wie der Gottfried den Berg genommen hat. Todesmut ist ein Hilfsausdruck."
„Aber er hat sich dann für die Kunst entschieden."
„Na, zuerst hat er zum Saufen angefangen. Da war dann der sportliche Ehrgeiz bald dahin. Und dann kamen die Weibergeschichten. Er hat unter vielen anderen auch meine Cousine verführt. Ein paar Mal hat er sie rumgekriegt und sich dann eine neue Flamme gesucht. Meine Cousine hat dann wochenlang geweint. Nach der Matura ist er gleich zum Studieren nach Wien gegangen und seither hab ich ihn nicht mehr gesehen. In den vielen Jahren habe ich aber in der Zeitung immer wieder etwas über ihn gelesen."
„Die Jahre, in denen er die Kunstwelt erobert hat."
„Genau. Und als er mich verprügelt hat, habe ich mich wie verrückt gewehrt und ihn sogar einmal richtig getroffen."

Christina und die zwei uniformierten Kollegen lachten auf.
„Er hat dich verprügelt?“
„Aber ja. Beim Baden. Ich weiß gar nicht, worum es da gegangen ist. Ich glaube, die Großen wollten einfach nur den kleinen Buben bisschen einen Schreck einjagen. Ich habe mich gewehrt, die größte Heldentat meines Lebens, ich habe dem Gottfried einen sauberen Kinnhaken verpasst. Meine Kumpels haben mich bewundert. Na ja, Dresche habe ich dann ganz ordentlich ausgefasst, blutige Nase, ein paar Beulen, blaue Flecken und ein zerrissenes Hemd. Aber ich habe meinen Eltern gegenüber dichtgehalten und nicht verraten, wer mich so zugerichtet hat. Ich war für einen Monat der Held der Klasse. Das hat mich für die paar Ohrfeigen mehr als entschädigt.“
„Keine Rachegelüste mehr, die du jetzt mit ein paar geschmalzenen Strafmandaten ausleben musst?“, witzelte Christina.
Raimund winkte ab.
„Keine Rachegelüste. Hab mit meinem Therapeuten das Thema vollständig abgearbeitet“, posaunte er, hob seinen Therapeuten hoch, prostete allen zu und nahm einen Schluck.
Die Runde lachte.
„Und übrigens, die Frau, die die Tote gefunden hat, die kenne ich auch.“
Christina zuckte mit den Schultern.
„Du kennst alle und jeden im Enns-, Steyr- und Kremstal, nicht wahr?“
„Das bringt der Beruf so mit sich.“
„Ich habe mit der Frau gesprochen“, sagte Christina. „Würde sagen, eine resolute Person mit einem klar erkennbaren Zug von Nonkonformität.“
Die drei Männer lachten, Raimund hob anerkennend den Daumen.

„Treffend gesagt, sehr treffend. Die Moser Kathi ist eine lebende Legende. Ein echtes Original."
„So etwas habe ich mir schon gedacht."
„Tausend Geschichten werden von ihr erzählt."
Christina legte das Besteck zur Seite und wischte mit der Serviette ihren Mund ab.
„Sagen wir, alle tausend wären jetzt etwas zu zeitraubend, aber vielleicht kannst du eine Zusammenfassung erstellen."
„Bei den älteren Leuten gibt es zwei miteinander völlig unversöhnliche Meinungen. Die einen bekreuzigen sich bei ihrem Namen und bitten um den Beistand Gottes, weil die Kathi so etwas wie eine Abgesandte des Teufels ist, und die anderen schwärmen von ihrer Schönheit, Wildheit und Freiheit. Im Mittelalter wäre sie am Scheiterhaufen gelandet. Eine Kräuterkundige, angebliche Engelmacherin und Wilderin, ein Weib, das manchmal einen Mann, dann wieder eine Frau in ihr Bett gelassen hat. Man hat ihr nachgesagt, dass sie einen Kerl, der sie mit Gewalt nehmen wollte, am Großen Priel in die Schlucht gestoßen hat. Konnte aber niemals bewiesen werden. Das ist die Moser Kathi, eine wilde Hexe. Ein paar Mal ist sie in Untersuchungshaft gesessen, aber es hat nie zu einer Verurteilung gereicht. Die Skandale haben mit der Zeit aufgehört, sie ist ruhiger geworden und irgendwann ist der Schöppel Lois zu ihr gezogen. Auch so ein Original, ein ehemals wilder Teufel. Der Lois ist im Gegensatz zur Kathi wirklich im Gefängnis gesessen. Wilderei und Einbruch. Er ist mindestens zehn Jahre älter als sie gewesen, vielleicht sogar fünfzehn. Weiß ich nicht so genau. Vor acht oder neun Jahren ist er gestorben. Gemeinsam haben die beiden keine krummen Dinger mehr gedreht, sie haben sich ihrer Arbeit am Bergriederhof gewidmet."
„Der Imkerei."
Raimund nickte.

„Richtig, der Imkerei, aber auch dem Schnapsbrennen. Christina, ich sage dir eines, den besten Schnaps weit und breit kriegst du bei der Moser Kathi. Sie könnte problemlos die zehnfache Menge verkaufen oder das Zehnfache für ihre Flaschen verlangen, tut sie aber nicht, denn Schnapsbrennen ist für sie kein Geschäft, sondern Naturschutz. Genauso wie die Imkerei. Sie hat den besten Honig, den man kriegen kann. Die Bäume sagen ihr, wann die Bienen die Tracht einbringen sollen und wann man das Obst klauben muss. Sie versteht die Sprache der Bäume und Insekten und überhaupt von allem, was da kreucht und fleucht. Wie gesagt, der Scheiterhaufen im Mittelalter."
Christina legte den Kopf ein wenig schief.
„Hat jetzt fast wie eine Werbeveranstaltung für die Agrarprodukte dieser Frau geklungen."
„Ich kaufe seit zehn Jahren Honig und Schnaps bei der Kathi. Da kann ich guten Gewissens dafür Werbung machen."
Christina leerte ihr Glas mit einem Schluck und schaute auf die Uhr.
„Zeit zum Aufbruch?", fragte Raimund.
„Ja. Ich mache mich wieder auf den Weg. Muss noch ein paar Befragungen durchführen."
„In Sachen toter Tunesierin?"
Christina nickte zustimmend und zog ihre Geldbörse aus der Handtasche.

41

Der Klang eines großen Flügels lag im Raum, offene Akkorde, gedankenverlorene Skalen, versteckte Melodien. Jens war von Anfang an mit dem Klang des E-Pianos zufrieden gewesen. Mehr konnte man von elektrischem Strom nicht erwarten, mehr würde nur ein echter Bösendorfer oder Steinway Konzertflügel hergeben. Diese Instrumente hatten aber den Nachteil, dass man sie nur in Konzertsälen oder in Musiksalons geräumiger Villen richtig spielen konnte, nicht aber in einer achtzig Quadratmeter großen Wohnung im zweiten Stock eines Wohnhauses aus den frühen Achtzigerjahren. In dieser Wohnung einen Bösendorfer zu spielen, wäre wie Carl Orffs *Carmina Burana* von einem simplen Dorfchor singen zu lassen. Ein akustisches Desaster. Außerdem konnte das E-Piano leicht in einen Koffer gepackt und in einem Auto transportiert werden. Und das Instrument verfügte über eine Computerschnittstelle. Er konnte Stücke direkt in den Rechner spielen und dort bearbeiten oder arrangieren. Im Laufe der Jahre hatte Jens einen massigen Korpus an Dateien gesammelt. Sein Gesamtwerk, im Computer sorgfältig sortiert, benannt und dokumentiert. Ein Komponist seiner Fasson musste immer auch an die Nachwelt denken, an die Musikwissenschaftler, die in der Zukunft sein Werk für die Musikgeschichte aufarbeiten würden. Jens Tillmann war klug genug, zu wissen, dass diese Hoffnung auf späten oder postmortalen Ruhm das Trostpflaster jedes von den Mitmenschen verkannten Künstlers war und dass die allermeisten verkannten Künstler der jeweiligen Gegenwart auch in der Zukunft verkannt bleiben würden, dass es aber doch legendenbildende Ausnahmen gab. Er hielt die Hoffnung hoch, dereinst eine jener Legenden zu werden, so wie er auch die Hoffnung hochhielt, im Lotto einen Hauptgewinn zu machen. Deswegen war sein Gesamtwerk penibel sortiert und deswegen spielte er auch nicht Lotto. Zweimal auf dasselbe Glück zu hoffen, würde wohl das Schicksal allzu sehr strapazieren.

Doch heute umspielte ein schmerzverzerrtes Lächeln seine Lippen. Verrückte Gedanken. Vergebliche Hoffnungen. Jens war

verzweifelt. Adna war tot. Er saß in einem finsteren Kerker. Er griff nach dunklen Mollakkorden, mischte Dissonanzen ein, zerstörte jedes Taktgefüge.
Es klopfte an seiner Tür. Jens schrak hoch. Verwirrt blickte er auf die Zeitanzeige seines Telefons. Wer klopfte an seine Tür, an einem Sonntag um Viertel vor fünf? Die Nachbarn hatten sich doch längst daran gewöhnt, dass in seiner Wohnung unablässig Musik klang. Ein weiterer Vorteil des E-Pianos war der Lautstärkenregler. Er spielte meist leise, nicht allerdings, um die Nachbarn zu schonen, sondern um diesen Leuten nicht zu viel von seiner Musik zu verraten.
Es klopfte erneut. Er öffnete.
„Guten Tag, mein Name ist Kayserling, ich bin von der Kriminalpolizei. Sind Sie Jens Tillmann?"
Jens erkannte die Frau sofort. Es war die Polizistin, die er gestern mit dem Fernglas vor Gottfrieds Haus beobachtet hatte. Sein Eindruck aus der Ferne hatte ihn nicht getrogen, eine interessante Frau.
Christina sah sich einem taxierenden Blick ausgesetzt. Der groß gewachsene Mann mit dem kurz geschorenen blonden Haar trug weit geschnittene schwarze Kleidung, ein luftiges Hemd und eine Hose mit elastischem Bund, er war barfuß.
„Ja, der bin ich."
„Herr Tillmann, ich muss mit Ihnen sprechen. Erlauben Sie, dass ich eintrete?"
„Kommen Sie weiter."
Christina folgte dem Mann in das Wohnzimmer.
„Nehmen Sie bitte Platz", sagte Jens und wies auf die kleine Couch am Fenster. Christina setzte sich auf den Fauteuil an der Stirnseite der Couch. Mit Blick zur Wohnungstür. Jens knipste das E-Piano aus, versetzte den Computer in den Standby-Betrieb und schaltete die Stereoanlage ab.

„Herr Tillmann, es ist nicht nötig, Ihre Geräte auszuschalten. Ich habe nur ein paar kurze Fragen."
„Die Höflichkeit gebietet mir, mich meinen Gästen ausschließlich zuzuwenden, selbst wenn die Gäste überraschend auftauchen und Polizisten im Dienst sind. Sie sind doch dienstlich hier?"
„Allerdings."
„Darf ich Ihnen etwas zu trinken anbieten? Kaffee? Mangosaft? Kalten Assamtee?"
Christina hatte an diesem Nachmittag schon eine Reihe von Befragungen durchgeführt, war also in einigen Wohnungen aufgetaucht und schon mehrmals zum Trinken eingeladen worden, hatte aber bisher alle Einladungen ausgeschlagen. Sie blickte auf die Teekanne auf dem Couchtisch.
„Eine Schale Tee wäre sehr freundlich."
„Gerne."
Jens eilte in die Küche, brachte Tasse und Untertasse und goss dunklen Tee ein.
„Womit kann ich dienen, Frau Kayserling?"
Christina vermerkte, dass der Mann sich ihren Namen gemerkt hatte. Es geschah häufig, dass Leute, denen sie sich als Polizistin vorstellte, auf ihren Namen nicht achteten. Sie nahm einen Schluck des überaus kräftig aufbrühten Tees.
„Herr Tillmann, vielleicht haben Sie schon erfahren, dass in der Nähe von Hinterstoder eine Tote gefunden worden ist."
„Davon weiß ich aus der Zeitung."
„Wir haben die Tote mittlerweile eindeutig identifiziert. Es handelt sich um die tunesisch-spanische Staatsbürgerin Adna Sriti. War Ihnen Frau Sriti bekannt?"
„Ja."
„Waren Sie am Freitagabend Gast bei Gottfried Moorhammers Fest?"

„Ja."
„Haben Sie Frau Sriti beim Fest gesehen."
„Alle Anwesenden haben Adna gesehen."
„Sie wohnen seit einem Jahr hier. Haben Sie Frau Sriti schon vor dem Fest kennengelernt?"
„Heiner hat im Winter, ein paar Tage nachdem sie in Gottfrieds Haus eingezogen ist, zu ihren Ehren ein kleines Fest in seinem Jagdhaus ausgerichtet. Da bin ich Adna das erste Mal begegnet."
„Wie war denn Ihr Verhältnis zu Frau Sriti?"
„Wir sind uns gelegentlich über den Weg gelaufen und haben dabei ein paar höfliche Worte gewechselt."
„Herr Tillmann, wann haben Sie Frau Sriti zuletzt gesehen?"
„Bei Gottfrieds Fest."
„Zu welcher Uhrzeit?"
„Zehn Minuten nach Mitternacht."
„Sie wissen die Uhrzeit auf die Minute genau?"
„Allerdings. Ich meide nach Möglichkeit gesellschaftliche Anlässe, die dazu dienen, sich von der Nüchternheit in den Suff zu befördern, und ich habe die Erfahrung gemacht, dass Anlässe in Gesellschaft von Gottfried Moorhammer mit Regelmäßigkeit genau dahin führen. Wenn ich solchen Festen nicht entgehen kann, dann achte ich genau darauf, niemals bis zum bitteren Ende auszuharren, sondern mich zum ehestmöglichen Zeitpunkt, den die Etikette bietet, zu verabschieden. Wie von mir beabsichtigt, habe ich um Mitternacht begonnen, mich von den mir bekannten Leuten zu verabschieden. Adna habe ich um zehn nach zwölf die Hand geschüttelt. Drei Minuten später habe ich das Haus verlassen und bin mit meiner Vespa abgefahren."
„Die Zeitangaben sind korrekt?"
„Natürlich."

„Haben Sie Alkohol getrunken?"
„Im Laufe des Abends ja, und zwar ein Glas wirklich köstlichen Sekt. Die Flöten wurden gereicht, um auf das Wohl des Jubilars anzustoßen. Es war ein paar Minuten vor neun Uhr."
„Sie trinken also wenig Alkohol."
„Mir ist nie der Sinn daran aufgegangen."
„Und Sie sind ein genauer Beobachter, Herr Tillmann. Kann man das so sagen?"
„Ich bin bestimmt nicht so routiniert wie Sie, Frau Kayserling, immerhin gehört es zu Ihrem Beruf, genau zu beobachten, aber ich sehe die Welt. Ich habe etwa gesehen, dass Sie beim Eintreten meine Wohnung genau sondiert haben. Wo sind die Fenster? Wie ist der Weg zur Tür? Ist jemand in den Nebenräumen? Ist die Wohnung verschmutzt oder sauber? Droht eine Gefahr? Das macht wohl der Beruf, nicht wahr?"
Christina blickte dem Mann mit den kantigen Gesichtszügen in die Augen. Er erwiderte ihren Blick, er war an ihr interessiert, und sie war von seinem Auftreten durchaus beeindruckt. Jens Tillmann besaß eine herb maskuline Ausstrahlung.
„Herr Tillmann, wie kommt es, dass Sie hier wohnen?"
„Sie meinen hier in Windischgarsten? Im alpinen Hinterland?"
„Ich habe in Erfahrung gebracht, dass Ihre Musikstücke vor allem in West- und Norddeutschland aufgeführt werden. Weshalb haben Sie sich hier angesiedelt?"
„Weil ich hier mit dem Fahrrad Bergtouren machen kann. Weil ich im Winter Schilaufen kann. Weil ich Stille bei der Arbeit brauche. Weil ich Städte nicht besonders mag. Und weil ich arm bin und Heiners Stiftung die Mietkosten bezahlt."
Christina ließ ihren Notizblock in der Handtasche. Sie hegte keine Befürchtung, die Eckdaten der Unterredung zu vergessen.
„Haben Sie mit Adna Sriti ein sexuelles Verhältnis gehabt?"

Jens zog die Augenbrauen hoch, das war aber schon die einzige Regung in seinem Gesicht. Ein Weilchen lag Schweigen im Raum.
„Frau Kayserling, Sie sollten auf Barbaras Worte nicht viel setzen. Diese Frau ist in mancherlei Hinsicht, na, sagen wir es freundlich, ein wenig wunderlich."
„Wie kommen Sie darauf, dass Barbara Satzberger etwas diesbezüglich geäußert haben könnte?"
„Niemand anderer sonst, den ich hier kenne, würde solchen Unsinn verzapfen."
„Sie haben also kein sexuelles Verhältnis mit Frau Sriti gehabt?"
„Habe ich nicht."
„Was haben Sie getan, als Sie mit der Vespa von Herrn Moorhammers Haus abgefahren sind?"
„Ich bin hierher gefahren, habe geduscht und bin zu Bett gegangen."
„Gibt es dafür Zeugen?"
„Keine Zeugen. Wie Sie sehen, lebe ich allein."
Christina erhob sich.
„Nun denn, das waren meine Fragen. Vielen Dank für den Tee. Auf Wiedersehen, Herr Tillmann."
Jens erhob sich und lächelte. Es war ein fernes Lächeln, kühl, distanziert und doch voller Selbstbewusstsein und Stärke.
„Ein Wiedersehen wäre mir eine Ehre."

42

Christina zog die Autotür hinter sich zu und steckte den Zündschlüssel an. Ihr Telefon schlug an, also beugte sie sich zum Beifahrersitz und kramte in ihrer Handtasche.
„Hallo, Wilhelm."

„Hallo, mein Schatz."
„Bist du in Molln oder Steyr?"
„In Steyr."
„Rufst du aus einem speziellen Grund an?"
„Leider ja."
„Also eine schlechte Nachricht."
„Christina, Folgendes: Konrad Seehofer hat mich vor knapp einer Stunde angerufen. Er ist gestern Nachmittag mit seinem Motorrad gestürzt und deswegen im Krankenhaus."
„Der Arme. Ich hoffe, ihm ist nicht allzu viel passiert."
„Er hat Glück gehabt, nur Schürfwunden und Prellungen, keine Knochenbrüche. Aber er ist noch im Krankenhaus, kommt wohl erst in den nächsten Tagen raus. Er hätte heute Abend nach Düsseldorf fliegen sollen, weil morgen Vormittag eine Produktpräsentation stattfindet. In Essen. Ein aussichtsreicher Kunde genau in unserer Kragenweite."
Christina wusste schon, was da kommen würde. Sie hatte Konrad Seehofer noch nicht persönlich kennengelernt, wusste aber natürlich, dass er leitender Verkäufer in Wilhelms Firma war. Ein wichtiger und verdienstvoller Mann.
„Das heißt, du musst für ihn einspringen."
„Ja. Ich habe das Flugticket, das Mietauto und das Hotel schon auf meinen Namen umgebucht. Ich bin gerade dabei zu packen. Das Flugzeug hebt um neunzehn Uhr fünfzehn in Linz ab, das heißt, ich bin eigentlich schon auf Reise."
„Wie lange wirst du unterwegs sein?"
„Ich werde Dienstagnacht wieder zu Hause sein."
Christina verzog den Mund. Das Leben bestand aus Arbeit und die Arbeit beherrschte die Zeit.
„Alles klar. Ich bin in Windischgarsten, muss aber noch ins Büro. Denke, dass ich erst gegen halb sieben Uhr zu Hause sein werde."

„Tut mir leid, dass das so kurzfristig gekommen ist."
„Kein Problem. Schau, dass du den Fisch an Land ziehst."
„Ich werde mich bemühen. Hoffen wir das Beste."
„Dann gute Reise, Willi."
„Ich rufe dich morgen Nachmittag an."
„Okay."
„Tschüs, mein Schatz."
„Tschüs."
Christina legte das Handy auf dem Beifahrersitz ab und startete den Wagen. Der Gedanke, abends in eine leere Wohnung zu kommen, trübte ihre Stimmung. Eine Idee keimte in ihr. Sie legte den Gang ein und fuhr zügig los.

43

Kathi wischte sich den Schweiß von der Stirn, stemmte die Fäuste in die Hüften und streckte den Rücken durch. Ihr Blick ruhte eine Weile auf der neuen Stalltür. Jetzt kam der schwierige Teil, nämlich das Einhängen in die Angeln. Die Arbeit mit Holz war ihr wie immer leicht von der Hand gegangen, sie hatte ein paar Fichtenbretter grob gehobelt, auf Maß zugeschnitten und mit ihrem Akkubohrschrauber montiert. Sie mochte diese Maschine, Holzarbeiten waren damit schnell und sicher zu erledigen und die eingesetzten Schrauben hielten fest und lange. Und die nötigen Schrauben waren im Baumarkt gar nicht teuer. Das war wirklich eine Maschine, die ihr Geld wert war. Sie hatte sich vor rund sieben Jahren einen Akkubohrschrauber ausgeborgt und dessen Nützlichkeit erprobt. Schon nach einem Tag hatte sie das geborgte Gerät zurückgebracht und sich im Baumarkt ein eigenes mit einem umfassenden Satz an Schrauben in verschiedenen Größen und Stärken angeschafft. Auch wenn sie mit Hebeln arbeitete, das Einhängen der Tür war für eine Person eine äußerst mühselige Arbeit. Mit vier zupackenden Händen wäre die Tür im Nu eingehängt. Kathi drehte den Kopf und lauschte in die Ferne. Da kam ein Auto den Hügel hoch. Manchmal brauchte man einfach Glück. Kathi erkannte den Wagen. Sie lehnte sich an den Stall und wartete. Die Polizistin im grauen Hosenanzug stieg aus dem Wagen, schaute sich um, entdeckte Kathi und überquerte den Hof.

„Guten Tag, Frau Moser."

„Grüß dich."

Christina sah die Werkzeuge und Maschinen, die Bretter und auf dem Boden verteilte Säge- und Hobelspäne und die auf zwei Zimmermannsböcken aufliegende solide Tür.

„Wie ich sehe, haben Sie auch keine Wochenendruhe."

„Hast du heute auch schon etwas gearbeitet?"

„Aber ja, ich arbeite seit Sonnenaufgang."

„Wir Weiberleute halten die Wirtschaft aufrecht. Die Männer reißen nur das Maul recht weit auf und sitzen im Wirtshaus. Was ist los? Willst du mich verhaften?"

„Nur wenn Sie mir nicht freiwillig etwas Honig verkaufen. Beugehaft."

Kathi lachte herzhaft.

„Die Polizei, dein Freund und Helfer, stets bereit."

„Frau Moser, ich bin nicht dienstlich hier, sondern privat. Ich will Ihnen tatsächlich Honig abkaufen. Und vielleicht auch eine Flasche Schnaps."

Kathi rührte sich nicht von der Stelle, sondern maß Christina ohne Eile.

„Du bist also außer Dienst?"

„Wie gesagt."

„Und willst Honig und Schnaps?"

„Ich habe gedacht, Sie könnten mir mal Ihre Produkte zeigen."

„Kostproben gibt's bei mir nur für sympathische Leute. Unsympathische jage ich von meinem Hof."
„Ich hege die stille Hoffnung, als Ihre Kundin infrage zu kommen", sagte Christina mit klar hörbarem ironischem Unterton.
„Na, wenn du nicht mehr im Dienst bist, dann verschwendest du keine Steuergelder mehr und kannst sogar echte Arbeit verrichten."
Christina zog die Augenbrauen hoch.
„Echte Arbeit? Was schwebt Ihnen da vor, Frau Moser?"
Kathi zeigte zum Stall.
„Die Tür vom Ziegenstall war schon völlig marode, vor zwei Wochen ist sie beim Gewitter fast aus den Angeln gebrochen, viel hat nicht mehr gefehlt. Da ist die neue Tür."
„Sie sind, wie ich sehe, eine sehr geschickte Handwerkerin."
„Das geht schon."
„Ich vermute, Sie wären dankbar, wenn ich Ihnen helfe, die Tür in die Angeln zu heben."
„Siehst du, Mädchen, mit Leuten zu arbeiten, denen man nicht jeden Handgriff lang und breit erklären muss, macht alles gleich viel leichter."
Christina schlüpfte aus ihrem Jackett und krempelte die Ärmel ihrer Bluse hoch.
„Frau Moser, können wir uns darauf einigen, dass Sie mich nicht mehr Mädchen nennen? Mein Name ist Christina."
„Darauf können wir uns nur einigen, wenn du nicht mehr Frau Moser sagst. Klingt ja wie bei meiner Hinrichtung. Alle sagen Kathi zu mir."
Kathi und Christina grinsten einander breit an.
„Das wird sich machen lassen, Kathi."
Kathi trat auf die Tür zu.
„Du packst vorne, ich packe hinten, hinübertragen, hochstellen, dann hieven wir es auf den Hebel, du steigst auf den Hebel und stützt die Tür, ich ziehe sie über die Angeln. Alles klar?"

„Dann mal los."
Zwei Minuten später öffnete und schloss Kathi die Tür ein paar Mal. Sie saß perfekt. Kathi schaute Christina von der Seite an.
„Hast du es jetzt schon wieder eilig?"
„Eilig eigentlich nicht."
„Verpasst dir dein Mann ein paar Ohrfeigen, wenn du nicht pünktlich das Abendessen servierst?"
„Mein Mann ist sehr selbstständig, neigt in keiner Weise zu häuslicher Gewalt, hätte mit einer Kriminalbeamtin in diesem Fall einige Probleme und wartet auch nicht auf sein Abendessen, weil er jetzt schon am Flughafen sitzt und auf seinen Flug wartet."
„Geschäftsmann?"
„So ist es."
„Er ein Geschäftsmann, du Kriminalerin. Habt ihr Kinder?"
„Keine Kinder. Aber warum die vielen Fragen?"
„Ich sehe mit einem Blick, ob jemand zupacken kann. Wenn du also noch ein bisschen Zeit hast, dann räumen wir ruckzuck die Bretter und das Werkzeug weg, ich brate dir zum Abendessen Hafer und Gemüse und lasse dich den Honig kosten. Zum Abschluss trinken wir ein Schnapserl und du erzählst mir eine von deinen Räubergeschichten. Was meinst du?"
Christina erwog den Vorschlag. Sie nickte Kathi zu. Das klang viel besser als ein Abend allein vor dem Fernseher.

MONTAG

44

Schwer, in diesem Gewirr aus Gedanken, Erinnerungen und Traumbildern den Weg in die Wirklichkeit zu finden. Christina überlegte, was denn nun mit dem Begriff Wirklichkeit eigentlich bezeichnet wurde. In der Regel verfügte sie über ein ziemlich klares Verständnis von Wirklichkeit. Um als Polizistin halbwegs über die Runden zu kommen, tat ein solches not, man hatte berufsbedingt so häufig mit Menschen zu tun, die sich absichtlich oder unabsichtlich allerlei verwirrende Wirklichkeitskonstruktionen zusammenbastelten, um damit diese oder jene Schweinerei oder Gaunerei zu rechtfertigen. Manchmal aber sah sogar eine so gefestigte und selbstbewusste Frau wie Christina sich veranlasst, an ihrem Realitätssinn zu zweifeln. Jetzt zum Beispiel. War sie schon wach? Schlief sie noch? War das ihr Bett, das da unter ihren Bewegungen knarrte? Ihre Betten knarrten nicht, weder jenes in der Stadtwohnung noch jenes im Landhaus. Und wenn es nicht ihr Bett war, wo war sie? Wo hatte sie übernachtet? Was war gestern Abend passiert? Und warum hatte sie einen so trockenen Gaumen? Christina brummte in sich hinein. Immerhin die letzte Frage konnte sie beantworten. Sie hatte zu viel Birnenbrand getrunken.
Sie öffnete die Augen und schaute sich um. Sie lag in einer Bauernkammer, in einem knarrenden Doppelbett. Alte, schwere und schlichte Möbel bildeten das Ensemble im Raum, da standen zwei Stühle, die schon ein paar Jahrzehnte alt waren und noch ein paar Jahrzehnte ihre Funktion erfüllen würden, ein passender Tisch fand sich ebenfalls und ein Kleiderkasten für die Ewigkeit. Die Fensterläden waren geschlossen. Der Geruch von altem Holz und Getreidekaffee lag in der Luft. Chris-

tina schob die Tuchent zur Seite. Sie war nackt. Nur langsam und bruchstückhaft kamen die Erinnerungen an den Verlauf des gestrigen Abends.
Sie trank gelegentlich ein Glas Bier zum Essen oder leerte mit Wilhelm eine Flasche Wein, wobei er in der Regel fast doppelt so viel trank wie sie, aber hochprozentigen, klaren und köstlichen Birnenschnaps war sie einfach nicht gewöhnt. Sie lauschte in die entlegensten Winkel ihres Kopfes. War da ein Kopfschmerz? Nein, oder fast keiner. Immerhin.
Ihre Kleidung lag fein säuberlich zusammengelegt auf einem der Stühle. Sie kleidete sich an und kontrollierte den Inhalt ihrer Handtasche. Alles war an Ort und Stelle, die Waffe, die Digitalkamera, der Pfefferspray, ihre Geldbörse, das Telefon, der Schlüsselbund, die Latexhandschuhe und Kunststoffbeutel.
Christina verließ die Schlafkammer und ließ sich vom Kaffeeduft leiten. Sie klopfte, als sie über die Schwelle in die Küche trat. Kathi schob ein Holzscheit in den Herd.
„Guten Morgen."
„Guten Morgen", erwiderte Christina und las die Uhrzeit von ihrem Handy. Es war knapp vor sieben Uhr.
„Und, ausgeschlafen?"
„Geht so."
„Willst du eine Eierspeise? Etwas Deftiges, damit die Kräfte wiederkehren?"
Wirklich großen Hunger fühlte Christina nicht, aber eine gute Nahrungsgrundlage würde den Start in die neue Arbeitswoche erheblich vereinfachen.
„Sehr gerne."
„Setz dich. Der Kaffee ist noch warm. Brot und Butter stehen am Tisch. Bedien dich."
Christina setzte sich an den Küchentisch. Kathi stellte die Pfanne auf die Herdplatte und schlug zwei Eier hinein. Christina

schnitt vom Brotlaib eine dicke Scheibe ab und schmierte Butter darauf. Der Getreidekaffee schmeckte köstlich. Sie biss in das Brot.

„Dein Brot ist“, sagte sie kauend, „wirklich gut.“

„Frisch aus dem Backofen ist es noch besser. Ich backe immer am Donnerstag für die ganze Woche.“

Kathi streute gehackte Petersilie über das Rührei und servierte den Teller. Sie setzte sich zu Christina an den Tisch. Die ältere Frau mit dem langen grauen Zopf musterte Christina vergnügt. Diese fühlte sich ein wenig wie ein Kind, das bei einer geheimen Beschäftigung ertappt worden war. Sie stocherte in ihrem Frühstück herum.

„Gibt es irgendetwas, was mir peinlich sein müsste und woran ich mich nicht erinnere?“, fragte Christina dann.

Kathis Lächeln wurde immer breiter, sie goss sich noch eine Tasse Kaffee ein.

„Christina, ich bin dreiundsechzig Jahre alt. Glaubst du wirklich, dass mir in meinem Alter noch irgendetwas peinlich wäre? Und woran du dich erinnerst und woran nicht, kann ich ja nicht wissen.“

Christina schob den ersten Happen Eierspeise in den Mund. Köstlich, belebend, kräftigend.

„Das war nicht meine Frage. Wenn dir nichts peinlich ist, spricht das für dich. Muss mir etwas peinlich sein? Habe ich irgendetwas vollgekotzt? Irgendjemanden beleidigt?“

Kathi lachte. Es war ein schönes Lachen, tiefkehlig, aus dem Bauch, offen und herzlich.

„Ein paar von deinen Arbeitskollegen wären vielleicht beleidigt gewesen, aber ich verrate den Halunken und Halsabschneidern sowieso nichts.“

„Du musst entschuldigen, ich vertrage Schnaps einfach nicht.“

„Es gibt nichts zu entschuldigen, schlag dir das aus dem Kopf,

Christina. Uns Frauen wird von Anfang an eingetrichtert, dass wir uns für dies und das schämen müssen. Müssen wir aber nicht. Du hast die Birne gekostet, sie hat dir geschmeckt, ich habe nachgeschenkt, wir haben getrunken, dann habe ich noch einmal nachgeschenkt und wir haben weiter getrunken. Steh dazu, Christina, wir haben Spaß gehabt, haben den ganzen Abend getratscht und gelacht und getrunken. Wenn die Männer beisammensitzen und saufen, dann haben sie auch kein schlechtes Gewissen. Wir Frauen sollen eines haben? Sehe ich nicht ein."
Christina schaufelte nun die Eierspeise mit großem Appetit.
„Hast ja recht, aber ich bin halt so erzogen worden. Sei brav, Christina, sei ein ordentliches Mädchen. Außerdem bin ich Kriminalbeamtin. Von mir wird schon eine gewisse Haltung verlangt."
Kathi machte eine wegwerfende Handbewegung.
„Aber geh, hör auf! Eine gewisse Haltung! So ein Schmarren. Von den Politikern wird auch eine gewisse Haltung verlangt. Und wie schaut diese Haltung in der Realität aus? Hand hinhalten, wenn es um Schmiergeld geht. Und ist es denen peinlich? Nein, nicht einmal, wenn sie vor Gericht stehen."
Kathi entdeckte eine leichte Rötung auf Christinas Wangen.
„Sag mal, Kathi, wie ist es eigentlich mit den Nachbarn in der Gegend? Sind die sehr neugierig?"
Kathi brach in schallendes Gelächter aus.
„Hast du Angst, dass jemand ein paar Nacktfotos von uns gemacht haben könnte."
„Wäre eher peinlich, wenn ich dann Derartiges im Internet wiederfinde. Oder mein Chef."
„Sei nicht so verklemmt, Christina, nimm alles ein bisschen lockerer. Ich habe keine Dusche im Haus, ich wasche mich in der warmen Jahreszeit immer draußen am Brunnen. Und wie

wäscht man sich am besten? Natürlich nackt. Das wissen die Nachbarn. Aber wer will schon ein altes Gespenst wie mich nackt fotografieren? Und dass ich eine fesche Polizistin im Haus habe, hat ja keiner gewusst."
Christina legte das Besteck auf den geleerten Teller.
„Äh, Kathi, mir sind da so Gerüchte über dich zu Ohren gekommen."
„Gerüchte gibt es viele. Was meinst du?"
„Tja, ich meine Gerüchte, darüber, dass du mal Männer, dann wieder Frauen in dein Bett lässt."
„Das ist lange her, früher war das so. Und ich muss sagen, ich habe schon sehr, sehr lange keine so schöne Frau wie dich im Bett gehabt. Du hast einen wunderbaren Hintern. Macht das Laufen und Radfahren. Richtig knackig. Und dein Rücken ist schön."
„Haben wir, äh, ich meine, haben wir ..."
Kathi beugte sich vor und streichelte Christina sanft über die Wange.
„Kindchen, wir haben nichts gemacht, außer zu viel getrunken. Glaubst du, ich setze dich unter Alkohol und nutze die Gelegenheit? So etwas machen vielleicht Scheißkerle, ich sicher nicht. Außerdem habe ich schon länger keinen Eisprung mehr, die Sache mit der Sexualität nehme ich sehr entspannt. Nicht zuletzt, weil ich in meiner Jugend nichts ausgelassen habe. Du hast dich an mich herangekuschelt, ich habe dein Haar gestreichelt und du bist in Nullkommanichts eingeschlafen. Ich nur ein bisschen später. Habe ja auch genug Schnaps getrunken."
Der Reiz wurde immer stärker, Christina konnte ihn gar nicht mehr zurückhalten, sie brach in Gelächter aus.
„Kathi, die Gerüchte sind also wahr. Du bist wirklich eine Hexe."
„Ich sehe keinen Grund, darauf nicht stolz zu sein."

„Ich glaube, ich werde Willi von der letzten Nacht nichts erzählen."
Kathi lachte ebenfalls.
„Er erzählt dir ja auch nicht, wenn er mit einer jungen Schlampe ins Hotel geht, da brauchst du ihm nicht zu erzählen, dass du mit einer alten Schlampe nackt auf der Wiese getanzt hast."
Christinas Gelächter stockte unvermittelt.
„Glaubst du, dass er zu jungen Schlampen geht?"
„Woher soll ich das wissen? Ich kenne deinen Willi ja nicht. Vielleicht ist er so vernarrt in seine schöne Frau mit dem kessen Hintern, dass er andere gar nicht anschaut."
Christina erhob sich und packte ihre Handtasche. Auf der Kredenz standen die drei Gläser Honig und zwei Flaschen Birnenbrand, die sie gestern käuflich erworben hatte.
„Ich muss mir unbedingt die Zähne putzen, bevor ich ins Büro gehe. Liebe Kathi, ich danke bestens für deine ungewöhnliche Form der Gastfreundschaft."
Kathi erhob sich und begleitete Christina vor das Haus.
„Und wenn du Zeit hast, komm wieder auf einen Sprung vorbei. Deine Räubergeschichten sind sehr unterhaltsam. Ich habe ja kein Fernsehen. Und ich brauche am Hof auch immer zwei Hände, die zupacken können."
Christina umarmte Kathi und drückte ihr Wangenküsschen auf. Wenig später sauste ihr Wagen über die Bundesstraße in Richtung Autobahn. Sie schüttelte schmunzelnd den Kopf.

45

Oberstleutnant Zmugg nahm die Brille ab und massierte seine Nasenwurzel. Christina kannte diese Geste seit Langem, ausnahmslos bei jeder Sitzung im Kriminalreferat vollführte er sie.

In der Regel war sie Ausdruck seiner Konzentration, nur selten zeigte sich darin auch ein Anflug von Unwillen oder Verärgerung. Diesmal war es Konzentration. Er lauschte den Ausführungen Michael Greiners über den neuen Fall eines Enkeltricks, der am Wochenende in Steyr angezeigt worden war. Christinas Kollege war mit den Recherchen beauftragt worden. Leider war bislang nicht viel herausgekommen und wahrscheinlich würde sich auch in Zukunft wenig aufklären. Den Laufburschen hatte Greiner schon ausgemacht, aber er war nicht festgenommen worden, sondern wurde observiert. Die Wahrscheinlichkeit, so an die Hintermänner heranzukommen, war allerdings gering.
„Vielen Dank, Herr Greiner, für die Zusammenfassung."
Zmugg setzte die Brille wieder auf seine Nase, schaute auf die ihm vorliegenden Berichte und überdachte das Gesagte. Christina hatte mit der Zusammenfassung der Erkenntnisse zum Tod der jungen Tunesierin die Besprechung begonnen, danach waren die weiteren Punkte von den jeweiligen Beamten vorgetragen worden. Christina griff nach ihrer Tasse und nahm den letzten Schluck Kaffee. Das war eines ihrer Rituale, sie ging in der Regel mit einem frisch aufgebrühten Espresso in die Besprechungen, heiß, schwarz, ungesüßt.
In den Jahren, die sie nun in Steyr arbeitete, hatte sie für Franz Zmugg nicht wirklich Sympathien entwickeln können. Er war ein engagierter Polizist und ein guter Leiter der Dienststelle, er überdachte seine Entscheidungen, stand dann für sie ein, auch wenn sie sich als fehlerhaft oder gar falsch erwiesen hatten, er bot seinen Mitarbeitern, egal ob den Frischlingen von der Polizeischule oder den altgedienten Kriminalisten, seine maximale Unterstützung und er hielt durch seine spröde, fast militärische Art die Disziplin aufrecht. Aus diesen Gründen arbeitete Christina auch gern in seinem Team, aber Zmuggs Geltungsbewusstsein unter den hochrangigen Polizeibeamten des Landes,

sein eifersüchtiges Schielen auf die Erfolge anderer Dienststellen und sein durchaus großkotziges Auftreten bei Erfolgen seiner Leute fand Christina wenig sympathisch. Wahrscheinlich musste man in seinem Rang genau auf solche Dinge achten, politisch denken, und genau deswegen hatte Christina keine Lust, jemals diesen Posten zu übernehmen. Zum Glück würde Zmugg noch einige Jahre der Dienststelle vorstehen. Er war siebenundfünfzig Jahre alt, bei bester körperlicher Gesundheit und politisch gut vernetzt, bis zu seiner Pensionierung würde er den Posten garantiert nicht aufgeben. Das war gut, wie Christina fand, denn sie würde sich in den nächsten Jahren nicht an einen neuen Chef gewöhnen müssen. Nicht zuletzt, weil sie es geschafft hatte, auch als Frau im Kriminaldienst von ihm ernst genommen zu werden. Das hatte einige Zeit gedauert und nicht unerhebliche Mühen gekostet. Christina konnte sich noch gut an ihre Anfangszeit erinnern, als sie hoch motiviert nach der Beförderung in Steyr begonnen und viele Monate doppelt so hart gearbeitet hatte wie ihre männlichen Kollegen, vom Chef aber trotzdem als besser qualifizierte Schreibkraft wahrgenommen worden war. Und das war vielleicht der eigentliche Punkt, weswegen sie ihrem Chef Respekt, aber keine echte Sympathie entgegenbrachte, denn im Grunde seines Herzens bezweifelte Zmugg noch immer, dass Frauen verantwortungsvolle Polizeiposten übernehmen konnten. Er unterstützte seine einzige weibliche Kriminalbeamtin voll und ganz, er verließ sich auf sie und übertrug ihr mittlerweile Verantwortung, aber er vermittelte Christina auch immer wieder das Gefühl, dass ihre Erfolge, die er gar nicht genug loben konnte, nicht aufgrund harter und systematischer Arbeit zustande gekommen, sondern immer irgendwie Überraschungstreffer aufgrund ihrer weiblichen Intuition waren. Nun, Christina hatte damit zu leben gelernt.

„Also, in Sachen Enkeltrick gehen wir so vor, wie Kollege Greiner es schon in die Wege geleitet hat. Die Erkenntnisse der Sitzung in Linz, die Kollegin Kayserling in ihrem Bericht vorgelegt hat, fließen in unsere Vorgangsweise ein. Danke für den klar strukturierten Bericht. Die Sache mit der Tunesierin hat, weil ja wirklich keine eindeutigen Anhaltspunkte für ein Gewaltverbrechen vorliegen, meiner Meinung nach niedrige Priorität. Frau Kayserling, machen Sie da mit den Erhebungen weiter, schließlich ist das ein Fall mit Pressepotenzial. Es gibt schon eine Reihe von Anfragen zum mysteriösen Tod der Geliebten des berühmten Künstlers Moorhammer. Diese Fragen müssen beantwortet werden, aber ich rechne damit, dass die junge Dame ganz trivial mit Drogen oder Alkohol vollgepumpt war und ihre Kletterkünste ein wenig überschätzt hat. Ist die tunesische Botschaft schon informiert worden?"
„Die tunesische und die spanische. Die Frau hat ja zwei Staatsbürgerschaften gehabt."
„Sehr gut. Wie gesagt, lassen Sie den Fall nicht aus den Augen, Frau Kayserling. Der wichtigste Punkt ist aber meiner Meinung nach der Überfall auf das Wettcafé von gestern Nacht. In Sankt Pölten und Leoben sind auf ganz ähnliche Art Überfälle auf Wettcafés durchgeführt worden. Offensichtlich treibt sich eine bewaffnete Bande in der Gegend herum. Und dass diese Leute keinen Spaß verstehen, haben wir gestern gesehen. Also höchste Aufmerksamkeit und volle Konzentration auf diesen Fall. Die Bundespolizeidirektion hat mir diesbezüglich auch schon ein Schreiben zugestellt. Noch Fragen?"
Oberstleutnant Zmugg ließ seinen Blick im Kreis schweifen, nickte schließlich und erhob sich.
„Gut, meine Dame und meine Herren, bitte weitermachen."
Christina trug die Kaffeetasse in die Küche und begab sich an ihren Schreibtisch. Sie ließ sich auf den Stuhl plumpsen

und schaute für ein Weilchen zum offen stehenden Fenster hinaus.
Der Frühling war schön.

46

Der Frühling war entsetzlich.
Gottfried Moorhammer stand im Garten unter dem Nussbaum und blickte zum Himmel hoch. Helles Sonnenlicht zur Mittagsstunde, angenehme Temperaturen, Vogelgezwitscher und summende Insekten, die Natur war so, wie er sie eigentlich liebte, der Mai war da, sein Lebensmonat, der Monat, in dem er ins Leben gefunden hatte, der ihn all die Jahre mit Freude erfüllt hatte. Die Natur war zu vollem Leben erwacht, aber noch nicht in der Reife des Sommers angelangt, alles war da und doch war alles noch unfertig, es konnten sich noch Überraschungen ereignen, es konnte noch Unvorhergesehenes passieren. Der Mai hatte etwas von Jugendlichkeit an sich, die Kraft des Lebens war erwacht und strebte zu ihrer Vollendung. War die Vollendung des Lebens nicht auch immer gleich ihr Tod? Bestimmte der Höhepunkt des Lebens nicht auch gleich den Weg in die Auslöschung? Ja, das war es, der Sommer trug den Winter schon in sich, wies schon auf die Vergänglichkeit und das Sterben. Der Mai wusste von all dem nichts, der Mai war naiv und unbeschwert, der Mai trug Kraft und Begehren in sich, der Mai wusste nichts vom Tod. Und doch war der Tod in den Mai eingebrochen.
Der verfluchte Tod. Das verfluchte Menschenleben.
Gottfried fühlte all die Bitterkeit, in die ein Mensch tauchen konnte, fühlte die Unrast und Verzweiflung. Er war allein und die Lichter wurden gelöscht – und das inmitten der hellen

Frühlingssonne. Diese Ambivalenz drohte ihm den Schädel zu sprengen.
Was wollten nur alle von ihm? Warum verfolgte man ihn? Warum ließ man ihn nicht einfach in Ruhe?
Gottfried schaute hinüber zu den Atelierfenstern und dem sich in den Fenstern milchig brechenden Licht der Scheinwerfer. Elvira war bei der Arbeit. Wie eine Zecke saugte sie sein Blut, ein böser Parasit mit freundlichem Lächeln. Warum jagte er sie nicht einfach aus seinem Haus? Warum bloß? Er hätte gute Lust dazu. Immerhin hatte er sich in den Morgenstunden mit Barbara ausgesöhnt. Immerhin. Es hatte ihm zwar unendliche Kraft und Überwindung abverlangt, aber er hatte es geschafft. Sie war in sein Haus gekommen und hatte mit dem Saubermachen begonnen, den Geschirrspüler und die Waschmaschine befüllt, den Küchenboden gewischt. Wie sie triumphiert hatte, diese falsche Schlange. Wenn er Elvira als blutsaugende Zecke bezeichnet hatte, dann war Barbara wohl ein leichenblasser Vampir. Aber es war nötig gewesen, ihr schönzutun, er brauchte ihre Hilfe im Haus, auch wenn er sich selbst für seine berechnende Art hasste.
Gottfried drehte sich um und schaute zur Zufahrtsstraße. Da kam der nächste Vampir. In einem schwarzen Mercedes. Gottfried kämpfte die aufsteigende Wut nieder, drängte sie in den hintersten Winkel seines Magens und seines Geistes. Dieser krankhafte Arschkriecher, dieser seelische Parasit, wie lange wollte er sich noch mit seinem Geld und seiner Unterwürfigkeit in Gottfrieds Leben drängen? Wie lange musste er noch freundliche Miene zum bösen Spiel machen? Gottfried hob seine Hände und starrte darauf. Sie zitterten. Sie würden ihn noch kennenlernen, oh ja, sie würden es noch bereuen, sich in sein Leben gedrängt zu haben, sie würden dafür bezahlen, alles zerstört zu haben. Jeder Einzelne.

Gottfried biss die Zähne zusammen. Er dachte an das Erwachen nach der ersten Nacht mit Adna, an diesen Moment überirdischer Schönheit und Harmonie. Sofort war das Zittern seiner Hände verschwunden. Er lächelte, als er auf Heiner zumarschierte und ihn mit ausgebreiteten Armen empfing. Sie würden gemeinsam zu Mittag essen. Heiner hatte zuletzt schon gesagt, dass er am Nachmittag einen Termin in Steyr hatte. Es ging um irgendeine rechtliche Sache mit seinem Anwalt. Gottfried hatte sich für die Details nicht interessiert.
Der Frühling nahm seinen Lauf.

47

Elvira schritt, ihre vollgepackte Tasche und einen Alukoffer schleppend, durch das automatisch aufschwingende Tor und eilte an der Rezeption vorbei.
„Guten Abend, Frau Altmann."
„Guten Abend", erwiderte sie den Gruß der jungen Rezeptionistin.
Sie nahm den Lift in den zweiten Stock, durchmaß den Gang und öffnete die Tür zu ihrem Zimmer. Elvira war gut vorangekommen, sie lag im Zeitplan, die Arbeit war ihr heute leicht von der Hand gegangen. Und Gottfried hatte sie nicht unterbrochen, nur einmal waren er und Heiner mittags zu ihr in das Atelier gekommen und hatten ein Weilchen mit ihr geplaudert. Eigentlich hatte Heiner mit ihr geplaudert, Gottfried war sehr still gewesen, fast abwesend. Als Elvira knapp nach drei Uhr in Gottfrieds Küche gegangen war und sich Kaffee aufgebrüht hatte, waren sowohl Heiner als auch Barbara nicht mehr im Haus gewesen. Elvira hatte dann noch bis halb sechs im Atelier gearbeitet. Nun lud sie ihr Gepäck ab.

Mittags hatte sie Gottfrieds Einladung zum Mittagessen ausgeschlagen, also knurrte jetzt ihr Magen. Sie würde im Hotel zu Abend essen. Elvira verließ ihr Zimmer und klopfte am Ende des Ganges an die Tür. Sie hörte Musik, also waren Jasmina und Clemens da. Sie klopfte erneut, lauter diesmal.
Die Tür wurde nur einen Spalt geöffnet.
„Ja?"
„Du, Jasmina, habt ihr schon gegessen?"
„Wir haben keinen Hunger."
Elvira stutzte.
„Warum machst du die Tür nicht auf?"
„So halt."
Elvira stemmte ihre Hände in die Hüften.
„Bist du nackt oder was ist los?"
„Bin eh angezogen. Wir haben schon gegessen. Danke."
Damit wollte Jasmina den Türspalt wieder schließen, doch Elvira brachte gerade noch ihren Fuß in den Spalt. Sie drängte sich in das Vorzimmer.
„Jasmina! Du bist ja betrunken!"
Elvira schob ihre Tochter zur Seite und trat in den Raum. Sie fand ein heilloses Durcheinander, herumliegende Kleidung, auf dem Boden verstreute Papiere, leere Weinflaschen, eine halb geleerte Zweiliterflasche Cola und zwei Flaschen Rum, eine davon bis auf den letzten Tropfen geleert. Clemens saß mit verschränkten Beinen am Boden und gaffte sie betreten und völlig besoffen an.
„Was ist denn hier los?", erhob Elvira ihre Stimme.
„Bleib ganz cool, Mama", lallte Jasmina.
„Ich soll cool bleiben und ihr sauft wie die Löcher? Sag einmal, Jasmina, bist du komplett verrückt?"
„He, wir haben Urlaub."
„Und deswegen lasst ihr euch volllaufen?"

„Schrei mich nicht an!“, konterte Jasmina völlig überraschend laut und hart und fuhr auf ihre Mutter zu. „Mir reicht’s bis da her mit deinen Kommandos, deiner Bespitzelung, deinen fadenscheinigen Lügen! Ich bin achtzehn und darf tun und lassen, was ich will! Hast du mich verstanden? Und wenn mein Vater mit seinen Millionärsfreunden bis zum Abwinken säuft, dann darf ich das jetzt ja wohl auch. Oder hast du irgendwelche Einwände, die dir jetzt auf einmal einfallen, jetzt, wo ich großjährig bin, die dir aber zuvor achtzehn Jahre lang nicht eingefallen sind?“
Elvira taumelte sprachlos zwei Schritte zurück. So wütend hatte sie ihre sanftmütige Tochter noch nie erlebt. Sie erhaschte Clemens’ ebenso schäbigen wie spöttischen Blick und schnappte nach Luft.
„Ich ... ich ... ich bin sprachlos.“
„Ich, ich, ich, das ist alles, was ihr sagen könnt. Das sage ich jetzt auch einmal. Und jetzt raus aus unserem Zimmer!“
Elvira und Jasmina starrten einander wütend an.
„Das, mein Fräulein, wird dir noch einmal leid tun!“
„Mama, lass mich einfach in Ruhe!“
Jasminas Stimme überschlug sich. Elvira drehte sich auf den Fersen um und knallte hinter sich die Tür zu. Zurück in ihrem Zimmer musste sie sich zuerst einmal setzen. Ihre Lippen bebten.

DIENSTAG

48

Christina erhob sich und nahm die aus dem Drucker laufenden Papiere zur Hand. Sie überflog den Text, den sie schon zuvor am Bildschirm gelesen hatte. Sie war zufrieden, der Bericht der Rechtsmedizin war ihr überraschend schnell zugespielt worden, aber sie wusste, dass das nur eine Ausnahme war, ein Zufall, schon nächste Woche konnte es sein, dass die Mediziner völlig überlastet waren und sie auf allfällige Berichte ewig würde warten müssen. Sie setzte sich, öffnete den Aktenumschlag zum Fall Adna Sriti und legte das bedruckte Papier dazu. Rechtsmedizinisch lag der Fall einfach.

Die Frau hatte bei dem Sturz eine Wirbelsäulenfraktur, eine Schädelbasisfraktur und ein Hirntrauma erlitten. Die Wirbelsäulenfraktur hätte mit hoher Wahrscheinlichkeit zu einer Querschnittslähmung geführt, verstorben war sie an den massiven Schädelverletzungen. Der Tod war mit an Sicherheit grenzender Wahrscheinlichkeit bei Bewusstlosigkeit innerhalb weniger Minuten eingetreten, während es zu erheblichem Blutverlust aus Mund, Nase und Ohren gekommen war. Ein letzter gigantischer Schmerz, dann war die Frau unwiderruflich in die Dunkelheit versunken. Auf ihrer Haut waren an den Füßen und Unterschenkeln Kratz- und Schürfwunden gefunden worden, die eindeutig vom Laufen im Wald und Unterholz herrührten. An der rechten Hand war ein kleines Hämatom mit geringfügigen Abschürfungen vorhanden, die Haut wies kleinste Partikel von Holz auf. Höchstwahrscheinlich rührte diese Wunde ebenfalls vom Laufen durch den Wald. Nichts sprach für Fremdeinwirkung. Eigentlich war es sogar erstaunlich, dass die Haut der Frau nicht noch weitere kleine Schürfwunden vom nächtlichen

Waldlauf aufwies. Auch unter den Fingernägeln der Frau waren keine Hautreste infolge eines Kampfes gefunden worden. Das Einzige, was gefunden worden war, waren Spermien in der Vagina, die mit medizinischer Sicherheit nicht mit Gewalt dort hinterlassen worden waren. Keine der für Vergewaltigungen typischen Hämatome im Genitalbereich waren gefunden worden. Die Frau hatte in den vierundzwanzig Stunden vor ihrem Tod offensichtlich ganz normalen Geschlechtsverkehr gehabt. Die Spermien waren sichergestellt worden und konnten bei Bedarf einer DNA-Analyse unterzogen werden.

Christina kratzte sich mit dem Bleistift am Kopf. Würde sie eine solche anfordern müssen? Dass keinerlei Spuren von Gewaltanwendung gefunden wurden, deutete auf einen Freitod oder Unfall hin. Natürlich war möglich, dass sie jemand aus dem Hinterhalt überraschend in die Tiefe gestoßen hatte. In so einem Fall wäre das Fehlen von Gewaltspuren plausibel. Aber war dieser Fall plausibel? Eines war in jedem Fall auch klar: Es waren keine Spuren von Drogen im Körper der Frau gefunden worden und der Alkoholgehalt im Blut war marginal. Sie konnte nicht mehr als zwei oder drei Gläser Wein im Laufe des Abends getrunken haben. Und die Fußspuren im Wald gaben gar nichts her.

Worauf Christina noch wartete, war der Bericht der daktyloskopischen Untersuchung des Armreifens. Die Kriminaltechnik hatte diesmal nicht so schnell wie die Rechtsmedizin geliefert, noch war unklar, welche Fingerabdrücke auf dem Schmuckstück zu finden waren.

Christina schloss den Aktenumschlag und legte diesen in das Fach aktueller Fälle. Warum stimmte sie mit Kathis Einschätzung überein, dass die junge Frau, die punische Prinzessin, getötet worden war? Die gefundenen Spuren legten diesen Verdacht nicht nahe, dennoch war er da. Warum sollte die junge Frau barfuß in den nächtlichen Wald laufen, einen steilen Bergpfad hochsteigen, in das Bachbett treten und schließlich ausrutschen. Irgendetwas oder irgendjemand hatte sie in den Tod getrieben, das war Christinas Befürchtung. Doch sie hütete sich, den Verdacht ihrem Chef gegenüber zu äußern, weil dieser wieder über die dunklen weiblichen Intuitionen philosophieren würde. Darauf konnte sie gut verzichten.

49

Seine Atmung lief stark und gleichmäßig. Sein Körper funktionierte mit der Präzision eines Uhrwerks, ein Rädchen griff ins andere, seine Beine traten in geradezu unfehlbarem Rhythmus in die Pedale. Er hatte schon beim Sportunterricht entdeckt, dass er sich auf die Leistungsfähigkeit seines Körpers verlassen und dadurch viele Kontrahenten im steten Wettkampf der Natur hinter sich lassen konnte. Im Fußball hatte Jens einen kopfballstarken Innenverteidiger abgegeben, aber Fußball hatte ihn nie wirklich interessiert, es war ein plebejischer Sport. Eine Zeit lang hatte er es mit Schwimmen versucht und die Erfolge waren überzeugend gewesen, seine Größe bei seinem gleichzeitig schlanken Körperbau war im Wasser ideal, aber irgendwann war er des Schwimmens überdrüssig geworden. Wasser war einfach nicht sein Element. Und so war er mit siebzehn Jahren auf das Radfahren gekommen. Vielleicht war er dabei geblieben, weil er das Radfahren nie als Wettkampfsport betrieben, jedes Angebot, in einen Verein einzusteigen, abgelehnt und auf sich allein gestellt Touren gemacht hatte. Ihm war sehr bald klar geworden, dass der Sport nicht sein Lebensinhalt sein konnte, dass die Musik ihm viel wichtiger war und dass seine Fähigkeiten mit zehn Fingern auf den achtundachtzig Tasten seinen Fähigkeiten im Sport in nichts nachstanden. Im Gegenteil, gerade seine technische Präzision auf der Tastatur überragte bald alles andere. Nun, er hatte sich auch nicht geschont. Seine Eltern waren anfangs begeistert vom Ehrgeiz ihres halbwüchsigen Sohnes gewesen, später hatte sich dann sogar so etwas wie eingeschüchterte Beunruhigung ergeben. Welcher Achtzehnjährige saß in den Sommerferien täglich sechs Stunden konzentriert am Klavier und übte Scarlatti, Rachmaninow und Schubert, um nach den Klavierübungen auf dem Fahrrad noch siebzig Kilometer im Eiltempo abzuspulen? Natürlich war dann die Freude der Eltern groß, als der Sohn die Aufnahmeprüfung auf die Musikhochschule bestanden und man ihm ein Stipendium gewährt hatte. Seine Eltern waren kleine Leute aus dem einfachen Volk, nicht wirklich arm, aber ein Leben lang knapp bei Kasse, ohne das Begabtenstipendium hätte Jens niemals Musik studieren können.

Die Ausfahrt aus dem steilen Waldstück kam schon in Sicht, dahinter lag das kleine Hochplateau mit dem Aussichtspunkt und den zwei Sitzbänken.

Jens hatte immer ein Faible für die Barockmusik gehabt, er hatte Partituren von Telemann, Bach und Albrechtsberger genau studiert, deren Bauprinzipien analysiert, von den alten Meistern gelernt, aber auch die Minimalmusik des späten zwanzigsten Jahrhunderts faszinierte ihn. Und er wusste auch, warum das so war. Wegen der repetitiven Strukturen, die in einer sehr freien Art und Weise in seine Musik Einzug gehalten hatten und die auch sein Leben bestimmten. Wiederholungen, Zyklen, Rituale, daran fand Jens Sinn und Gefallen. Er gestaltete sein Leben in solchen Strukturen. Er hatte einmal eine Freundin gehabt, eine talentierte Sängerin, die sich über seinen Hang zu Repetitionen lustig gemacht hatte. Er sei ein Spießer, wie ein penibler Buchhalter lasse er pünktlich den Wecker läuten, gebe sich genau dreißig Minuten Zeit für das Frühstück und die Morgentoilette, betreibe seine Kompositionsarbeit wie ein Apotheker, der nach exakten Rezepturen Medikamente mische, keine Exzesse, keine Räusche, immer nur Disziplin und Ordnung, er sei kein Künstler, sondern ein Zwangsneurotiker. Die Beziehung hatte nicht lange gehalten. Und Jens hatte für sich recht behalten, denn die Sängerin war nach einem kurzen Karrierehoch hart abgestürzt, hing nun an der Flasche und verschwendete ihr Leben mit Auftritten in billigen Kaschemmen, während er emsig und unbeirrbar Jahr für Jahr sein Lebenswerk um neue Partituren bereicherte.

Und genau aus diesem Grund, weil er Repetitionen liebte, weil Zyklen seinem Leben Stabilität gaben, stieg er am Aussichtspunkt vom Sattel und griff nach der Wasserflasche. Der höchste Punkt seiner täglichen Tour war gleichzeitig auch der Punkt für die kurze Pause, in der Regel dauerte sie fünf Minuten, nur bei Regenwetter hielt er sich kürzer hier auf. Jens trat an die Felskante und blickte in das weitläufige Stodertal. Mit tiefen Zügen füllt er seine Lunge mit der klaren Bergluft dieses sonnigen Frühlingstages. Das Wetter zeigte sich schon seit Tagen von seiner besten Seite. Er schaute auf seine Armbanduhr. Die übliche Nachmittagszeit. Repetitionen.

Jens fühlte die verlässliche Euphorie nach dem Steilhang. Adrenalin, Endorphine, Kraft, Ausdauer und Willensstärke, daran konnte er sich berauschen. Wozu hätte er also Alkohol, Kokain oder sonst irgendwelche Drogen zu sich nehmen sollen? Musik, Sport und Sex, das war, was seinem Leben Form und Inhalt gab. Ach ja, Geld war auch nicht schlecht. Nicht weil Geld an sich ihm irgendetwas bedeutet hätte, das Geld konnten die fantasie-, inspirations- und talentlosen Schwachköpfe in den Börsen und Banken als Fetisch anbeten, für ihn war Geld nur ein Mittel zum Zweck, und der Zweck war, sich ein komfortables

Leben nach seinem Geschmack einrichten zu können, geachtet und respektiert zu werden. Jens war zuversichtlich, was die Zukunft anbelangte, die Dinge würden sich zu seinen Gunsten ordnen, er würde bald dort sein, wo er hin wollte.
Er steckte die Wasserflasche wieder in die Halterung am Fahrradrahmen. Unwillkürlich hob er seinen Blick zu der Reihe aufragender Fichten am Hang über ihm, zu den letzten Ausläufern des Hochwaldes vor der Grenze zum Latschenwald. Er schaute hinüber zum Hochstand am Waldrand.
Er sah den Blitz.
Noch ehe er verstand, schlug eine wütende Faust gegen seinen Brustkorb. Jens bemerkte gar nicht mehr, wie seine Arme hochflogen, wie er nach hinten fiel, hart mit dem Rücken auf dem Boden aufschlug, er sah nur noch den luftig blauen Frühlingshimmel, eine weiße Wolke weit über ihm, zart wie der Kuss einer Frau, weiche Haut, tiefe Augen, er fühlte den Moment der Freude im Wissen, nicht allein zu sein, die Liebe, er hörte einen von glockenhellen Kinderstimmen getragenen ätherischen Akkord, einen Engelsgesang – und dann die harte Dissonanz. Schlagartig war die Erkenntnis in ihm, jetzt und hier keinen anderen Schritt mehr setzen zu können als den letzten. Jens wusste, dass er starb. Er fühlte keine Überraschung, keine Wut, keine Verzweiflung, keine Freude oder Wollust, er fühlte die Ewigkeit. Und die Dunkelheit.

50

Sie leckte den Kochlöffel ab. Gut, sehr gut sogar, und feurig. Christina nahm einen Schluck Wasser, um die Hitze im Mund ein wenig zu kühlen. Sie setzte den Deckel auf den Topf und trat einen Schritt zurück. Die Speisen waren fertig, standen auf den warmen Herdplatten bereit, jetzt brauchte Wilhelm nur noch zu kommen. Sie hoffte, dass die Zeitangabe, die er ihr zuvor am Telefon gegeben hatte, korrekt war, denn anhand dieser Angabe hatte sie die Küchenarbeit geplant und durchgeführt. Das Telefonat war kurz gewesen, ein schneller Anruf am Gepäcksband des Flughafens. Er hatte sich gut gelaunt angehört. Christina machte sich über das Geschirr her. Sie hörte die Wohnungstür.

„Hallo! Bin zu Hause!"

Christina huschte ihm entgegen und hauchte ihm ein Begrüßungsküsschen auf die Lippen.

„Hallo, Willi."

„Hier riecht es wunderbar! Habe den ganzen Tag nichts Vernünftiges in den Magen gekriegt."

„Das habe ich gehofft. Mach dich frisch, wir können in zehn Minuten essen."

Damit verschwand Christina wieder in der Küche, während Wilhelm den Trolley abstellte, aus seinen Schuhen schlüpfte und das Jackett an den Haken hing. Er war für einen Augenblick hin und her gerissen, ob er sich umkleiden oder dieser süßen Duftspur folgen sollte. Die Nase siegte. Er trat an Christina heran, umfasste, während sie das Schneidebrett spülte, ihre Hüfte und grub seine Nasenspitze in ihr Haar.

„Sag mal, meine Liebe, du hast dich ja für die Küchenarbeit richtig schick gemacht."

Christina hielt inne und ließ ihn ein Weilchen an ihrem Hals knabbern.

„Nun, ich muss diese Unsitte, in Schlabberklamotten zu kochen, ja nicht pflegen."

„Aber gleich das rote Samtkleid unter der Küchenschürze, dann noch ein Hauch Parfüm und Make-up. Wie ich sehe, hast du Weißweingläser parat gestellt. Hast du etwas vor?"

„Allerdings! Ich habe vor, dich in die Dusche zu jagen. Du riechst nach viel zu viel Kaffee während endloser Konferenzen und dem Putzmittel der Flughafenreinigung."
Wilhelm ließ von ihr ab und guckte in die Kochtöpfe.
„Indisches Gemüse, Reis und ein Chutney. Oho, das Chutney ist feurig. Sehr feurig. Du verwöhnst mich, meine Liebe."
„Steh da nicht im Weg herum, sondern lass mich meine Arbeit fertigmachen."
Wenig später saßen die beiden bei Tisch, Wilhelm frisch geduscht, Christina hatte die Küchenschürze abgelegt. Sie aßen langsam, Christina lauschte Wilhelms ausführlicher Schilderung seiner Geschäftsreise. Sie mochte es, wenn er erzählte, wenn er vom Hundertsten ins Tausendste kam und dann präzise wieder den roten Faden der Erzählung aufnahm. Vor allem aber war sie froh, dass seine Stimmung wesentlich besser war als in den letzten Tagen und Wochen.
„Und hat Herr Stiebke unterschrieben?", fragte Christina, weil sie nun doch befürchtete, dass Wilhelm den gegenwärtigen Exkurs zu langatmig gestalten könnte.
Er präsentierte ein breites Lächeln.
„Ich habe den Letter of Intent im Trolley."
Christina zog die Augenbrauen hoch.
„Stiebke hat tatsächlich unterzeichnet!"
Wilhelm verzog sein Gesicht, legte das Besteck ab und massierte seine Schläfen.
„Alles klar?"
„Habe den ganzen Tag immer wieder Kopfschmerzen gehabt."
„Migräne?"
„Bestimmt der Reisestress."
„Willst du eine Tablette?"
Wilhelm winkte ab und seine Miene zeigte wieder das Lächeln des Erfolgs.

„Die Gespräche sind richtig gut gelaufen."
„Das heißt, das Thema Entlassungen ist jetzt einmal vom Tisch?"
„So ist es. Dieses Projekt sichert die Auslastung mindestens für ein Jahr. Ich brauche das gesamte Team für das Projekt."
„Kann noch etwas schiefgehen?"
„Kaum. Zwischen Stiebke und mir hat die Chemie von Anfang an gepasst. Im Juni werde ich nochmals in den Flieger steigen und dann machen wir den Vertrag fix und fertig."
Christina legte das Besteck ab, tupfte ihre Lippen mit der Serviette und nahm das Weinglas zur Hand. Sie ließ einen Tropfen über ihre Zunge rollen und musterte ihren Mann eingehend.
„Sag mal, Wilhelm, hast du gewusst, dass manche Frauen Männer mit grauen Schläfen anziehend finden?"
Wilhelm lehnte sich ebenso zurück und griff nach dem Weinglas.
„Ist das so? Interessant. Das musst du mir genauer erklären."
Christina schnippte spielerisch einen Träger ihres Kleides von der Schulter.
„Na ja, graumeliertes Haar zeigt doch irgendwie Lebenserfahrung und Vitalität."
„Willst du sagen, dass ich ein alter Knacker bin?"
„Ja."
„Charme, das ist etwas, das mein Eheweib in Hülle und Fülle besitzt."
Christina erhob sich und stolzierte zur Couch im geräumigen Wohnzimmer. Sie streifte den Saum des dunkelroten Samtkleides über ihre Hüften hoch.

MITTWOCH

51

Der Wagen war schnell.
Sie vollzog aus der lang gestreckten Kurve heraus ein Überholmanöver, der gemächlich fahrende Lieferwagen verschwand schnell aus dem Rückspiegel. Christina hatte die Steyrtal Bundesstraße flussaufwärts hinter sich gebracht, war in Klaus auf die Autobahn aufgefahren, war durch die Tunnel im Windschatten eines Sattelschleppers dahingezuckelt und beschleunigte knapp vor der Autobahnabfahrt noch einmal ihren Wagen. Sie betätigte den Blinker und befand sich im Nu auf der Straße in Richtung Vorderstoder.
Was hatte sie falsch gemacht? Worin hatte sie sich geirrt? Sie fluchte in sich hinein.
Knapp vor der Ortseinfahrt schloss sie auf den Wagentross der Linzer Kollegen auf. Der Anruf der örtlichen Polizeistreife war in der Bundespolizeidirektion eingegangen und dort hatte man alle Hebel in Bewegung gesetzt. Arno Pokorny hatte Christina angerufen, als er mit seinem Team längst schon auf der Autobahn war. Manchmal klappte die Kommunikation zwischen den Dienststellen nicht optimal, da war es vorteilhaft, wenn man auf Bekannte und verlässliche Kollegen zählen konnte. Wer wusste schon, wann Christina sonst vom Fund eines toten Mannes in den Bergen des Stodertals erfahren hätte.
Ein Streifenpolizist winkte dem Fahrzeugtross aus der Ferne, hüpfte in seinen Wagen und fuhr voran. Fünf Fahrzeuge, ein Streifenwagen, zwei Mannschaftswagen der Kriminaltechnik, der Wagen des Notarztes und zum Abschluss Christinas schwarzer VW Golf, fuhren zügig eine schmale Bergstraße hoch. Die asphaltierte Straße endete in einem geschotterten

Forstweg, den die Wagen einige Serpentinen hochfuhren. Mitten im Wald hielt der Tross, Türen klappten auf und zu. Christina eilte auf Arno Pokorny zu.

„Guten Morgen, Herr Pokorny."

Der Kriminaltechniker schüttelte Christinas dargebotene Hand.

„Morgen, Frau Kayserling."

„Danke für Ihren Anruf."

„Tja, wer hätte gedacht, dass wir einander so schnell wiedersehen."

„Vor allem in der gleichen Gegend."

Christina blickte zur gegenüberliegenden Talwand des Stodertals, dorthin also, wo sie am letzten Samstag die Leiche der jungen Tunesierin gefunden hatten.

„Irgendetwas haben wir übersehen", grummelte Pokorny düster.

„Oder irgendetwas ist in Gang gekommen."

„Wie auch immer."

„Kommen Sie, schauen wir uns den Schlamassel erst mal an."

Der Christina schon bekannte Streifenpolizist aus dem Ort erklärte den Weg zum Fundort der Leiche, er deutete in den Steilhang über ihnen. Christina holte schnell die Wanderschuhe aus dem Wagen. Gemeinsam mit einem Paar Gummistiefel, robuster Reservekleidung, einem Regenmantel und zwei Taschenlampen gehörten sie zur Standardausrüstung ihres Kofferraums. Im Gänsemarsch stiegen die Polizisten den Bergpfad hoch.

52

Anders als in den Vereinigten Staaten waren in Österreich Tote mit Schussverletzungen selten. So hatte jedes Land seine Eigenarten, in den USA konnte man den Tod durch Feuerwaffen als

kulturelle Geißel begreifen, Deutschland litt auf Autobahnen an der Bleifußneurose, in Russland galt der Wodka als das Böse schlechthin. Christina überlegte, was man in Österreich als den landesspezifischen sozialen Defekt begreifen konnte. Den Mozart-Kult vielleicht? Vielleicht die hiesige Ausländerfeindlichkeit? Sie war sich nicht im Klaren. In jedem Fall war das Stodertal für Ausländer kein günstiger Aufenthaltsort. Im Winter brachen sich die ausländischen Gäste auf den Schipisten die Beine, in diesem Mai verloren sie sogar ihr Leben. Zuerst lag eine tunesisch-spanische Kunstschülerin, danach ein deutscher Komponist tot in malerischer Naturkulisse. Und der Ausblick von diesem kleinen Hochplateau in der Nähe der Schmiedleitenalm war wirklich sehenswert, da die schroffen Grate und steilen Stürze des Toten Gebirges, darunter die grünen Wälder und in der Tallage die menschliche Siedlung, darüber thronend der blaue Himmel und die Frühlingssonne. Christina hockte vor den sterblichen Resten eines Mannes, dem sie noch vor Kurzem gegenübergestanden hatte. Sie starrte in die leblosen Augen und wunderte sich über ihre abschweifenden Gedanken. Hätte sie das Leben dieses Menschen retten können? Was hatte sie falsch gemacht? Warum hatte den Mann dieses blutige Schicksal ereilt?
Christina erhob sich und stellte sich zwischen die beiden Männer, die in gebührendem Abstand gewartet hatten, bis sie den ersten Blick auf die Leiche getan hatte. Der Arzt räusperte sich.
„Also, aus drei Metern Entfernung wage ich die erste, natürlich vorläufige Feststellung: Exitus durch Schussverletzung. Das schaut nach einem einwandfreien Herzschuss aus der Distanz aus.“
Christina und Pokorny nickten einhellig.
„Wir werden das selbstverständlich genau prüfen“, sagte Pokorny, hob die Hand und deutete zum entfernten Waldrand,

„aber wenn ich auch gleich eine erste vorläufige Feststellung treffen darf, dann würde ich anhand der Lage des Körpers behaupten, dass der Schuss von diesem Jägerstand abgefeuert worden ist."
Christina und der Arzt schauten zum Waldrand hoch.
„Wenn das so war, dann hat der Mann möglicherweise sogar zum Hochstand hinübergeschaut, als der Schuss gefallen ist."
„In die Richtung hat er auf jeden Fall geblickt."
„Vielleicht hat der Täter", mutmaßte der Arzt, „dem Opfer sogar zugerufen."
Christina wog den Kopf.
„Könnte sein, nur werden wir das niemals beweisen können. Außer wir finden den Schützen und er gesteht."
„Ich gehe jetzt einmal davon aus", nahm Pokorny wieder das Wort an sich, „dass der Täter erstens im Umgang mit Langwaffen geübt ist und zweitens über ein sehr gutes und perfekt eingeschossenes Gewehr verfügt. Ein Blattschuss aus dieser Distanz kann kein Glückstreffer sein. Das widerspräche jeder ballistischen Wahrscheinlichkeit."
„Sehe ich auch so", bestätigte Christina. „Ich denke, der erste Schuss hat gleich getroffen. Der Mann hat keine Zeit für eine Fluchtbewegung gehabt. Herr Pokorny, der Jägerstand muss sofort abgesichert und untersucht werden. Meine Herren, beginnen Sie bitte mit Ihrer Arbeit."
Der Arzt und zwei Kriminaltechniker beugten sich über die Leiche, ein weiterer über das abgestellte Fahrrad, Pokorny instruierte seine Leute, während sich Christina langsam vom Tatort entfernte und von der örtlichen Begebenheit eine Skizze anlegte.
Aus dem Wiedersehen, das dem Mann eine Ehre gewesen wäre, war aus seiner Sicht nichts geworden, und für sie war das Wiedersehen alles andere als eine Ehre, und schon gar kein

Vergnügen. Christina hörte geradezu das Adrenalin, das durch ihre Arterien rauschte. Hier gab es keine Zweifel mehr, das war kein Unfall oder Freitod, das war Mord. Und er war hochpräzise ausgeführt worden. Sie biss die Zähne zusammen. Seit sie vor einem dreiviertel Jahr die Leiche des Industriellen Herbert Felder zwischen den Regalen eines Lagerhauses in Augenschein hatte nehmen müssen, war ihr kein so blutiger Anblick mehr untergekommen. Und Blut, vor allem viel Blut, machte Christina nervös, fahrig, konfus, aber auch grantig, nachgerade aggressiv. Sie hatte gelernt, mit ihrer Aggression umzugehen, sie hatte gelernt, die Wut in Hartnäckigkeit umzuformen. Und sie wusste, wenn sie jetzt in einem Wespennest stochern würde, so wäre nicht sie diejenige, die vor den Insektenstichen davonlaufen würde. Und den Blick in die kleine, aber unendlich tiefe und endgültige Wunde auf der Brust des Opfers würde sie dem Täter oder der Täterin heimzahlen. Es zumindest mit all ihrer Kraft versuchen.

Christina fluchte still vor sich hin, atmete durch, konzentrierte sich einen Augenblick, dann setzte sie eine höfliche und doch professionell distanzierte Miene auf und ging auf die drei Wanderer zu, deren Bergtour vom Fund einer Leiche jäh unterbrochen worden war. Sie hielt Stift und Notizblock parat.

53

Elvira knallte die Autotür zu und stapfte auf das Haus zu. Sie klopfte nicht, betätigte nicht die Klingel, sie trat einfach ein. Sie war geladen und versuchte das gar nicht zu verheimlichen. Der gestrige Streit mit Jasmina hatte das Fass randvoll gefüllt, und dass Jasmina und Clemens nachts im Hotel ausgecheckt hatten und, ohne ihr ein Sterbenswörtchen zu sagen, spurlos

verschwunden waren, hatte das Fass schließlich zum Überlaufen gebracht. Erst nach dem Frühstück hatte sie vom Portier erfahren, dass die beiden gar nicht mehr da waren. Elvira fand, ihre Tochter hatte in den letzten Tagen Verhaltensweisen an den Tag gelegt, die sie nicht mehr tolerieren konnte. Egal, ob sie nun achtzehn war oder nicht, solche Frechheiten würde sie Jasmina nicht durchgehen lassen.
Elvira konnte sich noch gut erinnern, wie es früher gewesen war. Immer, wenn Jasmina einige Tage, Wochen oder gar Monate bei ihrem Vater gewesen war, war sie störrisch und unnahbar gewesen. Elvira hatte mühsam Gottfrieds Einflüsse auf Jasmina zurückdrängen müssen, anderenfalls hätte diese kaum das Gymnasium geschafft. Elvira war wütend auch auf sich selbst, denn sie hatte gedacht, dass Jasmina jetzt, wo sie zur Erwachsenen herangereift war, ihren Schulabschluss mit Bravour geschafft und sogar einen fixen Freund hatte, sich von Gottfrieds Nähe nicht mehr so destabilisieren lassen würde. Das Gegenteil war der Fall. Noch nie hatte es an zwei aufeinanderfolgenden Tagen zwischen Mutter und Tochter derart heftige Misstöne gegeben. Und Elvira sah zwei Möglichkeiten, wohin Jasmina und Clemens nach ihrem Verschwinden gegangen sein könnten. Entweder waren sie mit dem Zug nach Wien gefahren oder sie waren in Gottfrieds Haus.
Elvira klopfte an die Tür zur Küche, öffnete sie und trat ein. Also doch. Drei Augenpaare schauten sie an.
„Elvira, setz dich zu uns."
Mit zusammengekniffenen Lippen ließ sich Elvira an der Stirnseite des Küchentisches nieder. Ihr Blick lief im Kreis. Jasmina warf die Augen nieder, Clemens schaute schnell zum Fenster hinaus, nur Gottfried hielt ihrem Blick stand.
„Willst du Frühstück? Greif zu, es ist genug da", forderte er Elvira auf.

Sie winkte kurz ab.
„Ich habe schon gefrühstückt."
Gottfried hob mit der Gabel ein paar Blätter Wurst auf sein Brot und biss ab. Jasmina versteckte sich hinter einer großen Teetasse.
„Du hättest wenigstens Bescheid sagen können", sagte Elvira zu ihr und versuchte erfolglos, es nicht wie einen Vorwurf klingen zu lassen.
Drückendes Schweigen lag im Raum. Gottfried schluckte den letzten Bissen des Wurstbrotes und nahm einen Schluck Tee. Er wandte sich nun Elvira zu.
„Elvira."
„Ja?"
„Wie weit bist du mit der Arbeit im Atelier?"
„Ich bin gut vorangekommen. Zwei Tage noch, dann bin ich fertig. Wie vereinbart."
Gottfried ballte seine Hände zu Fäusten und legte sie auf den Tisch. Seine Stimme klang tief, ruhig, gefasst und klar.
„Wir müssen die Arbeit verschieben."
Zorn kochte in Elvira hoch.
„Du setzt mich vor die Tür?"
„Es ist nicht deine Schuld."
Elvira verschränkte ihre Arme.
„Wessen sonst?"
„Ich habe gestern Nacht das Atelier versperrt und ich weiß nicht, wann ich es wieder öffnen werde. Ich kann derzeit nicht an Arbeit denken. Entschuldige bitte."
„Dann werde ich abreisen."
„Das liegt ganz in deinem Ermessen."
Elvira wandte sich Jasmina zu.
„Bleibst du hier oder fährst du mit?"
Ihre Stimme war schneidend.

Jasmina stellte endlich die Teetasse ab und erwiderte den Blick ihrer Mutter. Elvira erschrak. War es Kälte? War es Abscheu? Was spiegelte sich da in den Augen ihrer Tochter?
„Ich werde ein paar Tage bei Papa bleiben. Damit er nicht allein ist."
Elvira schnellte vom Stuhl hoch.
„Dann wünsche ich noch einen angenehmen Aufenthalt."
Gottfried erhob sich ebenso.
„Ich begleite dich hinaus."
„Ach, bemüh dich nicht, ich kenne den Weg."
Die Küchentür knallte. Hatte sie ihre Tochter verloren? Oder zog nur eine Gewitterfront durch?

54

Christina lauschte kurz an der Tür. Völlige Stille. Also zog sie den Schlüsselbund hervor, suchte den passenden Schlüssel und öffnete die Wohnungstür. Sie hatte sich Überzieher über die Schuhe gezogen und natürlich trug sie Latexhandschuhe. Die Spurensicherung würde frühestens in einer halben Stunde auftauchen, um die Wohnung des Opfers in Augenschein zu nehmen, sie hatte also Zeit genug, in aller Ruhe und Konzentration im Leben des Komponisten Jens Tillmann zu stöbern. Behutsam zog sie die Tür hinter sich zu. Waren Geräusche der Nachbarn zu hören? Nein. Die erwachsenen Bewohner des Hauses waren wochentags an ihren Arbeitsplätzen, die Kinder noch in der Schule und die Senioren in ihren Wohnungen nicht laut genug, um im gesamten Haus gehört zu werden. Christina schritt durch die Dreizimmerwohnung. Das Wohnzimmer bildete das geräumige Zentrum, eine breite Fensterfront machte den Raum hell, der Schreibtisch stand voll im hereinbrechen-

den Licht der Vormittagssonne. Gleich daneben befand sich das mit dem Computer verkabelte Klavier. Der Computer war an einen Verstärker und massige Lautsprecher angeschlossen. Auf dem Klavier lag ein Stapel Notenblätter mit vielerlei handschriftlichen Notizen. Christina musterte einen Turm von Sekundärgeräten neben dem Klavier. Sie war keine Fachfrau, schätzte aber, dass sich in diesem Turm Drumcomputer, Midi-Synthesizer und Ähnliches befanden. Die Geräte waren allesamt mit dem Klavier und damit mit dem Computer verkabelt. Ein vollständiges Tonstudio im Wohnzimmer. Profis konnten mit solchen Geräten an einem Nachmittag einen Popsong komponieren, einspielen und abmischen. Legte man dann noch die Stimme einer überdurchschnittlich hübschen Sängerin mit gewagtem Hüftschwung und repräsentativem Dekolleté darüber, konnten die Hitparaden gestürmt werden. Oder es konnten Avantgardeopern komponiert werden. Wofür man wohl etwas mehr Zeit veranschlagen musste.
Auf dem Schreibtisch lagen verschiedene Papiere, Schreibutensilien und Bücher, allesamt geschlichtet. Auch auf dem Esstisch an der gegenüberliegenden Seite des Raumes herrschte Ordnung. Es standen keine benutzten Gläser oder Teller herum und die Tageszeitungen waren gestapelt und, wie Christina entdeckte, streng nach Datum sortiert. Jens Tillmann hatte ganz offensichtlich Sinn für Ordnung, egal nun, ob eine Putzfrau oder er selbst dafür sorgte. Das würde Christina schon noch herauskriegen.
Sie betrat den Nebenraum, in dem sich ein massiger Schrank, ein schlankes Bücherregal und gestapelte Koffer fanden. Christina zählte zwei Gitarrenkoffer, einen Koffer mit einer Violine, drei Keyboardkoffer und einen würfelförmigen Koffer mit einem Satz an Mikrofonen und Kabeln. Jens Tillmann besaß als Hausrat alles, was das Herz des Musikers begehrte.

Das Schlafzimmer war schlicht eingerichtet, ein Doppelbett, ein Kleiderschrank, ein Nachtkästchen. An der Wand hing ein ästhetisch wertvolles Schwarz-Weiß-Foto einer nackten Frau. Christina fiel nun auf, dass dies das einzige Wandbild der ganzen Wohnung war. Er war wohl kein Freund dekorativer Inneneinrichtung gewesen. Sie öffnete den Kleiderschrank. Sauberkeit und Ordnung, das war der erste Eindruck beim Blick in den Schrank.
Christina warf noch schnelle Blicke in die Küche, in den kleinen Abstellraum, in das Badezimmer und die Toilette. Rund achtzig Quadratmeter erstklassiger Wohnraum für einen Mann, wie sie wusste, kostenlos zur Verfügung gestellt. Christina nahm sich vor, die Stiftung des Millionärs Heiner Schweiger genauer unter die Lupe zu nehmen. Sie kehrte an den Schreibtisch zurück, setzte sich auf den Stuhl und griff zu ihrem Telefon.
„Hallo, Christina. Was kann ich dir antun?"
„Hallo. Du, Friedel, ich sitze gerade am Schreibtisch des deutschen Staatsbürgers Jens Tillmann, dessen Leiche wir im Stodertal gefunden haben."
„Habe schon gehört, dass sich dort irgendetwas zusammengebraut hat."
„Zusammengebraut ist der richtige Ausdruck."
„Lass mich raten, Christina. Auf dem Schreibtisch, an dem du sitzt, steht ein Computer und der liebe Friedel soll sich da mal reinhängen. Korrekt?"
„Korrekt."
„Ich habe in den nächsten Tagen definitiv keine Zeit."
„So viel Arbeit?"
„Massenhaft."
„Friedel, wir haben hier zwei Tote gefunden. Eine junge Frau und einen Mann mittleren Alters."
Friedel seufzte vernehmlich.

„Zwei Tote sagst du?"
„Innerhalb kurzer Zeit."
„Na gut, ich werde ein bisschen tricksen, ein paar mäßig freundliche Kollegen vertrösten, auf dass sie noch weniger freundlich zu mir sind, werde wieder meinen Chef vergrätzen, mir den Zorn der halben Polizeidirektion einhandeln, was ich im Übrigen schon längst gewöhnt bin, und mich für morgen freispielen."
„Wie wäre es mit heute Nachmittag?"
„Na bravo, du gehst ja ganz schön ran."
„Du bist jung, fit und belastbar, das Burn-out-Risiko steigt bei dir erst in zwei, drei Jahren und ein Magengeschwür ist auch noch nicht in Sicht."
„Vielen Dank, dass du an meine Zukunft denkst."
„Ich schicke dir einen Wagen mit dem Rechner."
„Geht klar, ich zieh mir das rein."
„Danke, Friedel. Wir hören uns."
„Das mit Sicherheit. Tschüs."
Christina steckte das Telefon in die Jacketttasche und zog die oberste Schublade auf. Auch darin war alles geordnet. Nicht penibel oder gar pedantisch, aber doch mit klar erkennbarem Ordnungssinn. Sie warf einen schnellen Blick in die mittlere Schublade, danach in die letzte. Sie hob die Blechschatulle heraus und stellte sie vor sich auf den Schreibtisch. Die Schatulle wog einiges und sie war versperrt. Methodisch probierte sie die Schlüssel des Schlüsselbundes, schon der zweite Versuch brachte Erfolg. Vorsichtig klappte Christina den Deckel hoch. Heckler & Koch, die HK P10, ein weit verbreitetes Modell, und eine Schachtel mit Patronen. Wozu brauchte ein Komponist eine Pistole? Wozu einen Feldstecher, wie er beim Militär verwendet wurde? Und wozu eine Sturmhaube und Lederhandschuhe? Viel Arbeit lag vor ihr.

55

Der Wagen war gut motorisiert, Christina brauchte das Gaspedal nicht vollständig durchzudrücken, um mit Tempo die Bergstraße hochzufahren. Die Zufahrt zum Grundstück war nicht durch ein Tor oder einen Schlagbalken versperrt, links und rechts am Straßenrand stand je eine gemauerte Säule, die den Privatbesitz anzeigte. Kein Zaun lag um das weitläufige Grundstück, das zum Teil in steiler Hanglage und dicht bewaldet war. Die Straße führte knapp hundert Meter zum Haus. Christina warf die Autotür hinter sich zu und blickte sich um. Das Gebäude war im Stil einer Berghütte gebaut, allerdings um ein Vielfaches größer und massiver. Auf ein gemauertes Fundament und Erdgeschoss war ein hölzernes Obergeschoss gesetzt. Das Haus war unterkellert, eine breite Rampe führte in die Garage für zwei Autos. Hinter dem Haus befand sich ein Nebengebäude in schlichter Holzkonstruktion. Heiner Schweiger hatte dieses Anwesen nicht erbauen lassen, sondern gekauft, Haus und Nebengebäude standen schon seit dreißig Jahren auf diesem Hang mit Blick auf Hinterstoder, der neue Besitzer hatte sie nur für seine Zwecke adaptieren müssen.
Christina musterte den schweren Mercedes Geländewagen. Im Winter war es zweifellos ratsam, ein Fahrzeug mit Allradantrieb für die steile Bergstraße zu verwenden. Sie stapfte auf das Haus zu. Immerhin war der Hausherr zugegen. Sie betätigte die Klingel. Zwei ausladende Hirschgeweihe und das mächtige Hörnerpaar eines kapitalen Steinbocks hingen an der Fassade, die Sitzgarnitur auf der Terrasse bestand aus roh gehauenem Rundholz. Unübersehbar hatte sich der aus dem nördlichen Flachland zugezogene Hausbesitzer dem rustikalen Stil des Alpenlandes angepasst. Christina blickte auf ihre Armbanduhr. Halb elf, die Sonne stand hoch.

„Guten Tag, Frau Inspektor."
„Guten Tag, Herr Schweiger. Darf ich eintreten?"
Heiner war in bequeme Freizeitkleidung gehüllt, er trug eine hellbraune Cordhose und ein grün kariertes Holzfällerhemd.
„Kommen Sie nur näher."
Heiner führte Christina in die Stube. Auf dem Tisch lagen Bücher und Papiere. Heiner klappte ein dickes Lexikon und einen Bildband zu, schob seine handschriftlichen Notizen beiseite.
„Ich hoffe, ich störe Sie nicht bei einer wichtigen Arbeit."
„Nein, ich kann meine Studien jederzeit unterbrechen, habe ja keine Prüfung zu absolvieren oder anderen Leistungsdruck. Ich hole das Studium der Kunstgeschichte sozusagen im Selbstunterricht nach. Derzeit beschäftige ich mich mit dem deutschen Expressionismus. Kennen Sie die Arbeiten von Ernst Ludwig Kirchner?"
„Ich habe den Namen schon gehört."
„Faszinierender Mann, faszinierende Zeit, faszinierende Kunst. Darf ich Ihnen Kaffee anbieten? Tee? Saft?"
Christina winkte ab.
„Keine Getränke, bitte."
„Sie sind dienstlich hier, das erkenne ich an Ihrer Miene. Setzen Sie sich doch."
Die beiden nahmen Platz.
„Herr Schweiger, erzählen Sie mir doch etwas über die Stiftung *Kunstblick*."
Heiner verzog erstaunt das Gesicht.
„Vermuten Sie Unregelmäßigkeiten?"
„Wie ist es denn zu dieser Stiftung gekommen?"
„Nun, ich habe sie vor sieben Jahren ins Leben gerufen. Anfangs war die Stiftung noch sparsam dotiert, aber nachdem wir, also meine Frau, meine Kinder, meine gesamte Familie, die Vermögensbestände exakt verteilt haben, damals war mir das ein

Anliegen, habe ich der Stiftung noch einiges von meinem Privatkapital zufließen lassen. Die Stiftung *Kunstblick* gehört im Bereich Kunstförderung zu den fünf größten Privatstiftungen Deutschlands. Drei absolut verlässliche Personen erledigen die administrativen Belange, es gibt natürlich eine Kontrollinstanz, alle Handlungen und Bewegungen der Stiftung sind transparent und entsprechen den gesetzlichen Vorgaben. Und natürlich werde ich auch in Zukunft ein Auge darauf haben, dass die Stiftung bestimmungsgemäß verwendet wird."

„Das verstehe ich jetzt nicht, Herr Schweiger."

„Ich habe vor, mich früher oder später von der Leitung der Stiftung zurückzuziehen und die Verantwortung in vertrauenswürdige Hände zu legen. Ich habe Gottfried Moorhammer bei seinem Fest gefragt, ob er die operative Leitung übernehmen will, und erwarte seine Antwort in den nächsten Tagen oder Wochen. So eilig habe ich es nicht. Ich will mich in Zukunft mit interesselosem Wohlgefallen daran ergötzen, dass gute Dinge ohne mein Zutun geschehen."

Christina wiegte den Kopf.

„Wie viele Stipendien werden da vergeben?"

„Die genaue Zahl kann ich Ihnen so spontan nicht nennen, weil es gibt zahlreiche Kleinstipendien und die Stiftung arbeitet auch häufig mit öffentlichen Stellen zusammen, um lokale Kunstpreise oder Förderungen zu ermöglichen. Auch das Land Salzburg arbeitet im Bereich Kunstförderung mit der Stiftung *Kunstblick* zusammen. Mein Hauptwohnsitz liegt nämlich in Salzburg, das Jagdhaus hier in Oberösterreich ist nur mein Zweitwohnsitz."

Christina nickte mit interessierter Miene.

„Die Liebe zur Kunst ist Ihnen also einiges wert."

„Allerdings. Schauen Sie, Frau Inspektor, ich habe das Vermögen meiner Familie und die Geschicke der Firma viele Jahre verwaltet, und ich habe das große Glück gehabt, dass in den Jahren meiner Leitung vor allem die Exportgeschäfte blendend gediehen. Deutsche Industrieprodukte sind in der ganzen Welt gefragt. Ich habe rechtzeitig die Zeichen der Zeit erkannt und nicht auf billige Massenware gesetzt, sondern auf innovative Qualitätsprodukte. Der wirtschaftliche Erfolg hat mir recht gegeben, die Firma ist stärker geworden, neuntausend Arbeitsplätze sind auf viele Jahre gesichert und der Familienbesitz ist erheblich gewachsen. Die Familie hat meinen Wunsch, meinen Anteil am Besitz klar zu definieren, von Anfang an unterstützt. Und was ich mit meinem Geld anstelle, ist allein meine Sache, ich darf aber auch sagen, dass mein Bruder und meine Tante nennenswerte Beträge in die Stiftung *Kunstblick* haben fließen lassen. Wir sind Unternehmer, aber wir interessieren uns nicht nur für Geld. Eine andere Tante etwa fördert im großen Stil Sozialprojekte und Entwicklungshilfe."

„Die Stiftung stellt auch Wohnungen für Künstler zur Verfügung."

„Ja. In Hannover unterhalten wir drei Wohnungen, in Frankfurt eine."

„Und in Windischgarsten?"

„Da gibt es eine Immobilie. Ich habe diese Wohnung zu sehr günstigen Bedingungen mieten können. Um ehrlich zu sein, die Mietpreise hier sind im Vergleich zu den Mietpreisen in Frankfurt geradezu marginal."

„Die betreffende Wohnung ist an Jens Tillmann vergeben?"

„Genau. Jens wohnt dort seit einiger Zeit."

„Wie stehen Sie denn zu Jens Tillmann?"

„Ich bewundere diesen Mann. Ein radikaler Einzelgänger und unbeirrbarer Vertreter seines speziellen musikalischen Credos. Seit eines Tages seine Bewerbung für ein Stipendium auf meinem Tisch gelandet ist und ich das hervorragende Mate-

rial sichten durfte, bin ich ein glühender Verehrer seiner Musik. Ich darf mich brüsten, die Niederschrift einer Oper und einer Vielzahl weiterer Stücke aus der Feder des bedeutenden Komponisten Jens Tillmann ökonomisch ermöglicht zu haben. Man muss sagen, Jens' Musik ist nicht massentauglich, sie ist kompromisslose Avantgarde. Aber bestimmt werden in hundert Jahren die Musikkenner der Zukunft noch seine Werke schätzen, während das ganze Zeug, das heute tagtäglich unsere Gehörgänge mit akustischer Umweltverschmutzung belästigt, zum Glück vergangen und vergessen sein wird."
„Wissen Sie, ob Herr Tillmann hier in Österreich Verwandte oder Bekannte hat?"
„Verwandte meines Wissens nicht, seine Eltern leben in Münster. Und Bekannte hat er natürlich schon. Ich habe ihn mehrmals zu Empfängen und Partys eingeladen. Zuletzt war er auch Gast bei Gottfrieds Geburtstagsfest. Aber im Detail müssen Sie ihn schon selbst über seine Bekanntschaften befragen."
„Ich verstehe."
Christina schaute kurz zum Fenster hinaus. Entweder wusste Schweiger wirklich nicht, dass Tillmann tot war oder er spielte einwandfrei seine Rolle. Letzteres wäre einem Mann seiner Fasson jederzeit zuzutrauen. Ein Mann, der jahrelang einen Konzern geführt hatte, verfügte zweifelsfrei über die Fähigkeit, eine Rolle glaubhaft zu spielen.
„Entschuldigen Sie, Frau Inspektor, ich bin jetzt neugierig geworden. Weshalb interessieren Sie sich für die Stiftung und für Jens Tillmann?"
Christina richtete sich auf. Sie lauerte.
„Leider muss ich Ihnen die Nachricht übermitteln, dass Jens Tillmann durch einen Gewehrschuss getötet worden ist."
Heiner schnappte nach Luft.
„Um Himmels willen ..."

Christina maß den Mann genau. Die Reaktion sah echt aus, der Schock, die Angst, er schien nicht zu spielen. Oder spielte er einfach gut?

„Herr Schweiger, sind Sie Jäger?"

„Ich … wie bitte?"

„Besitzen Sie die Berechtigung zur Ausübung der Jagd?"

„Wie kommen Sie auf diese Frage?"

Christina ignorierte die Gegenfrage schlicht und einfach.

„Ja. Ich bin ausgebildeter Jäger, allerdings wurden meine Dokumente von deutschen Behörden ausgestellt. Hier in Österreich benötige ich eine Jagdgastkarte, wenn ich auf die Pirsch gehen will."

„Besitzen Sie ein Jagdgewehr?"

Heiners Miene verriet Unwohlsein.

„Ich besitze sieben Gewehre, zwei Pistolen und einen Revolver. Sie können die entsprechenden Dokumente kontrollieren."

„Sind die Waffen in diesem Haus untergebracht?"

„Der Revolver ist im Tresor meiner Salzburger Wohnung. Alle anderen Waffen sind hier im Waffenschrank."

„Herr Schweiger, darf ich Sie bitten, den Waffenschrank zu öffnen?"

Heiner saß für einige Augenblicke stocksteif da. Dann katapultierte er sich hoch.

„Folgen Sie mir, Frau Inspektor."

Heiner marschierte in sein Büro und öffnete eine Schublade. Er stockte. Dann öffnete er eine weitere Schublade.

„Merkwürdig."

Christina trat neben ihn.

„Was ist merkwürdig?"

„Ich habe die Angewohnheit, den Schlüssel zum Waffenschrank in die unterste Lade zu legen. Jetzt liegt er in der mittleren."

Christinas Lippen spannten sich.

„Sehen wir uns den Waffenschrank an."
Sie marschierten los. Im Hinterzimmer öffnete Heiner eine versperrte Tür zu einer kleinen Kammer, in der sich ein massiver Stahlschrank befand. Heiner öffnete den Waffenschrank. Entgeistert schaute er Christina an. Sie griff nach ihrem Telefon.
„Ich zähle sechs Gewehre und nur eine Pistole, Herr Schweiger."
„Das … das … ist mir unerklärlich."
Sie verließ mit flotten Schritten das Haus und drückte ihr Telefon ans Ohr. Der Anruf wurde sofort entgegengenommen.
„Christina. Wo brennt der Hut?", meldete sich Raimund Brandstätter.
Sie schaute hinter sich, aber Heiner Schweiger war ihr nicht vor das Haus gefolgt, dennoch machte sie noch ein paar Schritte.
„Im Stodertal, Raimund, da brennt der Hut, und zwar lichterloh."
„Ich habe es über Funk gehört."
„Dann weißt du Bescheid."
„Was kann ich für dich tun?"
„Raimund, ich brauche dein unvergleichliches Talent beim Befragen der Landbevölkerung. Und zwar heute noch. Nicht heute, sofort."
„Inoffiziell unter Freunden oder über den Dienstweg?"
„Dienstweg. Ich brauche deine Arbeit hier. Unter uns gesagt, die hiesigen Kollegen scheinen mit einem Fall dieser Tragweite etwas überfordert zu sein."
„Na gut, ich muss aber noch ein paar Telefonate erledigen, dann werde ich in die Hände spucken. Ich rufe dich in zehn Minuten wieder an."
„Raimund, darum würde ich dich dringend bitten."
„Wir hören und sehen uns."
„Bis später."
Christina trennte die Leitung und wählte gleich ein weiteres Mal.

56

Christina und Arno Pokorny traten aus dem Haus und gingen auf ihre Fahrzeuge zu. Sie blickte auf ihre Uhr. Halb eins, es hatte einige Zeit gedauert, bis die Spurensicherung in Schweigers Jagdhaus aufgetaucht war. Durch die Hintertür war eingebrochen worden, dann hatte jemand den Schlüssel genommen und den Waffenschrank geöffnet. Die Spurensicherung hatte den Vorgang ziemlich genau rekonstruieren können.

„Sie halten meine Leute ganz schön auf Trab, Frau Kayserling."

Christina warf Pokorny einen leidenden Blick zu.

„Ich fürchte, wir haben das Ende der Fahnenstange noch nicht erreicht."

„Ein Tatort, die Wohnung des Opfers und jetzt das Jagdhaus, für einen Vormittag ist das ein gewaltiges Arbeitspensum. Es wird ein Weilchen dauern, bis wir alle Funde analysiert haben werden."

„Schon klar."

„Wenn Sie so weitermachen, werden einige Leute in der Bundespolizeidirektion auf Sie aufmerksam werden", ergänzte er mit einem hintergründigen Lächeln.

Christina verdrehte die Augen.

„Nur das nicht! Mir reicht vollkommen, alle paar Monate eine Leiche aufzusammeln. In der Zwischenzeit mache ich gerne Schreibtischarbeit und fange ein paar harmlose Hühnerdiebe und ungeschickte Handtaschenräuber."

„Trotzdem, die Spur zur Tatwaffe hat sich jetzt sehr schnell ergeben. Das Kaliber des gefundenen Projektils passt zum fehlenden Gewehr. Haben Sie das Datenblatt gesehen?"

„Ein Steyr Mannlicher SM 12 mit Zielfernrohr, optimal für Schüsse aus großer Distanz. Reines Glück, dass ich so schnell darauf gestoßen bin. Ein Glück übrigens, das gar nichts zählt, solange wir das Gewehr nicht haben."

„Da haben Sie leider recht, Frau Kayserling."
„Und dass auch eine Pistole fehlt, macht mir ein nervöses Flattern im Magen."
„Nachvollziehbar."
Christina öffnete die Tür zu ihrem Auto.
„Nehmen Sie den Mann gar nicht in Gewahrsam?", fragte Pokorny und deutete mit einer Kopfbewegung hinter sich.
„Hat keinen Sinn. Ich habe gesehen, wo der Schlüssel für den Waffenschrank aufbewahrt wird, und gemeinsam haben wir gesehen, dass die hintere Kellertür aufgebrochen worden ist. Die Möglichkeit, dass irgendjemand eingebrochen ist und die Waffen gestohlen hat, ist nicht von der Hand zu weisen. Schweigers Anwalt hätte seinen Mandanten innerhalb von drei Minuten wieder auf freien Fuß gebracht."
Pokorny zuckte mit den Schultern.
„Die Kleinarbeit ist unser Schicksal."
Christina nickte ihm zu.
„Wovon ich gleich welche verrichten werde. Wir telefonieren."
„Tun Sie, was Sie nicht lassen können."
Christina brauchte bergab nur wenig Gas zu geben, schnell war sie dennoch.

57

Sie zog an der Glocke und wartete. Eine junge Frau in schwarzer Kleidung öffnete das Haustor. Christina erkannte die Ähnlichkeit zu ihrem Vater auf Anhieb, ausschlaggebend waren die Kinnpartie und die tiefgründigen Augen. Das also war die achtzehnjährige Tochter des Meisters.
„Guten Tag, mein Name ist Kayserling, Kriminalpolizei. Ich möchte mit Herrn Moorhammer sprechen. Ist er zu Hause?"

Die junge Frau wich Christinas Blick aus und trat zur Seite.
„Ja, mein Vater ist da. Ich hole ihn."
Christina brauchte nur ein paar Augenblicke im Vorhaus zu warten, da tauchten Vater und Tochter schon auf. Wenn sie beieinander standen, war die Ähnlichkeit noch deutlicher.
„Guten Tag, Frau Inspektor."
„Guten Tag, Herr Moorhammer."
„Haben Sie Neuigkeiten für mich?"
„Ich habe Fragen."
„Kommen Sie, Frau Inspektor, gehen wir in mein Büro. Da können wir sprechen."
Christina folgte Gottfried. Sie nahmen Platz, er hinter, sie vor dem Schreibtisch. Sie schaute sich um. Sehr ordentlich war es hier nicht. Gottfried schob einen Papierstapel zur Seite.
„Das sind Gedichte. Clemens hat sie verfasst. Das ist der Freund meiner Tochter. Sind Sie ihm begegnet?"
„Nein."
„Interessanter junger Mann. Seine Texte haben Leidenschaft. Vieles scheint noch unfertig zu sein, aber der Bursche ist erst einundzwanzig, er hat sein ganzes Leben noch vor sich. Wissen Sie jetzt Genaueres über Adnas Tod?"
„Ja. Die Todesursache steht außer Frage. Frau Sriti ist an den Folgen des Sturzes verstorben. Die Gerichtsmedizin geht davon aus, dass Frau Sriti im buchstäblichen Sinn schlagartig das Bewusstsein verloren hat und dass der Tod innerhalb weniger Minuten eingetreten ist."
„Sie hat also nicht lange leiden müssen."
„Darin sind sich die Mediziner sicher."
Gottfrieds Miene wirkte grau, er sah alt und erschöpft aus.
„Wenigstens etwas. Ist der Leichnam noch im Kühlhaus?"
„Ja. Solange wir von den Angehörigen keine Nachricht haben, bleibt er dort."

„Einsam will ich untergehn,
Keiner soll mein Leiden wissen!
Wird der Stern, den ich gesehn,
Von dem Himmel mir gerissen,
Will ich einsam untergehn
Wie ein Pilger in der Wüste.“

Christina hob die Augenbrauen. Gottfried tippte auf ein aufgeschlagenes Buch auf dem Schreibtisch.

„Clemens Brentano hat das gedichtet. Ich habe das Gedicht zuvor herausgesucht. So fühle ich mich. Wie ein Pilger in der Wüste, einsam, dem Untergang geweiht. Adna war der Stern, den ich gesehen habe. Und nun ist er mir vom Himmel gerissen.“

Christina wartete ein Weilchen, bis sich Gottfried wieder gefangen hatte.

„Herr Moorhammer, wir haben ja bei meinem letzten Besuch über den Verlauf Ihres Festes und über Frau Sritis Leben hier in Ihrem Haus gesprochen.“

„Das haben wir.“

„Ich habe in Erfahrung gebracht, dass bei diesem Fest Heiner Schweiger Ihnen die Leitung der Stiftung *Kunstblick* angeboten hat.“

„So ist es. Ich war wirklich überrascht.“

„Werden Sie das Angebot annehmen?“

„Je mehr ich darüber nachdenke, desto mehr sträubt sich in mir etwas dagegen. Natürlich ist das eine große Ehre und eine interessante Herausforderung, und um ehrlich zu sein, Frau Inspektor, langsam und sicher muss ich mir Gedanken über meine zukünftige Arbeit machen, aber die Stiftung ist Heiners Lebenswerk. Irgendwie verstehe ich nicht, warum er die Leitung abgeben will. Ich bin mir noch nicht sicher.“

„Überlegen Sie, die Bildhauerei an den Nagel zu hängen?“, hakte Christina interessiert nach.

„Ich muss. Schauen Sie mich an, Frau Inspektor, ich kann heute mit jedem fünfundzwanzigjährigen Gewichtheber beim Bankdrücken mithalten, im Gegenteil, es ist fraglich, ob viele junge Burschen mit mir mithalten können, ich habe die Kraft eines Bären, immer schon gehabt. Aber ich bin fünfundfünfzig Jahre alt und ich schlage seit dreißig Jahren mit Hammer und Meißel auf Marmor. Wenn ich mich heute mit dem jungen Sportler im Fitnessstudio messe, kann er morgen wieder trainieren, ich aber muss drei Wochen auf Kur. Mein Rücken ist eine Ruine, meine Schultern schmerzen von frühmorgens bis spätabends und in der Nacht brauche ich immer häufiger Schlaftabletten oder ein paar Stamperl Obstler. Zum Einreiben und zum Trinken. Die drei Skulpturen im Atelier, für die mir Adna Modell gestanden hat, hätten meine letzten Arbeiten in Marmor sein sollen. Jetzt werden sie unvollendet bleiben. Nein, ich kann und werde nicht mehr bildhauern. Gottfried Moorhammer lässt den Hammer sinken. So gesehen wäre natürlich die Leitung der Stiftung eine schöne Tätigkeit, aber ich kann derzeit keinen klaren Gedanken fassen. Heiner wird auf meine Antwort noch ein Weilchen warten müssen."

Gottfrieds Handy schlug an, er nahm es zur Hand und schaute auf die Anzeige.

„Sieh an, Heiner ruft an. Als ob er gewusst hätte, dass wir gerade von ihm gesprochen haben. Sie entschuldigen, Frau Inspektor."

Christina vollführte eine Geste des Einverständnisses und lehnte sich zurück. Sie ahnte schon, weswegen Heiner Schweiger anrief und fand es gar keine so schlechte Fügung, die Reaktion Moorhammers beobachten zu können.

„Hallo Heiner. Ja, ich bin zu Hause. Gut, ich höre."

Zuerst schaute Gottfried unverbindlich zum Fenster hinaus, dann verfinsterte sich sein Gesicht, erschrocken suchte er Christinas Augen.

„Ich verstehe. Eine Tragödie, ich gebe dir recht. Du wirst staunen, die Frau Inspektor sitzt gerade eben mir gegenüber im meinem Büro. Gut, vielen Dank für diese Information. Ja, ich bin entsetzt. Zuerst Adna, jetzt Jens. Ein Zusammenhang? Keine Ahnung. Das muss die Polizei klären. Danke. Tschüs."
Mit düsterer Miene legte Gottfried das Handy zur Seite. Wie zuvor bei Schweiger hatte nichts in Moorhammers Reaktion auf die Todesnachricht in Christina einen klaren Verdacht erweckt.
„Deswegen sind Sie also gekommen."
„Ja."
„Heiner sagt, Jens sei erschossen worden."
„Das ist korrekt."
„Wo ist er erschossen worden? In seiner Wohnung? Auf offener Straße?"
„Beim Aussichtsplatz nahe der Schmiedleitenalm. Ein von Mountainbikern gern benutzter Pfad führt dort entlang."
„Beim Radfahren ist er erschossen worden?"
„Offenbar bei einer Pause. Wir haben das Fahrrad aufrecht stehend vorgefunden."
Gottfried zauste seinen Bart.
„Was zum Teufel ist da los? Zuerst Adna, jetzt Jens! Der blanke Wahnsinn. Vermuten Sie einen Zusammenhang zwischen den Todesfällen?"
„Herr Moorhammer, Sie sehen bestimmt ein, dass ich zu laufenden polizeilichen Ermittlungen nichts sagen kann."
„Bin ich verdächtig?"
„Mein Beruf bringt es mit sich, dass ich mir das soziale Umfeld von Getöteten ansehen muss. Ich gehe systematisch vor, Herr Moorhammer."
„Gut, das verstehe ich. Also, was wollen Sie wissen?"
„Wo waren Sie gestern Nachmittag zwischen vierzehn und siebzehn Uhr?"

„Gestern Nachmittag war ich hier im Haus."
„Was haben Sie getan?"
„Ein wenig gelesen, Musik gehört, ein bisschen in der Küche aufgeräumt. Moment, ich war kurz auch außer Haus."
„Wo waren Sie?"
„Einkaufen. Ich bin mit dem Auto zum Supermarkt gefahren und habe ein paar Kleinigkeiten eingekauft. Warten Sie."
Gottfried beugte sich zum Papierkorb und wühlte darin.
„Hier, das ist der Rechnungszettel."
Christina nahm den Papierstreifen zur Hand. Wurst, Brot, Äpfel und Milch – und eine Uhrzeit. Vierzehn Uhr dreizehn.
„Sie erlauben, dass ich den Zettel an mich nehme?"
„Bitte, nur zu."
„Sind Sie nach dem Einkauf wieder hierher gefahren oder haben Sie noch einen weiteren Weg erledigt?"
„Ich bin hierher gefahren."
„Gibt es Zeugen dafür? War Ihre Tochter anwesend?"
„Jasmina war nicht da, sie und ihr Freund sind erst abends zu mir gekommen, so gegen halb acht oder acht, aber Jasminas Mutter war hier."
„Elvira Altmann, habe ich den Namen korrekt in Erinnerung?"
„Ja, Jasmina ist Elviras und meine Tochter. Elvira hat gestern den ganzen Tag über im Atelier gearbeitet. Sie hat Fotos meiner Zeichnungen und Skizzen für ein Buch geschossen."
„Ist Frau Altmann jetzt auch in Ihrem Atelier?"
„Nein, ich habe das Atelier versperrt. Niemand darf da hinein. Ich habe Elvira heute beim Frühstück gebeten, ihre Arbeit zu unterbrechen."
„Warum das?"
„Aus dem zuvor genannten Grund, Frau Inspektor, weil ich die drei Skulpturen nicht mehr fertigstellen kann, weil seit Adnas Tod allein der Gedanke an das Atelier für mich die Hölle ist,

weil ich kein Interesse daran habe, wieder ein Buch über meine Arbeit zu veröffentlichen."
„Hat es Streit gegeben?"
„Sagen wir so, Elvira war nicht glücklich, dass ich ihre Arbeit unterbrochen habe."
„Und haben Sie Frau Altmann gestern nachmittags gesprochen?"
„Als ich vom Einkauf zurückgekommen bin, habe ich ihr eine Wurstsemmel und einen Apfel gebracht. Danach habe ich mich in mein Zimmer zurückgezogen und Musik gehört. Elvira hat gegen achtzehn Uhr das Haus verlassen. Da haben wir noch ein paar Worte gewechselt."
Christina machte Notizen.
„Haben Sie die Telefonnummer von Frau Altmann bei der Hand?"
Gottfried griff zum Handy, tippte in das betreffende Menü und sagte Christina die Nummer an. Sie notierte.
„Herr Moorhammer, haben Sie eine Ausbildung als Jäger? Waren Sie schon einmal auf der Jagd?"
„Ich habe keine Ausbildung, aber ich war schon mehrmals bei Jagden dabei. Zum ersten Mal mit fünfzehn Jahren. Mit meinem Onkel. Und ich war bei den Gebirgsjägern im Bundesheer."
„Sie können also mit einem Gewehr umgehen?"
„Grundsätzlich ja."
„Besitzen Sie ein Gewehr?"
„Nein. Kein Gewehr, keine Pistole, ich brauche so Zeug nicht."
„Wann haben Sie Herrn Tillmann zuletzt gesehen?"
„Bei meinem Fest am Freitag. Er war einer der Gäste. Und dann noch einmal am Montag."
„Am Montag?"
„Ja, gleich nach dem Frühstück kam er vorbei und hat mir, wie

ausgemacht, die CDs gebracht, die er mir am Freitag versprochen hat. Jens war in solchen Dingen absolut verlässlich."

„Was waren das für CDs?"

„Hier sehen Sie eine. Eine CD von Andreas Vollenweider. Großartiger Komponist und Harfenist aus der Schweiz. Und zwei CDs von Tomaso Albinoni. Die liegen im Wohnzimmer. Jens ist gegen halb zehn gekommen, hat das Paket abgeliefert und ist ein paar Minuten später mit seinem Motorrad wieder abgefahren. Wie immer war er kurz angebunden und beschäftigt."

„Wie war denn Ihr Verhältnis zu Herrn Tillmann?"

„Wir haben einander mehr als respektiert. In meiner Sammlung habe ich alle im Handel erhältlichen CDs seiner Musik und ich habe zwei der seltenen Aufführungen seiner Opern gesehen. Hervorragend!"

„Wie standen Frau Sriti und Herr Tillmann zueinander?"

„Sie haben sich gekannt. Jens war nicht oft, aber immer wieder Gast in meinem Haus. Auch bei den Abendgesellschaften in Heiners Jagdhaus sind sie einander begegnet."

„Haben die beiden ein Verhältnis miteinander gehabt?", fragte Christina direkt.

Gottfried räusperte sich.

„Jens hat ihr nachgestellt, das weiß ich. Jeder Mann mit zwei Augen im Kopf hat Adna interessierte Blicke zugeworfen, aber sie hat nur mich geliebt, sie hat Jens abblitzen lassen. Danach hat er sie nicht mehr behelligt. Jens war ein Mann, der bei vielen Frauen Chancen gehabt hat, er hat nach der Abfuhr nicht lange Trübsal geblasen. In der Zeit, die er hier in der Gegend gewohnt hat, hat er manche Affäre begonnen."

„Vielleicht auch mit Barbara Satzberger?"

„Mit Barbara? Das kann ich mir nicht vorstellen, die beiden waren wie Öl und Wasser. Aber was weiß ich schon? Vielleicht

haben sie mal eine Affäre gehabt. Das müssen Sie Barbara persönlich fragen."
„Frau Satzberger war einmal Ihre Geliebte. Ist das richtig?"
„Barbara führt ihr Leben und ich das meine, damit kommen wir seit Jahren gut klar."
Christina überdachte die Informationen.
„Eine letzte Frage."
„Ich höre."
„Haben Sie am Donnerstag oder Freitag mit Frau Sriti Geschlechtsverkehr gehabt?"
Gottfrieds Miene verdunkelte sich.
„Was soll das für eine indiskrete Frage sein?"
Christina wartete. Gottfried verschränkte seine Arme, er dachte nach.
„Weiß ich jetzt nicht mehr. Tut mir leid, darauf kann ich nicht antworten."
Christina erhob sich und zog den Gurt ihrer Tasche zurecht.
„Dann besten Dank für das Gespräch. Auf Wiedersehen, Herr Moorhammer."
„Auf Wiedersehen."

58

„Es tut mir leid, Frau Altmann ist schon abgereist."
Christina stand an der Rezeption des schicken Sporthotels und nickte.
„Wann hat Frau Altmann ausgecheckt?"
„Im Lauf des Vormittags. Nach dem Frühstück hat sie das Hotel verlassen, ist nach rund einer halben Stunde zurückgekommen, in ihr Zimmer gegangen und eine weitere halbe Stunde später hat sie die Rechnungen beglichen und ist abgefahren."

„Die Rechnungen? Hat sie mehrere Rechnungen bezahlt?“
„Ja, sie hat die Rechnung für ihr Zimmer und jene für das junge Paar beglichen.“
„Sie meinen Jasmina Altmann und ihren Partner?“
„Korrekt.“
„Hat das junge Paar auch im Lauf des Vormittags das Hotel verlassen?“
Der Portier zuckte mit den Schultern.
„Ich habe sie heute nicht mehr gesehen. Eine Kollegin hat gesagt, dass die beiden gestern Abend mit ihrem Gepäck hier durchmarschiert sind.“
Christina wandte sich zum Gehen.
„Vielen Dank.“
Im Auto sitzend zog sie ihren Notizblock und ihr Handy aus der Handtasche. Christina lauschte dem Signal in der Leitung, der Anruf wurde nicht entgegengenommen. Der Tonbanddienst schaltete sich ein. Sie hinterließ eine Nachricht mit der Bitte um Rückruf und fuhr los.

59

Christina marschierte auf die Konditorei zu. Sie suchte nach der blonden Frau und fand sie an einem kleinen Tischchen am Fenster. Barbara las in einer Illustrierten.
„Guten Tag, Frau Satzberger.“
Barbara erhob ihren Blick aus der Zeitschrift und klappte diese zu.
„Guten Tag.“
Christina rückte einen Stuhl und setzte sich an den Tisch. Sie befanden sich in einer Konditorei mit gemütlichem Café im Ortszentrum von Windischgarsten, Christina und Wilhelm hatten dieses Lokal selbst das eine oder andere Mal aufgesucht,

um guten Kaffee und hausgemachte Mehlspeisen zu genießen. Als Christina vor Barbaras Haus gestanden und die Tür versperrt vorgefunden hatte, hatte sie diese kurzerhand angerufen. Christina warf einen kurzen Blick auf die Einkaufstaschen zweier Boutiquen.

„Kaffeepause nach der Shoppingtour?"

Barbara nickte zustimmend.

„Es ist ein Ritual. Mache ich immer so."

„Frau Satzberger, vielleicht sollten wir einen kleinen Spaziergang machen. Wir könnten uns auch in mein Auto setzen."

„Wieso das?"

„Ein Kaffeehaus ist vielleicht nicht der geeignete Ort für eine Unterredung."

Barbara schüttelte den Kopf.

„Also ich will jetzt meinen Kaffee in aller Ruhe trinken. Wenn Sie reden wollen, dann tun Sie sich keinen Zwang an."

Die Kellnerin wieselte heran.

„Einen kleinen Schwarzen bitte", bestellte Christina.

Barbara legte mit distanziertem Blick ihre Hände auf die Tischplatte.

„Danke, Frau Satzberger, dass Sie sich für dieses Treffen Zeit genommen haben."

„Also, was wollen Sie wissen?"

Christina richtete sich auf und entnahm ihrer Handtasche Notizbuch und Stift.

„Ich muss auf unser letztes Gespräch Bezug nehmen. Sie haben gesagt, dass Adna Sriti und Jens Tillmann ein Verhältnis gehabt haben."

„So ist es."

„Worauf stützt sich diese Aussage?"

„Darauf, dass die zwei es unter Garantie miteinander getrieben haben."

„Haben Sie die beiden in einer verfänglichen Situation ertappt?"
„Na und ob! Ich habe doch gesehen, wie sie miteinander getuschelt und sich Blicke zugeworfen haben."
Christina las in der bewegten Miene der Frau. Die Kellnerin servierte die kleine Kaffeetasse.
„Das klingt jetzt nicht nach verfänglichen Situationen."
„Habe keine Ahnung, was Sie unter einer verfänglichen Situation verstehen! Ich weiß, was ich weiß, und wenn Sie mir nicht glauben wollen, ist das nur Ihre Sache, Frau Inspektor."
„Ich habe bislang noch keine Hinweise gefunden, die eine Beziehung von Herrn Tillmann zu Frau Sriti beweisen würden. Ich habe nur Ihre Aussage."
Barbaras Züge wurden schlagartig starr und unnahbar.
„Wollen Sie sagen, ich bilde mir das alles nur ein? Wollen Sie sagen, ich würde mir merkwürdige Dinge zusammenreimen?"
„Das will ich nicht sagen. Ich will sagen, dass Ihre Aussage bisher vage erscheint."
Barbara verschränkte ihre Arme.
„Die Polizei kann doch Telefone abhören, oder nicht? Und alle Verbindungen kontrollieren. Haben Sie schon Adnas Handy geprüft, Frau Inspektor?"
Christina zog die Augenbrauen hoch.
„Meines Wissens hat Frau Sriti kein Handy gehabt."
„Na, da wissen Sie scheinbar nicht viel. Natürlich hat sie eines gehabt."
Christina machte sich eine Notiz.
„Herr Moorhammer hat gesagt, sie habe keines gehabt."
„Dann lügt er! Oder hat keine Ahnung!", rief Barbara reichlich laut aus, sodass die Gäste von den Nebentischen aufmerksam wurden. „Genau! Das ist es! Gottfried hat wahrscheinlich wirklich nichts von Adnas Handy gewusst, weil Jens es ihr zugesteckt hat. Damit haben sie die heimlichen Treffen verein-

bart. Das schaut diesem Mistkerl ähnlich. Der Mann ist falsch, verlogen und intrigant. Fühlen Sie Jens mal ordentlich auf den Zahn, dann wird er schon auspacken! Dass so viele Frauen auf diesen Mann hereinfallen, verstehe ich einfach nicht. Nehmen Sie Jens fest, Frau Inspektor, und verhören Sie ihn mal richtig! Ich bin mir sicher, dass er Adna umgebracht hat. Wer denn sonst!"

Mittlerweile waren auch die Kellnerin und die Thekenkraft auf die impulsiven und lautstarken Äußerungen Barbaras aufmerksam geworden. Christina bemerkte dies wohl, aber die Frau ihr gegenüber offenbar gar nicht. Sie nahm einen Schluck des erstklassigen Kaffees, der in diesem Lokal aufgebrüht wurde, und schaute Barbara tief in die Augen. Sie sprach leise und schnell.

„Frau Satzberger, leider kann ich Herrn Tillmann nicht mehr festnehmen und verhören. Wir haben heute früh seine Leiche im Wald gefunden."

Barbara stand der Mund offen.

„Er ist tot?"

„Ja."

„Ermordet worden?"

„Mit an Sicherheit grenzender Wahrscheinlichkeit."

Barbara schnappte nach Luft, ihr Gesicht war bleich.

„Verdächtigen Sie am Ende mich?"

Ihre Stimme überschlug sich.

„Haben Sie schon einmal ein Jagdgewehr abgefeuert?"

„Was? Nein! Ein Gewehr? Sind Sie verrückt? Ich kann doch mit Gewehren nicht umgehen!"

„Wo waren Sie gestern Nachmittag zwischen vierzehn und siebzehn Uhr?"

Barbara sprang hoch und kramte mit zitternden Händen ihre Geldbörse hervor. Sie warf eine Zehneuronote auf den Kaffeehaustisch und packte ihre Einkaufstüten.

„Das kann doch nicht wahr sein! Sie können das doch nicht ernsthaft glauben! Ich werde mich über Sie beschweren! Ein Skandal, mich derart zu verdächtigen!"
Damit rauschte die Frau aus dem Lokal. Christina beobachtete durch das Fenster, wie sie in ihren roten Peugeot Kombi sprang und schnell abfuhr. Sie schwenkte den Rest von Kaffee in der Tasse, begegnete den Blicken der anwesenden Gäste und Angestellten und leerte die Tasse mit einem schnellen Schluck.
„Zahlen, bitte!"

60

Elvira stellte das Gepäck im Vorzimmer ab und schritt durch ihre Wohnung. Alles war, wie sie es verlassen hatte, kein Rohrbruch oder Gasleck hatte für eine Katastrophe gesorgt, es war nicht eingebrochen worden, vielleicht auch ein Lohn der massiven Sicherheitstür, die sie für teures Geld hatte einbauen lassen, auch die Zimmerpflanzen waren unbeschadet. Sehr lange hatte ihr Aufenthalt in Oberösterreich ja nicht gedauert, nicht einmal eine Woche, zwei Tage kürzer als geplant. Ihr Zorn auf Gottfried und Jasmina war Nüchternheit gewichen, während der Fahrt nach Wien hatte sie sich schon überlegt, was sie ihrer Verlegerin sagen würde. Ein Scheitern des Buchprojekts wäre für Elvira nicht erfreulich. Die Einnahmen aus den Buchverkäufen waren zwar nur mäßig, aber in geradezu diametralem Gegensatz dazu stand das mit einem gelungenen Buch einhergehende Renommee in der Kunstszene. Mit einem neuen Buch über Gottfried würde sie wieder in die Zeitung und vielleicht auch ins Fernsehen kommen und dann würden wieder gut dotierte Fotoaufträge folgen. Sie hatte ja schon eine erkleckliche Anzahl von Bildern geschossen, vielleicht würde das ausreichen, um das Buch trotzdem zu

publizieren. Das musste sie allerdings mit ihrer Verlegerin besprechen. Wozu dieses Gespräch auf die lange Bank schieben? Elvira nahm das Telefon zur Hand und sah, dass sie während der Autofahrt einen Anruf verpasst hatte. Sie hörte die Meldung auf dem Tonbanddienst ab und betätigte die Wahltaste.
Eine kühle und doch wohlklingende Stimme meldete sich.
„Kayserling."
„Guten Tag, Frau Inspektor. Elvira Altmann am Apparat. Ich habe Ihre Nachricht auf der Mobilbox gehört."
„Ja, vielen Dank, Frau Altmann, dass Sie zurückrufen."
„Sie haben noch Fragen?"
„Ja. Und zwar bezüglich Ihres Aufenthalts im Atelier von Gottfried Moorhammer."
Elvira durchmaß das helle Wohnzimmer und stellte sich ans Fenster.
„Was wollen Sie wissen?"
„Waren Sie gestern Nachmittag im Atelier?"
„Ja. Ich war den ganzen Tag dort."
„Auch zwischen vierzehn und siebzehn Uhr?"
„Ja."
„Haben Sie im Atelier allein gearbeitet?"
„Ja."
„Haben Sie in dieser Zeit mit Herrn Moorhammer gesprochen?"
„Lassen Sie mich kurz nachdenken. Ja, habe ich. Er hat mir einen kleinen Imbiss gebracht. Eine Semmel und einen Apfel. Da haben wir ein paar Worte gewechselt."
„Wann war das genau?"
„Hm. Gegen zwei Uhr. Nein, eher halb drei. Aber ich habe nicht auf die Uhr geschaut."
„Haben Sie Herrn Moorhammer im Laufe des Nachmittags dann noch einmal gesprochen?"

„Erst wieder gegen sechs Uhr, als ich den Hof verlassen habe."
„Haben Sie ihn in der Zwischenzeit gesehen oder gehört?"
„Sie wollen das aber genau wissen. Also gesehen habe ich ihn nicht, aber so gegen halb vier habe ich eine kurze Pause gemacht und die Wurstsemmel gegessen. Da bin ich ein paar Minuten durch den Garten geschlendert. Ich habe Gottfried nicht gesehen, aber in seinem Zimmer war das Fenster gekippt und ich habe Musik gehört. Barockmusik, wie sie Gottfried auch schon früher gerne gehört hat, wenn er sich zum Nachdenken zurückgezogen hat."
„Haben Sie da sein Auto gesehen?"
„Nein. Ich war ja im Garten hinter dem Haus. Ob der Wagen vor dem Haus oder in der Garage gestanden ist, konnte ich gar nicht sehen."
„Gut, Frau Altmann, ich danke für diese Auskunft."
„Frau Inspektor, ich muss gestehen, dass ich durch Ihre Fragen nicht wenig verunsichert bin. Haben Sie da gerade ein Alibi geprüft?"
„Ich bitte Sie zu verstehen, dass ich über laufende polizeiliche Erhebungen nicht ausführlich berichten kann, aber ich kann Ihnen sagen, dass ich in einem Tötungsdelikt ermittle."
„Tötungsdelikt? Wer ist denn getötet worden?"
„Das Opfer ist der deutsche Staatsbürger Jens Tillmann."
„Um Himmels willen! Ist Gottfried verdächtig?"
„Wie gesagt, ich kann nicht ausführlich berichten. Danke für die Auskunft, Frau Altmann. Bitte halten Sie sich für allfällige weitere Befragungen zur Verfügung."
„Selbstverständlich. Ich bin telefonisch immer erreichbar."
„Auf Wiederhören."
„Auf Wiederhören, Frau Inspektor."
Elvira starrte eine Weile aus dem Fenster. Sollte sie sofort wieder in das Auto steigen und Jasmina abholen?

61

Die beiden schlenderten durch die belebte Einkaufsstraße. Sie waren in den Autobus gestiegen und über den Pyhrnpass auf die steierische Seite des Toten Gebirges in die Bezirkshauptstadt Liezen gefahren. Da weder Clemens noch Jasmina den Führerschein besaßen, hatten sie sich Gottfrieds Wagen nicht ausborgen können. Als Großstadtpoet brauchte Clemens kein Auto, also auch keinen Führerschein, und Jasmina war gerade erst achtzehn geworden und bis vor Kurzem Gymnasiastin gewesen, sie hatte bislang an den Führerschein nicht einen Gedanken verschwendet. Also waren sie auf die öffentlichen Verkehrsmittel angewiesen.

„Bist du schon mal hier gewesen?“, fragte Clemens.

„Nein. Die Ortschaften auf der oberösterreichischen Seite kenne ich schon, aber hier bin ich zum ersten Mal.“

Clemens schaute sich demonstrativ um.

„Jetzt weiß ich wieder, warum ich in Wien wohne. Das schaut ja hier nach extremer Provinz aus. Am Stadtrand die Verkehrshölle und hier in der Altstadt tote Hose zum Quadrat.“

„Es ist doch eh was los.“

„Das nennst du, es ist was los? Ich nenne das Kuhdorf! Wo ist hier der Misthaufen mit dem krähenden Hahn?“

Jasmina lachte schrill. Während der Busfahrt hatten sie je eine Tablette eingeworfen. Machte alles etwas leichter. In Jasminas Beutel klingelte es. Sie zog ihr Handy hervor und schaute auf die Anzeige.

„Bitte nicht“, ächzte sie.

„Wer ruft an?“

„Meine Mutter.“

„Würg sie einfach ab.“

„Logo. Was sonst?“

Jasmina wies den Anruf ab und wollte das Telefon wieder in den Beutel stecken, doch es klingelte erneut.
„Das darf ja nicht wahr sein! Die Frau ist sowas von lästig!"
„Schalt das Scheißding einfach aus."
„Genau das habe ich vor."
Jasmina setzte das Telefon außer Betrieb und packte es in den Beutel. Sie gingen eine Weile durch die Einkaufsstraße und schauten sich um.
„Da vorne", sagte Clemens und zeigte auf die Filiale eines Bekleidungskonzerns.
„Was nehmen wir?"
„Schauen wir mal. Vielleicht springt mir etwas ins Auge."
Auf Amphetamin in Klamottenläden zu klauen, kam irre gut, ein geiler Kick. Clemens hatte Jasmina damit richtiggehend süchtig gemacht und er war verflucht gut darin. Sie lenkte die Verkäuferinnen ab, er langte zu. Ihr System funktionierte saugut. Und hier am Land, wo die Leute viel vertrauensseliger waren als in der Stadt, hatten die beiden sowieso leichtes Spiel. Sie betraten das Geschäftslokal und grüßten freundlich. Sein erster Blick galt den Videokameras und deren toten Winkeln.

62

Barbara Satzberger färbte mit leuchtend rotem Lippenstift die Kontur ihres Mundes. Sie begutachtete das Resultat ihrer Bemühungen. Gut, sehr gut sogar, sie sah richtig toll aus. Sie ließ einen Tropfen Parfüm in ihr Dekolleté rollen. Das Kleid war durchaus gewagt geschnitten, nun, sie hatte weibliche Reize zu bieten und sie war lebenserfahren genug, um zu wissen, wie man die Aufmerksamkeit von Männern erregen konnte. Das Make-up und Outfit waren perfekt, nicht aufdringlich oder anbiedernd, aber akzentuiert feminin. Ein Lächeln lag auf ihrem Gesicht, als sie das Haus verließ und in den Wagen stieg. Aufgeregt legte sie den ihr seit Jahren vertrauten Weg zu Gottfrieds Haus zurück. Wie oft war sie hier gefahren, wissend, dass sie für Gottfried die Wäsche waschen, die Fenster putzen, dass sie den Kühlschrank bestücken und den Staub wischen musste und dafür keinen anderen Dank erhalten würde als die automatisch auf ihr Konto verbuchten Zahlungen? Unzählige Male. Und immerzu hatte sie gewusst, dass er in Wahrheit nur sie liebte. Die anderen Weiber, diese jungen Luder und Flittchen, hatten sich in sein Leben gedrängt, hatten ihn ausgenutzt, hatten seine Gutgläubigkeit und Leichtfertigkeit benutzt. Sie aber hatte ihn über all die Jahre nicht fallen lassen, hatte ihm die Treue gehalten, sie hatte die Demütigungen erduldet, beim Reinigen des Badezimmers die Haare dieser Weiber aus dem Sieb in der Duschwanne zu entfernen, Monatsbinden oder benutzte Kondome im Mülleimer zu entdecken, ihre Dreckwäsche in die Waschmaschine zu stopfen. Sie hatte standgehalten, sie hatte die quälende Einsamkeit ertragen. Und dann, wenn diese Huren sich an Gottfried sattgefressen und ihn verlassen hatten, dann hatte sie ihn wieder aufgerichtet, hatte für ihn gekocht, ihn im Krankheitsfall aufopfernd gepflegt, ihm wieder Lebensfreude geschenkt. Das waren die schönsten Momente ihres Lebens gewesen, nie hatte sie tieferes Glück empfunden als in den Wochen und Monaten, in denen sie mit Gottfried allein gewesen war. Und dann war eine neue Hure aufgetaucht. Und all die Bitterkeit des Lebens war zurückgekehrt. Jetzt aber, da war sich Barbara sicher, würde sich alles ins Rechte fügen, jetzt war diese dunkelhaarige Schlampe fort und Gottfried war wieder allein und verzweifelt, jetzt würde er wieder zu ihr finden. Und diesmal würde es endgültig sein.

Sie parkte ihren Kombi neben Gottfrieds Wagen vor dem Haus, fasste ihre Handtasche und trat ein.
„Gottfried? Hallo, Gottfried! Wo bist du?“
Sie schaute in der Küche und der Stube nach ihm, dann trat sie in sein Büro. Er stand mit verschränkten Armen beim Fenster und schaute regungslos in den Garten.
„Da bist du ja.“
Gottfried schwieg. Barbara schloss hinter sich die Tür.
„Hast du schon gegessen?“
Langsam tauchte er aus seiner Versenkung hoch.
„Wie bitte?“
„Hast du Hunger, Gottfried? Soll ich etwas kochen? Oder zumindest einen kleinen Happen zubereiten?“
„Nein danke, ich bin nicht hungrig.“
Sie trat neben ihn, halb schaute sie ebenfalls aus dem Fenster, halb musterte sie ihn von der Seite. Ja, er war wieder niedergeschlagen und verzweifelt, ja, er brauchte jetzt ihre Anteilnahme. Alles würde gut werden.
„Aber eine Kleinigkeit im Magen wird dir guttun. Soll ich dir wirklich nichts bringen?“
„Lass nur.“
Ein Weilchen standen sie schweigend nebeneinander, ein Weilchen wunderbaren Glückes für Barbara. Sie war ihm nun so nah, endlich schlugen ihre Herzen im Gleichtakt. Gottfried wandte sich ihr zu.
„Warum bist du gekommen?“
„Natürlich um nach dir zu sehen.“
Er musterte sie von Kopf bis Fuß, sein Blick fiel unwillkürlich auf ihr Dekolleté.
„Du hast dich in Schale geworfen.“
„Ach, das Wetter ist so wunderbar, es ist warm und sonnig, deswegen habe ich mein neues Kleid angezogen.“

„Und der Lippenstift?“
Gottfried strich sanft mit der Fingerkuppe über ihre Lippen. Barbara genoss die kleine Berührung.
„Mir war danach.“
Er trat nahe an sie heran und sog ihren Duft ein.
„Du hast Parfüm verwendet.“
„Nur einen Tropfen.“
Gottfried trat einen schnellen Schritt fort von ihr, seine Miene war verkniffen.
„Was soll das, Barbara? Willst du ein Spielchen spielen?“
Sie setzte ihm nach, umschlang seine Hüften und drückte ihren Körper an den seinen.
„Nein, kein Spielchen, die Zeiten für Spiele sind vorbei. Gottfried, wir müssen endlich ernst machen, wir müssen uns endlich zueinander bekennen. Wir müssen endlich offen miteinander reden.“
Er schob sie von sich und drückte sie auf den Stuhl vor dem Schreibtisch nieder, er selbst setzte sich hinter seinen Schreibtisch.
„Offen reden? Was meinst du damit?“
Barbaras Stimme bekam einerseits einen fürsorglichen, ja geradezu mütterlichen Klang, andererseits auch einen klagenden.
„Du kannst dich nicht immer wieder mit jungen Mädchen abgeben! Das geht nicht, das ist nicht gut für dich. Ich glaube, es kostet dich mehr Substanz, als du hast. Nein, das glaube ich nicht, das sehe ich doch! Ich sehe, wie du dich verausgabst, wie du dich verbrennst für dieses Leben als großer Künstler. Du brauchst doch diese Leute nicht, diese reichen Pinkel, die Millionäre und Kunstgönner, diese Brut verlogener Egoisten. Gottfried, du musst dich von diesen Zwängen befreien.“
Gottfried verkniff seine Augen.
„Und das siehst du also?“
„Ja.“

„Ich glaube auch, dass du das siehst. Immer wieder fühle ich mich von dir regelrecht beobachtet."
„Ich muss doch auf dich schauen, Gottfried! Ohne meine Hilfe schaffst du doch das alles nicht."
Gottfried sah diesen glühenden Blick nur allzu klar. Er war ihm vom ersten Moment an aufgefallen, es hatte ihn erregt, es hatte ihn angespornt, diese Frau kennenzulernen, ins Bett zu kriegen, ihre Lust zu erkunden. Und die ersten Wochen mit Barbara hatten alles gehalten, was dieser Blick versprochen hatte. Dann war dieses Glühen verschwunden, war einer nüchternen Alltäglichkeit gewichen, war über mehrere Jahre nur manchmal aufgeblitzt. In letzter Zeit allerdings war das Glühen wieder häufiger aufgetaucht, nun aber mit einer sich zusehends verstärkenden manischen Note. Verlor Barbara die Kontrolle über sich? Fing sie an zu spinnen? Gerade eben war Gottfried von diesem Leuchten in ihren Augen regelrecht angewidert. Verlor er selbst die Kontrolle über sich?
„Was meinst du? Was soll ich nicht schaffen?", fragte er lauernd.
Barbaras Miene wurde ernst, sie warf ihre Stirn in Falten.
„Ich weiß Bescheid."
Stille.
„Worüber weißt du Bescheid?"
„Über alles."
Unwillkürlich ballte sich Gottfrieds Hand zur Faust, er schlug hart damit auf den Schreibtisch.
„Worüber, verdammt noch mal! Was willst du mir sagen?"
Barbara zuckte erschrocken zurück. Eine gehässige Note lag in ihrer Miene.
„Schrei mich nicht an! Ich lasse mir das von dir nicht länger bieten! Ich habe dich in der Hand, Gottfried Moorhammer. Ich weiß, was du getan hast!"

Er sackte zurück in die Stuhllehne.
„Was weißt du?“
Schnell wurde sie wieder versöhnlich.
„Ich weiß alles. Du hast Jens erschossen.“
Gottfrieds Blick verlor sich in der Ferne.
„Wie kommst du auf diese Idee?“
Ein Hauch von Verschwörung klang in ihrer Stimme.
„Es ist doch logisch. Jens hat Adna nachgestellt, das wissen wir alle, und die beiden haben dich betrogen, das habe ich dir mehrmals gesagt, du hast mir zwar nie glauben wollen, aber in Wahrheit weißt du, dass ich recht gehabt habe. Auch bei deinem Fest ist er ihr nachgeschlichen, ich habe es genau beobachtet. Er hat sie in den Wald verfolgt und in den Wasserfall gestoßen. Das ist doch völlig klar. Und du hast den Mord an ihr gerächt. Du hast Jens erschossen.“
Gottfried starrte Barbara sprachlos an.
„Mir ist auch klar, warum Jens dich am Montagvormittag besucht hat.“
„Er hat mir CDs gebracht.“
Barbara winkte ab.
„Keine gute Ausrede, sehr fadenscheinig. Nein, er hat dich verhöhnt, ich habe es ja in seiner Miene gesehen. Als ich die Spülmaschine ausgeräumt habe, habe ich ihn gesehen, wie er da selbstgerecht von seinem Motorrad steigt und den Helm ablegt. Er hat dich verhöhnt und sich damit gebrüstet, Adna getötet zu haben. Das sieht diesem Irren ähnlich. Und deswegen hast du ihn erschossen. Geschieht ihm recht. Gottfried, du hast richtig gehandelt.“
„Hast du an der Tür gelauscht?“
„Nein! Ich brauche doch nicht zu lauschen. Du kennst mich wirklich schlecht, mein Lieber. Ich habe es gesehen, direkt vor mir, durch die Türen, durch die Mauern, in seinen Augen.“

Barbara schaute ein Weilchen ins Leere.

„Und eines kann ich dir versichern“, fuhr sie fort. „Niemand wird von mir jemals etwas erfahren. Niemand! Wir werden dieses Geheimnis gemeinsam hüten.“

„Barbara“, sagte Gottfried langsam, „du drehst vollkommen durch. Du spinnst.“

Sie hörte ihn gar nicht.

„Wir müssen nur aufpassen, dass die Polizei nichts spitzkriegt. Die Polizistin da, die ist verdammt lästig, aber ich bin mir sicher, dass wir sie gemeinsam austricksen können. So clever ist die auch wieder nicht. Hast du das Gewehr gut versteckt?“

„Ich fasse es nicht.“

„Ich gebe dir in jedem Fall ein Alibi. Du warst zur Tatzeit bei mir, das müssen wir einhellig so sagen. Und siehst du jetzt, wohin dich deine selbstzerstörerischen Affären mit diesen jungen Weibern geführt haben? Also, Gottfried, ab jetzt ist es ein für alle Mal vorbei mit diesen Liebschaften! Ist das klar? Keine Huren mehr! Und wenn wir die Sache gut überstehen, wenn Gras darüber gewachsen ist, dann werden wir heiraten. Wir könnten im Herbst dafür in die Toskana fahren. Das wäre romantisch. Oder im nächsten Frühjahr. So eilig haben wir es ja nicht und die Hochzeit muss auch gut vorbereitet sein. Natürlich kommt nur eine Feier in kleinem Rahmen infrage. Am besten nur wir beide. Deine angeblichen Freunde, diese Parasiten und Angeber, die vergisst du allesamt. Das ist doch klar. Nur wir zwei.“

Gottfrieds Stimme knarrte.

„Du willst mich also erpressen. Habe ich das richtig verstanden?“

„Aber nein, nicht erpressen, lass doch solche unnötigen Vorwürfe. Ich werde dir helfen, aus diesem Schlamassel herauszukommen, und ich werde dir helfen, dein Leben ein für alle Mal in den Griff zu bekommen.“

Barbara lächelte Gottfried glücklich an. Er nickte ihr zu, erhob sich und ging um den Schreibtisch herum.
„Das würdest du wirklich für mich tun, Barbara?"
Sie erhob sich ebenfalls. Er fasste sie an beiden Händen.
„Natürlich. Jetzt sind wir endlich für immer zusammen."
„Versprichst du mir das, Barbara?"
Sie seufzte.
„Ja."
„Ist das ein Eheversprechen?"
„Ja."
„Bis, dass der Tod uns scheidet?"
„Ja."
Er schlug ansatzlos und kräftig zu. Barbara wurde erst gegen die Wand geschleudert, dann stürzte sie zu Boden. Mit all seiner Kraft und Masse war er über ihr, umschlang ihren Hals und drückte zu. Unerbittlich. Sie zappelte, schlug hilflos um sich, doch schnell erstarb ihre Gegenwehr. Gottfried Moorhammer erhob sich schwer atmend, trat zwei Schritte zurück und starrte auf seine zitternden Hände. Wie schön Barbara nun war, eine wundervolle Frau, willig, still und anschmiegsam.
„Was jetzt? Was jetzt?"
Gottfried dachte fieberhaft nach.

63

Clemens' Hände steckten tief in den Taschen seiner Jacke. Ruhig und gemessen lief sein Blick durch den kleinen Laden. Er war verdammt cool. Jasmina zückte ihre Geldbörse und legte sie auf den Tresen. Die Kassiererin scannte die Barcodes auf den Etiketten.
„Das macht neunzehn Euro und achtzig Cent."

Sie hatte einen Kamm und einen Satz Haargummis ausgewählt. Kleinigkeiten, die sie immer wieder brauchte. Die junge Kassiererin lächelte freundlich, Jasmina und sie hatten sich ein paar Minuten gut unterhalten und schnell festgestellt, dass sie in Kleidungsfragen einen ähnlichen Geschmack teilten. Währenddessen hatte sich Clemens in diesem Laden für Modeschmuck und Accessoires aller Art umgesehen. Jasmina und Clemens standen nebeneinander am Tresen, sie öffnete ihre Geldbörse und nahm einen Zwanzigeuroschein heraus. Die Kassiererin packte den Kamm und die Haargummis in ein kleines Plastiksäckchen.

Eine Frau mittleren Alters trat aus der Hintertür, die Clemens natürlich zuvor schon bemerkt hatte, und ging mit schnellen Schritten geradewegs auf die Eingangstür des Ladens zu. Clemens und Jasmina schauten scheel, die Kassiererin überrascht zu ihr hinüber. Die Frau versperrte die Tür und blickte nach draußen.

„Fuck“, brummte Clemens. „Abflug, aber rasch.“

Jasmina kapierte schnell, sie riss der Kassiererin das Plastiksäckchen förmlich aus der Hand. Die beiden drängten zum Ausgang, vor dem sich die Frau aufgebaut hatte.

„He, was ist los? Wir wollen raus!“, sagte Jasmina.

„Einen Moment noch. Gleich ist es so weit.“

Clemens bekam es gleichzeitig mit der Angst und der Wut zu tun. Er wollte der Frau schon den Schlüssel entreißen und sie zur Seite stoßen, da hielt ein Streifenwagen vor dem Laden und zwei Polizisten stiegen flott aus. Die Frau entriegelte die Tür wieder, die Polizisten traten ein. Clemens und Jasmina wichen ein paar Schritte zurück.

„Danke, dass Sie so schnell gekommen sind“, sagte die Frau zu den beiden Wachmännern. „Der Bursche hat die Schmuckstücke in der rechten Jackentasche.“

„Aha. Haben Sie es am Monitor gesehen?“
„Ja. Und auch aufgenommen, Herr Inspektor. Sie können sich das Video hinten im Büro anschauen.“
Clemens schaute in Panik nach den Kameras. Er hatte doch eindeutig im toten Winkel gestanden.
„Wir haben drei versteckte Kameras, junger Mann“, sagte die Frau voll triefendem Hohn. „Langfinger müssen bei uns schon ein bisschen früher aufstehen.“
„So, leeren Sie die Taschen Ihrer Jacke“, befahl der Polizist harsch. „Und ich will abrupt zwei Ausweise sehen.“

64

Er fuhr Barbaras Wagen hinter das Haus und stellte ihn mit dem Kofferraum knapp vor der Hintertür ab. Gottfried ließ seinen Blick fieberhaft kreisen. Nein, nichts, keine Menschenseele weit und breit zu sehen, nur frühlingsgrüne Bäume, ferne Berggipfel und klarer Himmel. Er stapfte in sein Büro, packte das Paket und zog es durch das Vorhaus zur Hintertür. Noch ein Kontrollblick in die Ferne, dann hob er den in eine Decke eingeschlagenen Leichnam in den Kofferraum des roten Kombis.
Fingerabdrücke! Gottfried zauste seinen Bart. Unnötig. Es war sein Haus, seine Decke, er hatte Dutzende Male in Barbaras Auto gesessen und es hin und wieder selbst gelenkt. Es gab ohnedies keine Chance, sich hier noch einmal herauszuschummeln, das war Gottfried völlig klar, die Polizei würde ihm in jedem Fall auf die Schliche kommen.
Es gab kein Zurück, das Schneebrett hatte sich vom Grat gelöst, Massen waren in Bewegung geraten, die Lawine brach zu Tal, unaufhaltsam, verheerend, alles Leben mit sich reißend. Kein Zurück, nur mehr vorwärts. Wohin? Egal. In die Hölle. In den

Tod. In die unendliche Freiheit. Gottfried konnte nichts mehr kontrollieren. Hatte das Schicksal seinen Lauf genommen, blieb dem Menschen allein übrig, ihm atemlos hinterherzuhetzen. Angst, Entsetzen, Panik und ein wollüstiger Rausch ohnegleichen, eine unglaubliche Euphorie und Stärke durchflutete ihn. Gottfried breitete eine weitere Decke über die Leiche, zog die Kofferraumabdeckung zu und schloss die Heckklappe. Niemand würde von außen sehen, dass im Inneren des Wagens eine tote Frau transportiert wurde.
Ein irrwitziges Lachen brach sich Bahn, Gottfried schüttelte den Kopf. Verdammt praktisch, diese solide motorisierten, technisch einwandfreien Kombis der Mittelklasse mit den geräumigen Kofferräumen, egal, ob sie aus deutscher, französischer oder japanischer Produktion stammten. Das Amüsement währte aber nur kurz. Mit dunkler Miene griff Gottfried zu seinem Telefon.
„Hallo, Heiner. Sag, bist du zu Hause? Allein? Sehr gut. Ich komme in ein paar Minuten zu dir. Ja, es ist dringend.“
Er ließ sich auf den Fahrersitz des Peugeots fallen, trat die Kupplung durch und drehte am Zündschlüssel. Er fuhr schnell.

65

Christina lehnte an der Motorhaube ihres Wagens und schob sich eine Orangenspalte in den Mund. Die Saison für Zitrusfrüchte war zwar vorbei, aber als sie durstig, mit knurrendem Magen und mieser Laune durch die Regalreihen des Supermarktes gegangen war, hatte der Anblick der Orangen im Warenkorb ihr Linderung der Trockenheit in der Mundhöhle versprochen. Wirklich frisch schmeckte die Frucht zwar nicht, aber sie war saftig und belebend. Ein Streifenwagen rollte auf

den Parkplatz vor dem Supermarkt und hielt direkt neben ihr.
„Kleine Erfrischung?“
„War dringend notwendig. Willst du auch eine?“
Raimund lehnte sich neben Christina an das Auto. Er wiegte den Kopf.
„Na, warum nicht? Ein paar Vitamine können niemals schaden.“
Christina langte durch das offen stehende Fenster in den Wagen und angelte eine Frucht aus dem Netz. Raimund klappte sein Taschenmesser auf, setzte kunstvoll zwei Schnitte und zog vier praktisch gleichgroße Schalensegmente von der Frucht.
„Irgendwelche Ergebnisse?“, fragte Christina und wischte sich an einem Papiertaschentuch die Finger trocken.
Raimund nickte mit vollem Mund.
„Ja. Der Mann ist gesehen worden. Maria Stanglbauer, zweiundsiebzig Jahre alt, Friseurin im Ruhestand, hat Tillmann gesehen, wie er mit seinem Fahrrad von der Straße auf den Radweg abgebogen ist. Die Frau erzählt, dass sie den Mann immer wieder am frühen Nachmittag sieht. Die Abzweigung zum Radweg ist genau gegenüber ihrem Haus und sie macht am Nachmittag mindestens so regelmäßig die Gartenarbeit wie Tillmann seine Radtouren. Wahrscheinlich ist sie der letzte Mensch, der ihn noch lebend gesehen hat. Außer seinem Mörder natürlich.“
„Zeitpunkt?“
„Ungefähr vierzehn Uhr dreißig.“
„Passt ins Zeitgefüge. Die Auffahrt in den Hang zum Aussichtsplatz dauert für geübte Radfahrer etwa eine Dreiviertelstunde. Das heißt, der Todesschuss muss zwischen fünfzehn Uhr fünfzehn und fünfzehn Uhr fünfundvierzig gefallen sein.“
„Haben die Leute vom Pokorny beim Jägerstand etwas gefunden?“

„Nur sehr undeutliche Fußabdrücke eines Mannes mit Schuhgröße 43 oder 44."
„Das ist nicht viel."
„Von der Tatwaffe fehlt jede Spur."
„Und, was meinst du? Wer kann es gewesen sein?"
„Unklar. Vielleicht Moorhammer, vielleicht Schweiger, vielleicht ein Dritter, der von Barbara Satzberger bezahlt wurde."
Raimund ächzte.
„Ein Auftragsmörder?"
„Warum nicht? Ein glatter Schuss aus großer Distanz, präzise und auf Anhieb tödlich. Profis arbeiten so."
„Das schon."
„Oberstleutnant Zmugg hat die wichtigsten Daten an das deutsche BKA weitergeleitet. Die beginnen jetzt mit ihren Recherchen zum familiären Hintergrund und so weiter. Kann dauern, bis von dort irgendwelche Informationen kommen, aber ich bin mir ziemlich sicher, dass der oder die Täterin hier im Stodertal zu suchen ist."
„Ein Eifersuchtsdrama?"
„Glaube ich schon. Die schöne junge Frau, umlagert von konkurrierenden Verehrern. Und sie ist ein bisschen zu leichtfertig, macht den Männern Hoffnungen. Da kann schon mal ein Draht durchbrennen."
„Also anhand des Fotos würde ich sagen, der Tillmann war schon ein fescher Zapfen. Da könnte eine junge Frau schon mal schwach werden. Lässt auf Moorhammer schließen."
„Kann sein. Es könnte aber auch Schweiger gewesen sein. Ich habe nämlich einen Augenzeugen, der am Freitagnachmittag, also vor Moorhammers Fest, Sriti und Schweiger im Auto gesehen hat. Die Sriti hat ihre Arme aus dem Fenster gestreckt und sich in ihrem knappen Kleid am Beifahrersitz geräkelt. Sehr lasziv. Sagt zumindest der Augenzeuge."

„Na, wenn er es sagt."
„Sriti und Schweiger waren über Nacht in Salzburg. Wer weiß, was da passiert ist."
„So viel zur sexuellen Befreiung moslemischer Frauen."
Christina runzelte die Stirn und schaute Raimund von der Seite an.
„Was soll das jetzt heißen?"
Raimund zuckte langmütig mit den Schultern und wischte seine Finger an der Uniformhose trocken.
„Na, in Ländern mit der Scharia werden freizügige moslemische Frauen gesteinigt und in Österreich werden freizügige moslemische Frauen in den Ostrawitzbach gestoßen. Das Resultat ist dasselbe, Tod durch Steine."
Christina schüttelte den Kopf.
„Deine sozialphilosophischen Erwägungen in allen Ehren, lieber Raimund, aber das hilft mir jetzt nicht weiter. In jedem Fall schaut mir dieser Einbruch in das Jagdhaus sehr verdächtig aus. Meint übrigens auch Pokorny. Entweder hat da jemand eingebrochen, der ganz genau gewusst hat, was er will und wo er zu suchen hat, oder Schweiger hat den Einbruch fingiert."
„Ein Dickicht."
Christina schaute auf ihre Armbanduhr.
„Mist, schon so spät. Ich muss los."
„Wichtiger Termin?"
„Wichtig? Sagen wir so, ein Termin. Zmugg hat eine Besprechung festgelegt. Und er wird immer gleich giftig, wenn man seine Termine schwänzt."
„Davon habe ich gehört."
„Also, Raimund, ich rufe dich nach der Besprechung wieder an. Mach du bitte hier weiter."
„Logisch! Ich kann mir gar nichts Schöneres denken, als die endlosen Lebensgeschichten der Leute zu hören."

Christina legte ihren Kopf ein wenig schief und lächelte streitbar.
„Aber dafür wirst du doch vom Steuerzahler seriös entlohnt, Herr Kollege.“
„Ist schon recht, nimm mich ruhig ein bisschen auf die Schaufel, Frau Kollegin. Mit mir kann man es ja machen.“
Raimund salutierte salopp, indem er mit Zeige- und Mittelfinger an seine Dienstmütze tippte. Die beiden Fahrzeuge verließen hintereinander den Parkplatz.

66

Heiner Schweiger stand auf dem breiten Balkon seines Hauses und schlürfte aus einer großen Tasse Kaffee. Schon aus der Ferne sah er den roten Wagen die Serpentinen hochfahren. Merkwürdig, hatte sich Gottfried Barbaras Autos ausgeliehen? Oder waren sie zu zweit unterwegs? Heiner verließ den Balkon, eilte die Treppe hinab und trat in dem Moment vor das Haus, als Gottfried schwungvoll die Autotür hinter sich zuwarf.
„Hat dein Wagen eine Panne?“
„Leider ja!“, rief Gottfried und versperrte das Auto.
„Du siehst ja richtig gehetzt aus, Gottfried.“
„Ich bin in Eile.“
„Dann komm rein.“
Gottfried schaute sich um, bevor er hinter sich die Haustür zuzog.
„Willst du eine Tasse Kaffee?“
„Einen Espresso.“
Die beiden Männer gingen in die Küche. Heiner stellte eine kleine Tasse bereit, setzte eine frische Kaffeekapsel ein und betätigte den entsprechenden Schalter.

„Die Polizei war also bei dir?“, fragte Gottfried.
„Allerdings. Ich bin noch immer ganz durcheinander. Die Einbrecher sind durch die Kellertür eingedrungen, haben den Schlüssel zum Waffenschrank gefunden und ein Gewehr und eine Pistole gestohlen. Ich verstehe das einfach nicht. Wenn die Einbrecher schon hinter den Waffen her waren, warum haben sie dann nicht alle Gewehre mitgehen lassen?“
Gottfried musterte Heiner. Der Mann war verspannt, lauerte, Unruhe hatte ihn erfasst und er spielte ein Spiel. Wie Gottfried die Menschen hasste, die ihr Leben lang nichts als Spielchen spielten, die schmierige Dramolette inszenierten, anstatt die Dramen und Tragödien des Lebens wirklich zu erleiden, die statt echter Leidenschaft immer nur kleinliche Passionen erlebten. Er litt, er fühlte die Pein, er stand am Abgrund und starrte in eine endlose dunkle Tiefe. Ihm wurde immer klarer, dass er Heiner in Wahrheit verachtete, diesen Möchtegern-Schöngeist, diesen reichen Pinkel, der sich in Ermangelung eigener Leidenschaft wie ein Blutsauger an ihn geheftet hatte. Gottfried leerte die kleine Tasse mit einem Zug.
„Wie lange ist die Polizei schon fort?“
„Seit etwa zwei Stunden.“
„Haben sie irgendetwas herausgefunden?“
Heiners Miene zeigte immer klarer seine wachsende Anspannung.
„Das weiß ich nicht. Die Leute von der Spurensicherung haben mit mir gar nicht gesprochen und die Kriminalpolizistin war bald wieder fort. Und gesagt hat sie mir auch nicht viel.“
Gottfried blickte kurz zum Fenster hinaus und nickte grübelnd.
„Ich bin beunruhigt, Gottfried.“
Der Blickkontakt der beiden Männer währte lange.
„Bist du das also?“
„Hast du die Waffen gestohlen?“

„Wie kommst du auf so eine Idee?“
„Du kennst dieses Haus, du weißt, wo die Schlüssel zum Waffenschrank liegen, du weißt, wo der Waffenschrank ist. Gottfried, hast du das Gewehr und die Pistole genommen?“
„Was soll ich mit den Waffen?“
„Du musst dich der Polizei stellen. Gottfried, nimm Vernunft an! Diese Polizistin verdächtigt dich, das war mir von Anfang an klar, und ich fürchte, sie kommt dir dahinter.“
„Und wenn schon. Was habe ich zu befürchten?“
„Hast du Jens getötet?“
„Ja.“
Heiner schnappte nach Luft.
„Gottfried! Du musst dich stellen. Ich boxe dich so gut es geht raus, ich rufe Doktor Braunfelder sofort an. Er ist ein großartiger Anwalt, er findet garantiert einen Weg, die Strafe gering zu halten. Aber du musst zur Polizei gehen.“
Gottfried stützte sich mit beiden Händen auf den Tisch. Er wirkte angegriffen, kraftlos, verzweifelt.
„Ja. Du hast recht, Heiner. Wie immer denkst du vernünftig. Ich werde zur Polizei gehen, aber du musst mir eine Frage noch beantworten. Eine einzige Frage, derentwegen ich hier nun stehe.“
Heiners Stirn war gefurcht.
„Welche Frage?“
Gottfried lauschte in den Tonfall und suchte in der Miene seines Freundes.
„Hast du mit Adna geschlafen?“
Heiner schluckte.
„Also … was … soll diese Frage?“
„Es hat keine Bedeutung mehr, Heiner, es ist mir gleichgültig, ob du sie verführt hast oder nicht, es ändert nichts. Adna ist tot. Ihr Mörder ist tot. Ich werde im Gefängnis sitzen. Das

Schicksal nimmt seinen Lauf, wir sind alle nur Marionetten in einem Puppenstück. Aber ich will Klarheit. Mehr nicht."

Heiner trat von einem Bein auf das andere.

„Donnerstag letzte Woche, als ich mit Adna in Salzburg war und wir den ganzen Tag miteinander verbracht haben, einen wunderbaren Tag, einen himmlischen Tag, da ist es passiert. Es ist einfach so passiert. Ich habe es nicht gewollt. Adna hat es nicht gewollt. Es ist einfach so passiert."

Lange lag Schweigen zwischen den beiden. Schließlich nickte Gottfried.

„Ja, ich verstehe. Das Leben nimmt seinen Lauf."

Heiner winkte beschwichtigend ab.

„Ich wollte dich nicht betrügen, dich nicht hintergehen, ich habe Adna nicht verführt, aber die Situation hat uns mitgerissen. Und Gottfried, ich habe das Paradies auf Erden erfahren. Niemals in meinem Leben habe ich so intensiv geliebt. In Wahrheit kann ich an nichts anders denken als an diese eine Nacht. Ich bin am Boden zerstört, dass dieses Himmelsgeschöpf, dass Adna tot ist."

Gottfried zog die Pistole aus der Innentasche seiner Lederjacke und drückte schnell hintereinander dreimal ab. Heiner Schweiger brach zusammen, aus drei Wunden in seiner Brust brachen Unmengen an Blut.

„Ich verstehe genau, was du meinst, Heiner. Das Paradies auf Erden, du hast es erlebt."

Wie ruhig er war. Faszinierend. Diese unfassbare Klarheit im Geist. Es war überwältigend. Gottfried suchte nach Heiners Schlüsselbund und wurde im Arbeitszimmer fündig. Gut, dass er geradezu vernagelt alle seine Geheimnisse an Gottfried ausgeplaudert hatte, so wusste Letzterer, wo der kleine Wandtresor in die Mauer eingelassen war und dass es nur des richtigen Schlüssels bedurfte, diesen zu öffnen. Und der richtige Schlüssel hing am Schlüsselbund. Gottfried hob in der Bibliothek ein paar Bücher aus dem Regal und öffnete die unscheinbare Panzertür. Heiners persönlicher Krimskrams interessierte ihn nicht, er brauchte nur das im Tresor lagernde Bargeld. Heiner hatte stets nennenswerte Geldbeträge im Haus. Gottfried griff nach einer fülligen Kellnerbrieftasche und öffnete sie. Gut, sehr gut. Er hatte am Weg hierher so viel Geld, wie er in der kleinen Bankfiliale im Ort kriegen konnte, von seinem Konto abgehoben, immerhin knapp achtzigtausend Euro. Mit den rund zehntausend Euro aus dem Tresor verfügte er jetzt über ein brauchbares Budget für die nächsten paar Tage oder Wochen.

Sein Blick fiel auf ein im Bücherregal stehendes Fotoalbum. Er blätterte es auf. Erinnerungsschnappschüsse an den Jagdausflug vom letzten Jahr, als Heiner und Gottfried mit einer kleinen Gruppe in Schweden auf Elchjagd gewesen waren. Ein paar Bilder von Heiner auf der Schipiste. Und, Gottfried stockte der Atem, eine Serie von Fotos der Abendgesellschaft, die Heiner im letzten Winter hier in diesem Haus ausgerichtet hatte, um Adna willkommen zu heißen. Ein Pfahl rammte sich durch Gottfrieds Leib, sein Schädel drohte auf einmal zu platzen. Er konnte seine Augen gar nicht von dem Bild reißen, auf dem er und Adna einander umarmt glücklich in die Kamera lachten. Was war das doch für ein unendlich wunderbarer Moment gewesen. Gottfried schwelgte in den Erinnerungen. So bemerkte er gar nicht, dass ein alter Iveco Pritschenwagen auf das Haus zufuhr und anhielt. Erst als er eine rufende Stimme im Haus hörte, schreckte er hoch.

Gottfried stellte das Album zurück in das Bücherregal und zog die Waffe.

67

Die beiden gingen träge die Straße am Stadtrand von Liezen empor. Sie schwiegen, waren schlechter Laune. Clemens hatte das verdammte Landleben satt, er sehnte sich nach hohen Häusern, der U-Bahn, den vielen Menschen auf der Straße. Was scherten ihn Bäume, Wiesen und Felder? Er musste wieder zurück nach Wien, für das Leben auf dem Lande war er einfach nicht geeignet.

„Zum Glück waren die Kieberer eh voll locker", sagte Jasmina.

Nur ein verächtliches Brummen entstieg Clemens' Kehle.

„Die hätten uns auch auf das Wachzimmer mitnehmen und dort stundenlang festhalten können. Es ist glimpflich ausgegangen."

„Glaubst du. Sie haben alles notiert. Ich habe schon zwei Vorstrafen, jetzt noch eine weitere Anzeige. Vielleicht muss ich ins Gefängnis."

„Aber nein, glaube ich nicht. Wegen so einer Kleinigkeit doch nicht. Hat ja der Polizist auch gesagt, dass sich für so einen Schmarren eine Anzeige gar nicht wirklich lohnt."

„Aber die Daten hat er trotzdem aufgenommen. Ob ich wohl hier in diesem Kaff zur Verhandlung muss?"

„Keine Ahnung."

„Scheiße."

Jasmina hielt den Daumen hoch, doch der Wagen fuhr an ihnen vorbei. Auf den Bus hätten sie noch über eine Stunde warten müssen, also hatten sie beschlossen, es mit Autostopp zu versuchen.

„Das einzige Positive ist", flüsterte Clemens, „dass die Kieberer nicht einmal annähernd auf die Idee gekommen sind, einen Drogencheck zu machen."

„Das wäre der Hammer gewesen."

Ein weiteres Auto näherte sich. Die beiden streckten ihre Daumen hoch. Tatsächlich leuchteten die Bremslichter auf. Jasmina und Clemens liefen ein Stück und schauten durch das geöffnete Fenster. Eine junge Mutter und ihr Kind im Vorschulalter saßen im Wagen.
„Na, ihr zwei, wo wollt ihr hin?"
„Hallo! Danke, dass Sie angehalten haben, ist voll nett von Ihnen", sprudelte Jasmina lächelnd hervor. „Wir wollen nach Hinterstoder."
Die Frau um die dreißig verzog das Gesicht.
„Nach Hinterstoder fahre ich nicht, aber bis nach Windischgarsten kann ich euch mitnehmen."
„Das wäre total super."
„Na los, setzt euch rein."

68

„Ist jemand zu Hause?"
Kathi stellte die Bananenschachtel mit den sorgsam in Zeitungspapier eingerollten Flaschen ab und trat in den Vorraum. Der Duft von Kaffee lag in der Luft, und er war noch recht frisch. Sie schaute sich um.
„Jemand im Haus? Der Lieferservice ist da!"
Kathi hatte schon mehrmals Kartons mit Schnaps und Honig hier abgeliefert. Sie schaute in die Stube. Irgendjemand musste im Haus sein, sie hatte ihren Lieferwagen neben dem roten Peugeot abgestellt. Sie klopfte an die nur angelehnte Küchentür und schob sie auf.
„Zum Teufel noch mal!"
Sie schnappte nach Luft. Da war alles klar, da gab es keinen Zweifel mehr, der Mann war tot. Drei Einschüsse in die Brust,

starre Augen und eine riesige Blutlacke auf dem Fliesenboden. Sie kniete sich dennoch neben die Leiche und tastete nach der Halsschlagader. Nichts, kein Puls, kein Leben.
„Du hättest nicht hierher kommen sollen."
Kathi erschrak, sprang hoch und drehte sich um die eigene Achse. Sie starrte zuerst in die Mündung einer Pistole, dann in Gottfrieds düstere Miene.
„Hast du die Polizei angerufen?"
Seine Stimme knarrte bedrohlich.
„Wie denn? Hab ja kein Telefon."
Für ein Weilchen standen sie einander starr und schweigend gegenüber.
„Was suchst du hier?"
„Ich suche nichts. Ich habe nur den bestellten Schnaps geliefert."
„Ganz falscher Zeitpunkt."
„Willst du mich jetzt auch erschießen?"
Gottfried schüttelte verneinend den Kopf.
„Die Welt wird ohne dich nicht besser. Nimm die Hände hoch und komm mit."
Er dirigierte sie mit der Waffe in Heiners Büro.
„Und jetzt such nach Klebeband. Und, Kathi, ich beschwöre dich, mach keinen Unsinn. Ich will dich nicht töten, aber ich werde es tun, wenn du irgendetwas nach mir schmeißt."
Kathi ließ die Hände langsam sinken.
„Keine Sorge, Gottfried, so blöd bin ich nicht."
„Dann ist es gut. Such jetzt."
Kathi öffnete der Reihe nach die Schubladen des Schreibtisches, während Gottfried in gemessener Entfernung stand und die Waffe auf sie gerichtet hielt. In der untersten Schublade wurde sie fündig, sie hob eine Rolle braunes Klebeband hoch.
„Sehr gut. Leg dich über den Schreibtisch und verschränke die Hände hinter dem Rücken."

Sie tat, wie ihr geheißen, legte sich mit dem Bauch auf die Tischplatte und streckte die Hände nach hinten. Gottfried steckte die Waffe in seinen Gürtel und trat an sie heran. Er legte seine Handflächen auf ihr Gesäß und strich darüber.

„Für dein Alter hast du einen fantastischen Hintern."

„Weißt du, Gottfried, ich war in jungen Jahren ein wirklicher Teufel, aber mit der Zeit ist es besser geworden. Bei dir nicht."

Ein kehliges Lachen lag im Raum.

„Keine Angst, ich werde dich schon nicht missbrauchen. So knackig bist du auch nicht mehr."

Gottfried klatschte ihr auf den Hintern, packte das Klebeband und fesselte die Handgelenke.

„Setz dich."

Kathi nahm auf dem Stuhl vor dem Schreibtisch Platz. Er klebte ihre Knöchel an die Stuhlbeine und die Hüfte an die Lehne.

„Ist das bequem für dich?"

„Sterben werde ich daran nicht."

„Gut so."

„Hast du Barbara auch getötet?"

Gottfried zog erstaunt die Augenbrauen hoch.

„Wie kommst du auf die Idee?"

„Ihr Auto steht vor dem Haus. Deines nicht."

Gottfried nahm wieder die Pistole zur Hand und sicherte sie.

„Das hat mir an dir immer gefallen, Kathi, du bist schnell im Denken."

Sie schüttelte mitleidig den Kopf.

„Drehst du jetzt vollkommen durch?"

Er trat an sie heran und hob ihr Kinn.

„Ja, meine Liebe, ich drehe vollkommen durch. Ich laufe Amok. Und weißt du, was ich dir sage, Katharina Moser?"

„Na was? Dass es eine große Sache ist? Dass du ganz angesoffen davon bist? Dass du deine alten Knochen nicht mehr spürst?"

Er zwinkerte zustimmend mit beiden Augen.
„Du verstehst viel von der Natur, von den Bienen, den Obstbäumen auf der Wiese, den Krautköpfen im Küchengarten und von den Menschen. Lebe wohl, wahnsinnige Heimat mit deinen Wäldern, Berggipfeln, Bächen und Wasserfällen, lebe wohl, wunderbare Geliebte meiner jungen Jahre, lebe wohl, schöner Frühling und blauer Himmel, ich fahre jetzt in die Hölle. Ein echter Höllenritt, ein Abgang mit Bomben und Granaten. Du kannst dir nicht vorstellen, wie frei ich mich fühle. Es ist großartig!"
Gottfried warf sich herum und stapfte los. Neben der offen stehenden Haustür entdeckte er den Karton mit den Schnapsflaschen, klemmte sich eine unter den Arm und eilte in die Garage. Er startete den Mercedes und raste davon.
Auf zu den Sternen.

69

Sie fuhr in den Innenhof von Schloss Lamberg und parkte den Wagen auf dem Stellplatz der Polizeistation. Mit fliegenden Schritten wehte sie in ihr Büro. Ein Blick auf die Uhr zeigte, dass bis zur Besprechung noch ein paar Minuten Zeit blieb, also startete sie den Computer. Sie schaute auf den Papierstapel auf ihrem Schreibtisch. Arbeit genug für die nächste Zeit. Ihr Kollege Michael Greiner aus dem Nachbarbüro klopfte an die offen stehende Tür.
„Du, Christina, eine schnelle Info."
Sie hob den Kopf.
„Ich höre."
„Die Wettcafé-Bande ist gefasst worden."
„Cool!"

„In Bruck an der Leitha haben die einen Unterschlupf gehabt. Die Cobra aus Wiener Neustadt hat massiv zugegriffen."
„Schießerei?"
„Zum Glück nicht. Alles sauber gelaufen. Vier Moldawier."
Christina atmete durch.
„Ein Problem weniger."
„Und die Geschichte in Hinterstoder?"
Christina winkte ab.
„In fünf Minuten bei der Besprechung folgt die Zusammenfassung."
Michael Greiner schaute auf die Uhr.
„In drei Minuten."
Damit huschte er wieder in sein Büro. Ihr Mobiltelefon klingelte. Der kleine Kopfhörer der Freisprecheinrichtung hing noch von der Autofahrt am Telefon. Sie stöpselte den Kopfhörer in ihr rechtes Ohr, nahm den Anruf entgegen und tippte das Passwort in den Anmeldedialog am Bildschirm.
„Hallo Friedel, schön dich zu hören."
„Hi. Alles klar bei dir?"
„So so la la. Stressiger Tag heute."
„Kann ich mir gut vorstellen."
„Hast du den Computer schon angesehen?"
„Yepp. Also sagen wir so, ich habe angefangen damit. Wird noch etwas dauern, bis ich da völlig durch bin. Aber die heißesten News muss ich dir gleich brühwarm servieren."
Christina öffnete das E-Mail-Programm, wandte sich aber vom Bildschirm ab und schaute auf die unter ihren sorgenden Händen prächtig gedeihende Grünlilie in ihrem bunten Blumentopf.
„Ich bin ganz Ohr."
„Also, der Rechner ist vollgestopft mit Soundfiles aller Arten und Formen. Da sind echt fette Teile dabei, wav-Dateien so

groß wie Panzerkreuzer. Eher nicht so mein Musikgeschmack, aber bitte, Geschmäcker sind verschieden. Irgendwie verfängliches Material gibt es da nicht, keine Kinderpornos, keine Erpresserbriefe, keine terroristischen Manifeste oder Bauanleitungen für Brandbomben, nur halb verrückte Musik. Aber, und deswegen rufe ich an, es sind auch ein paar Fotos gespeichert. Eines schicke ich dir gerade per E-Mail. Sitzt du im Büro oder bist du unterwegs?"

„Ich sitze im Büro."

„Na, dann wird die E-Mail eh gleich bei dir reinrasseln."

„Ist schon da."

„Mach gleich mal die jpg-Datei auf. Interessant für dich?"

Mit Doppelklick brachte sie die Grafikdatei zur Ansicht.

„Interessant."

„Nettes Bild, muss ich sagen. Davon gibt es noch gezählte vier weitere. Der Mann hat offenbar ein paar Mal hintereinander abgedrückt."

Friedel hatte recht, ein nettes Bild. Adna Sriti saß auf dem Klavierhocker vor Jens Tillmanns E-Piano, in ein weites schwarzes Hemd des Musikers gehüllt, sie lächelte strahlend, ungeschminkt und mit zerzaustem Haar in die Linse. Ein schöner Schnappschuss. Christina sah die Geschichte der Entstehung dieses Fotos förmlich vor sich. Sie hatten sich in seiner Wohnung eingefunden, sie hatten miteinander gescherzt, kokettiert, vielleicht eine Kleinigkeit gegessen und getrunken, Tee oder Kaffee, das Foto war bei Tageslicht aufgenommen worden und Christina hatte in Tillmanns Wohnung nicht eine einzige Flasche Alkohol gefunden, dann hatten sie sich aus ihrer Kleidung geschält, hatten miteinander geschlafen, nach dem Sex hatte sich Adna an das Piano gesetzt, vielleicht ein paar Akkorde angeschlagen, Jens hatte seinen Fotoapparat zur Hand genommen und fünf Mal hintereinander abgedrückt. Der große blonde Musiker und die dunkeläugige Kunststudentin, ein schönes Paar. Adna Sritis Gesichtsausdruck zeigte nichts anderes als Freude und Glück.

„Damit ist das geklärt“, sagte Christina.

„Und jetzt sind beide tot.“

Christina betätigte den Druck-Button, der Drucker zog ein Blatt aus dem Papierschacht.

„Hast du noch etwas, Friedel?“

„Es könnte sein, dass der Mann Reisepläne gewälzt hat.“

„Wie kommst du drauf?“

„Seine Surfgewohnheiten im Internet konnte ich kaum nachvollziehen, er hat offenbar alle paar Tage die Chroniken gelöscht, aber ich habe eine Textdatei gefunden, in der Ergebnisse von Internetrecherchen gesammelt waren. Da sind rund zwanzig Adressen von Hotels in der Karibik aufgelistet. Dominikanische Republik und Jamaika. Und Preisanfragen für zwei Personen. Er hat durchwegs einfache Hotels in kleineren Orten gesucht und sämtliche Preisanfragen sind nicht für zwei, drei Urlaubswochen gemacht worden, sondern immer für drei Monate im Voraus.“

„Er hat also mit dem Gedanken gespielt, längere Zeit aus Europa zu verschwinden.“

„Schaut schwer danach aus.“

„Und die Annahme liegt nahe, dass die zweite Person besagte Adna Sriti ist.“

„Tja, Christina, das ist jetzt nur eine Annahme, aber ich habe sofort das Gleiche gedacht.“

„Interessante Sache.“

„Wenn sich noch etwas ergibt, rufe ich dich an“, sagte Friedel.

„Ich bin jetzt gleich in einer Besprechung, dauert etwa eine Stunde, ruf also nur an, wenn es wichtig ist. Ansonsten melde ich mich nachher bei dir.“

„So machen wir es.“

„Bis später.“

Sie legte das Telefon weg und entnahm dem Drucker das farbig bedruckte Papier. Ein Eifersuchtsdrama? Christina glaubte immer fester daran.

70

Er stand inmitten seines Ateliers, hielt die Arme von sich gestreckt, starrte nach oben zum durch die Dachfenster brechenden Licht und fühlte den meditativen Selbstverlust, das Verfließen in die schlichte Realität und Unausweichlichkeit. Jenseits der Anpassung an die Normen zivilisierten Zusammenlebens lag die Freiheit, und die Freiheit war eine grausame Bestie. Ein Leben lang hatte er geradezu besessen nach ihr gesucht, hatte sich mit Hammerschlägen in Steine gebohrt, um ihren Geheimnissen auf die Spur zu kommen, und er war ein Leben lang daran gescheitert. Freiheit! Das schöne Wort, der hehre Begriff, der edle Gedanke! Wie viele Bücher hatte er gelesen, in denen die klügsten Männer der europäischen Kultur die Freiheit zu fassen angetreten waren? Viele. Erasmus von Rotterdam, Immanuel Kant, Karl Marx und Jürgen Habermas, keiner von ihnen war mit seinen Theorien auch nur einen Schritt weitergekommen, sie hatten alles nur verkompliziert, alles verworren und geschwätzig gemacht. Jetzt erst verstand Gottfried, warum er von Friedrich Nietzsche am ehesten angesprochen worden war. Verzweiflung, Wahnsinn und Tod, die Ekstase des Dionysos, die Blitzschläge des Zeus und das wollüstige Stöhnen der Aphrodite, die alten Griechen hatten noch das dunkle Tier Freiheit gekannt. Und er, Gottfried Moorhammer, der Bauernbub aus den Bergen, der Steinmetz der Verzweiflung, der Triebtäter des Untergangs, hatte eine Ahnung davon erhalten. Das böse Tier hatte ihn angesehen, die Fänge gefletscht und ihn mit einem Sprung von überirdischer Schönheit und Eleganz gerissen und gleichzeitig über die Banalität des irdischen Lebens erhoben. Transzendenz! Das Licht! Die Klarheit.

Gottfried ließ den Blick durch sein Atelier schweifen. Er hatte sein Leben lang die Arbeit geliebt und ihr fleißig gedient, jetzt aber hieß es Abschied nehmen. Er trat an eine der halbfertigen Steinskulpturen heran, legte seine Hände auf einen makellos gehauenen Rücken, strich der Figur über das noch im Marmor versteckte Gesicht und eilte los. Fort jetzt. Er versperrte das Atelier hinter sich und ging auf das Auto zu. Er sah Jasmina und Clemens auf den Hof zu marschieren.

„Wo seid ihr gewesen?“, rief er laut.

„Unterwegs.“

„Ich habe dreimal versucht, dich anzurufen.“

„Hab das Handy abgestellt.“

„Das war verdammt unklug von dir. Los jetzt! Steigt ein! Wir brechen auf!“

Jasmina und Clemens starrten ihn mit fragenden Blicken an.

„Wohin brechen wir auf?“

Gottfried versperrte nun auch die Haustür, rüttelte an der Klinke, um sich zu vergewissern, dass die Tür auch wirklich zu war.

„Was haltet ihr von der Toskana? Oder Kalabrien? Vielleicht Sizilien?“

Die zwei Jugendlichen schauten einander unsicher an.

„Du willst nach Italien fahren?“

„Im Mai ist Italien am schönsten. Ein wunderbares Land. Die Abruzzen muss man einmal im Leben gesehen haben.“

„Aber wir haben doch gar nicht gepackt.“

Gottfried zeigte auf den Beifahrersitz seines Toyota Pick-up, auf dem sich Koffer und Reisetaschen türmten.
„Ich habe für euch gepackt. Hoffe, dass ich alles erwischt habe. Falls irgendetwas fehlt, kaufen wir es unterwegs. Habt ihr eure Reisepässe mit?“
„Ja“, sagte Jasmina.
„Hab ihn immer eingesteckt, wenn ich die Stadtgrenze von Wien überschreite.“
„Sehr gut. Wir fahren einfach in den Abend und durch die Nacht. Morgen früh essen wir Oliven und baden im Meer.“
„Ich muss Mama anrufen und ihr Bescheid geben“, sagte Jasmina und wollte in ihre Tasche greifen.
Gottfried zwinkerte seiner Tochter pfiffig zu.
„Deine Mutter vergiss einfach. Sie würde dich nur mit tausend Vorschriften malträtieren und dir saubere Socken und Zahnpasta per Eilboten nachschicken. Spontanität ist nicht ihre Sache.“
Die beiden lachten.
„Ein paar Tage Italien“, meinte Clemens. „Warum nicht?“
„Ich muss aber vor der Abfahrt noch pinkeln“, sagte Jasmina aufgeregt.
„Ich auch.“
Gottfried wies um sich
„Das Haus habe ich schon abgeschlossen. Sucht euch ein Gebüsch aus.“
Die beiden verschwanden in der Hecke. Gottfried setzte sich hinter das Lenkrad und startete den Motor. Jasmina und Clemens eilten herbei und nahmen im Fond des Wagens Platz. Jasmina schaute zum schwarzen Mercedes SUV vor dem Haus hinüber.
„Sag, Papa, ist Herr Schweiger noch im Haus?“
„Nein. Heiner hat seinen Wagen nur abgestellt und ist mit dem

Taxi unterwegs. Wahrscheinlich fährt er zu seiner Geliebten und will nicht, dass sein Auto gesehen wird."
Die drei lachten. Gottfried fuhr zügig los. Er öffnete, ohne das Tempo zu reduzieren, das Handschuhfach, zog ein paar CDs hervor und reichte sie nach hinten.
„Sucht euch den Sound aus. Wir werden ein paar Stunden unterwegs sein."
Die beiden beratschlagten lebhaft das Musikprogramm. Gottfried schaute auf das Armaturenbrett. Zum Glück hatte er zuletzt vollgetankt, sie würden es leicht bis nach Udine schaffen.

71

Sie hatte vor etwa einer Stunde Wilhelm angerufen, um ihm zu sagen, dass sie gegen sieben Uhr zu Hause sein würde. Er hatte nicht abgehoben, also hatte sie auf die Mobilbox gesprochen. Christina sah auf die Uhr, tatsächlich war es ein paar Minuten nach sieben. Sie stellte ihren Dienstwagen nicht in die Garage, sondern auf einen Parkplatz knapp vor der Haustür. Morgen musste sie zügig los, ein arbeitsreicher Tag wartete auf sie. Der Magen machte sich bemerkbar. Tagsüber hatte sie schlicht und einfach auf die ausreichende Nahrungsversorgung vergessen. Mit ein paar Käsebroten und einer Kanne Kräutertee gedachte sie den Tag zu beschließen. Vielleicht hatte Wilhelm gekocht, nachmittags hatte er gesagt, er würde gegen sechs Uhr zu Hause sein. Wilhelm verstand es ganz fabelhaft, in kurzer Zeit aus einfachen Zutaten schmackhafte Speisen zuzubereiten, wobei seine Kreationen praktisch ausnahmslos auf Nudeln basierten. Er hatte die Angewohnheit, wenn sie einmal im Monat gemeinsam zum Großeinkauf aufbrachen, immer ausreichende Nudelvorräte zu besorgen. Spaghetti, Penne, Makkaroni, Farfalle, sämtliche Pastavarianten, die in der italienischen Küche entwickelt worden waren, lagerten stets in beträchtlichen Mengen im Hause Kayserling. Das läge an seinem Beruf, konterte Wilhelm, wenn sich Christina wieder einmal über seine weit vorausschauenden Vorratseinkäufe lustig machte, er habe ein Faible für gut sortierte Regale und der Lagerstatus Out-of-Stock für wichtige Artikel sei für einen Lagerlogistiker schlicht und einfach eine Bankrotterklärung. Christina hoffte also durchaus nicht unbegründet auf einen Teller Pasta. Mit flotten Schritten nahm sie die Treppe in das Obergeschoss. Sie schloss hinter sich die Wohnungstür und legte die Handtasche ab.

„Hallo! Bin zu Hause!"

Christina schlüpfte aus ihren Schuhen und stieg in die Hauspantoffeln.

„Bist du da?", rief sie fragend, obwohl sie Wilhelms Jackett und Schuhe in der Garderobe sah.

Das Licht in der Küche war eingeschaltet und offenbar hatte Wilhelm einen Topf mit Wasser auf den Herd gestellt, sie hörte das Blubbern des kochenden Wassers. Christina beugte sich über den Wohnzimmertisch und sah die Post durch, die Wilhelm hier abgelegt hatte. Reklame und eine Rechnung des Stromversorgers waren dabei, nichts Besonderes also. Sie öffnete das Kuvert und kontrollierte die Rechnung.

„Gibt es heute zur Abwechslung Nudeln?"

Sie legte das Papier auf den Tisch. Ungewöhnlich, normalerweise riefen sie einander immer ein paar Worte zu, wenn einer von ihnen zu Hause war und der andere eben heimkam.

„Willi, bist du auf der Toilette? Oder im Bad?"

Sie ging in die Küche. Das Wasser in der Kasserolle war fast zur Gänze verdampft, eine Packung Penne stand unangetastet neben dem Herd, das Küchenfenster war vom Dampf beschlagen. Wilhelm lag auf dem Boden.

Christina sprang auf ihren Mann zu und kniete sich neben ihn. Er war bewusstlos, Atmung und Puls waren schwach. Die linke Gesichtshälfte schien verzerrt. Ein Schlaganfall? Wie lange lag er schon hier? Christina brachte ihn in stabile Seitenlage, sprang hoch, schaltete den E-Herd aus, stellte die Kasserolle von der heißen Platte und rannte in das Vorzimmer. Sie riss das Handy aus der Handtasche und lief zurück in die Küche. Sie setzte einen Notruf ab. Danach schob sie einen Polster unter seinen Kopf und breitete eine Decke über ihn. Sie dachte nichts, sie fühlte nichts, sie redete mit ihm, sie musste ihn so lange am Leben erhalten, bis der Notarzt eintraf. Laufend kontrollierte sie die Atmung und den Puls. Beides schien auf niedrigem Niveau stabil. Vielleicht lag Wilhelm schon eine halbe Stunde hier. Die Verdampfung in der Kasserolle deutete darauf hin. Sie fühlte es, sein Leben hing an einem seidenen Faden. Hatte sie am Telefon die Adresse korrekt durchgesagt? Sie wusste es nicht mehr, musste sich aber darauf verlassen. Doch, bestimmt, sie hatte gewiss die Adresse richtig genannt, sie machte in kritischen Situationen keine Fehler. Oder sehr selten. In jungen Jahren, bevor sie zur Polizei gegangen war, war sie eine gute Notfallsanitäterin gewesen. Sie war im Hubschrauber geflogen, sie hatte an vorderster Front mitgeholfen, Schwerverletzte zu bergen. Sie kannte alle Tricks und Techniken, sie wusste, wie man Notrufe absetzte. Er durfte ihr nicht unter den Händen wegsterben. Verdammt, wie lang lag er schon da? Wann kam endlich die Rettung?

Sie hörte die Sirene des Rettungswagens. Schon klingelte es an der Gegensprechanlage. Christina sprang hoch und rannte in das Vorzimmer, betätigte den Schalter und riss die Wohnungstür auf.

„Dachgeschoss! Ganz oben!“, brüllte sie in das Treppenhaus.

Dann war sie wieder über Wilhelm.

„Hallo! Wo sind Sie?“, rief eine laute männliche Stimme.
„In der Küche! Hierher!“
Die Sanitäter tauchten auf. Zwei Männer.
„Wo ist der Notarzt?“
„Jeden Moment hier.“
Von der Straße war eine weitere Sirene zu hören.
„Wahrscheinlich ein Schlaganfall. Atmung und Puls vorhanden.“
„Lassen Sie mich ran“, stieß der größere der beiden Sanitäter aus.
Christina machte Platz. Der Mann beugte sich über Wilhelm. Christina taumelte, Lichter flirrten vor ihren Augen. Was zum Teufel war nur geschehen? Der zweite Sanitäter fasste sie an der Schulter, zog sie zu sich, legte seinen Arm um ihre Hüfte, führte sie zur Couch und ließ sie darauf sinken.
„Wann ist es passiert?“
Christina biss sich auf die Lippen.
„Weiß ich nicht genau. Vielleicht vor einer halbe Stunde. Ich bin erst vor fünf Minuten nach Hause gekommen und habe ihn gefunden.“
„Ganz ruhig. Wir übernehmen jetzt.“
Christina fing sich wieder.
„In Ordnung.“
In diesem Moment hetzte der Notarzt mit seinem Koffer in die Wohnung. Christina kannte den Mann. Bei einem Einsatz vor ein paar Monaten waren sie einander über den Weg gelaufen. Notarzt und Sanitäter verschwanden in der Küche. Christina verkrallte sich in der Couchlehne.

72

Die Zeit verfloss zäh wie Honig, der in einer langen, dünnen Bahn vom Löffel auf das Butterbrot floss. Ihre Großmutter hatte Butter noch selbst erzeugt, hatte die drei Kühe von Hand gemolken, das sich sammelnde Fett abgeschöpft und im Butterfass gestampft. Noch heute schmeckte Christina Großmutters Butter auf der Zunge. Dieser ganz eigene Geschmack, dem man anmerkte, dass die Milch nicht pasteurisiert war, in dem man eine Note des Holzes des Butterfasses ahnte. Die Butter, die im Sommer, wenn die Tiere auf der Weide saftiges Gras kauten, anders schmeckte als bei Heufutter im Winter. Dieser Reichtum an Geschmack war in den industriellen Molkereien der Haltbarkeit des Produkts geopfert worden. Die Menschen hatten sich so daran gewöhnt, dass Speisen immer gleich schmeckten, dass es hoch bezahlter Köche bedurfte, um aus Industrieprodukten irgendetwas zu formen, was ein individuelles Geschmackserlebnis erzeugen konnte. Christina konnte sich erinnern, dass ihre Großmutter überaus stolz gewesen war, den Enkeln Kakao zu servieren. Für die Großmutter war Kakao purer Luxus gewesen, den sie sich selbst nur ein- oder zweimal im Jahr gegönnt und den sie in der Regel den Enkelkindern vorbehalten hatte, wenn diese auf dem Bauernhof tief im Ötscherland zu Besuch gewesen waren. Und der Kakao ihrer Großmutter hatte stets eine Milchhaut getragen, die sich bildete, wenn die erhitzte Milch ein wenig abkühlte. Christina hatte wie eine Katze mit der Zunge gierig nach der Milchhaut geleckt.

Christina starrte in den Becher in ihrer Hand. Auf diesem Kakao würde sich niemals Milchhaut bilden. Diesem Kakao konnte man selbst mit den feinsten Geschmacksnerven nicht anmerken, ob die Tiere frisches Gras auf der Weide oder Silofutter gefressen hatten. Diesem Kakao schmeckte man nicht einmal an, ob der Rohstoff aus sonnengereiften Kakaobohnen gewonnen oder im Baukasten eines mäßig findigen Lebensmittelchemikers erzeugt worden war. In Wahrheit schmeckte der Kakao nach dem Plastikbecher, in den er abgefüllt war. Und dafür hatte sie einen Euro in den Automaten geworfen. Nun, Christina trauerte dem Geld nicht nach, denn sie hatte gewusst, worauf sie sich einlassen würde.

Ihr Magen knurrte. Zu Hause würde sie ein Butterbrot schmieren und so dick mit Kathis Frühlingsblütenhonig bestreichen, dass sie pausenlos den über den Rand tropfenden Honig würde lecken müssen. Zu Hause? Wo war ihr Zuhause? In jener Wohnung, die sie seit knapp sieben Jahren mit Wilhelm bewohnte? Mit Blick auf die ineinanderfließenden Flüsse Enns und Steyr. Wo war sie wirklich zu Hause? Sie hatte schon an verschiedenen Orten gelebt. In Krems an der Donau in der Kindheit, in der Jugend in Sankt Pölten, ein paar Jahre in Wien, auch in Linz, nun wohnte sie in Steyr. Hatte sie sich irgendwo zu Hause gefühlt? Zu Hause war, wo geliebte Menschen mit ihr gemeinsam lebten. Das Leben, dieses unerklärliche Spiel in der Zeit. Sie wusste genau, dass sie an der Pforte einer neuen Zeit stand, wobei es kein rationales Wissen war, das sie mit logischen Argumenten und klaren Worten hätte ausdrücken können, sondern ein Wissen, das wie ein lauerndes Tier in ihrem Bauch saß. War es ein böses Tier? Ein sanftmütiges? Das wusste Christina nicht. Oder würde Wilhelm zurückkommen? Und wenn ja, wie? Würde sie ihn zwanzig Jahre lang pflegen und versorgen müssen? Sie würde es tun, keine Frage, sie würde für ihn sorgen, so wie er für sie sorgen würde.

„Frau Kayserling?“

Christina tauchte aus ihrer Grübelei. Sie erhob sich und warf den geleerten Plastikbecher in den Mülleimer im Warteraum

des Krankenhauses. Ein Mann Mitte fünfzig kam auf sie zu, er war in einen weißen Kittel gehüllt, in seiner linken Hand trug er ein Funktelefon und auf der Nasenspitze eine Lesebrille, über deren Rand er Christina musterte.
„Ja."
Der Arzt reichte Christina die Hand. Er blickte sich um, aber zu dieser Abendstunde waren der Gang und der Warteraum ruhig. Christina las in der Miene des Mannes, der in seinem langen Berufsleben als Krankenhausarzt schon ungezählte Gespräche mit Angehörigen der Patienten geführt hatte.
„Sie sind die Ehefrau von Wilhelm Kayserling?"
„Ja."
„Mein Name ist Stranek."
„Guten Abend, Herr Doktor."
„Ist es richtig, dass Sie bei der Kriminalpolizei sind?"
„Kriminalreferat Steyr, das ist mein Arbeitsplatz."
Die Mundwinkel des Arztes zuckten ein wenig, seine Stirn war tief gefurcht.
„Ist mein Mann tot?"
Doktor Stranek winkte ab.
„Nein, nein, er ist nicht tot. Aber sein Zustand ist kritisch."
Christinas Miene war wie aus Wachs gegossen, unbeweglich und bleich.
„War es ein Schlaganfall?"
„Ja. Ein Blutgerinnsel im Gehirn. Ein, ich muss es so sagen, ziemlich massives Gerinnsel. Vor einer Viertelstunde ist Primar Kendler aus Linz eingetroffen, der Herr Primar ist direkt in den Operationssaal gegangen und leitet in diesen Minuten den Eingriff."
Christina nickte mechanisch. Ihre Lippen waren blutleer.
„Der Herr Primar ist eine internationale Kapazität in der Gehirnchirurgie, Ihr Mann ist wirklich in den besten Händen.

Aber wir haben Ihren Mann in künstlichen Tiefschlaf versetzen müssen."
„Wie stehen die Erfolgschancen?"
„Sie sind vorhanden, Frau Kayserling, wir tun unser Bestes. Aber ganz offen und ehrlich, Frau Inspektor, ich kann Ihnen nichts versprechen."
„Das heißt, mein Mann kann heute Nacht noch sterben."
„Wir tun das Menschenmögliche, aber ausschließen kann das zur Stunde niemand. Genauso wie ein sehr positiver Verlauf der Operation und eine solide Heilung möglich sind."
„Wird er Schäden davontragen?"
Doktor Stranek verzog den Mund.
„Kann man zum jetzigen Zeitpunkt nicht genau sagen, aber damit müssen wir rechnen. Also, die Wahrscheinlichkeit, dass Ihr Mann Folgeschäden davonträgt, ist sehr hoch."
„Wie lange wird die Operation noch dauern?"
„Mindestens noch zwei oder drei Stunden. Sie können Ihren Mann frühestens morgen früh sehen. Haben Sie Ihre Telefonnummer hinterlassen?"
„Ja."
„Dann schlage ich vor, dass Sie nach Hause gehen. Morgen können Sie dann Ihren Mann sehen. Falls irgendetwas passiert, rufen wir Sie an."
Christina reichte dem Mann die Hand.
„Vielen Dank, Herr Doktor."
„Bitte gerne. Auf Wiedersehen, Frau Kayserling."
Hörte sie da ihre Schritte auf den Treppen? Waren es ihre Finger, die sich um das Lenkrad legten und den Wagen langsam durch die nächtlichen Straßen Steyrs lenkten? War das ihr Leben, das von einem Moment auf den anderen über den Haufen geworfen worden war?

73

Gottfried streckte den Rücken durch und lockerte die Schultern. Er tat ein paar Schritte auf und ab. Jasmina und Clemens warfen die Türen hinter sich zu und schauten sich um. Sie befanden sich auf einer Autobahntankstelle südlich von Udine, künstliches Licht und Motorenlärm erfüllten die Luft.
„Wir gehen mal in den Shop“, sagte Jasmina.
„Okay, komme gleich nach.“
Die beiden gingen langsam auf das Gebäude zu, die Schiebetüren schoben sich automatisch zur Seite. Gottfried spähte unauffällig nach den Überwachungskameras. Sämtliche Winkel und Ecken von Autobahntankstellen lagen im Blickwinkel von Kameras, das war in Österreich so und in Italien nicht anders. Er hätte natürlich von der Autobahn abfahren und irgendwo im Hinterland eine kleine Tankstelle ohne vollständige Überwachungsanlage suchen können, aber das hätte erstens zu viel Zeit gekostet und zweitens war gar nicht sicher, ob er überhaupt eine solche Tankstelle finden würde. Kameras kosteten heutzutage einen Pappenstiel und jeder Elektriker konnte sie im Handumdrehen montieren. Also nahm er bewusst in Kauf, gefilmt und im Fall des Falles auch wiedererkannt zu werden, hatte aber den Vorteil, auf der Autobahn schnell wieder auf Achse zu sein.
Gottfried steckte den Zapfhahn in die Tanköffnung. Sollte er die Pistole aus der Tasche holen? Während der Treibstoff in den Tank gurgelte, schaute er sich um. Nein, nichts deutete darauf hin, dass man ihn beobachtete, dass man ihn verfolgte. Unauffälligkeit war die beste Tarnung. Er füllte den Tank randvoll, hängte den Zapfhahn wieder an die Säule, versperrte den Wagen und trat in den Laden. Sein Italienisch war nicht besonders gut und er hatte schon länger nicht in dieser Sprache

gesprochen, aber er ließ die Gelegenheit nicht aus, mit der hübschen jungen Frau an der Kassa ein paar Worte zu wechseln. Er quittierte die Rechnung bar.

„Sollten wir nicht ein paar Vorräte kaufen?“

Gottfried wandte sich Jasmina zu.

„Du hast recht. Wasser, ein paar Sandwiches, etwas Knabbergebäck.“

Vater und Tochter sammelten ein, was ihnen sinnvoll erschien. Gottfried bezahlte.

„Ich muss einen Espresso trinken. Sucht einen Tisch, ich parke den Wagen.“

„Okay.“

Gottfried trug eine Sechserpackung Wasserflaschen und eine Plastiktasche mit den Nahrungsmitteln zum Auto. Der Betrieb an der Tankstelle war lebhaft, denn hinter den Zapfsäulen warteten schon drei weitere Fahrzeuge auf einen freien Platz. Gottfried stellte seinen Wagen am Parkplatz hinter der Tankstelle ab und betrat erneut das Café. Jasmina und Clemens hatten einen Platz gewählt, zwei Dosen Red Bull und ein großer Espresso standen auf dem Tisch. Gottfried nahm einen Schluck.

„Heute Vormittag hätte ich mir nicht träumen lassen, am Abend in Italien zu sein. Total lässig“, sagte Jasmina breit lächelnd.

Auch Clemens lächelte.

„Ganz meine Meinung. Kriege ich hier bei den italienischen Bankomaten auch Geld? Weil viel habe ich nicht mehr flüssig“, sagte er.

Gottfried winkte ab.

„Grundsätzlich ja, aber macht euch um Geld keine Gedanken.“

Er fasste in die Innentasche seines Jacketts, zog ein zusammengerolltes Bündel Geld heraus und schob Jasmina und Clemens diskret ein paar Hunderter hinüber.

„Wenn ihr wieder etwas braucht, sagt es einfach.“

„Hey, Papa, du hast da aber schon einen Riesenpacken Geld dabei."
„Für die nächsten Tage wird es reichen."
Er kippte den Kaffee mit einem schnellen Schluck.
„Kommt, bis nach Florenz sollten wir es diese Nacht unbedingt noch schaffen."

74

Elvira saß vor den bewegten Porträtbildern deutscher Schauspieler der älteren Generation. Sie wusste überhaupt nicht, worum es in diesem Spielfilm ging, was angesichts der Dürftigkeit des Drehbuches und der aufgesetzten Dialoge fast schon eine Leistung war, denn das Niveau des Filmes war so niedrig angesetzt, dass selbst die Schoßhunde der als Zielgruppe definierten Senioren der Handlung problemlos hätten folgen können. Sie hatte vielmehr nach wie vor den Bildbericht über den Tod des Musikers Jens Tillmann vor Augen. Den Spätnachrichten war der Vorfall ein paar Sendesekunden wert gewesen, immerhin kam es nicht häufig vor, dass in einem alpinen Touristenort ein Mann erschossen wurde. Es war weniger die kaum vorhandene Prominenz des Toten als vielmehr der Umstand, dass der Mann deutscher Staatsbürger war und die Polizei völlig im Dunklen tappte, der im Bericht erwähnt wurde.
Elvira griff nach der Fernbedienung und zappte durch die Kanäle. Nichts sprach sie in Sekundenbruchteilen an, also schaltete sie den Fernseher ab. Sie erhob sich, schnappte zum wiederholten Male ihr Telefon und wählte die Nummer ihrer Tochter. Nichts. Keine Verbindung. Jasmina hatte ihr Telefon abgestellt. Auch Clemens' Nummer wählte sie. Mit dem gleichen Ergebnis.

Sie versuchte nun Gottfried zu erreichen. Absolut nichts. Eine tote Leitung.
Elvira ging im geräumigen Wohnzimmer ihrer Wohnung auf und ab. Sollte sie diese Polizistin anrufen? Um diese Zeit? Elvira verwarf den Gedanken, denn diese würde sie wahrscheinlich mit Stehsätzen und dem Hinweis auf laufende polizeiliche Ermittlungen abschmettern. Sie trat an die Bar und füllte ein Glas mit Brandy. Wie sonst sollte sie ihrer Unruhe Herr werden?

DONNERSTAG

75

Hatte sie überhaupt geschlafen? Christina rollte im Bett um ihre Achse und drückte auf den Schalter. Nervtötendes Geläute. Das primäre Folterinstrument im globalen Gefängnis des zivilisierten Lebens war zweifelsohne der Wecker. Nichts schätzte Christina mehr als Arbeitstage, an denen sie erst nachmittags ihren Dienst antreten konnte. Schon beim Schlafengehen hatte sie mit Schaudern an den mit elektrischem Gebimmel eingeläuteten Beginn der siebten Stunde dieses Tages gedacht. Sie erhob sich vom Bett und lauschte unwillkürlich, ob Wilhelm Geräusche des Erwachens von sich gab. Ein schwerer Stein legte sich in ihren Magen. Sie war allein. Sie hatte die paar Stunden unruhigen Schlafes allein in dieser Wohnung zugebracht. Wilhelm war nicht da. Sie kontrollierte das Handy, das die Nacht über neben ihr auf dem Nachtkästchen gelegen hatte. Kein Anruf. Das Krankenhaus hatte nicht angerufen. Was bedeutete das nun? Dass Wilhelm über den Berg war? Dass er verstorben war?

Mit harter Miene eilte sie in die Küche, verdrängte die Panik, wieder einen auf dem Boden liegenden Menschen vorzufinden. Die Kasserolle stand noch auf dem Herd, fünf Fingerbreit mit nunmehr kühlem Wasser gefüllt. Sie leerte das Wasser in die Spüle, trocknete den Topf und stellte ihn in den Schrank zu den anderen Töpfen.

Was war heute zu tun? Während die Espressomaschine tröpfchenweise starken Kaffee in eine Tasse spuckte, dachte sie nach. Sollte sie Urlaub nehmen? Sollte sie ihre Arbeitspflicht erfüllen? Sie trat vor die Wohnungstür und holte die Zeitung herein. Schnell blätterte sie sie durch. Der Mord an Jens Tillmann war dem Lokalteil immerhin eine ganze Seite wert. Christina las nur die Überschrift, sah ein Foto von Tillmann und blätterte schnell weiter. Ansonsten holte stets Wilhelm die Morgenzeitung, setzte sich dann an den Küchentisch, sah die ersten Seiten schnell durch, warf einen kurzen Blick auf die Überschriften und in einem zweiten Durchlauf folgte die Lektüre der interessanten Artikel. Christina schob die Zeitung von sich. Sie leerte die kleine Tasse so schnell, wie es das heiße Getränk zuließ. Dann verschwand sie im Badezimmer. Am besten, so dachte sie, würde es sein, den Tag so normal wie möglich zu gestalten.

Wenig später schlüpfte sie in die Kleidung, überprüfte den Inhalt ihrer Handtasche und nahm ihre Glock aus dem Tresor. Sie kontrollierte Ladung und Sicherung der Waffe und verstaute sie im Gürtelholster. Christina schlüpfte in ihre weit geschnittene Frühlingsjacke und lauschte in die Stille in der Wohnung. Sie rannte förmlich die Treppe hinab.

Sie zog die Autotür zu und startete den Motor. Christina legte den Sicherheitsgurt an. Der erste Weg des Tages führte sie ins Krankenhaus. Das Gaspedal lag ziemlich tief.

76

Jasmina regte sich als Erste. Ihr Vater war nach Mitternacht irgendwann so müde gewesen, dass er am Steuer einzuschlafen gedroht hatte. Also hatten sie auf einem Parkplatz haltgemacht, notdürftig die Zähne geputzt und im Auto sitzend versucht, eine Mütze voll Schlaf zu nehmen. Sie hatten tatsächlich Florenz hinter sich gelassen und befanden sich nun auf einem Autobahnabschnitt mitten in der Toskana. Gut geschlafen hatte Jasmina nicht, sie hatte in Autos nie richtig schlafen können, auch als Kleinkind nicht. Manche ihrer Schulkolleginnen hatten die Autofahrten ihrer Eltern einfach verpennt, ihr war das nie gelungen. Ihr Hals schmerzte ein wenig. Die Sonne schickte sich an, in einen wolkenlosen Himmel zu steigen. Jasmina versuchte möglichst leise die Tür zu öffnen und wieder zu schließen. Sie benutzte nicht die erbärmliche öffentliche Toilette, sondern verrichtete ihr Geschäft im Schutz des Zwielichts hinter einem Gebüsch.

Als sie zum Auto zurückkehrte, fand sie ihren Vater und Clemens nebeneinander auf dem Trottoir stehend. Beide hielten Red-Bull-Dosen in den Händen. Gottfried reichte Jasmina ebenfalls eine Dose.

„Da, ein vollwertiges Frühstück für die gesunde Ernährung."

Jasmina lächelte und kippte die Dose auf. Das Gesöff schmeckte lauwarm noch scheußlicher als gekühlt, aber es enthielt Koffein.

„Fahren wir jetzt nach Rom?", fragte sie und nahm noch einen Schluck.

Gottfried wiegte den Kopf.

„Entweder direkt nach Rom oder ans Meer. Was euch lieber ist."

„Meer wäre cool", meinte Clemens.

„Unbedingt ans Meer, Papa."

„Okay, also dann ans Meer."

Wenig später hatte Gottfried den Wagen wieder in den Verkehrsstrom gegliedert. Die Sonne hob sich als großer roter Ball über den Horizont. Als Bewohner eines Alpentals sah man selten einen roten Sonnenaufgang, man bekam die Sonne erst dann zu sehen, wenn sie sich über einen Bergkamm hob, und da trug sie dann in der Regel nicht mehr Rot. Auch Clemens und Jasmina bestaunten den Sonnenaufgang. Gottfried fuhr gemächlich, nicht so langsam, dass er zum Verkehrshindernis wurde, aber doch so, dass die meisten Fahrzeuge irgendwann an ihm vorbeizogen. Er blickte durch den Rückspiegel zu seiner Tochter. Sie bemerkte es und für einen Augenblick weilte Augenkontakt zwischen ihnen.

„Eines müsst ihr beide mir noch sagen."

„Und zwar?"

Gottfried verfolgte noch, wie ein kleiner Fiat hochtourig den viel größeren Toyota überholte. Der Wagen reihte sich wieder vor ihm ein.

„Was nehmt ihr für Drogen?"

„Wie bitte?", fragte Jasmina verdattert.

„Haschisch ist es nicht, so viel ist klar. Ihr raucht beide nicht."

„Natürlich rauchen wir nicht! Rauchen ist voll prolo", ereiferte sich Jasmina.

„Oder esst ihr das Haschisch?"

„Nein!"

„Also kein Hasch. Heroin ist es auch nicht. Dafür seid ihr beide viel zu klar. Heroin ist klassische Selbstzerstörung. Und selbstzerstörerisch seid ihr nicht. Gott sei Dank übrigens. Da bin ich als Vater wirklich froh."

Clemens und Jasmina lachten verstört.

„Das ist kein Witz, meine Lieben. Ich habe gesehen, wie sich kluge, begabte und liebenswerte Menschen mit Heroin selbst zerstört haben. Gut, ich habe auch gesehen, wie sich manche mit Alkohol fix und fertig gemacht haben, und manchmal war ich beim Alkohol auch schon ziemlich im Untergeschoss. Also Heroin ist es nicht. Was nehmt ihr?"

„Wie kommst du auf die Idee, wir würden Drogen nehmen?"

Gottfried schüttelte den Kopf.

„Jasmina, sei bitte nicht kindisch. Ich habe in meinem Leben schon alles Mögliche und Unmögliche erlebt, ich habe Dinge gesehen und getan, von denen ihr noch nicht einmal ahnt, dass

man sie tun könnte. Und ich weiß genau, was es bedeutet, wenn junge Leute mit Stecknadelaugen daherkommen."
Jasmina und Clemens wechselten Blicke.
„Sagst du es Mama?"
„Nur, wenn du es okay findest."
„Finde ich nicht okay."
„Dann sage ich ihr nichts. Ist es Kokain?"
„Es sind Tabletten", ergriff nun Clemens das Wort. „Amphetamine. Habe sie von einem Kumpel gekriegt."
„Habt ihr noch welche?"
„Nein. Wir haben nur ein paar gehabt."
„Lügst du mich an?"
„Garantiert nicht. Wir haben keine Tabs mehr."
„Ich hoffe, ihr habt das im Griff."
„Na klar, Papa", beeilte sich Jasmina zu sagen. „Alles im Griff. Wir sind keine Junkies."
Gottfried schwieg eine Weile.
„Versteht mich nicht falsch, ich mache euch bestimmt keine Vorwürfe, ich erteile keine Vorschriften, ihr seid volljährig und für euer Leben und eure Entscheidungen selbst verantwortlich. Ich will einfach nur wissen, woran ich mit euch beiden bin."
„Papa, du bist echt cool."
„Ich bin nicht cool, ich bin nur weit über jede kleinliche Regel und über jede penible Norm hinaus. Ich sehe das Leben als Freiheit. Und die Freiheit ist vielleicht ein Ort der Angst und Verzweiflung, sicher aber nicht einer der Pedanterie."
Wieder lag eine Weile Schweigen im Wagen.
„Sag mal, Clemens", fuhr Gottfried düster fort, „klaust du viel?"
Auf den Wangen des jungen Mannes bildeten sich rote Flecken, die Gottfried aber nicht sehen konnte. Clemens saß direkt hinter dem Fahrersitz.
„Äh, wie kommst du auf so etwas?"

Gottfried stieg nun doch etwas tiefer ins Gas. Der große und bullig motorisierte Wagen zog auf die Überholspur.
„Na, in dem Tankstellenladen hast du den Schokoriegel verdammt professionell verschwinden lassen. War reiner Zufall, dass ich das gesehen habe. Ist das eine Art von Zwang?"
„Eher mehr ein Nervenkitzel."
Gottfried pfiff durch die Zähne.
„Damit wirst du dir noch massiv Probleme einhandeln. Da bin ich mir absolut sicher. Echte Probleme."
Schweigen lag im Wagen.

77

Christina passierte die Ortseinfahrt, sie reduzierte das Tempo, sodass der Streifenwagen flott zu ihr aufschloss. Sie erkannte im Rückspiegel Raimund am Steuer und einen seiner Kollegen am Beifahrersitz. Beim Parkplatz vor einer Werkstatt für Landwirtschaftsmaschinen hielt sie an. Sie hatten diesen Parkplatz als Treffpunkt ausgemacht. Raimund fuhr einmal einen Halbkreis um ihren Wagen, sodass sie Fenster an Fenster beieinander standen. Zwei Scheiben verschwanden in den jeweiligen Türen.
„Morgen, Raimund."
„Guten Morgen. Na, kannst du auch nicht schlafen?"
Raimund feixte Christina an, entdeckte aber sofort, dass sie nicht wie üblich darauf einstieg, sondern dass ihre Miene wie aus Bronze gegossen schien.
„Ich habe wenig geschlafen."
Raimund zog die Augenbrauen hoch.
„Ist alles klar bei dir?"
Christina sah noch einmal das Zimmer in der Intensivstation vor sich, sah, wie Wilhelm an Maschinen angeschlossen war,

die seine Vitalfunktionen pausenlos kontrollierten. Von seinem Kopf war nicht viel zu sehen, nämlich nur die geschlossenen Augen, Nase und Mund lagen unter einer Sauerstoffmaske, der Rest des Kopfes war in einen dicken Verband gehüllt. Der Körper regte sich nicht. Er lag im Koma, war nicht tot, aber auch nicht lebendig, zumindest nicht so, wie sie ihn kannte. Die Operation war geglückt, das hatte ihr eine junge Ärztin auf der Station gesagt, die akute Lebensgefahr war abgewendet worden, nun galt es den langwierigen Prozess der Heilung abzuwarten und ihn mit allen Möglichkeiten der Medizin zu unterstützen. Zehn Minuten war sie bei ihm gesessen, dann hatte ihr Telefon geläutet. Christina wischte die Erinnerung fort und schaute Raimund in die Augen.

„Ich erzähle dir später, was passiert ist."

Raimund lauschte genau, seine Sensoren sagten ihm, dass seine Kollegin und Freundin unter großer Spannung stand und dass er jetzt nicht nachbohren sollte. Christina würde schon noch erklären, warum sie kurz angebunden war.

„Gut. Also, was liegt an?"

„Ich habe den Durchsuchungsbefehl noch nicht in Händen, aber sobald der Staatsanwalt im Büro ist, wird er ausgestellt. Das ist auf Schiene."

„Eine Eifersuchtsgeschichte also?"

„Liegt nahe. Wir waren uns bei der Besprechung weitgehend einig."

„Gehen wir vorher rein oder warten wir auf den Befehl?"

Christina wiegte den Kopf.

„Das entscheiden wir vor Ort."

Raimund nickte.

„Also gut. Ich fahr voran."

Wenig später hielten die Fahrzeuge vor dem ehemaligen Bauernhof. Christina, Raimund und der Streifenpolizist traten an

den großen Mercedes SUV heran. Raimund zeigte auf die vom Tau beschlagene Windschutzscheibe.
„Der Wagen steht schon länger hier. Wahrscheinlich die ganze Nacht."
Christina nickte zustimmend. Sie lauschte in die beschauliche Stille dieser Morgenstunde. Eine Katze tauchte an der Hausecke auf, entdeckte die fremden Menschen und schlich auf flinken Pfoten davon. In den Bäumen rund um das Haus pfiffen Sperlinge und Meisen, eine Amsel ließ ihr wohlklingendes Lied erschallen. Die Sonne näherte sich dem Bergkamm und würde den Hof bald in strahlendes Licht setzen. Das Gras war noch feucht, in Alpentälern hielt sich selbst nach mehrtägigem Sonnenwetter genug Feuchtigkeit für reichen Morgentau. Christina hatte im Radio den Wetterbericht gehört, das Hochdruckgebiet erreichte dieser Tage seinen Höhepunkt, würde aber am Anfang der nächsten Woche schnell zusammenbrechen und einem wahrscheinlich sehr wasserreichen Tief Platz machen. Christina holte tief Luft. Sie schaute auf ihre Armbanduhr.
„Irgendetwas stimmt da nicht", sagte sie.
Raimund schaute ihr in die Augen.
„Komm, wir klopfen an. Wahrscheinlich hat der Gottfried unser Kommen ohnedies längst bemerkt."
„Du hast recht. Kollege, bleib du bitte bei den Autos und halte die Augen offen."
Der uniformierte Polizist nickte Christina zustimmend zu. Die beiden traten vor die Haustür, sie zog an der Klingel. Sie warteten. Christina zog erneut. Wenig später ein drittes Mal. Raimund rüttelte an der Klinke.
„Wenn der Durchsuchungsbefehl schon da wäre, könnten wir die Tür öffnen", sagte er brummig.
Christina drückte ihre Stirn gegen das Fensterglas und schaute in das Vorhaus. Sie wiederholte den Vorgang bei weiteren Fenstern.

„Gehen wir rundherum", schlug Raimund vor.
Zu zweit umrundeten sie das Haus. Auch die Hintertür war versperrt. Christina schaute erneut auf die Uhr.
„Wir kriegen den Durchsuchungsbefehl frühestens in einer halben Stunde."
„Willst du so lange warten?"
„Nein. Ich fahre zu Schweiger und du klopfst bei Barbara Satzberger an. Vielleicht wissen die, wo der Meister steckt."

78

Das große Fährschiff zog einen Bogen und nahm Fahrt auf. Gottfried hatte die Autobahn verlassen und rollte in Küstennähe auf Civitavecchia zu. Die Fähre steuerte westwärts. Gottfried war in früheren Jahren einmal mit der Fähre von Civitavecchia nach Olbia auf Sardinien gefahren. Das war noch in der Zeit, als er mit dem Rucksack auf Reisen gewesen war. Er wusste gar nicht mehr, wie das Mädchen geheißen hatte, Klara oder Katja, es fiel ihm partout nicht ein. Er wusste nur noch, dass sie sich am Semesterende in der Unimensa kennengelernt hatten, weil er ihr ungeschickt und mit gut versteckter Absicht ein Glas Wasser auf die Schuhe geschüttet hatte. In ihren engen Jeans hatte sie sofort seine Aufmerksamkeit auf sich gezogen. Sie war die Tochter eines Arztes gewesen, wenigstens daran konnte sich Gottfried erinnern, aufgewachsen in einem Wiener Nobelbezirk, wohlerzogen, hübsch und sehr reserviert dem groben Klotz aus der Provinz gegenüber. Zuerst hatte sie ihn in seinen Lumpenklamotten für einen der Handwerker gehalten, die damals die Sanitäranlagen im Unigebäude renoviert hatten und der sich in der Mensa einen Mittagsteller geholt hatte. Als er aber erzählt hatte, dass er auf der Kunstakademie die Meis-

terklasse in Bildhauerei besuchte, und ihr zum Beweis seinen rechten Bizeps gezeigt hatte, war es vorbei mit der großbürgerlichen Reserviertheit gewesen. Eine Woche später hatten sie im Zug nach Rom gesessen. Zwei Wochen waren sie in Rom gewesen, hatten ungezählte Museen und Ausstellungen besucht, hatten in Osterias der Außenbezirke gegessen und in einer billigen Absteige am Tiber gehaust, danach waren sie für zwei Wochen auf Sardinien gewesen. Schließlich waren sie zurück nach Wien gefahren, hatten sich am Bahnsteig leidenschaftlich geküsst und danach nie wieder etwas voneinander gehört und gesehen.
Gottfried reagierte spontan, betätigte den Blinker und hielt auf einem kleinen Abstellplätzchen neben der Straße.
„Was haltet ihr von einem Fußbad im Tyrrhenischen Meer?"
„Oh, ja! Cool!"
„Unbedingt."
Sie kletterten über ein paar Felsen und kamen an den offenen Schotterstrand. Die Brandung rollte sehr sanft gegen die Küstenlinie. Gottfried verstaute seine Geldbörse und die Autoschlüssel in der Lederjacke und legte diese auf einem Stein ab. Er holte tief Luft. Das Meer war schön, die Offenheit, die luftige Klarheit, das allgegenwärtige Wasser. Immer, wenn er nach längerer Zeit wieder einmal ans Meer kam, war er wie besoffen davon, aber, und das hatte er in seinem Leben regelmäßig erlebt, nach ein paar Wochen am Meer fühlte er unabdingbare Sehnsucht nach dicht bewaldeten Hängen, steilen Felswänden und spitzen Graten. Jetzt und hier war er wieder voll der Euphorie angesichts der Schönheit des Meeres. Die Fähre zog schnell gegen den Horizont, im Gegenzug tauchte eine andere Fähre mit Kurs auf den Hafen in seinem Blickfeld auf. Jasmina und Clemens schlüpften aus ihren Schuhen und tapsten in das Wasser.

„Gar nicht kalt!“, rief Jasmina.
Wie schön sie war, seine Tochter. Achtzehn Jahre alt, kein Kind mehr, aber auch noch keine Frau, verspielt und albern im Gemüt, doch körperlich voll entwickelt. Gottfried mochte auch Clemens, den offenbar ein bisschen verrückten Wiener Jungpoeten. Als Kunstschaffender musste man ein bisschen verrückt sein, anderenfalls war man kein echter Künstler, sondern bestenfalls ein Möchtegern. Gottfried glaubte an das Potenzial des jungen Mannes. Clemens war von sich und seiner Arbeit überzeugt, und das war die wichtigste Voraussetzung, um als Künstler einen Weg in der Gesellschaft zu finden. Die paar Gedichte, die Gottfried gelesen hatte, hatten etwas in ihm zum Klingen gebracht. Würden Jasmina und Clemens ihn zum Großvater machen? Er freute sich darauf, selbst wenn er das Kind nie zu Gesicht bekommen würde. Egal, das Leben nahm seinen Lauf, auch wenn dieser über klaffende Gletscherspalten und durch stinkende Sümpfe führen sollte.
Was hatte er nur getan? Gottfried schüttelte den Kopf. Hatte er wirklich getan, woran er sich eben erinnerte? Er konnte es nicht glauben. Nein, er hatte einen aufwühlenden Roman gelesen und irgendwann die wahnsinnige Geschichte des völlig irren Autors mit der Realität verwechselt. Wahrscheinlich hatte er nur zu viel von diesem teuflischen Birnenschnaps getrunken. Diese Kathi. Gottfried hatte sich schon vor vielen Jahren eingestanden, sich mit all den vielen Frauen abgegeben zu haben, weil er die Wahre und Einzige nicht hatte halten können. Er war sein Leben lang ein sechzehnjähriger Rotzbub geblieben, der sich nach der unerreichbaren Liebe einer vierundzwanzigjährigen Hexe gesehnt hatte. Katharina Moser hatte eine Leidenschaft in ihm aufgewühlt, der er ein Leben lang nachgejagt war. Und manchmal hatte diese Leidenschaft ihr überirdisch

schönes Lächeln aufblitzen lassen, ihn mit einer unsäglichen Gunst beschenkt. Manchmal. Vor gar nicht langer Zeit etwa. In den Armen von Adna.
Ein böser Schmerz durchzuckte Gottfried. Er schnappte nach Luft. Was war nur geschehen? Welche Mauern stürzten hier unter dem verheerenden Beschuss eines stupiden und sinnentleerten Lebens ein? Verlor er den Boden unter den Füßen?
„Schade, dass wir keine Badesachen dabeihaben!"
Gottfried schrak hoch und schaute zu seiner Tochter hinüber. Clemens und Jasmina hatten ihre Hosen ausgezogen und standen bis zu den Knien im Wasser. Er blickte sich um. Auf der Straße zogen ein paar Autos vorbei, am Strand war weit und breit niemand zu sehen.
„Die Italiener sind kein prüdes Volk!", rief er den beiden zu. „Im Gegenteil, sie haben immer Verständnis, wenn zwei junge Menschen nackt im Meer baden."
Ein wenig beratschlagten sich die beiden noch, dann fassten sie Mut, tapsten über die Steine aus dem Wasser, entkleideten sich und kehrten Hand in Hand in das Wasser zurück. Kichernd tauchten sie ins Meer. Gottfried setzte sich auf einen Stein, sein Blick verlor sich im endlosen Horizont.
Was war das Leben anderes als Schönheit und Schmerz?

79

Christina fuhr die ihr schon bekannte Bergstraße hoch. Das Handy klingelte. Mit einem Seitenblick sah sie den Namen Raimund auf der Anzeige des Telefons.
„Wie schaut es aus?"
„Die Satzberger ist offenbar auch nicht zu Hause. Wir haben geklingelt, geklopft, sind ums Haus herum. Nichts."

„Und ihr Wagen?“
„Nicht da. Der Klaus macht gerade eine Runde in der Gegend, aber sie ist nicht hier.“
„Okay, Raimund. Dann fahr du wieder zu Moorhammers Haus und warte dort. Ich bin gleich bei Schweiger. Moment noch!“
Christina nahm die letzte Kurve und sah schon aus der Ferne den roten Peugeot Kombi und einen weißen Pritschenwagen. Sie kannte beide Fahrzeuge.
„Satzbergers Wagen steht hier vor dem Haus. Auch der Lieferwagen von Katharina Moser. Bleib dran.“
Christina parkte ihren Wagen neben dem Kombi. Sie legte den Gurt ihrer Handtasche um die Schulter, stieg aus und drückte wieder das Telefon an ihr Ohr. Sie ging um den Peugeot herum.
„Raimund, bist du noch dran?“
„Bin ich.“
„Satzbergers und Mosers Autos stehen hier im Schatten. Die Fenster sind beschlagen. Schaut so aus, als ob sie über Nacht hier gestanden haben.“
„Merkwürdig.“
Christina befand sich nun vor der Tür des Jagdhauses und tastete unwillkürlich nach ihrer Waffe.
„Die Haustür steht einen Spalt offen. Es ist vielleicht besser, ihr beide kommt gleich mal hierher. Irgendetwas ist da faul.“
„Okay, Christina, bleib bei deinem Wagen. In zehn Minuten sind wir bei dir.“
„Beeil dich.“
„Klar.“
Damit trennte Christina die Leitung und ließ das Telefon in ihrem Jackett verschwinden. Sie ignorierte Raimunds Warnung, trat in den Türstock und schob die Türe weiter auf. Auf dem Boden unmittelbar neben der Tür stand ein offener Karton mit

in Zeitungspapier eingeschlagenen Flaschen. Christina lauschte in das Haus. Völlige Stille. Sie zog die Waffe.
„Hallo, Herr Schweiger! Sind Sie zu Hause?“
„Hilfe! Hierher! Hier bin ich! Im Büro!“
Christina erkannte die Stimme. Sie rannte los. Kathi war an einen Stuhl gefesselt. Ein schneller Blick in den Raum genügte Christina, um sich zu vergewissern, dass hier keine Gefahr drohte, deshalb warf sie sich herum und lauschte mit angeschlagener Waffe in das Haus.
„Keine Sorge, Christina, es ist niemand im Haus. Also zumindest kein Lebendiger.“
Christina steckte die Waffe ein, streifte Latexhandschuhe über, nahm ihr Taschenmesser aus der Handtasche und zerschnitt das Klebeband.
„Was ist hier passiert?“
„Na, gefesselt hat er mich.“
„Wer?“
„Der Gottfried, der Teufel.“
„Wo ist Herr Schweiger?“
„Du warst also noch nicht in der Küche.“
„Ist er tot?“
„Mausetot.“
„Scheiße.“
„Die Hände auch noch. Danke. Mir tut schon alles weh. Die ganze Nacht sitze ich schon da. Wo warst du so lange, verflucht noch mal?“
Christina schaute an Kathi herab.
„Tut mir leid, ich war wieder einmal viel zu langsam. Ich habe Ersatzkleidung in meinem Auto.“
Kathi schaute auf ihre nasse Hose.
„Ja, auf die Toilette habe ich es vorm Schlafen nicht mehr geschafft.“

Christina kontrollierte die Druckstellen an Kathis Handgelenken.
„Alles okay, kein bleibender Schaden."
„Das sagst du so leicht, aber ich war die ganze Nacht an einen Sessel gefesselt."
Christinas Lippen waren zu schmalen Strichen verkniffen. Sie fühlte Wut, dunkle, brodelnde Wut.
„In der Küche, sagst du?"
„Kein schöner Anblick."
„Warte hier, bis die Verstärkung kommt."
Christina schlich durch das Haus und lugte vorsichtig in die Küche. Sie trat so nahe wie nötig an den Leichnam. Drei Kugeln in die Brust. Zweifelsohne war der Mann innerhalb weniger Augenblicke den Verletzungen erlegen. Sie nahm die Spuren genauer in Augenschein. Ganz bestimmt ein Marder. Das Tier hatte wohl das Blut gewittert, war nachts durch die offene Tür hereingekommen, hatte seine Vordertatzen in das Blut getaucht, es bestimmt gekostet, wohl beschlossen, dass der tote Mensch keine brauchbare Beute war, und war wieder verschwunden.
Sollte sie sich hier und jetzt übergeben? Sollte sie nach draußen laufen, aus lauter Wut das ganze Magazin in die Luft feuern? Sollte sie sich ein paar schallende Ohrfeigen verpassen? Gestern Abend hatte sie noch daran gedacht, hierher zu fahren, nach dem Rechten zu sehen, ihre Arbeit nicht wie einen Mantel an der Garderobe abzugeben. Aber würde sie sich nicht innerhalb von wenigen Wochen, höchstens Monaten, vollständig in ihre Bestandteile zerlegen, wenn sie nicht diesen Schnitt setzte? Job ist vor der Wohnungstür, in der Wohnung gibt es den Job nicht, in der Wohnung findet ihr Privatleben statt. Sie würde lichterloh ausbrennen, wenn sie diese Grenze nicht zöge.

Der Mann war tot, der Anblick seiner Leiche war eine Herausforderung, die Gewalt, der er zum Opfer gefallen war, machte ihr Angst, das war soweit klar und unwiderruflich, aber irgendwer musste dafür sorgen, dass für Taten wie diese Gerechtigkeit gefordert wurde. Und genau deswegen war sie an Ort und Stelle. Gerechtigkeit. Christina biss die Zähne zusammen und drückte das Telefon an ihr Ohr.

Nach dem Telefonat wandte sie sich ab. Kathi stand hinter ihr. Christina hakte sich bei ihr ein und führte sie vor das Haus. Sie öffnete den Kofferraum und kramte nach ihrer Ersatzkleidung.

„Die Hose wird dir so halbwegs passen. Unterwäsche habe ich keine."

Kathi wechselte kurz entschlossen die durchnässte Kleidung.

„Danke."

„Jetzt der Reihe nach."

Kathi machte eine wegwerfende Handbewegung.

„Ich weiß ja, warum ich normalerweise keine Hauszustellungen mache. Hätte mich daran halten sollen. Da hat man nur Scherereien."

„Kathi, was ist vorgefallen?"

„Na, ich komme an, sehe Barbaras Wagen, stelle meine Schrottkiste ab und schnappe den Karton. Habe geklopft, und da die Haustür nicht versperrt war, bin ich reingegangen. Habe gerufen, ganz so, wie du es eben getan hast."

„Du hast Schnaps geliefert?"

„Der Deutsche hat mir einen Zettel mit einer Bestellung in die Tür gesteckt. Und da ich derzeit etwas knapp bei Kasse bin, habe ich halt geliefert. Er hat immer sofort und in bar bezahlt."

„Okay, was weiter?"

„Habe gerufen und bin zur Küche gegangen. Und da liegt der Mann. Ich habe das Schießpulver noch im Raum gerochen, die

Schüsse müssen nur ein paar Minuten vor meinem Auftauchen gefallen sein."
„Wann war das genau?"
„Nachmittags. Zwischen vier und fünf. Genauer weiß ich es nicht. Ich habe mich über die Leiche gebeugt und den Hals befühlt. Kein Lebenszeichen. Und dann ist der Gottfried hinter mir gestanden und hat mit einer Pistole auf mich gezielt. Ich habe mir schon gedacht, jetzt schießt er mich tot. Gefährlich, wirklich gefährlich hat er ausgesehen. Und er hat zugegeben, dass er geschossen hat. Dann hat er mich gefesselt und ist auf und davon."
„Mit seinem Wagen?"
„Glaube ich nicht. Als ich gekommen bin, stand sein Wagen nicht da. Ich glaube, er ist mit Barbaras Wagen gekommen."
Christinas Blick fiel auf den Kombi.
„Nicht das auch noch", flüsterte sie.
„Ich fürchte, ja. Er hat gesagt, dass er sie getötet hat."
Christina schaute in das Innere des Wagens. Sie rüttelte an der Fahrertür.
„Die Autoschlüssel liegen im Büro", sagte Kathi.
Christina eilte los und kehrte mit dem Wagenschlüssel zurück. Die Funkverriegelung klackte, die Blinklichter leuchteten einmal auf, sie öffnete die Heckklappe und schob die Kofferraumabdeckung zur Seite.
„So ein Scheißdreck!"
Wütend boxte Christina in die Luft. Kathis Miene wirkte erschöpft.
„Ein Amoklauf. Der Mann hat vollkommen die Kontrolle verloren."
Der Streifenwagen brauste hochtourig heran, die beiden uniformierten Polizisten sprangen heraus.
„Zwei Leichen, Raimund!", rief Christina. „Habe schon Alarm gegeben. Sichert hier alles ab, bis das Team da ist."

Sie presste wieder ihr Telefon an das Ohr.
„Schlechte Nachrichten, Herr Oberstleutnant. Wir brauchen eine Alarmfahndung. Und das gleich international."

80

Die ewige Stadt. Er war noch nie mit dem Auto nach Rom gekommen, in jüngeren Jahren mit dem Zug, später mit dem Flugzeug. Wer Rom nicht gleichzeitig liebte und hasste, hatte die Stadt entweder nie besucht oder nicht verstanden. Er war auf dem Weg von Civitavecchia bis an den Stadtrand schnell gefahren, jetzt aber rollte der große Toyota gemächlich durch die Straßen eines Außenbezirks.
„Was haltet ihr von einem Frühstück?"
„Da rechts!", rief Jasmina. „Auf diesem Platz gibt es ein kleines Café."
Gottfried blinkte und bog in eine Seitengasse. Sie mussten um ein paar Häuserblocks, bis sie eine ausreichend große Parklücke fanden. Der kleine Platz lag im Schatten von einigen Bäumen, vor dem Café waren mehrere Tische aufgestellt. Das Viertel war nicht gerade schick, hier wohnte nicht die Hautevolee der Stadt, und gerade deshalb besaß der Ort Charme. Ein Gemüsehändler stand bei seinen Ladentischen und debattierte mit zwei älteren Frauen. Drei junge Afrikaner saßen auf einer Parkbank und tranken Wasser aus Plastikflaschen. Vor einem kleinen Elektrogeschäft wurde ein Lieferwagen entladen, Klimaanlagen, Ventilatoren und Flachbildfernseher, Dinge, die die Menschen in diesem Viertel benötigten. Die drei setzten sich an ein Tischchen, der Kellner kam ohne Eile auf sie zu. Gottfried bemühte seine Italienischkenntnisse und bestellte Cappuccinos, Wasser und Cornetti.

Der Kellner servierte das Frühstück. Seinen Gedanken nachhängend verspeiste Gottfried das Hörnchen, er wischte an einer Papierserviette Finger und Mund ab und leerte die Kaffeetasse. Von Müdigkeit spürte er nichts, obwohl er nur ein paar Stunden in unbequemer Sitzhaltung im Auto geschlafen hatte. Zu viel Adrenalin rollte in seinen Arterien, zu viele Dämonen verfolgten ihn mit ihrem bösen Gekicher, zu viele Irritationen, die sein Leben immer wieder in Verdunkelung gestürzt hatten, wurden da im dunklen Meer des Vergessens aufgewühlt. Er hörte gar nicht, was Jasmina und Clemens sprachen, er hätte nicht einmal sagen können, ob sie in ein lebhaftes und geistreiches Gespräch vertieft waren oder ob sie sich halbherzig um eine einsilbige Konversation bemühten. Er starrte abwechselnd in die geleerte Kaffeetasse und in den tiefblauen Himmel über Rom. Er winkte dem Kellner, verlangte die Rechnung und beglich sie. Der Kellner verschwand wieder im Café. Wie aus großer Entfernung hörte Gottfried eine vertraute und doch irgendwie fremde Stimme. Waren ihm nicht alle Stimmen fremd geworden? War er sich nicht selbst zu einer fremden Person geworden? Wie sollte es weitergehen? Was würde der Tag, was würde die Woche, was würde der heranziehende Sommer bringen?
„Entschuldigung“, raunte Gottfried. „Ich war gerade nicht aufmerksam.“
„Ich habe gefragt, ob wir uns nicht irgendwo ein Hotelzimmer suchen sollten. Ein paar Tage in Rom wären okay. Ich bin zum ersten Mal hier. Da muss ich mir die Stadt schon ansehen.“
Gottfried nickte Jasmina zu. Sie und Clemens hatten sehr wohl seine finstere Miene und den abwesenden Blick wahrgenommen. Die drei erhoben sich und marschierten zurück zum Wagen. Gottfried wandte sich an Clemens.
„Ein paar von deinen Gedichten habe ich gelesen. Ich fand sie gut.“

„Wirklich?"
„Aber ja doch. Du bist jung, hast Energie, suchst einen adäquaten Ausdruck in deiner Lyrik. Das ist gut."
Sie stiegen in den Wagen. Gottfried beugte sich über den Berg an Gepäck auf dem Beifahrersitz und zog aus einer Reisetasche die Pistole. Er entsicherte sie, wandte sich nach hinten und richtete die Waffe gegen Clemens. Die beiden jungen Leute starrten zu Eis gefroren auf die Waffe.
„Clemens, du bist kein Großmaul, kein Aufschneider, kein Egomane, ich habe euch beide genau beobachtet und glaube, dass ihr ein paar gute Jahre gemeinsam verbringen könnt. Aber Clemens, eines musst du mir glauben, ich liebe meine Tochter über alles. Wenn ich einmal nicht mehr sein werde, wird ein Stück von mir in ihr weiterleben. Sie ist mir wertvoller als jeder andere Mensch. Verstehst du?"
„Ich verstehe", würgte Clemens hervor.
„Nur, weil sich Jasmina für dich entschieden hat, wirklich nur allein deswegen, habe ich dich nicht schon längst getötet."
Clemens stand der Mund offen, Jasmina schnappte nach Luft.
„Wie bitte?"
„Vor ein paar Stunden habe ich dir gesagt, dass du dir mit deiner Klauerei noch einmal gewaltige Probleme einhandeln wirst. Jetzt hast du ein Problem. Du stehst so knapp vor deinem Tod. So knapp. Einen Millimeter."
Gottfried schaute seine Tochter an.
„Ich werde dich immer beschützen, so gut ich es zumindest kann. Leider war ich dir nie ein wirklich guter Vater, leider war ich immer viel zu sehr mit mir und meinen Ausbrüchen, mit meiner Kunst und Leidenschaft beschäftigt, aber ich bemühe mich, ich versuche mein Bestes zu geben."
„Papa, gib bitte die Pistole weg. Ich habe Angst."
„Kind, ich habe auch Angst, Todesangst. Und deswegen sage

ich: Keine Lügen mehr! Ich kann einfach keine Lügen mehr hören. Du kannst dir nicht vorstellen, wie oft man mich in meinem Leben angelogen hat. Du kannst dir auch nicht vorstellen, wie oft ich in meinem Leben gelogen habe. Damit ist Schluss. Ein für alle Mal. Ich weiß, was ihr getan habt."

Jasminas Gesicht war bleich, Clemens biss auf seiner Unterlippe herum.

„Deine Klauerei hat alles losgebrochen. Habe ich recht?"

„Ja."

„Was hast du in Adnas Zimmer zu suchen gehabt? Was geht dich die Privatsphäre eines anderen Menschen an? Was wolltest du mit ihrem Schmuck?"

„Ich ... ich ...", stammelte Clemens.

„Du bist ein Idiot! Und ich weiß gar nicht, was mich davon abhält, dir hier an Ort und Stelle eine Kugel in den Kopf zu schießen. Doch, ich weiß es. Meine Tochter hält mich allein mit ihrer Anwesenheit davon ab."

Eine brüchige Stille lag zwischen den dreien. Gottfried sicherte die Waffe und packte sie wieder in die Reisetasche.

„Ich will es jetzt genau wissen. Wie ist das abgelaufen?"

Clemens rang nach Worten. Erst nach einer ganzen Weile fasst er den Mut, zu sprechen.

„Wir haben uns beim Fest gelangweilt, da haben wir uns im Haus umgesehen. Ja, ich habe Adnas Zimmer betreten und in ihrer Schmuckschatulle gestöbert. Und ich habe auch diesen Armreifen genommen. Aber ich wollte ihn nicht stehlen! Wirklich! Das musst du mir glauben!"

„Es stimmt, Papa, Clemens wollte den Armreifen nicht stehlen. Er wollte ihn nur in Ruhe ansehen."

„Und Adna hat euch gesehen."

„Nicht im Zimmer. Sie hat uns draußen im Garten ertappt", erklärte Jasmina. „Gerade als Clemens mir den Armreifen angelegt hat. Sie hat mich wie verrückt gepackt. Da habe ich die Nerven verloren. Clemens und ich sind davongelaufen. In den Wald. Adna ist uns nachgerannt. Sie hat wie irre gebrüllt. Dass sie mich töten wird, dass sie dir alles sagen wird, dass sie mir die Augen auskratzen wird. Wir sind gelaufen und gelaufen. Nach einer Weile haben wir gedacht, dass wir sie abgehängt haben, aber sie ist wieder aufgetaucht. Ich habe den Armreifen weggeworfen, ich weiß nicht, wohin. Einfach in den Wald. Und plötzlich bin ich mitten im Bach gestanden. Es war ja dunkel und ich habe fast nichts gesehen. Ich habe befürchtet, dass ich mir alle Knochen breche, wenn ich im Bach ausrutsche und falle. Da hat mich Adna eingeholt, mich gepackt ..."

Jasmina stockte und wischte sich schnell die Tränen aus den Augen.

„Sie hat Adna nicht absichtlich getötet. Es war ein Unfall. Oder Notwehr", stieß Clemens gepresst hervor. „Adna hat auf Jasmina völlig außer sich eingeschlagen, Jasmina hat sie nur einmal angerempelt, nur einmal, wirklich, ich habe es genau gesehen, ich war ja nur ein paar Schritte hinter den beiden. Ein kleiner Schubs. Das war reine Notwehr. Adna ist ausgerutscht und in den Wasserfall gestürzt. Sie hat sich nicht mehr gerührt, sie war auf der Stelle tot."

Gottfried wischte mit der flachen Hand über sein Gesicht. Ein bitterer Geschmack lag auf seiner Zunge. Was war das Leben anderes als ein böses Erwachen nach hässlichen Fieberträumen? Und all die Freude, Wärme und Zuversicht, an die man sich zu halten immer wieder verleitet sieht, waren bestenfalls Ablenkungen von der Einsicht, dem Abgrund nicht ausweichen zu können. Wie gerne wäre Gottfried ein charakterloser Idiot geworden, der sein Leben mit Glücksattrappen vollzuräumen verstand und sich dann auch noch erfolgreich einreden konnte, die Kulissen seiner Heuchelei wären die Wahrheit und das Glück. Die Wahrheit war einzig und allein der Tod, in den jeder Mensch einsam und verlassen gehen musste. Wahrscheinlich war das auch das einzige Glück des Menschen. Adna war gegangen. Jens war gegangen. Barbara war gegangen. Heiner war gegangen. Wann würde er gehen? Hier und jetzt?

„Warum habt ihr den Unfall nicht der Polizei gemeldet?"

Jasmina schluckte.

„Wir haben voll die Panik gehabt. Wegen der Tabletten."

„Ihr wart also auf Drogen."

„Ja."

Gottfried schüttelte verbittert den Kopf.

„Der Schmuck ist ein altes Familienerbstück. Mehrere Generationen von Frauen ihrer Familie haben ihn zu besonderen Anlässen getragen. Er war ihr wichtigster Besitz."

Jasmina und Clemens schwiegen betreten. Jasmina rang mit sich und gab sich schließlich einen Ruck.

„Du, Papa, warum weißt du überhaupt davon?"

Gottfried atmete schwer ein.

„Wenn du mir die Wahrheit sagst, dann sage ich dir auch die Wahrheit."

„Äh, ja. Was meinst du?"

„Ihr seid beobachtet worden."

„Was?"

„Ja. Ein Mann hat den Kampf am Wasserfall beobachtet."

„Wer?"

„Jens. Vielleicht ist dir beim Fest der große, schlanke Mann aufgefallen."

„Der mit dem Motorroller gekommen ist?"

„Genau der."

„Er hat uns gesehen?"

„Ja."

„Aber er ist eine halbe Stunde vorher abgefahren“, warf Clemens ein. „Mir ist die Vespa aufgefallen. Ein tolles Motorrad.“
„Er hat nur so getan, als ob er abfährt, in Wahrheit hat er Adna aufgelauert. Er hat ihr pausenlos hinterhergeschnüffelt. Wahrscheinlich wollte er sie verführen oder vergewaltigen. Er war ein undurchschaubarer Mann. Gefährlich.“
„Aber er ist tot“, sagte Jasmina. „Ich habe es in den Nachrichten gehört.“
„Ich habe ihn getötet.“
Jasmina und Clemens wagten nicht zu atmen.
„Ja, mein Kind, dein Vater ist ein Mörder. Ich habe ihn erschossen. Es fiel mir gar nicht schwer. Manche Talente entdeckt man spät. Vielleicht wäre es besser, einige nie zu entdecken. Ein Schuss und Jens war tot. Es war nicht schwerer, als einen Rehbock zu schießen.“
„Ich verstehe das nicht“, sagte Jasmina mit zitternder Stimme.
„Er wollte mich erpressen. Er wollte, dass ich ihm den Vorsitz in Heiners Stiftung überlasse, anderenfalls hätte er dich bei der Polizei angezeigt. Jens hat mich gehasst. Ich verstehe erst jetzt, wie sehr er mich gehasst hat. Und er wollte dir schaden, Jasmina. Deswegen habe ich den einzigen Tatzeugen beseitigt. Du bist das Einzige, was mir noch geblieben ist, du bist die einzige Frau, die sich nie gegen mich wenden wird, weil wir aus ein und demselben Fleisch und Blut sind, und ich bin der Einzige, der dich immer beschützen wird. Bis zu meinem letzten Atemzug. Deswegen habe ich es getan.“
Die beiden jungen Leute starrten Gottfried verstört an.
„Garantiert werde ich in Österreich schon steckbrieflich gesucht, deswegen musste ich außer Landes. Aber ich kann in Italien nicht bleiben, über kurz oder lang wird mich die Polizei auch hier aufspüren. Und sobald die italienische Polizei mich hat, werden sie mich nach Österreich schaffen. Ihr werdet

nicht gesucht, gewiss nicht. Warum auch? Ich habe mich ein bisschen umgehört. Es gibt am Wasserfall keinerlei brauchbare Spuren, außer dem Armreifen. Und auf dem Armreifen sind eure Fingerabdrücke. Oder habt ihr Handschuhe getragen?"
„Nein."
„Also wird die Polizei irgendwann fragen, warum da eure Fingerabdrücke drauf sind. Weil Adna euch den Schmuck selbst gezeigt hat! Habt ihr verstanden? Wann immer euch die Polizei befragt, dann bleibt bei dieser Aussage. Adna hat euch den Schmuck selbst in ihrem Zimmer gezeigt. Knapp nach Beginn des Festes. Ich habe es gesehen. Klar? Beruft euch auf mich als Zeugen. Ich habe es gesehen. Wenn ihr dabei bleibt, kann euch die Polizei nichts anhaben. Trotzdem ist es besser, wenn wir uns trennen."
„Aber wohin sollen wir?"
„Neapel. Oder Sizilien. Bleibt noch ein paar Wochen als einfache Touristen in Italien. So fallt ihr am wenigsten auf."
Jasmina schnappte nach Luft.
„Und du meinst, das geht?"
„Bestimmt. Ich bringe euch zum Bahnhof. Dort steigt ihr in den Zug. Nehmt ganz normal ein Hotel und macht Urlaub. Ich gebe euch Geld für den Sommer."
„Und was wird aus dir?"
Gottfried setzte ein gewinnendes Lächeln auf.
„Um mich, Tochterherz, brauchst du dir keine Sorgen zu machen. Ich werde meine finanziellen Dinge regeln und dann abtauchen. Jasmina, ich bin nicht wirklich reich, aber ich bin wohlhabend. Du kriegst alles, was ich habe."
Ihre Augen weiteten sich.
„Deinen ganzen Besitz?"
„Aber ja. Das Haus und das Geld. Ich habe in meinem Leben viel verdient. Wenn man mal ein anerkannter Künstler

ist, dann schmeißen sie einem das Geld hinterher. In Wahrheit brauche ich das Scheißgeld nicht! Ich habe ein Leben voller Freiheit, Lust und Inspiration geführt, nun seid ihr an der Reihe. Und ich will euch so gut ich kann unterstützen. Hast du verstanden?"
„Ja."
„Also, seid ihr bereit für ein Leben voller Überraschungen und Abenteuer? Oder wollt ihr zurück in den alten Trott?"
Jasmina und Clemens schauten einander an. Sie fassten sich an den Händen. Gottfried beobachtete die beiden genau. Vielleicht würde er seine Enkel nie zu Gesicht bekommen, aber seine Enkel würden in ein besonderes Leben wachsen, würden Freiheit und Angst kennenlernen, würden die Schönheit, Einzigartigkeit und Vergeblichkeit des irdischen Lebens erfahren. Gottfried freute sich darauf. Andere Großväter seiner Generation und seiner Herkunft legten Bausparverträge für ihre Enkel an, er tötete falsche Freunde und schickte die Jugend in eine unsichere Zukunft. Normalität und Konformität waren nie seine Sache gewesen. Pauken und Trompeten. Ein blutiger Abgang. Jetzt erst wusste er, dass sein Leben in die Kunstgeschichte eingehen würde. Man würde sich noch in einhundert Jahren an den Bauernbuben aus den Alpen erinnern, der beständige Skulpturen geschaffen und drei Menschen getötet hat. Der blanke Wahnsinn, das war das Leben.
„Was ist, Jasmina, willst du mit mir einfach abhauen?"
„Wenn du mit mir gehst, dann gehe ich mit dir."
„Ich will."
„Ich will auch."
Gottfried nickte und startete den Motor.
„Also, auf zum Bahnhof!"

81

Christina hatte das Kabel der Freisprecheinrichtung an ihr Handy gesteckt, mindestens seit einer halben Stunde führte sie ein Telefonat nach dem anderen. Mit der Dienststelle in Steyr, mit der Direktion in Linz, mit der Gerichtsmedizin, einmal hatte sie auch im Innenministerium in Wien angerufen. Noch war sie die ranghöchste Beamtin vor Ort und durch den Fund der beiden Leichen war die Hälfte aller verfügbaren Streifenpolizisten der angrenzenden Bezirke in und um Hinterstoder versammelt. Sie ging vor Gottfried Moorhammers Hof auf und ab und erledigte die Telefonate. Langsam machte sie sich Sorgen um den Akku ihres Telefons, sie musste das Ding unbedingt irgendwo für eine Stunde an das Stromnetz hängen.

„Frau Abteilungsinspektor!"

Christina drehte sich um und schaute zu der Kollegin. Eine Truppe von drei Beamten und zwei Beamtinnen durchsuchte Gottfrieds Haus. Das Team, das in und um das Jagdhaus Heiner Schweigers arbeitete, war wesentlich größer. Dort war natürlich auch das Team der Kriminaltechnik vor Ort. Und auch Barbara Satzbergers Haus wurde durchsucht. Christina ging auf die Kollegin zu, die ihr Fundstück präsentierte.

„Das war am Dachboden unter alten Teppichen versteckt."

Christina rührte das Jagdgewehr nicht an, besah aber die von der Kollegin in durchsichtigen Kunststoff eingeschlagene Waffe genau.

„Ein Steyr Mannlicher mit Zielfernrohr. Haben Sie Munition auch gefunden?"

„Bis jetzt noch nicht."

„Die Waffe muss auf dem schnellsten Weg zur Ballistik. Das könnte die Tatwaffe im Fall Tillmann sein. Guter Fund, gut gemacht."

„Danke, Frau Abteilungsinspektor."
Die Beamtin marschierte zu einem Streifenwagen. Christinas Telefon schlug wieder an. Sie drückte auf die grüne Taste.
„Kayserling."
„Guten Tag, Frau Inspektor. Hier spricht Elvira Altmann."
Kochende Blausäure schoss durch Christinas Arterien. Jasmina Altmann und ihr Freund! Sie hatte auf das junge Paar in all dem Trubel völlig vergessen.
„Guten Tag, Frau Altmann."
„Ich hoffe, mein Anruf kommt nicht ungelegen. Wenn Sie wollen, kann ich auch etwas später anrufen."
„Nein, nein, Frau Altmann, Ihr Anruf passt sogar ganz ausgezeichnet. Ich bin sowieso dabei, Telefonate zu führen."
„Gut, also, ich möchte Ihre Zeit nicht zu sehr in Anspruch nehmen, aber ich mache mir mittlerweile doch Sorgen."
„Worüber?"
„Nun, ich habe gestern in den Nachrichten vom Vorfall in Hinterstoder gehört. Dieser Herr Tillmann war bei Gottfrieds Fest und jetzt ist er ermordet worden. Deswegen habe ich versucht, Gottfried, Jasmina oder Clemens anzurufen. Weder gestern, noch heute konnte ich die drei erreichen."
„Wie oft haben Sie es probiert?"
„Ach, mindestens zehnmal bei Jasmina, bei Gottfried auch fünf- oder sechsmal und Clemens habe ich dreimal angerufen. Die Handys der drei sind offenbar ausgeschaltet. Ich habe auf die Mobilboxen gesprochen, aber es kommt kein Rückruf."
„Ich verstehe."
„Und jetzt wollte ich mich bei Ihnen erkundigen, ob Sie vielleicht etwas wissen. Ich bin sehr beunruhigt."
„Ich muss Ihnen leider sagen, dass wir derzeit keine Spur von Herrn Moorhammer haben, ihn aber suchen."
„Wird nach ihm gefahndet?"

„Ja."
„Hat Gottfried diesen Herrn Tillmann erschossen?", rief Elvira aufgebracht ins Telefon.
„Darüber kann ich zum jetzigen Zeitpunkt keine Auskunft geben. Bitte um Verständnis."
„Können Sie bitte einfach mal bei Gottfried nachsehen, ob sich dort meine Tochter aufhält?"
„Ich halte mich derzeit im Haus von Herrn Moorhammer auf. Ihre Tochter und deren Partner sind nicht hier."
„Um Himmels willen!"
„Frau Altmann, wir tun unser Bestes, um Ihre Tochter zu finden."
„Das ist ein Albtraum!"
„Bitte bewahren Sie Ruhe, Frau Altmann. Wenn Sie Hilfe benötigen, wenden Sie sich bitte in Wien an eine Polizeidienststelle."
„Ich … ich bin sprachlos."
„Frau Altmann, das Beste, was Sie jetzt tun können, ist Folgendes: Halten Sie Ihr Telefon verfügbar. Rufen Sie jede Stunde einmal Ihre Tochter an. Falls sich irgendetwas ergibt, verständigen Sie mich bitte sofort. Ist das für Sie möglich?"
„Ja, natürlich."
„Das ist sehr gut. Vielen Dank für die Kooperation."
„Na gut. Dann auf Wiederhören."
„Auf Wiederhören, Frau Altmann."
Christina wartete, bis die Verbindung getrennt wurde. Sofort suchte sie die Nummer ihres Vorgesetzten Zmugg aus den Ruflisten. Die Fahndung musste schleunigst erweitert werden. Christina betete innerlich dafür, dass die beiden jungen Leute nicht in Gefahr schwebten. Hatte sie zwischen all den Telefonaten überhaupt schon einmal Luft geholt? Ein Fieberwahn. Wann würde sie in all ihre Einzelteile zerrissen werden?
Der Anruf wurde schnell entgegengenommen.

82

„Ich habe da etwas."

„Lass sehen."

Clemens rückte ein wenig zur Seite, Jasmina überflog die englischsprachige Version der Website. Sie kritzelte die Adresse des Hotels in Kalabrien in ihren Notizkalender. Sie saßen vor einem Computer in einem Café auf dem Bahnhof Roma Termini. Clemens hatte beim Vorbeigehen den öffentlichen Computer im Café entdeckt, also hatten die beiden Cola bestellt und sich vor den Rechner gesetzt. Mit ein paar gezielten Suchanfragen hatten sie die Eckdaten der geplanten Reise recherchiert.

„Ist das der Straßenname in Tropea?"

„Ja."

„Warst du schon mal so weit im Süden?", fragte Clemens.

„Nein. Völliges Neuland."

„Für mich auch. Spannend."

„Total."

Sie hörten Schritte hinter sich. Gottfried trat heran.

„Na, seid ihr fündig geworden?"

„Ja, Papa, wir haben da etwas gefunden."

„Sehr gut."

Er zog einen Stuhl heran und ließ sich neben den beiden vor dem Computer nieder. Gottfried schaute sich um, niemand achtete auf die kleine Gruppe in der Ecke des Lokals. Er griff in die Innentasche seiner Jacke. In einer Bankfiliale hatte er noch einmal Geld von seinem Konto behoben.

„Seht her. Damit solltet ihr den Urlaub bequem bezahlen können. Das sind rund sechzigtausend Euro. Genau habe ich es nicht gezählt. Passt gut darauf auf!"

Gottfried reichte das Geldbündel an Jasmina.

„Danke, Papa. Echt riesig von dir."
„Da sage ich auch besten Dank."
Gottfried nahm von einem zweiten Geldbündel einen Hunderter und reichte ihn Clemens.
„Bezahl gleich mal die Rechnung. Wir brechen auf."
„Okay."
Der junge Mann stand auf und stellte sich an die Bar. Gottfried musterte Jasmina und ihr Gepäck.
„Der Zug fährt erst in einer Stunde, wir haben also noch etwas Zeit. Ein paar Schritte weiter ist ein Modeladen und gegenüber gleich ein Geschäft mit Taschen und Koffern aller Art. Ihr solltet wie Touristen auftreten, nicht wie zwei Gruftis in den Wiener Katakomben. Bringt bisschen Farbe in die Garderobe. Ihr reist in den Süden, dort ist das Leben sonnig."
Vater und Tochter grinsten einander breit an.

83

Christina fuhr zum zweiten Mal an diesem Vormittag die Bergstraße zum Jagdhaus hoch. Sie parkte ihren Wagen hinter den anderen am Straßenrand abgestellten Fahrzeugen und marschierte die paar Meter zum abgesperrten Parkplatz vor dem Haus. Arno Pokorny, mit dem sie vor ein paar Minuten noch telefoniert hatte, winkte ihr zu. Sie trat auf den Kollegen zu.
„Wie weit sind Sie, Herr Pokorny?"
„Mitten drinnen. Wir werden hier wohl noch ein Weilchen brauchen."
Christina schaute sich um.
„Wo ist der Arzt?"
„Vor knapp zehn Minuten abgefahren."
„Was sagt er zur Todesursache von Barbara Satzberger?"

„Er bestätigt Ihre Vermutung. Tod durch Erwürgen. Ziemlich sicher mit bloßen Händen. Die Hämatome am Hals sind eindeutig."
Christina nickte.
„Haben Sie die Tatwaffe im Fall Heiner Schweiger gefunden?"
„Noch nicht. Ein Projektil hat den Körper durchschlagen, das habe ich mir schon genauer angesehen. Kaliber achtunddreißig. Eine Beretta 84 fehlt offenbar im Waffenschrank. Ein entsprechendes Datenblatt befindet sich im Schrank, die Waffe aber nicht."
„Dafür haben wir in Moorhammers Haus das Jagdgewehr gefunden. Ist schon auf dem Weg in die Ballistik."
Arno Pokorny verzog seine Miene.
„Na bravo! Drei Morde in zwei Tagen. Der Herr Künstler wird eine fette Schlagzeile kriegen. Und das bestimmt gleich international."
„Er wird auch ziemlich lange im Gefängnis sitzen."
„Es sei ihm von Herzen vergönnt. Schon eine Spur?"
„Die Flughäfen und die Videos der Autobahnkameras werden gerade geprüft. Das dauert seine Zeit."
„Na ja, er ist kein Profi im Metier und hat Fehler gemacht. Die Spurenlage hier im Haus ist ergiebig, im Gegensatz zum Mord im Wald. Es gibt eine Zeugin. Er wird sich da nicht herauswinden können."
Christina kniff die Lippen zusammen.
„Ich glaube fast, dass er sich gar nicht herauswinden will. Was mir Sorgen macht, ist die Möglichkeit, dass er noch nicht am Ziel sein könnte."
Pokorny zuckte mit den Achseln. Eine sehr abgebrühte, vielleicht auch herzlose, in jedem Fall eine realistische Geste.
„Wo es brennt, da entsteht Rauch. Und den werden wir noch früh genug zu sehen bekommen."

Der Leiter der Kriminaltechnik nickte Christina zu und setzte seine Arbeit fort. Christina sah in einiger Entfernung Raimund stehen, der sie mit düsterer Miene anstarrte. Sie ging auf ihn zu und stellte sich neben ihn.
„Böse Sache."
„Ein riesiger Scheißdreck."
„Dein alter Kumpel hat da eine blutige Schneise geschlagen."
„Der kommt nicht weit. Eher früher als später geht er uns ins Netz."
„Wahrscheinlich."
Die beiden standen eine Weile nebeneinander. Raimund schüttelte den Kopf.
„Sag einmal, Christina, was machst du hier?"
Der Tonfall ließ sie aufmerksam werden. Sie schaute ihn von der Seite an.
„Du hast also davon gehört."
„Ja, sicher habe ich davon gehört", brummte Raimund. „Ich habe überall meine Ohren, und genau deswegen wundere ich mich, dass du da bist."
Christina kämpfte mit sich.
„Ich versuche, nicht zusammenzubrechen. Ich versuche, mich mit Arbeit im Leben zu halten. Ich versuche ..."
Sie stockte. Raimund wandte sich ihr zu, umarmte sie und drückte sie an seine Brust. Sie zitterte am ganzen Körper, kämpfte vergeblich gegen die Tränen.
„Wein dich nur aus, dafür bin ich ja da. Schon gut."
Sie konnte gar nicht sagen, wie tröstend sein Tonfall und seine Berührung waren. Christina löste sich wieder aus seiner Umarmung, wischte mit der Hand die Augen trocken, kramte nach einem Taschentuch und putzte sich geräuschvoll die Nase.
„Nimm dir den Tag frei, geh nach Hause und trink eine Tasse Tee. Am Nachmittag hole ich dich ab und fahre dich ins Krankenhaus."

Raimund und Wilhelm hatten sich nur ein paar Mal getroffen, sich aber auf Anhieb blendend verstanden. Sie waren draufgekommen, dass sie zeitgleich die Volksschule in Steyr besucht hatten, Wilhelm in der A-Klasse, Raimund in der B-Klasse. Nach der Volksschule hatte sich der Kontakt verloren, Wilhelm war als Sohn aus gutbürgerlichem Haus ins Gymnasium gegangen, Raimund war mit seinen Eltern aus Steyr weggezogen, weil sein Vater seine Stelle in der Motorenfabrik gekündigt und in seinem Heimatdorf eine neue Arbeit begonnen hatte. Einmal waren an einem Sonntagnachmittag Raimund und seine Frau nach einem Ausflug beim Ehepaar Kayserling aufgetaucht, zu viert hatten sie im Garten des Wochenendhauses Kaffee getrunken und angeregt geplaudert. Raimund hatte sogar vorgeschlagen, dass sie sich zu viert, zwei Männer und zwei Frauen, zum Bauernschnapsen treffen könnten, doch das regelmäßige Kartenspiel war nur eine Idee geblieben, zu viele Termine und Verpflichtungen hatten dies verhindert.

„Ich schau dann ohnedies noch im Krankenhaus vorbei. Sorge dich nicht, Raimund."

„Ist er ansprechbar?"

„Nein. Liegt im Koma."

„Herrjemine."

„Als ich heute früh an seinem Bett gesessen bin, war ich so hilflos. Was hätte ich tun sollen?"

„Da kannst du eh nichts tun. Er liegt jetzt in Gottes Hand."

Christina streckte den Rücken, atmete durch und wischte die Verzweiflung aus ihrem Gesicht.

„Ich weiß nicht, was die Zukunft bringt, Raimund, und ich will auch gar nicht darüber nachdenken. Ich bin völlig auf den Augenblick fokussiert. Alles andere würde mich kaputtmachen."

„Gut so."

„Findest du, dass ich kalt und herzlos bin?"
Raimund nahm die Dienstmütze vom Kopf und strich sein Haar glatt.
„Im Gegenteil. Ich finde, du verstehst das Leben sehr gut. Der Mensch versucht einfach, nicht unterzugehen. Solange zumindest der Selbsterhaltungstrieb noch intakt ist. Mein Großvater ist vier Monate im Koma gelegen. Das Einzige, was die Familie machen konnte, war, zu den Krankenschwestern freundlich zu sein. So hat er die optimale Pflege erhalten und ist dann mit Würde, aber ohne Bewusstsein eines Nachts verstorben."
Christina nickte.
„Weißt du, dass ich genau daran gedacht habe, als ich da an seinem Bett gesessen bin? Ich habe daran gedacht, wie es sein wird, wenn er nicht mehr zu uns zurückkommt. Und ich war froh, dass er keine Schmerzen leidet. Ich bin zu spät gekommen. Eine halbe Stunde ist er schon am Boden gelegen, als ich nach Hause gekommen bin. Eine halbe Stunde, die ich ohne Probleme früher hätte nach Hause kommen können."
„Selbstvorwürfe bringen gar nichts."
„Ja, du hast recht. Er hätte ja auf einer Dienstreise im Hotelzimmer den Schlaganfall kriegen können. Oder bei hundertdreißig auf der Autobahn. Das versuche ich mir zu vergegenwärtigen. Ändert aber nichts an der Situation."
Christinas Handy schlug an. Sie wechselten einen Blick.
„Der Alltagswahnsinn geht weiter", sagte Raimund mit gerunzelter Stirn. „Gib mir das Telefon und ich sage, dass du derzeit nicht zu sprechen bist. Ich halte dir den Rücken frei."
Christina griff nach Raimunds Hand.
„Du bist ein Engel, aber ich komme klar. Danke für die paar Worte. Hat mir jetzt wirklich geholfen."
Sie nahm den Anruf entgegen.

„Hallo, Michael. Du hast was? Okay. Also Richtung Italien. Telefonierst du mit den Italienern? Das ist gut. Okay, halte mich auf dem Laufenden. Tschüs."

84

Gottfried hob seine Hand und winkte mit einer knappen Bewegung zum Abschied. Die beiden stiegen in den Waggon. Gottfried stand inmitten der Menschenmenge auf dem Bahnsteig. Weitere Fahrgäste stiegen zu, er verlor Jasmina und Clemens aus den Augen. Jetzt waren sie auf sich allein gestellt. Auch er war auf sich allein gestellt. Das war gut und richtig so, er hatte sich aller Verpflichtungen entledigt, sich befreit. Auch wenn dazu harte Schnitte nötig gewesen waren.
Gottfried marschierte los und zog sein Telefon aus der Jackentasche. Er setzte das Ding in Betrieb.

85

„Reka, waren Sie schon in der Apotheke?"
Elvira wartete auf eine Antwort. Der Kopf einer dunkelblonden Frau Ende dreißig lugte durch den Türspalt.
„Haben Sie etwas gesagt, Frau Altmann?"
„Ja. Waren Sie schon in der Apotheke? Ich kann das Rezept nirgendwo finden."
„Gestern beim Nachhauseweg war ich schon. Die Tabletten sind im Badezimmerkasten."
Elvira hatte wirklich Glück gehabt, Reka als Haushaltshilfe für ihren Vater gefunden zu haben. Die robust gebaute Ungarin mit den mitfühlenden Augen und kräftigen Händen war für diese

Arbeit wie geschaffen. Sie hielt die Wohnung sauber, erledigte die meisten Besorgungen und half dem alten Herrn bei vielen alltäglichen Verrichtungen. Und Eduard Altmann hatte sie in sein Herz geschlossen, Elvira hatte mehrfach beobachtet, wie die beiden miteinander kommunizierten. Sie hatte volles Vertrauen in die Haushaltshilfe ihres Vaters.

„Hat er heute schon die Tablette genommen?"

„Gleich nach dem Frühstück."

„Vielen Dank."

Damit ging Reka in die Küche und wandte sich wieder ihrer Arbeit zu. Sie bereitete eine klare Hühnersuppe für den Mittagstisch zu. Elvira hingegen schaute zu ihrem Vater hinüber, der in seinem Ohrensessel saß und sie still anlächelte.

„Du hast also die Tablette schon genommen."

Eduard Altmann zuckte mit den Achseln.

„Tut mir leid, Elvira, ich konnte mich einfach nicht erinnern. Heute, gestern, vorige Woche, in meinem Alter ist die Zeit nicht mehr so wichtig."

„Ich schon gut. Die Reka sorgt ja für alles."

Er nickte und lächelte versonnen vor sich hin.

„Am Sonntag kommt die Franziska dich besuchen. Ich habe mit ihr heute telefoniert", sagte Elvira.

„Das ist fein."

„Sie schaut sich dann auch die Schwellungen der Knöchel an. Du schmierst doch jeden Abend die Knöchel immer schön mit der Salbe ein, Papa?"

„Aber ja doch. Ganz so wie die Franzi es gesagt hat."

„Wunderbar."

Elvira hatte es in ihrer Wohnung nicht länger ausgehalten, sie war völlig außerstande gewesen, irgendeine sinnvolle Arbeit zu verrichten, weder am Computer noch im Haushalt, also war sie in die Schuhe gestiegen und die paar Häuserblocks zur

Wohnung ihres Vaters gelaufen. Unterwegs hatte sie in einer Bäckerei drei Stücke Apfelstrudel und drei Krapfen eingekauft, Backwaren also, die ihr Vater immer wieder gerne aß. Sie würden zu dritt Hühnersuppe zu Mittag essen, ihr Vater, Reka und Elvira, danach würden die Strudelstücke zu einer Kanne Kaffee serviert werden. Ein guter Plan zur Beschäftigung und Ablenkung.

Elviras Handy schlug an. Schnell fasste sie in die Handtasche und schaute auf die Anzeige. Ihr Puls setzte sich in Bewegung.

„Entschuldige, Papa, ein wichtiger Anruf."

Noch während sie mit schnellen Schritten das Wohnzimmer verließ und hinter sich die Tür zum Kabinett schloss, nahm sie den Anruf entgegen.

„Gottfried! Bist du endlich dran."

„Hallo, Elvira."

„Was ist los, Gottfried? Wo steckst du überhaupt? Ich habe tausendmal bei dir angerufen! Warum hebst du nicht ab? Wo ist Jasmina?"

„Langsam, Elvira, langsam. Du musst zwischen den vielen Fragen auch einmal Luft holen."

Ihre Aufregung wandelte sich schlagartig in Verärgerung.

„Bitte keine Belehrungen! Also, was ist bei dir los?"

„Reg dich nicht so auf, Elvira. Es ist alles in bester Ordnung."

„In Ordnung? In Hinterstoder ist ein Mann erschossen worden, der Gast auf deinem Fest war, die Polizei macht dunkle Andeutungen und du meldest dich einfach nicht bei mir! Ich finde nicht, dass da alles in bester Ordnung ist! Wo ist Jasmina?"

„Jasmina ist unterwegs. Es geht ihr gut."

„Wohin unterwegs?"

„Nach Kalabrien."

„Nach Kalabrien?"

Elviras Stimme hatte einen schrillen Tonfall angenommen.

„Ja. Die Kleine hat die Schule erfolgreich abgeschlossen, also erfüllt sie sich jetzt einen Wunsch. Jasmina und Clemens machen Urlaub im Süden."
„Was sind das für Verrücktheiten? Jasmina hat nie etwas davon erzählt, dass sie einen Sommerurlaub in Süditalien machen will."
„Die beiden haben sich kurzfristig entschlossen."
„Da hast du doch deine Finger im Spiel gehabt. So etwas lässt sich meine Tochter nicht allein einfallen."
„Jasmina ist volljährig, sie kann ihre eigenen Entscheidungen treffen. Und wenn sie ein paar Tage am Strand liegen will, ist das allein ihre Sache."
„Oh nein, Gottfried Moorhammer, es ist nicht allein ihre Sache, wenn sie von dir Geld für solche aus dem Hut gezauberten Sondertouren kriegt. Und Geld hast du ihr doch gegeben, nicht wahr?"
„Natürlich habe ich. Du darfst nicht vergessen, Jasmina ist auch meine Tochter. Ich habe für sie etwas Geld zur Seite gelegt. Und ich habe ihr das Geld anlässlich ihres Schulabschlusses gegeben."
Elviras Miene war angespannt, sie presste das Telefon gegen ihr Ohr.
„Irgendetwas stimmt da nicht, Gottfried. Ich weiß das. Immer, wenn du sagst, alles ist ganz einfach und logisch, liegt irgendwo ein Hund begraben. Was hast du angerichtet?"
„So, Elvira, ich habe dir gesagt, was ich für nötig gefunden habe. Du weißt Bescheid, damit ist alles gesagt. Lebe wohl."
„Aber Gottfried ..."
Die Verbindung wurde getrennt. Elvira starrte auf das Telefon in ihrer Hand.

86

Christina lehnte an ihrem Auto und kritzelte in das Notizbuch. Das Aufschreiben der wichtigsten Daten half ihr, sich zu konzentrieren. Ihr Wagen stand jetzt vor Barbara Satzbergers Haus, sie hatte mit den Kollegen vor Ort gesprochen. Die Hausdurchsuchung hier neigte sich dem Ende zu, es waren keine für den Fall relevanten Anhaltspunkte gefunden worden, die Frau war ein Opfer, ihr Körper längst auf dem Weg in die Kühlhalle der Gerichtsmedizin, und tatsächlich gab es an Arno Pokornys Befund, wonach die Spurenlage im Haus Schweigers absolut eindeutig war, nichts zu rütteln. Christina sah, wie sich das Team sammelte.

„Und, sind Sie fertig?“, rief Christina in den Garten.

„Jawohl, Frau Abteilungsinspektor. Wir haben alles beisammen.“

Damit zeigte der Kollege auf den am Boden abgestellten Karton, in dem sich ein Telefonregister, ein Notizblock und ein Tagebuch befanden. Die Gegenstände waren in Kunststoffsäcke verpackt und eingesammelt worden.

„Sehr gut. Machen Sie hier bitte alles dicht.“

„Na klar.“

Christina ließ sich auf den Fahrersitz plumpsen, da klingelte ihr Telefon. Zum tausendsten Mal an diesem Tag. Eine bekannte Nummer.

„Hallo Friedel.“

„Hi Christina. Und, der blanke Wahnsinn bei dir?“

„Genau so muss man das formulieren.“

„Glaube ich gerne. Bei euch im Gebirge geht es richtig spaßig zu. Mord und Totschlag und sonstige Vergnügungen unter blauem Frühlingshimmel.“

Christina räusperte sich vernehmlich.

„Friedel, für ausufernde Polizistenwitze habe ich heute relativ wenig Zeit und noch viel weniger Nerven. Bitte gleich zur Sache kommen."

„Okay, okay, also dann. Ich habe die Informationslage zu den Mordfällen in Hinterstoder von hier aus verfolgt und da eine Info hereinbekommen, die du kennen solltest."

„Und zwar?"

„Gestern ist in Liezen ein junges Pärchen beim Ladendiebstahl erwischt worden. Keine große Sache, der einundzwanzigjährige Student Clemens Jindrich hat billigen Modeschmuck eingesteckt, während seine Partnerin Jasmina Altmann die Verkäuferin beschäftigt hat. Einfaches Schema, so wie ich das im Bericht der Kollegen gelesen habe, einfach, aber sehr häufig effizient. Die beiden sind nur aufgeflogen, weil der Laden über versteckte Kameras verfügt und eine Mitarbeiterin live zugeschaut hat. Die Streifenpolizisten haben die Daten aufgenommen und die beiden dann wieder laufen lassen."

„Verstehe. Die nette Tochter des Meisters und ihr Freund haben es also faustdick hinter den Ohren."

„Schaut schwer danach aus. Ich habe ganz kurz in der Datenbank gegraben. Dieser Clemens Jindrich ist ein Wiederholungstäter. Er ist in den letzten drei Jahren zweimal wegen Ladendiebstahl aufgegriffen worden. Würde mal annehmen, dass es da eine beachtliche Dunkelziffer gibt. Ein Bursche aus wohlhabendem Haus, der Ladendiebstahl betreibt, steht entweder auf ein bisschen Nervenkitzel oder ist ein Kleptomane. Oder beides."

Christina überdachte die Information. Fügte sich diese in den Fall oder war es ein völlig nebensächliches Detail? Schwer zu sagen. Solange sich keine weiteren Zusammenhänge ergaben, wollte sie die Information im Hinterkopf behalten, sich aber nicht von den wichtigen Dingen ablenken lassen.

„Hast du noch etwas?“

„Allerdings. Hängt vielleicht mit der zuvor gehörten Info zusammen, vielleicht auch nicht.“

„Ich bin ganz Ohr.“

„Habe mir die Berichte vom Todesfall Sriti nochmal angesehen. Bei den Fingerabdrücken habe ich etwas gefunden.“

„Ist der Bericht jetzt endlich geliefert worden!“

„Der ist eh schon eine Zeit lang fertig. Aber die freundlichen Kollegen haben geschlafen, habe extra Dampf machen müssen, damit der Bericht weitergereicht wird. Also, der im Wald gefundene Armreifen der Frau trägt Fingerabdrücke von mindestens sechs verschiedenen Personen. Ein paar Abdruckfragmente konnten nicht vollständig zugeordnet werden. Aber drei von den eindeutigen Abdrücken konnten identifiziert werden: Adna Sriti, Gottfried Moorhammer und Clemens Jindrich, das sind die Volltreffer. Bei Jindrichs erster Verhaftung in Wien sind seine Fingerabdrücke abgenommen worden.“

„Sind Moorhammers Abdrücke gespeichert?“

„Ja. Wegen mehrerer USA-Reisen. Die Amerikaner lassen ja niemanden rein, der nicht seine biometrischen Daten bis ins kleinste Detail abliefert. Also haben wir sie in der Datenbank.“

„Was ist mit Jasmina Altmann?“

„Keine Ahnung. Ihre Fingerabdrücke sind nicht in der Datenbank. Das wollte ich dir sagen.“

„Interessant. Vielen Dank.“

„Kannst du damit etwas anfangen?“

„Weiß ich noch nicht. Danke auf jeden Fall, dass du gleich angerufen hast.“

„Logisch. Also, Tschüs.“

„Tschüs, Friedel.“

Christina blickte auf die Zeitanzeige ihres Handys. Sie musste bald wieder ins Büro, um die vielen Puzzleteile ordentlich

zu dokumentieren. Gerade wenn ein Fall aus dem Ruder lief, war eine ordentliche Dokumentation oft der einzige Weg, nicht völlig den Faden zu verlieren. Sie setzte sich in den Wagen. Bevor sie aber ins Büro ging, würde sie der Intensivstation einen Besuch abstatten. Seit einer Stunde konnte sie in Wahrheit an nichts anderes denken als an jene Maschinen, die unablässig Wilhelms Vitalfunktionen unter Kontrolle hielten. Wie hatte sie es früher geschafft, in einem Krankenhaus zu arbeiten? Unerklärlich heute. Sie hasste Krankenhäuser und das menschliche Leid, das solchen Gebäuden in das Fundament gebaut war. Und doch, was täten die Menschen ohne Krankenhäuser? Im Rinnsal sterben? Ihre Verwundeten und Kranken im Wald aussetzen? Verfluchte Welt, verrücktes Leben, das Hetzen von einer Tragödie in die nächste.
Diesmal fuhr Christina langsam. Sie wusste gar nicht mehr, wie man das anstellte, ein Auto schnell zu fahren. Nun, sie wusste gar nicht mehr, wie Autofahren überhaupt funktionierte. Wozu all die Pedale, die Hebel rund um das Lenkrad? Wozu? Und doch fuhr sie völlig fehlerfrei und sicher, vielleicht gerade weil sie nicht bemerkte, dass sie fuhr.
Woran hatte sie gerade noch gedacht? Ach ja, die Fingerabdrücke.

87

Es klopfte an der Tür. Elvira beendete den zweiten erfolglosen Versuch, ihre Tochter anzurufen, und wandte sich der Tür zu. Jasminas Handy war ausgeschaltet. Elvira konnte gar nicht sagen, wie wütend sie auf Gottfried war. Gut, dass er jetzt nicht ihr gegenüberstand, sie hätte ihm wohl eine Vase oder einen Teller an den Kopf geschmissen.

„Ja, bitte?“
Ihr Vater öffnete die Tür zum Kabinett und lugte in den Raum. „Du, Elvira, komm essen. Die Suppe ist fertig und Reka hat schon aufgetischt.“
„Ich komme gleich, Papa. Ein Telefonat noch.“
„Kannst du das nicht nach dem Essen führen?“
„Dauert nicht lange, nur ein paar Minuten. Fangt schon ohne mich an. Ich bin gleich bei euch.“
„Wie du willst.“
Ihr Vater schloss leise die Tür. Elvira suchte die Nummer aus dem Telefonregister und presste das Handy wieder an ihr Ohr.
„Kayserling.“
„Elvira Altmann am Apparat. Guten Tag.“
„Guten Tag.“
„Sie haben mich doch gebeten, dass ich Sie gleich verständigen soll, wenn sich etwas tut.“
„Haben Sie Kontakt mit Ihrer Tochter aufnehmen können?“
„Das nicht, aber ich habe vor ein paar Minuten mit Gottfried telefoniert. Deshalb rufe ich an.“
„Worüber haben Sie mit Herrn Moorhammer gesprochen?“
„Über Jasmina. Er hat mir gesagt, dass Jasmina und Clemens auf einmal unterwegs nach Kalabrien sind.“
„War die Reise geplant?“
„Nein, gar nicht. Ich bin völlig überrascht. Gottfried hat Jasmina Geld gegeben, das hat er mir gesagt, und mit diesem Geld wollen die beiden in Süditalien Urlaub machen. Entweder haben sie diesen Urlaub hinter meinem Rücken geplant oder sie sind Hals über Kopf aufgebrochen. Jasmina ist gar nicht der Typ für solche Ho-ruck-Aktionen. Mir ist das alles nicht geheuer.“
„Ich verstehe.“
„Und Jasminas Telefon ist nicht eingeschaltet. Ich weiß wirk-

lich nicht, was da los ist. Vielleicht hat mir Gottfried irgendeine merkwürdige Geschichte erzählt, um mich zu beruhigen oder abzulenken. Was im Übrigen völlig daneben gegangen wäre."

„Hat Herr Moorhammer gesagt, wo er sich aufhält?"

„Nein. Aber als wir telefoniert haben, habe ich im Hintergrund eine Lautsprecherstimme gehört. Hat sich angehört, als ob er in einer Bahnhofshalle wäre. Oder auf einem Flughafen."

„Haben Sie gehört, in welcher Sprache die Lautsprecherdurchsage erfolgt ist?"

„Nein. Kann ich jetzt gar nicht sagen. Wahrscheinlich Englisch."

„Fällt Ihnen sonst etwas ein?"

„Nein. Das war es."

„In Ordnung. Vielen Dank, Frau Altmann, dass sie mich gleich benachrichtigt haben."

„Sie halten mich doch auch auf dem Laufenden, Frau Inspektor?"

„Selbstverständlich. Danke für Ihren Anruf. Auf Wiederhören."

„Auf Wiederhören."

Elvira stand ein Weilchen beim Fenster und schaute auf die Straße hinab. Sie hatte überhaupt keinen Appetit, aber sie wusste, dass es ihr jetzt bestimmt guttun würde, mit ihrem Vater und Reka zu essen und über völlig andere Dinge zu reden. Sie verließ das Kabinett und steckte das Telefon in ihre Handtasche. Danach setzte sie sich an den Esstisch. Eduard Altmann sah sie ein wenig besorgt an.

„Hast du da etwas Berufliches klären müssen?"

„Ja, Papa. Beruflich."

„Deine Telefonate haben sich irgendwie beunruhigend angehört."

Elvira winkte ab und setzte ein gewinnendes Lächeln auf.

„Ach, es ist doch immer wieder das Gleiche. Wenn man den Leuten nicht klipp und klar sagt, was sie zu tun haben, dann funktioniert einfach nichts. Hm, die Suppe duftet köstlich."
„Nimm dir reichlich, mein Kind. Es ist genug für alle da."

88

Er war gemächlich unterwegs. Wozu auch hätte er auf das Gaspedal drücken sollen? Nichts hetzte ihn. Und dann war er den dichten Stadtverkehr nicht gewöhnt. Die römischen Auto- und Motorradfahrer hatten durchwegs andere Vorstellungen von Verkehrsregeln als oberösterreichische Landbewohner in einem beschaulichen Tal. Er musste also einen erheblichen Anteil seiner kaum vorhandenen Aufmerksamkeit den Kreuzungen und Fußgängerübergängen widmen. Er wusste gar nicht, in welchem Teil von Rom er sich aufhielt, in Wahrheit war ihm das auch egal. Eine Straße war wie die andere, der nächste Häuserblock glich dem vorigen. Und niemand kannte ihn hier. Er war anonym. Er würde das Auto an einer beliebigen Kreuzung abstellen und die Gasse auf und ab laufen können, ohne dass jeder, der ihn sah, seine Lebensgeschichte seit der Kindheit kannte. In manchen Phasen seines Lebens hatte er die Anonymität in den Großstädten geliebt und gesucht, in anderen Phasen hingegen wie die Pest gehasst. Jetzt tat es ihm gut, zu wissen, dass niemand in dieser schmucklosen Vorstadt den Bildhauer aus den Stodertal kannte. Er würde in der nächstbesten Osteria völlig unbehelligt einen Teller Pasta essen und einen Krug Wein trinken können.
Gottfrieds Blick sprang zu einer an einer Hauswand befestigten Tafel. Ein Hotel. Er fuhr langsam daran vorbei und schaute genau. Ein Vorstadthotel, bestenfalls im Drei-Sterne-Bereich,

genau die richtige Bleibe für ihn. Wahrscheinlich würde er mit einem entsprechenden Trinkgeld in einem solchen Laden den Reisepass nicht brauchen und als Herr Müller aus München ein Zimmer kriegen. Gottfried bog in die nächste Seitengasse, rollte um ein paar Häuserblocks, fand schließlich eine Parklücke und stellte den Wagen ab. Er kontrollierte sein Gepäck und entdeckte die Schnapsflasche, die er aus Kathis Karton hatte mitgehen lassen. Ein breites Lächeln legte sich auf seine Lippen. Der Abend würde mit diesem Andenken an die ferne Heimat beschwingt ausfallen. Oder sollte er eine Flasche Wein kaufen? Gottfried steckte vorsorglich die Flasche in die Reisetasche, die er ins Hotel mitzunehmen gedachte. Auch die Pistole packte er ein.

Auf dem Weg zum Hotel kam er an einem Kiosk vorbei und kaufte ein paar Zeitungen. Italienische natürlich, aber auch deutsche. Österreichische Zeitungen wurden hier nicht verkauft.

Die Verhandlungen mit dem Portier verliefen nicht allzu kompliziert, er bezahlte das Zimmer für drei Tage im Voraus und legte noch einen Zweihunderteuroschein als Entgegenkommen für die unbürokratische Handhabe drauf. Mit dem Fahrstuhl fuhr er in den vierten und letzten Stock des Gebäudes, suchte die entsprechende Tür und versperrte sie hinter sich. Das Zimmer war, wie er es erwartet hatte: schlicht, sauber und doch relativ geräumig, auch die Sanitäranlagen waren akzeptabel. Für ein paar Tage war dieses Quartier absolut ausreichend. Er packte die Reisetasche aus, schlichtete das Gewand in den Schrank. Während er die Zeitungen durchblätterte, aß er ein Sandwich und trank Wasser aus der Plastikflasche. Als Alpenbewohner hatte er dem Leitungswasser in mediterranen Städten nie getraut. In Österreich Wasser in Flaschen zu kaufen, war einfach sinnlose Geldverschwendung, das beste Wasser, das man als Mensch trinken konnte, kam wohlfeil aus jedem Wasserhahn, aber in Städten, deren Wasserleitungen nicht di-

rekt an Bergquellen angeschlossen waren, hielt sich Gottfried lieber an Flaschenwasser.
Er blätterte eine deutsche Zeitung auf und entdeckte ein Foto von sich. Hastig las er den Artikel und fluchte brummend vor sich hin. Die italienischen Zeitungen brachten nichts über die Mordfälle im fernen Stodertal, die süddeutschen Zeitungen sehr wohl. Und man hielt ihn für verdächtig, man suchte nach ihm. Gottfried kraulte seinen Bart und betrachtete das Foto. Seit dreißig Jahren trug er Bart, damals, als Mittzwanziger, hatte er mit dem Bart reifer, ernsthafter und auch streitbarer ausgesehen und von da an hatte er seinen dichten dunkelblonden Bart als Markenzeichen getragen. Und als sich dann so manche Strähne grau gefärbt hatte, hatte es seinem Aussehen und Auftreten sogar genutzt.
Schnell entschlossen erhob sich Gottfried, verschwand im kleinen Badezimmer und griff nach der Schere in seinem Toilettenbeutel. Mit flotten Schnitten stutzte er sowohl den Bart als auch das Kopfhaar. Dann brachte er mit dem elektrischen Haartrimmer sein Kopfhaar auf eine Länge von drei Millimetern, sein Gesicht seifte er kräftig ein und rasierte sich spiegelglatt. Mit kaltem Wasser spülte er die Seifenreste ab und musterte sich skeptisch im Spiegel.
Ein fremder Mann. Und der Mann sah gar nicht übel aus.
Gottfried brach in schallendes Gelächter aus, schälte sich aus der Kleidung und stieg in die Duschkabine.

89

Das Licht der Straßenlaterne zeichnete klare Schattenkonturen an die Wand. Sollte sie die Jalousie herablassen? Sollte sie das Fenster öffnen? War es überhaupt möglich, in diesem voll klimatisierten Raum das Fenster zu öffnen? Egal. Sie wusste nicht, wie spät es war, und hatte keine Lust, auf die Uhr zu sehen. Eine Stunde war wie die andere, dunkel war es in jedem Fall geworden. Sieben Uhr abends? Vier Uhr früh? Eine hartnäckige Sonnenfinsternis?

„Und da habe ich mir gedacht, na, Selbstbewusstsein hat der Mann schon. Du hast mir dann am ersten Hochzeitstag erzählt, wie aufgeregt und unsicher du warst, wie du Schmetterlinge im Bauch gehabt hast. Haha, davon habe ich an diesem Nachmittag nicht das Geringste wahrgenommen. Im Gegenteil, ich war aufgeregt, richtig kribbelig, als du mich da betont höflich zum Essen eingeladen hast. Es hat schon vorher ein bisschen gefunkt, aber in diesem Moment ging es bei mir richtig los. Weißt du noch, wie wir beim Radfahren in die Pedale gestiegen sind? Ich habe mir gedacht, der Angeber will wohl ein Rennen machen. Deswegen bin ich flott gefahren. Dabei wolltest du aufschließen, um mich nicht aus den Augen zu verlieren. Du warst dann am Parkplatz beim Steyrdurchbruch ziemlich außer Atem. Aber wir haben uns immerhin zu einem weiteren Radausflug verabredet. Und dann zu noch einem. Und dann zum Essen. Du warst sehr überzeugend. Ich habe mich richtig in dich verliebt. Elegant, höflich, aufmerksam, ein graumelierter Herr in bester Laune. Na, und die Nacht ist dann schon ein Glanzlicht gewesen. Das muss ich so sagen … Du, was soll ich denn dem Elektriker sagen? Du hast den Termin für nächste Woche Mittwoch vereinbart, nicht wahr? Ich habe im Kalender keinen Eintrag gefunden. Sollen wir wirklich diese Außenlampen montieren lassen? Ich war ja von dieser Idee nicht so überzeugt. Ja, schon gut, die Lampen brauchen keinen zusätzlichen Strom, sie speichern das Tageslicht und leuchten nachts ein paar Stunden. Aber ist das notwendig? Und ob das so hübsch aussieht? Ist schon eine Geschmacksfrage. Ich bin da ein bisschen skeptisch. Außerdem, du weißt schon, die Lichtverschmutzung. Hm? Was meinst du, sollen wir dem Elektriker einfach absagen? Und nur weil Herr Schmiedleitner auf seinem Haus so eine Lichtorgel installieren hat lassen, brauchen wir das nicht auch. Na gut, überlegen wir uns das noch ... Ich fand es im Übrigen vom ersten Augenblick an richtig toll, wie du mit Grete und Martin ausgekommen bist. Dass du mit deinem Sohn ein gutes Einvernehmen hast, war irgendwie zu erwarten, so wie du mir von ihm erzählt hast, aber als ich Grete und dich das erste Mal gemeinsam gesehen habe, da habe ich gewusst, dass ich bei dir bleiben möchte. Ihr habt euch auseinandergelebt und euch scheiden lassen, aber ihr seid gute Freunde geblieben und verlässliche Partner in der Erziehung eures Sohnes gewesen. Schön, dass mich Martin bald als die neue Frau seines Vaters akzeptiert hat. Er ist klasse, dein Herr Sohnemann, hat viel vom Vater mitgekriegt. Zum Glück die guten Eigenschaften. Ob Martin auch so viel furzt wie du? Haha, das wäre dann eine weniger gute Eigenschaft. Ich habe heute mit den beiden telefoniert. Haben sie dich besucht? Bestimmt, Grete hat gesagt, sie wird kommen. Na ja, der Job ist derzeit schon verflucht stressig. Es kommt so viel zusammen und das Telefon hat praktisch den ganzen Tag geläutet. Weißt du was, ich werde, wenn wir den Schlamassel hinter uns haben, mein Handy einfach wegschmeißen! Na, gute Idee? Wir sind Sklaven, Wilhelm! Sklaven des Telefons! He, Chef, sollen wir das Budget rot oder blau anmalen? He, Frau Inspektor, sollen wir den Verdächtigen einsperren oder ihm eine Flugreise nach Bali buchen? Wegen jedem Schmarren rufen sie uns an. Weißt du, dass ich mein Handy abgeschaltet und im Auto habe liegen lassen? Kein Witz! Das Drecksding liegt im Auto. Im Fernsehen habe ich mal bei einer Gesprächsrunde einen Schweizer

Schriftsteller gesehen und gehört, der seit Jahren kein Handy mehr besitzt. Der sagt, dass die Menschen bald dafür bezahlen werden, kein Handy bei sich tragen zu müssen. Vierhundert Euro. Was meinst du, Wilhelm? Wären vierhundert Euro pro Monat angemessen? Ich würde sie sofort bezahlen. Ich weiß gar nicht, wie ich das Wochenende verbringen soll. Ganz ehrlich, ich habe ein bisschen Angst vor der stillen Wohnung. Was heißt ein bisschen? Ich habe Panik. Willi, du musst mir versprechen, mich nicht allein zu lassen. Nicht wahr, das verspricht du mir doch?“

Die Tür wurde schwungvoll geöffnet und die Krankenschwester wehte herein. Sie knipste das Licht an.

„Ach, Frau Kayserling! Sie sind ja noch hier. Entschuldigung, ich wollte Sie nicht stören, aber ich mache gerade meine Runde.“

Christina ließ Wilhelms Hand los und erhob sich.

„Sie brauchen sich nicht zu entschuldigen. Ich habe Ihre Schritte schon gehört.“

Geschäftsmäßig spulte die Krankenschwester ihr Arbeitsprogramm ab. Sie prüfte die Maschinen.

„Wie spät ist es eigentlich?“

„Knapp vor acht.“

„So spät schon? Dann werde ich wohl aufbrechen.“

„Morgen ist auch noch ein Tag.“

Christina schlüpfte wie in Trance in ihre Jacke und nahm ihre Handtasche.

„Guten Abend, Frau Seiler.“

„Guten Abend, Frau Kayserling.“

Durchsichtig wie ein Gespenst schwebte Christina durch die Gänge.

FREITAG

90

Vor zehn Jahren war er zuletzt in der Galleria Borghese gewesen und hatte sich in die Figur vertieft.

Der kraftstrotzende Mann mit wirrem Haar und dichtem Bart raubt die schöne junge Frau, entreißt sie der Sonne, zieht sie in die Düsternis der Unterwelt, unterwirft sie seinem Willen und erhebt sie doch zur Göttin. Und Proserpina wehrt sich, stemmt ihr ganzes Gewicht gegen Plutos Kraft, gegen seinen Willen, sie zu bändigen, sie zu unterjochen.

Hatte das etwas mit seinem Leben zu tun? Gottfried grübelte und grübelte. Hatte er, der kraftstrotzende Mann mit wirrem Haar und dichtem Bart, Adna, die schöne junge Frau, entführt und unterworfen, so wie es Pluto mit Proserpina tat? Nein. Die Kunstgeschichte hatte sich des Themas immer wieder angenommen, hatte den Raub der Proserpina durch Pluto, oder wie es im griechischen Original des Mythos hieß, den Raub der Persephone durch Hades, in zahllosen Kunstwerken dargestellt, aber er selbst, Gottfried Moorhammer, hatte sich niemals an einer Frau vergangen. Nun, er hatte eine Frau getötet, und er gestand sich ein, dass dieser Vorfall einen dunklen Schatten auf seine Seele gelegt hatte, aber sexuell hatte er sich niemals an einer Frau vergriffen, weder mit Geld und schon gar nicht mit Gewalt. Die Frauen hatten ihm alles, was er wollte und brauchte, gerne gegeben, im Gegenteil, manchen hatte er nicht alles geben können, was sie von ihm wollten, manche hatte er einfach zurückgewiesen. Zurückweisen müssen! Sie hatten sich wie Zecken an ihn hängen, ihm das Blut und somit die Lebenskraft aussaugen wollen. Sie war eine solche Zecke gewesen, Barbara, sie hatte sich zu lange an ihn gehängt, ihn be-

lauert, bespitzelt, ihn verführt und für ihr kleines, vertracktes Leben benutzt.
Er tauchte aus seiner Versenkung hoch und schaute neben sich. Die blonde Frau hielt ihre Augen scheinbar konzentriert in das Buch gerichtet und doch spürte er ihre Aufregung, ihre Signale.
„Faszinierend, was ein großer Meister aus Marmor zu schaffen imstande ist. Und Gian Lorenzo Bernini war ein großer Meister. Vielleicht der größte seiner Zeit. Vielleicht der größte der Neuzeit."
Die Frau hob ihren Blick.
„Meinen Sie?"
„Aber ja. Bernini war Mitte zwanzig, als er diese Gruppe gefertigt hat. Mitte zwanzig! Ein Meisterwerk, das die Zeiten überdauert hat und uns Jahrhunderte später immer noch in Staunen zu versetzen vermag. Heutzutage können Künstler Mitte zwanzig vielleicht am Computer Kunstwerke simulieren, aber aus Marmor schlagen bestimmt nicht."
„Verstehen Sie etwas von Bildhauerei?"
Gottfried schmunzelte und ließ seinen Blick über die kunstvoll geformten Beine der Proserpina gleiten.
„Na ja, ein bisschen vielleicht."
Sie lachte. Gottfried lauschte genau. Ein schönes, wohlklingendes Lachen. Am Lachen konnte man die Menschen erkennen. Lachte jemand linkisch, verspannt, hinterhältig oder offen, ehrlich, aus der Tiefe des Bauches. Er fasste die Frau ins Auge. Sie war reif und schön – und sie war neugierig, ja sogar durstig nach Aufmerksamkeit.
„Ehrlich gesagt, ich verstehe nicht viel von Kunst. Deswegen brauche ich auch diesen Kunstführer."
„Es ist nie zu spät, etwas zu lernen. Und aus Büchern zu lernen, ist wahrscheinlich die beste Möglichkeit, die uns die Gegenwart bietet. Betrachten Sie die Details. Sehen Sie nur, wie die Hand

des Pluto sich in den Oberschenkel der Proserpina drückt. Man meint, die Angst und die Verzweiflung der Frau zu spüren. In Wahrheit ist dieses Kunstwerk, wie so viele Bildnisse und Gemälde der Kunstgeschichte, ein Zeugnis von Brutalität und Gewalt. Das Leben der Menschen kann voll davon sein. Aber es kann auch voller Zärtlichkeit und Verführung sein. Haben Sie schon die Skulptur von Apollo und Daphne gesehen?"
„Ich bin daran vorbeigegangen."
Gottfried nickte der Frau lächelnd zu.
„An dieser Skulptur sollte man nicht einfach nur vorbeigehen. Kommen Sie, sehen wir uns die Gruppe gemeinsam an. Wollen Sie mich begleiten? Es wäre mir eine Ehre und ein Vergnügen."
Sie lächelte geschmeichelt.
„Warum nicht. Jetzt bin ich schon da."
Gottfried bot ihr seinen Arm, sie zögerte noch etwas, schließlich hakte sie sich ein.
„Ich heiße Gottfried."
„Regine."
„Sehr erfreut."
„Ganz meinerseits."
„Frankfurt? Köln? Dortmund? Woher kommen Sie?"
„Aus Köln."
„Ich stamme, wie Sie an meiner Aussprache schon gehört haben, aus den Alpen."
„Ihr Akzent ist nicht zu überhören."
Sie gingen durch die Galleria und standen schließlich vor dem Marmorbildnis.
„Obwohl diese Skulptur nach einer jugendlichen Liebelei aussieht, ist auch hier die Geschichte eine grausame. Apollo hat den Liebesgott Eros beleidigt, deshalb hat Eros einen Liebespfeil auf ihn abgeschossen, sodass Apollo sich unsterblich in die Nymphe Daphne verliebt hat. Aber beleidigte Götter sind

rachsüchtig, also schießt Eros einen bleiernen Pfeil auf Daphne, wodurch sie Apollo verabscheut. Apollo hetzt hinter Daphne her und sie kann sich vor seiner Zudringlichkeit nur retten, indem sie zu einem Baum wird. Sehen Sie das Haar von Daphne?"
„Die Haare werden zu Blättern."
„Die Metamorphose beginnt, sie wird zu einem Lorbeerbaum. Apollos Liebe überträgt sich dann auf den Lorbeer. Er trägt späterhin stets einen Lorbeerkranz."
„Sie kennen sich ja wirklich sehr gut in Kunstgeschichte aus."
„Manche Geschichten hört man einmal und merkt sie sich ein Leben lang."
„Sind Sie Künstler?"
Gottfried räusperte sich.
„Ich bin … Kunsthändler."
„Ein interessanter Beruf?"
„Wenn man sich für Kunst interessiert."
Er wandte sich ihr nun vollends zu und musterte sie mit glutvollen Augen.
„Sie sind mir schon zuvor an der Kassa aufgefallen. Als sie den Kunstführer in deutscher Sprache gekauft haben", sagte Gottfried.
Eine Spur von Scham huschte über das anmutige Gesicht der Frau Mitte vierzig. Ein aufwühlender Anblick, wie er fand.
„Sie sind mir auch aufgefallen."
„Wollen wir einen Espresso trinken?"

91

Christina hetzte die Treppe hoch, schloss die Tür auf und entledigte sich ihrer Schuhe. Sie warf sich auf das Sofa, streckte Arme und Beine von sich und schnappte nach Luft. Sie rechnete nach. In der letzten Weihnachtszeit hatte sie ein paar Urlaubstage beansprucht. Über Weihnachten tat sich in Wilhelms Branche praktisch nichts, also hatte er Zeit für einen Kurzurlaub gehabt. Vier Tage hatten sie in einem Sporthotel in der Südsteiermark verbracht. Sie waren bei klarem und frostigem Winterwetter in den Weinbergen zum Wandern gewesen, hatten einen Badetag in einem Thermalbad eingelegt und sich in erstklassigen Landgasthöfen mit lokalen Köstlichkeiten verwöhnen lassen. Vier Tage waren sie von allen Verpflichtungen und Verantwortungen entbunden gewesen, vier Tage hatten sie an nichts anderes gedacht, als an ihr gemeinsames Wohlergehen.

Ein schwerer Stein lag in Christinas Bauch. Woran hatte sie unbedingt denken wollen? Ach ja, Essen! Sie musste irgendetwas in den Magen bekommen. Kohlehydrate, Eiweiß, ein paar Ballaststoffe, Fett, das würde ihr jetzt guttun, vielmehr noch, Essen würde ihre Lebensfunktionen aufrechterhalten. Sie war nach kaum erholsamem Schlaf in aller Frühe aufgewacht, hatte sich eine Tasse Kaffee reingewürgt, war in ihr Büro marschiert und hatte dort den ganzen Vormittag über ihr in Wahrheit unerklärliche Dinge getan. Sie hatte Telefonate geführt, Berichte gelesen, Weisungen höherer Dienststellen erhalten, Weisungen an niedere Dienststellen weitergeleitet, sie hatte ihre Arbeit gewissenhaft und ordentlich verrichtet, so wie sie als Kind gelernt hatte, ihre Schularbeiten und Hausaufgaben gewissenhaft und ordentlich zu erledigen. Nie hatte sie Anlass zu irgendwelchem Tadel geboten. Alle Lehrerinnen und Lehrer, die sie in ihrer Laufbahn als Schülerin kennengelernt hatte, hatten von Christina gesagt, sie sei eine gute Schülerin. Solide Leistungen bis zur Matura, solide Leistungen in der Ausbildung zur Krankenschwester, gutes Sozialverhalten, keine Alkohol- oder Drogenexzesse, keine auffällige Promiskuität, ein vorbildliches

Mitglied der Gesellschaft. Auffällig an ihr war allenfalls die Begeisterung für den Sport. Ja, ihre Sportlehrerin in der Oberstufe hatte Christina mehrfach für den Profisport begeistern wollen. In der Leichtathletik schien eine Karriere möglich zu sein, bei landesweiten Schulwettkämpfen hatte sie für ihre Schule mehrere Bewerbe gewonnen. Aber Christina hatte nie den Wunsch verspürt, Sportlerin zu werden. Sie hatte die Aufmerksamkeit, die man einer Siegerin zollte, nicht gemocht. Das Rampenlicht motivierte manch begabte junge Leute, bei ihr hatte es gerade das Gegenteil bewirkt. So war sie Amateursportlerin geblieben und hatte zuerst als Krankenschwester und danach als Polizistin gearbeitet. Das waren gute Berufe für gewissenhafte und ordentliche Frauen.

Sollte sie jetzt damit beginnen, planmäßig ihr Leben zu zerstören? Sollte sie den verdammten Polizeidienst quittieren und ihre Wohnung verdrecken lassen? Sollte sie die kleinen Gauner und großen Verbrecher, die Halbirren und Verzweifelten, die Charakterlosen und Wahnsinnigen einfach hinter sich lassen? Sollten die Menschen ihre Bestialität doch ausleben, wie es ihnen gefiel. Was ging sie das an? Gerechtigkeit? Die Gerechtigkeit war bloß ein mäßig origineller Witz. Die hoch entwickelten Völker der Gegenwart hatten sich doch nur ein Rechtssystem verordnet, damit die dicht an dicht lebenden Menschen nicht tagaus und tagein einander massakrierten, was volkswirtschaftlich ungünstig wäre. Und wenn sie es doch taten, dann musste die Polizei auf der Basis der bestehenden Rechte einschreiten. Und was hatte das mit ihr zu tun? Scheißdreck! Das war es. Sie steckte in diesem riesigen Haufen Scheißdreck fest, der allgemein das menschliche Leben genannt wurde.

Sie musste unbedingt etwas essen. Sofort!

Christina rappelte sich hoch und wankte ein wenig auf dem Weg in die Küche. Sie öffnete eine Konserve roter Bohnen,

zerlegte eine halbe Salatgurke, eine kleine Zwiebel und drei kleine Tomaten. Danach würfelte sie ein dickes Stück Käse. Mit Olivenöl und Balsamico, einer Prise Salz und einer Handvoll getrocknetem Basilikum würzte sie den Salat. Sie füllte ein großes Glas mit Wasser, schnitt eine Scheibe Brot ab und setzte sich an den Esstisch in der Küche. Während sie die Zeitung durchblätterte, schob sie pflichtbewusst einen Bissen nach dem anderen in ihren Mund. Der Salat schmeckte gut. Und er belebte ihre Geister. Die Spannung fiel nach und nach von ihr ab. Schließlich sank sie gesättigt zurück und leerte mit einem Schluck den Rest des Glases.
Sie schaute eine Weile zum Fenster hinaus. Der Frühling hatte zwei Wochen guten Wetters über das Land ob der Enns gehievt. Christina beschloss, noch vor Sonnenuntergang ein Stückchen an der Enns entlangzulaufen. Etwas Jogging würde ihr guttun. Bewegung tat ihr immer gut. Sie schaute auf die Uhr. Es war knapp vor vier Uhr Nachmittag. Da blieb noch ausreichend Zeit für einen kurzen Lauf und eine schnelle Dusche. Zum Glück hatte sie sich rechtzeitig aus dem Büro verabschiedet. Sie hatte nichts mehr tun können und wollen und Moorhammer war in Rom, so viel hatten sie herausbekommen. Er hatte gestern in einem Geldinstitut am Bahnhof in Rom eine beträchtliche Menge Bargeld behoben. Wahrscheinlich war er längst auf dem Weg nach Südafrika, Mittelamerika oder Ostasien. Ein schiefes Schmunzeln legte sich auf ihr Gesicht. Sollte der Kerl doch dort hin, wo der Pfeffer wuchs.
Christina spülte das benutzte Geschirr, reinigte die Küche und trat schließlich vor das Bücherregal. Was sollte sie nehmen? Sie ließ den Blick an den sorgsam aufgereihten Buchrücken entlanggleiten. Was hatte Wilhelm zuletzt lesen wollen? Sie versuchte sich zu erinnern und kam schnell darauf. Sie zog Stefan Zweigs *Schachnovelle* aus dem Regal. Danach langte sie noch

nach zwei weiteren Büchern, von denen sie annahm, sie würden Wilhelm interessieren, und legte sie auf einen Stapel. In der Trafik hatte sie Zeitschriften gekauft, ein Wirtschaftsblatt, ein politisches Wochenmagazin und eine flott aufgemachte Sportzeitschrift. Er würde mit dieser Auswahl an Lesestoff bestimmt einverstanden sein und der Abend im Krankenzimmer würde für das Ehepaar Kayserling bei diesem Lesestoff nicht langweilig werden. Sie würde lesen, er würde zuhören. So gut es ihm möglich wäre. Und das Telefon würde sie wieder im Auto lassen. Christina freute sich auf diesen gemeinsamen Abend.

92

Gottfried benetzte nur die Lippen mit dem köstlichen Wein. Er wollte nicht zu viel trinken. Im Fall des Falles würde er im Hotelzimmer den Schnaps öffnen und sich daran gütlich tun, hier und jetzt aber galt es, klar, gesprächig und verständig zu sein. Oh ja, Verständnis hatte die Frau ihm gegenüber beileibe nötig. Sie saßen im lauschigen Garten eines Ristorante und hatten großartig gespeist, das Wetter war mild und hell, ein azurblauer Abend legte sich über Rom. Nachmittags beim Kaffee hatten sie das Treffen zum Abendessen vereinbart, er hatte sie bei ihrem Hotel abgeholt und sie waren dann losmarschiert und hatten das Lokal aufgesucht, welches ihm der Portier ihres Hotels empfohlen hatte. In seinem Hotel hatte er den Portier nicht fragen wollen, der hätte wohl eine miese Spelunke genannt, aber Regine war in einem dieser Premiumhotels untergebracht, in welchem die Portiere gegen ein kleines Trinkgeld immer wertvolle Tipps für gute Restaurants parat hatten.
Zuerst hatte vor allem er gesprochen. Gottfried hatte Wissenswertes und Amüsantes über die Kunst der Renaissance, über

Gegenwartskunst, über die Vorzüge der italienischen Küche und die Kunst des Kelterns erzählt. Jetzt, gegen Ende des Essens, war sie an der Reihe, das Wort zu ergreifen.
Gottfried stellte das Weinglas ab.
„Der Wein ist köstlich. Ich weiß gar nicht, ob ich jemals etwas Vergleichbares getrunken habe."
Er ließ seinen Blick in ihrem Gesicht ruhen. Sie war wohl als junge Frau nicht auffallend schön gewesen, aber hübsch, sie hatte bestimmt keine Probleme gehabt, junge Männer für sich zu interessieren. Und mit den Jahren und Jahrzehnten hatte sich eine Attraktivität entfaltet, die Gottfried hier und jetzt schmeichelte. Ihre hellen Augen, die vom Wein leicht geröteten Wangen, ein sinnlicher Mund, und sie hatte schöne Zähne, ausnehmend schöne Zähne sogar, die vorwitzig in ihrem Lächeln aufblitzten. Er schätzte sie zwischen fünfundvierzig und fünfzig Jahre. Was hatte sie allein nach Rom geführt? Gottfried wusste, dass er danach nicht zu fragen brauchte, denn dass sie ihre Geschichte nur mühsam hinter ihren Lippen hielt, war mehr als offensichtlich. Sie brauchte aber einen kleinen Schubs. Er hatte immer wieder die Situationen instinktiv wahrgenommen, wenn Frauen schon an der Vorderkante des Trampolins standen, sich aber nicht zu springen trauten, und es war ihm häufig gelungen, den nötigen kleinen Schubs zu geben, um den befreienden Sprung ins belebende Wasser zu erleichtern.
„Oh ja, sehr gute Küche hier und der Weinkeller ist offenbar sorgsam und kundig sortiert. Darf ich dich etwas fragen, Regine?"
Sie drehte das Weinglas in der Hand.
„Ja."
„Besuchst du häufig allein Kunstmuseen in fremden Städten?"
Sie atmete tief durch. Ein Schatten flog über ihre Miene. Gottfried lehnte sich zurück.

„Siehst du meine Hand? Ich trage keinen Ehering. Aber ich bin verheiratet. Noch. Der Termin für die Scheidung steht schon fest. Jürgen, so heißt mein Mann, Jürgen wollte die Scheidung. Als er seine Firma gegründet hat, habe ich meinen Beruf aufgegeben, einen Buchhaltungskurs gemacht und das gesamte Rechnungswesen übernommen. Du musst wissen, ich war Assistentin bei einem Zahnarzt. Ich habe meinen Beruf gerne gemacht, wirklich, er hat mir Spaß gemacht. Und das ist doch auch ein sinnvoller Beruf. Wenn man hilft, die Gebisse der Menschen in Schuss zu halten, dann hilft man doch den Menschen. Aber als Jürgen unbedingt seinen Traum einer eigenen Firma wahrmachen wollte, habe ich meinen Beruf aufgegeben und ihm geholfen. Zehn Jahre lang habe ich pausenlos gearbeitet, die Kinder sind oft zu kurz gekommen. Das schmerzt mich heute noch. Ich habe eine Tochter und einen Sohn. Marlene ist neunzehn und Daniel ist sechzehn. Und wir haben die schwierige Anfangsphase überstanden, die ersten drei, vier Jahre waren wirklich hart. Die Firma installiert Swimmingpools. Angefangen haben wir mit Pools für Einfamilienhäuser, aber Jürgen ist es gelungen, in der Region ein prestigeträchtiges Hallenbad auszustatten. Seit diesem Erfolg läuft das Geschäft sehr gut. Meine Güte, war das eine hektische Zeit. Aber die Firma ist gewachsen."
Regine griff zum Weinglas und nahm einen tüchtigen Schluck. Gottfried tat es ihr gleich. Er hatte schon eine recht genaue Ahnung, wie die Geschichte weitergehen würde. Der Mann erlebte einen sozialen Aufstieg, mit dem steigenden Vermögen stieg auch das Prestige und der Gedanke keimte wohl in ihm, dieses auch auszukosten. Und manche jungen Frauen fühlten sich zu Männern mit hohem Prestige hingezogen. Wer wusste das besser als der berühmte Bildhauer Gottfried Moorhammer? Er war heilfroh, dass diese in Wahrheit kleinbürgerliche Frau

sich nicht in der Welt der Kunst auskannte und nicht wusste, wem sie da gegenübersaß und wen sie mit ihrer kleinen, aber rührend vorgetragenen Geschichte unterhielt. Und rührend fand er Regine wahrhaftig, sie berührte etwas Melodiöses in ihm. Er hörte ihr gern zu, er litt mit ihr im vergangenen Rosenkrieg mit ihrem Noch-Ehemann, sorgte sich um ihre Kinder, freute sich mit ihr, dass sie zu einem starken Gefühl des Selbstbewusstseins gefunden hatte und dass sie sich, um dieses leidige Lebenskapitel abzuschließen, entschlossen hatte, allein eine Reise nach Rom zu unternehmen. Jawohl, sie hatte für sich sein wollen, sie hatte sich von ihren Verpflichtungen zumindest für eine Woche befreien wollen, ja müssen, und so war sie in das Flugzeug gestiegen. Gottfried erfuhr, dass sie sich schon seit sechs Tagen in Rom aufhielt und diverse touristische Aktivitäten mitgemacht hatte. Morgen, Samstagnachmittag, würde ein Flugzeug sie zurück nach Köln bringen.
Gottfried warf die eine oder andere Frage ein, erwog den einen oder anderen Gedanken, machte diesen oder jenen Vorschlag und Regine nahm seine Aufmerksamkeit wie der Hungernde ein Stück Brot. Das war es, dachte Gottfried. Sehr vielen Menschen fehlte es einfach an Aufmerksamkeit, und genau diese gab er ihr. Warum auch nicht? Er war ein Mann, der sich ein Leben lang für viel zu wichtig gehalten hatte, und viele Menschen hatten ihm jahrelang und mit viel Geld eingeredet, er wäre wichtig und er müsse sich für wichtig halten. Hier und jetzt aber konnte er sich klein und unscheinbar machen, konnte hinter einem kleinen Schicksal geradezu verschwinden. Ja, er verliebte sich ein wenig in diese attraktive Frau Mitte vierzig, in ihre anmutigen Bewegungen und ihr reizendes Mienenspiel. Er hatte Frauen immer geliebt, er hatte sich zerrissen und verloren für die Frauen.

93

Die Straßenlaternen erhellten den Weg. Sie war zu Fuß unterwegs. Spontan hatte sie sich beim Verlassen der Wohnung dazu entschlossen, das Auto stehen zu lassen. Sie war zu Fuß durch Steyr marschiert, vom Ennsdorf bis zum Krankenhaus. Und jetzt marschierte sie eben wieder zurück. Mit ausholenden Schritten ging sie den Wehrgraben entlang, kam zum Museum Arbeitswelt und überquerte die Fußgängerbrücke. Am grün lackierten Gitter des Geländers hingen ungezählte Schlösser. Junge Paare hatten sie dorthin gehängt, auf dass ihre Partnerschaft ein Leben lang halte. Christina hatte dieses kleine abergläubische Ritual immer gemocht. Alles, was den Menschen half, ihr Leben halbwegs in Würde zu meistern, war ihr genehm. Vielleicht sollte sie selbst einmal wieder in die Kirche gehen. Sie glaubte nicht an die Verheißungen der Religion. Ein ewiges Leben nach dem Tode? Sonst noch Wünsche! Sie würde froh sein, wenn alles vorbei sein würde. Ewiges Leben hätte ihr gerade noch gefehlt. Oder Reinkarnation? Nur das nicht. Ein Leben reichte, um alle Höhen und Tiefen auszuloten. Aber Rituale hatten etwas Erbauliches. Sie war als junge Frau aus der katholischen Kirche ausgetreten. Damals aus Protest wegen der völlig unzeitgemäßen Ansichten der Kirchenfürsten. Erst später hatte sie jeden Glauben an die göttliche Vorsehung verloren. Wilhelm hatte seinen Glauben behalten. Und gemeinsam hatten sie ein- oder zweimal im Jahr einen evangelischen Gottesdienst besucht. Christina hatte es immer gemocht, dass eine Pastorin, die vier Kinder großgezogen hatte, die Messfeier abgehalten hatte. Diese Frau hatte glaubhafte moralische und spirituelle Autorität ausgestrahlt.

Sie schaute eine Weile in das langsam unter ihr dahinfließende Wasser der Steyr. Nirgendwo war der Fluss so breit und floss

so langsam wie an dieser Stelle, knapp vor der Mündung in die Enns. Christina überlegte, welcher griechische Philosoph vom Leben als einem Fluss gesprochen hatte. Sie hatte einmal darüber gelesen. Wer in denselben Fluss steigt, dem strömt stets anderes Wasser entgegen. Christina schmunzelte. Der Name fiel ihr ein. Heraklit. Eigentlich aber hatte der Mann unrecht gehabt, denn es war immer dasselbe Wasser. Es gab nun mal auf der Erde eine endliche Menge an Wasser. Was sich ständig und chaotisch änderte, war die Zusammensetzung des Wassers.
Ob sie ein nächtliches Nacktbad nehmen sollte? Die Steyr war immer kalt, auch während einer Wärmeperiode Ende Mai. Eine kleine Gruppe junger Leute betrat die Brücke. Christina steckte die Hände in die Taschen ihrer Jacke und ging gemächlich weiter. Ein paar Schritte noch bis in die stille Wohnung.

94

Der Abend lud zum Flanieren ein. Rund um sie lebte die quirlige Stadt, Motorroller knatterten über die Straßen, lachende Menschen zogen an ihnen vorbei, überall strahlten Lampen. Regine hatte sich bei Gottfried eingehakt, so schritten sie langsam durch die Stadt, blieben vor dieser oder jener Auslage stehen und bewunderten manche schmucken Gebäude. Es lief auf elf Uhr abends zu. Sie kamen vor das Hotel. Gottfried spürte ihre Aufregung. Er war auch kribbelig.
„So, da wären wir", sagte sie.
„Ich danke dir für diesen bezaubernden Abend."
„Ich habe zu danken. Ich bin ..."
Gottfried wartete ein Weilchen, dann griff er nach ihren Händen.
„Liebe Regine, es war mir ein großes Vergnügen, mit dir zu speisen und zu trinken, es war mir eine Freude, mit dir geplau-

dert zu haben, und erst recht ein Spaß war es, mit dir diesen Spaziergang durch Rom zu machen."

„Wo liegt dein Hotel?"

„Etwas abseits. Ich werde ein Taxi rufen."

„Wir werden ..."

Gottfried hauchte ihr ein Küsschen auf die Wange.

„Wir werden uns nie wieder sehen. Wir haben uns getroffen, wir haben uns kennengelernt und wir werden wieder in den Tiefen des Weltalls wie zwei Kometen in verschiedene Richtungen fliegen."

„Du bist so hellhörig, Gottfried, du kannst so gut zuhören, du sagst so schöne Dinge. Ich bin ganz hingerissen davon."

„Es freut mich, dass du meine Anwesenheit auch ein bisschen so genossen hast wie ich die deine."

„Komm mit hoch. Bitte. Geh jetzt nicht. Bleib bei mir."

Gottfried schaute ihr tief in die Augen. Was würde ihn dort oben erwarten? Was würde er tun? Sollte er dieses Wagnis eingehen? Der Hass auf die Welt und die Verzweiflung rumorten in ihm, hämmerten mit schweren Schmiedeschlägen auf das glühende Eisen und formten es. Was entstand daraus? Ein Schwert, mit dem man vernichtend und endgültig um sich schlagen konnte? Ein Anker, der in den Stürmen des Lebens sicheren Halt gab? Es gab nur einen Weg, diese Fragen zu klären. Und Gottfried Moorhammer war nie ein Mann gewesen, der mutlos vor schwierigen Prüfungen kapituliert hatte, im Gegenteil, er hatte sich immerzu in die Prüfungen des Lebens gestürzt, manchmal großartig bestanden, manchmal sich blutende Wunden geschlagen. Feigheit war seine Sache nicht.

„Gern, meine Liebe, wenn du es willst."

Sie wollte. Unbedingt.

SAMSTAG

95

Gottfried lauschte den Atemzügen. Ruhig und gleichmäßig. Regine war Nichtraucherin, sie litt nicht an Asthma oder Bronchitis, sie hatte gesunde Lungen, ihr Atem klang voll, tief und völlig regelmäßig. Eine menschliche Gebetsmühle, meditativ, fast hypnotisierend. Als er noch ein Kind gewesen war, hatte ihn seine Großmutter zwei- oder dreimal in die Wallfahrtskirche Frauenstein zum Rosenkranzbeten mitgenommen. Nicht, um den Enkel in Sachen Religiosität zu schulen, sondern weil die Eltern am Hof viel zu tun gehabt und die Söhne in die Obhut der Großmutter gegeben hatten. So war er mit der Großmutter ein paar Kilometer zur Haltestelle gelaufen und dann mit dem Bus nach Frauenstein gefahren. In der kleinen Kirche hatten sich die alten Frauen versammelt und den Rosenkranz gebetet. Damals war er durch die im Gleichtakt murmelnden Stimmen und die verhaltenen Atemzüge der alten Frauen in eine seltsame, später nie wieder erlebte Form der Meditation gefallen. Und irgendwann hatte er dann den permanent repetierten Gebetstext auch aufgesagt, ganz im Tonfall und in der Melodie der Betenden. Jetzt fühlte er sich nach einer ganzen Weile des Lauschens in eine ähnliche Stimmung versetzt oder zumindest an diese frühe Begebenheit erinnert.
Er konnte nicht schlafen. Er war nicht müde. Trotz des Essens und des Weins, trotz des wunderbaren Abends und des erfüllenden Liebesspiels. Es war schön mit Regine gewesen, ihre Körper hatten sich gesucht und gefunden, Gottfried hatte für eine süße Weile die Welt um sich vergessen können. Regine ebenso. Sie waren gemeinsam zu einem schönen Höhepunkt gekommen und hatten sich dann eng umschlungen unter der

Bettdecke verkrochen, doch anders als seine Partnerin dieser Nacht war Gottfried nicht in den Schlaf gesunken. Er wusste nicht, wie spät es war, bestimmt nach Mitternacht, wohl schon ein Uhr früh, aber die Zeit war egal. Er rollte ein wenig auf die Frau zu, beugte sich über sie.

Barbaras Miene hatte, nachdem er sie erwürgt hatte, einen weichen, wunderbar weiblichen und anziehenden Glanz gezeigt. Anders als Heiner, dessen Gesicht in Schreck und Schmerz festgefroren war. Jens' Miene hatte er leider nicht gesehen, er war nicht an ihn herangetreten, er hatte sich sofort aus dem Staub gemacht. Waren Adnas Gesichtszüge im Tod sanft und weich geworden? Oder hatte sie sich verbissen an das flüchtige Leben geklammert? Kathi hatte Adna im Bach gefunden. Er hätte sie fragen sollen. Wie hatte er nur so dumm und unbedacht sein können, nicht danach zu fragen?

Wie hatte Adna überhaupt ausgesehen? Gottfried war erst verwirrt, dann überkam ihn Panik. Er hatte vergessen, wie sie ausgesehen hatte! Wie konnte das nur möglich sein? Dann fiel ihm der Moment ein, als er eines Morgens eine Schale Müsli für sie angerührt, doch diese ungeschickt auf dem Tisch verschüttet hatte. Sie war aufgesprungen und hatte ihm lachend einen Kuss auf die Wange gedrückt. Die Panik verschwand so schnell, wie sie gekommen war. Adna, da war sie wieder, ihr Lachen, ihre Augen, ihre Lippen, ihr schlanker Hals. Er würde sie nie vergessen. Er war nur verwirrt.

Gottfried griff zu seiner Hose und zog den Ledergürtel heraus. Ein kurzer Moment der Angst, ein kurzer, natürlich sehr intensiver Schmerz und danach Stille. Glück. Endlosigkeit. Er wusste, Regine, diese nette kleine Frau aus Köln, würde danach noch schöner, sanfter und weicher aussehen als jetzt. Drei Minuten Todeskampf. Länger würde es nicht dauern. Was waren drei Minuten im Tausch gegen die großartige Ewigkeit?

Gottfried hob den Gürtel. Seine Hände zitterten, erst nur ein wenig, schnell stärker. Ein schwerer Stein legte sich in seinen Magen. Ihm wurde schwindelig. Schweiß perlte mit einem Mal auf seiner Stirn. Sein Puls raste. Er schnappte nach Luft. Eine Panikattacke. Niemals zuvor hatte ihn eine Panikattacke erfasst, aber jetzt war ihm völlig klar, dass es eine war. Er rollte sich vorsichtig aus dem Bett, sammelte seine herumliegende Kleidung ein. Regine regte sich im Bett, Gottfried stand bewegungslos im Raum und wartete, bis sie wieder ruhig und gleichmäßig atmete. Dann schlich er in das Badezimmer und kleidete sich im Dunklen an. Fort, nur fort.

Was für ein Wahnsinn hätte ihn beinahe gepackt? Er war gefährlich, das wusste er jetzt, er würde sich nicht unter Kontrolle halten können, er würde es wieder tun, gerade eben war er nur einen Millimeter von einer erneuten Gewalttat entfernt gewesen. Irrsinn, blanker Irrsinn. So durfte es nicht mit ihm enden. Schuldlose Menschen zu töten, war inakzeptabel. Doch wer war schon ohne Schuld? Er war es nicht, er war ein Täter und er würde wieder einer werden. Das musste er verhindern, das war er sich schuldig. Das war er seiner Tochter schuldig. Das war er Adna schuldig. Das war er seinen Eltern schuldig. Das war er den Menschen schuldig. Er musste sich aus dem Leben nehmen. Schleunigst. Unabwendbar. Er würde sein radikales Lebens zu einem endgültigen Punkt bringen müssen. Mit einem Paukenschlag in die Kunstgeschichte eingehen.

Gottfried kritzelte ein Lebewohl und Danke auf ein Blatt Papier und schlich unbemerkt aus dem Zimmer. Mit schnellen Schritten verließ er das Hotel, rannte in die lichtgeflutete Nacht der Innenstadt Roms, irrte durch einige Straßen, saß in einem Taxi und versperrte etwas später die Tür zu seinem schlicht eingerichteten Hotelzimmer.

Er zog den Korken aus der Schnapsflasche und trank und trank und trank. Er trank, bis er aus diesem verfluchten Bewusstsein kippte.

96

Das Telefon. Immer das Telefon. Es gab keine Ruhe, es gab kein Versteck, es gab keinen Ort der Sicherheit. Immer das verfluchte Telefon.
Christina strampelte die Bettdecke fort und erhob sich. Barfuß lief sie in das Wohnzimmer und hob das Telefon vom Couchtisch an ihr Ohr.
„Kayserling. Guten Morgen. Wie bitte? Es ist also passiert. Ich verstehe. Ich komme auf dem schnellsten Weg. Nicht nötig? Bitte lassen Sie das mich entscheiden, einverstanden? Ich komme sofort."
Die gut geübte Routine gibt Menschen in Ausnahmesituationen Stabilität in den Handlungsweisen. Und es war nicht das erste Mal in ihrem Leben, dass sie durch einen Anruf aus dem Schlaf gerissen oder zumindest aus dem Bett geholt worden war. Sie hatte nicht mehr geschlafen, es war acht Uhr morgens und sie hatte seit fast zwei Stunden im Bett gelegen und gelesen. Irgendetwas über die Geschichte der berühmten Kaiserin Maria Theresia, so genau wusste sie das jetzt gar nicht mehr. Nicht weil sie unaufmerksam den Zeilen gefolgt war, sondern weil auf einmal jede Ablenkung, jeder Zeitvertreib, jede Abweichung vom Ziel völlig irrelevant geworden war. Schnelligkeit, das war jetzt das Ziel. Im Nu putzte sie ihre Zähne, frisierte hastig das Haar und formte es zu einem losen Zopf, dann wischte sie den Pyjama mit ein paar Bewegungen von sich und schlüpfte in die wahllos aus dem Schrank gezogene Tageklei-

dung. Währenddessen wartete eine kleine Tasse schwarzen Kaffees in der Espressomaschine darauf, in zwei kurzen Schlucken geleert zu werden.
Christina flitzte von der Küche in das Vorzimmer. Warum rannte sie eigentlich so? Warum die Hetze? Sie schaute hinüber zum Bild, welches den Wandtresor bedeckte. Sollte sie ihre Dienstwaffe mitnehmen? Wen konnte oder sollte sie damit erschießen? Niemanden. Höchstens sich selbst. Aber dazu war das Wetter heute nicht passend. Sonnenschein wieder. Vielleicht sollte es bald einmal regnen. Die Felder vor der Stadt könnten einen ertragreichen Regentag durchaus vertragen. Es war Mai, alles blühte, lebte und gedieh. Das Wasser aber war nicht das Problem, nicht in diesem Landstrich, das Gehirn war das Problem.
Christina saß im Auto und drosselte ihr Temperament, sie stieg diesmal nicht zu tief ins Gaspedal, sie hielt sich exakt an alle Tempolimits. Ein paar Minuten später parkte ihr Wagen vor dem Krankenhaus und sie durchschritt das Eingangsportal. Sie wusste, wohin sie sich wenden musste. Die Tür zum Schwesternzimmer stand offen, die Stationsschwester beugte sich über ihre Papiere, vor ihr waren verschiedene Programme am Bildschirm geöffnet.
„Guten Morgen."
Die Frau schaute zur Tür. Sie erhob sich.
„Guten Morgen, Frau Kayserling."
„Danke, dass Sie angerufen haben."
„Selbstverständlich."
Die Krankenschwester reichte Christina die Hand zur Begrüßung. Ein bestimmter Händedruck, klar, kühl, sachlich und ohne jede geheuchelte Besorgnis, sondern mit der nüchternen Gewissheit, das Menschenmögliche jederzeit leisten zu wollen und leisten zu können. Christina hatte sich mit dieser Frau von

Anfang an verstanden, nichts Gekünsteltes lag in ihrem Wesen. Leitende Krankenpflegerin der Intensivstation zu sein, schaffte von Berufs wegen eine dicke Haut. Ähnlich verhielt es sich mit Kriminalpolizistinnen.

„Kann ich zu ihm?"

„Nein. Ihr Gatte ist im Operationsaal."

„Seit wann?"

„Seit über einer Stunde. Wir haben ihn sofort in den OP gebracht."

„Wann ist es passiert?"

„Vor knapp anderthalb Stunden."

Christina schaute mit verkniffenen Augen den Gang hinab. Nicht, um irgendetwas genauer zu beobachten, sondern einfach nur, um den Tatsachen für eine Sekunde nicht ins Auge blicken zu müssen. Die Sekunde war schnell verstrichen. Ein zweites Gerinnsel also. Wilhelm ließ wirklich nichts aus. Was er tat, tat er richtig. Das hatte sie an ihm immer geschätzt. Keine halben Sachen. Klare Linien.

„Wie stehen die Chancen?"

Die Krankenschwester wartete, bis Christina den Blickkontakt wiederherstellte.

„Kann man jetzt nicht sagen."

Die Frau verzog die Mundwinkel.

„Schaut nicht gut aus."

97

Gottfried saß mit trockenem Mund und dunkler Stimmung im Speisesaal des Hotels und kaute missmutig an einem Hörnchen. Der große Espresso dampfte in der Tasse vor ihm und vom Orangensaft hatte er schon zwei Gläser schnell hinuntergestürzt. Er mühte sich, seine Gedanken zu ordnen, doch kaum meinte er, etwas Übersicht zu gewinnen, verlor sich alles wieder in Verwirrung, Chaos und Destruktion.

Hatte er wirklich vor, was er sich gestern Nacht ausgemalt hatte? Gottfried fühlte die Angst des Unausweichlichen. Hatte er wirklich den Gürtel schon in Händen gehalten, um diese Frau zu erdrosseln? Wie hatte sie überhaupt geheißen? Guten Sex hatte sie geboten, das wusste er noch. Vielleicht der letzte Sex in seinem Leben. Wieso vielleicht? War nicht alles schon beschlossene Sache? Er nippte an der Tasse, der anregende Duft des Kaffees wischte sein Denken leer, vertrieb die Konfusion und die durcheinanderwirbelnden Fragen, auf die er in seinem Zustand ohnedies keine Antworten zu finden imstande war.

Er musste sich auf das Naheliegende konzentrieren, er musste die nächsten Schritte planen. Es hatte keinen Zweck, nach den großen Sinnzusammenhängen zu suchen, nach den letzten Geheimnissen des Lebens zu fragen, nach dem Ursprung des Kosmos zu forschen, denn angesichts solcher Fragen würde alles an ihn zerstieben, sich in Partikel auflösen, er würde in eine katatonische Starre fallen. Daher musste er sich auf die einfachen, kleinen Dinge der unmittelbaren Zukunft fokussieren. Er hatte noch etwas zu erledigen, er hatte einen Plan, aber dieser war nicht leicht auszuführen, der Plan erforderte zuallererst und unbedingt, dass er seine Angst überwand, und die Angst konnte er nur überlisten, indem er sich von einer Straßenecke zur nächsten schleppte.

Wie würde er es tun? Auf einer engen Bergstraße des Apennins mit vollem Tempo durch die Leitplanke rasen und hundert Meter in die Tiefe stürzen? Ein guter Generalplan. Also konnte er nun damit beginnen, sich Schritt für Schritt dem freien Fall zu nähern. Zuerst musste die Tasse geleert werden. Gottfried kippte den Kaffee. Als Nächstes musste er das Hotelzimmer

räumen. Sein Auto im Gewirr der Gassen finden. Das waren schon mal relevante Herausforderungen. Er hatte nachts die ganze Flasche Schnaps geleert und nur ein paar verlorene Stunden geschlafen, alles würde langsam vonstattengehen müssen. Gottfried hob den Blick. Erst jetzt fielen ihm die anderen Gäste im Frühstücksraum des Hotels auf. Am Fenster saß ein älteres Ehepaar, wahrscheinlich Rentner aus Norditalien, die ihre kargen Ersparnisse nicht zu sehr belasten wollten und deswegen für die Sightseeingtour in der Hauptstadt ein kostengünstiges Hotelzimmer gebucht hatten. Am Eingang saß ein unauffällig gekleideter Mann vor einer Kaffeetasse und blätterte in einer Zeitung. Von Zeit zu Zeit huschte eine Angestellte mittleren Alters durch den Raum und kümmerte sich um die Wünsche der Gäste. Für das Frühstück war es schon recht spät, die meisten Gäste hatten den Speisesaal schon verlassen.
Gottfried ließ sich von der Kellnerin eine zweite Tasse bringen. Das Ehepaar erhob sich, ohne seine Unterhaltung zu unterbrechen, und verließ den Raum. Gottfried führte die Tasse an seine Lippen. Er hatte Kaffee immer gut vertragen und demgemäß zeit seines Lebens große Mengen getrunken. Ja, Kaffee war so etwas wie sein Lebenselixier. Alkohol wohl eher das Todeselixier. Unglaublich, welche Mengen er sich nach Jahrzehnten der Trunksucht immer noch einverleiben konnte.
Der Mann am Eingang faltete die Zeitung zusammen und tippte etwas in sein Handy. Dann blickte er zu Gottfried herüber.
„Wollen Sie die Zeitung?“
„Nein danke, jetzt nicht.“
„Gut. Also, auf Wiedersehen.“
„Auf Wiedersehen.“
Der Mann erhob sich und verließ den Frühstücksraum. Gottfried kniff die Augen zusammen. Der Mann hatte deutsch gesprochen, zwar mit starkem Akzent, aber deutsch. Wieso?

Zwei schwarze Gestalten hechteten in den Raum, die Maschinenpistolen im Anschlag. Eine Gestalt warf sich in die Ecke, die andere zum Fenster. Die Waffen waren auf Gottfried gerichtet. Nur Sekundenbruchteile später blickte er aus nächster Nähe in die Mündungen dreier Pistolen. Gottfried verschüttete den Kaffee. Die Männer trugen Panzerwesten und massige Stahlhelme mit dunklen Visieren. Er sah die Augen des Mannes nicht, der mit beiden Händen eine Pistole umklammert hielt und sprungbereit nur zwei Meter vor ihm stand, aber er sah seinen Mund unter dem Visier. Harte Lippen, ein energisches Kinn, das war keiner, mit dem man sich leichtfertig anlegte, und schon gar nicht, wenn er voll adjustiert mit seinen Kameraden zum Kampfeinsatz ausgerückt war. Zwei weitere Polizisten traten an Gottfried heran, packten seine Arme und legten ihm Handschellen an. Gottfried hatte gerade erst einmal begriffen, was in den letzten Sekunden passiert war, da stand er schon fixiert an der Wand.

Der unauffällig gekleidete Mann tauchte wieder auf, trat auf Gottfried zu und wies sich aus. Ein Kommissar. Er sprach deutsch.

„Mein Name ist Guiseppe Sleiter, römische Polizei. Sind Sie Gottfried Moorhammer?“

„Ja.“

„Österreichischer Staatsbürger?“

„Ja.“

„Wohnhaft in Hinterstoder, Oberösterreich?“

„Ja.“

Der Kommissar nickte.

„Herr Moorhammer, gegen Sie liegt ein internationaler Haftbefehl vor. Ich muss Sie verhaften.“

Gottfried sagte nichts. Der Kommissar gab den Männern des Einsatzteams Anweisungen. Diesmal in italienischer Sprache.

98

Raimund Brandstätter trat durch das Portal in das späte Licht dieses milden Frühlingstages. Er schloss die Augen und wandte das Gesicht der Sonne zu, fing noch ein paar wärmende Strahlen, ehe die langen Schatten den Platz vor dem Krankenhaus erreichten.
„Sehr stabiles Hochdruckgebiet. Wunderbares Frühlingswetter."
Raimund schaute neben sich. Er nickte Christina zu.
„Nicht wahr. Aber im Wetterbericht hab ich gehört, dass in den nächsten Tagen eine mächtige Regenfront eintreffen wird. Über den britischen Inseln braut sich etwas zusammen."
Christina richtete den Gurt ihrer Handtasche.
„Was ist, Raimund, trinken wir eine Schale Kaffee?"
Raimund blickte auf seine Armbanduhr.
„Kaffee um diese Tageszeit meide ich. Ich glaube, ein Seidel Bier wäre jetzt angemessen."
„Sei mein Gast. Was hältst du von der Orangerie?"
„Bei diesem Wetter sitzt man in einem Gastgarten am bequemsten."
Raimund trug keine Uniform, er war nicht im Dienst. Auch Christina war nicht im Dienst. Zwei Autos setzten sich in Bewegung, rollten hintereinander durch die Stadt und fanden beim Schlosspark Stellplätze. Sie marschierten durch den Park und setzten sich an einen freien Tisch. Sie bestellten, Raimund wie beabsichtigt ein Glas Bier, doch Christina entschied sich gegen Kaffee, sie orderte Pfefferminztee. Sie versenkte ein paar Stücke Kandiszucker in der dampfenden Flüssigkeit, rührte bedächtig und blickte dann Raimund an.
„Hast du Waltraud gesagt, dass du später kommen wirst?"
„Das weiß sie."
„Ich hoffe, du versäumst jetzt nicht irgendwo irgendetwas."

„Mach dir keine Sorgen, Christina. Ich bin hier und jetzt genau am richtigen Ort und möchte auch nirgendwo anders sein."
„Wenn du das sagst."
Raimund nahm einen tüchtigen Schluck Bier und wischte sich über die Lippen.
„Habe ich dir schon erzählt, wie ich damals meinen ersten Ladendieb gefangen habe?"
„Das ist die Geschichte mit dem durchgeknallten Althippie, der mit dem jugendlichen Straftäter am Donauufer einen Joint geraucht hat."
„Genau die."
„Die hast du mir vier oder fünf Mal erzählt."
„Mindestens."
„Also los. Ich kann es kaum erwarten."
Raimund holte zu großem Gestus aus und erzählte die verrückte kleine Geschichte aus der Frühzeit seines Polizeidienstes. Christina hing mit großen Augen an den Lippen des begnadeten Anekdotenerzählers, lachte an den richtigen Stellen und quittierte mit einem überraschten Oho die Schlusspointe.
„In zwei oder drei Monaten musst du mir die Geschichte wieder erzählen", sagte sie schmunzelnd.
„Das geht."
Christina winkte der Kellnerin.
„Bringen Sie mir bitte auch ein Seidel Bier. Und eine Salatschüssel. Willst du etwas essen, Raimund?"
„Ein Paar Frankfurter mit ganz viel Senf."
Die Kellnerin eilte los.
„Ich habe den ganzen Tag noch nichts in den Bauch gekriegt", erläuterte Christina und drückte auf ihren leeren Magen. „Zum Glück habe ich keinen Kaffee getrunken. Der Pfefferminztee hat den Magen beruhigt, sonst wäre mir gar nicht aufgefallen, dass ich wieder etwas zu essen brauche."

Raimund nickte mit ernstem Gesicht.
„Es ist wichtig, dass du jetzt auf dich schaust, Christl. Vergiss das nicht."
Christina musterte das Gesicht ihres Kollegen und Freundes. Er verkürzte ihren Namen ganz selten auf die volkstümliche Form Christl, eigentlich nur, wenn ihn etwas bewegte und er nicht über seine Worte nachdachte.
„Keine Sorge, Raimund. Das vergesse ich nicht."
„Kann ich dir irgendetwas abnehmen? Soll ich die Amtswege übernehmen?"
Sie tätschelte seinen Handrücken.
„Das ist nicht nötig. Ich weiß ja, was zu tun ist, ich schaffe das schon. Außerdem ist es für mich gut, wenn ich konkrete Dinge erledigen muss."
„Du wirkst so gefasst. Ich bin zum einen beeindruckt, zum anderen habe ich ein flaues Gefühl im Bauch."
Christina schmunzelte.
„Dein Bauch, das habe ich in der Zeit unserer Bekanntschaft erfahren, ist ein sehr hellhöriges Organ."
„Wie geht es dir jetzt?"
Christina wiegte den Kopf, schaute zu den Baumkronen hinauf und horchte in sich hinein.
„Erleichterung. Eigenartig, nicht wahr? Ich bin erleichtert. In Wahrheit habe ich gewusst, dass es so kommen wird, als ich ihn in der Küche habe liegen sehen."
„Er war ein feiner Kerl, dein Willi."
„Das war er."
„Aber, Christina, eines muss ich dir sagen", sagte Raimund im Tonfall eines tadelnden Lehrers.
Sie legte ihren Kopf ein wenig zur Seite und lauschte.
„Du musst weinen. Man verliert nicht jeden Tag den Ehemann. Du musst es zulassen! Du musst alles aus dir herausheulen."

Christina richtete sich auf und zwinkerte Raimund zu. Die Kellnerin servierte einen Teller mit Würsteln und eine Salatschüssel, in einem Körbchen lagen knusprige Semmeln.
„Ach, Raimund, jetzt essen wir erst etwas. Und daheim habe ich den ganzen Abend Zeit, die Kopfpolster vollzuheulen."
Raimund nickte zufrieden.
„Gut so. Drei freie Tage stehen dir beim Verlust des Ehepartners ohnedies zu, aber ich rate dir, nimm zwei Wochen Urlaub. Oder gleich drei Wochen. Den ganzen Schlamassel im Büro werden die anderen übernehmen. Wofür hat man denn Arbeitskollegen?"
„Siehst du, Urlaub ist ein guter Gedanke. Ich habe eh noch zehn Tage Urlaubsanspruch aus dem vorigen Jahr."
„Die Italiener haben den Gottfried schon gefasst."
Christina horchte auf. Der Fall Moorhammer! Sie hatte den großen Künstler und seinen Amoklauf völlig aus den Augen verloren. Trotz des plötzlich rasenden Hungergefühls aß sie langsam.
„Ist das so?"
„Die Römer waren fix. Eine Streife hat den Toyota entdeckt, die Kriminalpolizei hat die umliegenden Hotels abgeklappert und wurde fündig. Die sind einfach systematisch vorgegangen und schon haben die Handschellen geklickt."
„Du weißt davon, ich aber nicht."
„Ich habe halt überall meine Informanten und du hast heute andere Sorgen."
Christina kaute versonnen.
„Weißt du, was ich dazu sage, Raimund?"
„Was denn?"
„Deinen alten Spezi Gottfried soll von mir aus der Geier holen."
Raimund lachte und tunkte ein Würstel tief in den Senf.
Ein vorwitziger Hausspatz flog heran und setzte sich auf die

Lehne des freien Stuhls. Er beobachtete die großen Zweibeiner vorsichtig und doch völlig furchtlos. Christina warf einen Krümel von der Semmel zu Boden. Der Spatz flog blitzartig auf, holte seine Abendration und verschwand zwischen den Parkbäumen. Worin genau bestand der Unterschied zwischen dem kleinen Vogel und ihr? Christina sinnierte. Ja, sie konnte nicht fliegen und der Vogel konnte Computer nicht bedienen. Aber sonst war da eigentlich kaum ein Unterschied. Leben, lieben und sterben, das war es, was alle Bewohner dieses Planeten einte. Von der Bitterkeit des Sterbens hatte sie heute einen entschiedenen Eindruck bekommen.
Wie gut der Salat schmeckte.

MONTAG

99

Als die Blechbläser ansetzten, hielt Christina inne. Nur ein paar einleitende Fanfarenstöße, dann eine kurze schwebende Überleitung zu den melodiösen Violinen. Bedřich Smetana hatte wohl genau in den Lauf der Moldau gelauscht, um sein Musikstück komponieren zu können. Wäre sie musikalisch auch nur irgendwie begabt, sie würde sich vielleicht darin versuchen, ein Musikstück über die Steyr, die Enns und den Zusammenfluss der beiden Flüsse in Blickweite ihres Küchenfensters zu komponieren. So aber hielt sie sich an die Fertigkeiten fähigerer Leute und hatte immerhin den Gewinn, deren Arbeit in akzentuierter Lautstärke in ihrem Wohnzimmer lauschen zu können.
An der Wand stapelten sich Kartons und Koffer. Gestern war sie schon im Laufe des Vormittags in ihr Wochenendhaus nach Molln gefahren und hatte dort in beinahe peinlich langsamer und unkonzentrierter Arbeit Hausrat und Kleidung in Kartons gepackt. Erst knapp vor Einbruch der Dunkelheit hatte sie das Auto vollgeladen und war aufgebrochen. Nun standen die Kartons im Wohnzimmer. Nach dem Frühstück hatte sie ihre Arbeit von gestern hier in der Stadtwohnung fortgesetzt und Wilhelms Kleiderschrank entleert.
Oberstleutnant Zmugg hatte am Telefon hörbar um die richtigen Worte gerungen und sich dann klug und einfühlsam auf das Nötigste beschränkt, ihr sein tief empfundenes Beileid ausgedrückt und ihr selbstverständlich sofort zwei Wochen Urlaub genehmigt. Nachdem Christina das Telefon wieder in ihre Handtasche gesteckt hatte, hatte sie nachgedacht, ob Franz Zmugg seine Mitarbeiterin für ein herzloses und kaltes Monstrum gehalten hatte. Möglicherweise. Bestimmt sogar. Christina

war am Telefon äußerst sachlich und umsichtig gewesen, hatte gleich die wichtigsten Arbeiten, die sie diese Woche nicht leisten würde, genannt und um eine entsprechende Vertretung gebeten. Da starb ihr der Mann am Wochenende vor der Nase weg und sie heulte und flennte nicht am Telefon, sondern besprach Arbeiten, als ob sie für eine Weiterbildung ein paar Tage nicht im Büro erscheinen würde. Aber Christina war es herzlich egal, was die Leute über sie dachten, ob die Leute sich die Mäuler zerrissen oder hinter ihrem Rücken die Köpfe schüttelten, sie musste sich auf die wesentlichen Dinge fokussieren, und wesentlich für sie war, jetzt nicht unterzugehen. Derangiertes Weiberheulen gehörte nicht zu den Handlungsoptionen, die ihr für die nächsten Tage vorschwebten.

Musikhören sehr wohl. Viel zu selten hatte sie die Kostbarkeiten der umfangreichen Musiksammlung gehört, die Wilhelm und sie in sieben Jahren Ehe aufgebaut hatten. An Lesen war derzeit nicht zu denken, sie konnte sich auf Texte oder Geschichten nicht konzentrieren, und Fernsehen kam wegen notorischer Idiotie der Programme ohnedies nicht infrage. Kurz erwog sie, den Fernsehapparat zu verschenken. Das Obdachlosenasyl würde das Gerät dankbar annehmen. Eine Last weniger.

Christina hielt mitten im Raum stehend inne und stemmte die Fäuste in die Hüften. Sollte sie die Wohnung verkaufen? Sollte sie den Dienst quittieren? Sollte sie fortgehen? Ein neues Leben beginnen? Nein, der Glaube, ein neues Leben beginnen zu können, war unsinnig. Viele Menschen waren ihr begegnet, die gehofft hatten, durch diese oder jene Tat ein neues Leben beginnen zu können. Manche von ihnen hatte sie dann von der Straße sammeln oder in eine Gefängniszelle stecken müssen. Das Leben im Moment und in der Zukunft war niemals ohne das Leben in der Vergangenheit möglich. Sie würde also kein

neues Leben beginnen, sondern bestenfalls ein neues Kapitel eröffnen können.
Es klingelte an der Wohnungstür. Christina tauchte aus ihren Grübeleien hoch. Sie schaute auf die Uhr. Es war zehn Uhr Vormittag. Stets pünktlich, das hatte Martin von seinem Vater. Sie reduzierte die Lautstärke der Stereoanlage und ging zur Tür.
„Guten Morgen."
„Hallo, Martin. Komm herein. Willst du einen Kaffee?"
„Bitte ja."
Christina wies auf die Kartons und Koffer.
„Ich habe es nicht geschafft, wirklich Ordnung zu schaffen, aber immerhin ist so gut wie alles hier beisammen."
Christina verschwand in der Küche und hantierte an der Kaffeemaschine.
„Gab es Probleme in der Schule?"
„Nein, gar nicht. Mama hat beim Direktor angerufen."
Martin war siebzehn Jahre alt und besuchte die Höhere Technische Lehranstalt Steyr. Der Vater hatte seinen Sohn nie gedrängt, diese Schule zu besuchen, war aber sehr froh, als dieser sich mit vierzehn Jahren für die Ausbildung zum Ingenieur entschieden hatte.
„Wie geht es ihr?"
„Den Umständen entsprechend. Sie war schon ziemlich schockiert."
Christina servierte auf einem Tablett zwei Tassen Kaffee, ein Kännchen Milch und einen Zuckerstreuer. Auf einen Teller hatte sie ein paar Kekse gelegt.
„Das glaube ich. Und du, wie geht es dir?"
Martin zeigte einen verzwickten Gesichtsausdruck. Die beiden setzten sich an den Wohnzimmertisch und rührten Zucker in den Kaffee.
„Scheiße eigentlich. Ich bin voll unten durch."

Christina verbiss sich einen Weinkrampf. Sie atmete tief durch. „Nimm, was du willst. In den großen Kartons sind die Anzüge, die Schuhe sind in der Bananenschachtel, die Hemden im Koffer."

Martin saß regungslos da und starrte auf die Kartons und Koffer. Eine Weile lag Schweigen im Raum.

„Ich kann die Klamotten von Papa nicht tragen. Das geht einfach nicht."

„Kann ich verstehen."

„Ich weiß nicht, was wir mit den Sachen machen sollen."

„Wenn du sie nicht willst, verschenke ich alles."

Christina hatte längst beschlossen, die Kleidung, sofern Martin sie nicht wollte, an Sozialeinrichtungen zu verschenken. Obdachlose und Flüchtlinge würden mit großer Dankbarkeit erstklassige Hosen und Hemden, Socken und Pullover nehmen. Christina fand es tröstlich, sich vorzustellen, wie sich ein alter Obdachloser in einem hervorragenden Anzug um einen Teller Klostersuppe anstellen oder wie sich ein bettelarmer Kriegsflüchtling aus dem Nahen Osten oder Afrika in einem schicken Blouson und eleganten Lederschuhen um einen Job als Zettelverteiler bewerben würde.

„Die Uhr von Opa möchte ich gerne haben. Und das Fernrohr. Geht das?"

„Selbstverständlich."

Christina erhob sich und holte eine Schatulle. Wilhelm hatte eine kleine, aber feine Sammlung von Armbanduhren besessen. Die Armbanduhr von Friedhelm Kayserling besaß den größten sentimentalen Wert sowohl für den verstorbenen Sohn als auch den jugendlichen Enkel des Mannes. Christina klappte die Schatulle auf.

„Nimm bitte alle sieben Uhren. Ich kann ja doch nichts damit anfangen."

Martin griff in die Schatulle und nahm die Uhr seines Großvaters in die Hand.
„Willi hätte bestimmt gewollt, dass du die Uhren bekommst."
„Wahrscheinlich."
Der junge Mann legte die alte Armbanduhr um sein Handgelenk.
„Was geschieht jetzt mit der Firma?", fragte Martin.
„Es gibt ein Testament."
„Liegt das beim Notar?"
„Ja. Aber dein Vater hat eine Kopie in seinen Papieren. Willst du es sehen?"
Martin verzog das Gesicht.
„Nein. Also jetzt nicht. Später vielleicht."
Christina griff zu den Keksen.
„Du hast recht. Später vielleicht."

100

Der Gestank war fast nicht zu ertragen. Männer, denen es nicht einfiel, sich mithilfe der bescheidenen, aber immerhin vorhandenen Sanitäreinrichtungen sauber zu halten, stanken. Auch er selbst stank, und das schon nach zwei Tagen in Haft.
In der Zelle befanden sich zwei Schwarzafrikaner, zwei Nordafrikaner, ein Sizilianer und ein Österreicher, sechs Männer auf engstem Raum, und keiner von ihnen dachte daran, sich ausreichender Körperpflege zu widmen. Die vier Afrikaner, weil sie fürchteten, in der nächsten Sekunde aus der Zelle geholt und in ein Flugzeug gesteckt zu werden, dabei hatten sie unter Lebensgefahr ihre Heimatländer verlassen, hatten all ihren bescheidenen Besitz gegeben, um nach Europa zu kommen, waren irgendwie straffällig geworden, vielleicht weil sie einen

Sack Kartoffeln gestohlen hatten, vielleicht weil sie mit dem Straßenverkauf von Drogen ein paar Cent verdienen wollten oder mussten, vielleicht weil sie in einem verzweifelten Streit einem anderen Mann die Nase gebrochen hatten. Die jungen Männer hatten es immerhin bis in eine große europäische Metropole geschafft, aber lange würden sie nicht mehr in ihr verweilen können. Der Sizilianer wusch sich nicht, weil dieser sozial völlig derangierte Mann sich nie ordentlich wusch, weil er gar nicht wusste, warum er wieder in ein Gefängnis gesteckt worden war, und auch nicht mehr wusste, in wie vielen Gefängnissen er schon auf den nächsten Freigang und somit die nächste dumme kleine Straftat gewartet hatte. Und der Österreicher wusch sich nicht, weil er darin keinen Sinn sah.
Gottfried lag auf seinem Bett und bewegte sich nicht. Er lauschte dem Sprachklang der dunkelhäutigen Männer. Ihre Stimmen klangen schön, tief, männlich, von subkutaner Existenzangst durchwirkt, die Melodik war faszinierend. Gottfried hatte keine Ahnung, in welcher Sprache sie redeten, er wusste auch nicht, aus welchem Land sie kamen. Ghana, Nigeria, Kamerun, es war ihm einerlei. Das Einzige, was er hätte tun können, war, ihnen die Köpfe einzuschlagen. Damit sie ihn mit ihrer schönen Sprache nicht pausenlos störten. Aber dazu hätte er sich erheben müssen.
War das die Gerechtigkeit? Eine muffige Zelle? Ein durchhängendes Bett? Gottfried dachte an Barbara, die Teller in den Geschirrspüler schlichtete und danach den Staub saugte. Er dachte an Heiner, der versunken in einem Kunstbuch schmökerte. Er dachte an Jens, der kräftig in die Pedale seines Fahrrades trat. Und er dachte an Adna, die trotz der kühlen Temperatur im Atelier ihre Kleider von Leib strich und die gewünschte Pose einnahm, auf dass er ihre Formen vor Augen gegen den Marmorblock schlagen konnte. Der Tod war eine

beständige Verhöhnung des Lebens und doch dessen unausweichliches Ziel.
Er hatte die Speisen, die man ihm vorgesetzt hatte, kaum angerührt und dennoch fühlte er keinen Hunger. Er fühlte einzig und allein die graue Zukunft, die sich unablässig auf ihn zuschob, ihn schon gepackt hatte und gefangen hielt.
Aber ja, das war die Gerechtigkeit. Tristesse. Immerhin etwas.

DONNERSTAG

101

Christina war beschäftigt. Irgendwie zumindest. Sie hatte der Putzfrau für diese Woche abgesagt und wischte nun selbst den Staub, saugte die Teppiche und reinigte die Sanitäranlagen. Auch war sie mit den Vorbereitungen für die Beerdigung beschäftigt. Doch trotz all der Betriebsamkeit bemerkte sie, wie allein sie eigentlich war, wie verlassen sie sich fühlte. Kein guter Zustand, dieses Fremdsein in der Welt.
Das Telefon klingelte.
„Hallo, Herr Zmugg."
„Guten Tag, Frau Kayserling. Darf ich mich nach Ihrem werten Befinden erkundigen?"
Christina setzte sich an den kleinen Tisch in der Küche.
„Ach, es geht so."
„Ich habe vernommen, dass am Samstag die Beisetzung ist."
„Ja. Zehn Uhr vormittags."
„Selbstredend werde ich mich unter die Trauergäste mischen."
„Sehr nett von Ihnen."
„Ein Selbstverständlichkeit, Frau Kayserling. Die Stadt hat einen ihrer bedeutendsten Unternehmer verloren. Es werden viele Vertreter der Öffentlichkeit anwesend sein."
Christina hörte deutlich, wie bemüht ihr Chef seine Worte wählte. Was beabsichtigte er damit? Dass Franz Zmugg immer irgendetwas im Schilde führte, wusste sie. Was war es diesmal? Sollte Christina bald wieder an ihren Arbeitsplatz zurückkehren? Sollten alle wissen, dass er zu den erlauchten Vertretern der Prominenz der Stadt gehörte? Sollte die attraktive Witwe in noch mannbarem Alter sich seines Interesses sicher sein? Oder tat Christina ihm Unrecht?

„Ich habe viele Beileidsschreiben erhalten. Auch das Ihre. Vielen Dank."
„Das ist doch selbstverständlich. Da ist noch eine Sache, Frau Kayserling."
„Und zwar?"
„Sie waren ja als leitende Ermittlerin im Fall Moorhammer tätig, daher mein Anruf."
„Ich höre."
„Heute Nachmittag, so gegen drei Uhr, wird Gottfried Moorhammer zur Vernehmung bei uns vorgeführt. Die Italiener haben den Auslieferungsantrag schnell bearbeitet, Kollegen der Bundespolizeidirektion sind zu dieser Stunde in Rom und steigen mit Herrn Moorhammer ins Flugzeug. Ich selbst werde als Ihre Vertretung die Vernehmung führen, immerhin ist das ein sehr medienwirksamer Fall, da dürfen keine Fehler passieren. Und aus meiner Sicht wäre es ein Fehler, wenn Sie davon nicht in Kenntnis gesetzt wären. Also, wenn Sie Ihren Urlaub für einen Nachmittag unterbrechen wollen, Frau Kayserling, wäre es vorteilhaft, wenn Sie bei der Vernehmung dabei sind."
Christina verzog anerkennend den Mund. Ihr Chef spielte fair, das musste man ihm lassen. Kurz lag ihr Blick auf der Tageszeitung vom letzten Dienstag, die den Fall Moorhammer auf die Titelseite gebracht hatte.
„Vielen Dank für diese Information, Herr Oberstleutnant. Ich möchte gerne dabei sein."
Franz Zmugg atmete durch.
„Das ist gut! Sie kennen alle Interna des Falles, ich habe gehofft, Sie würden zustimmen."
„Natürlich."
„Also, wie gesagt, gegen drei Uhr nachmittags ist die Vernehmung angesetzt."

„Ich werde da sein."
„Bis später, Frau Kayserling."
„Bis später."
Wieder Mord und Totschlag. Warum arbeitete sie eigentlich nicht als Floristin in einem Blumenladen?

102

Er wusste gar nicht, wie viele Flugreisen er in seinem Leben gemacht hatte. Er hatte so viele Städte gesehen. New York und Tokio, Barcelona und Warschau, Berlin, Frankfurt und Stuttgart, natürlich Paris, immer wieder Rom, auch Bangkok, Mumbai und Melbourne, all diese Städte hatte er besucht, in manchen sogar ein Weilchen gelebt. Und jetzt war er auf dem Weg nach Steyr. Immerhin das hatten die drei wortkargen Polizisten, die ihn auf seiner wahrscheinlich letzten Flugreise begleiteten, durchsickern lassen. Gottfried kannte die Justizanstalt Garsten vor den Toren von Steyr nur von außen, vom Vorbeifahren. Sein neues Zuhause.
Das Flugzeug zog eine Kurve und nahm Anflug auf den Flughafen Wien Schwechat. Diesmal würden keine Kunstliebhaber und Kulturfunktionäre ihm einen warmen Empfang bereiten, sondern diesmal würde der Empfang von grimmigen Wachmännern weitaus kühler ausfallen. Keine Luxuskarosse würde ihn in ein erstklassiges Hotel bringen, sondern ein Polizeitransporter würde ihn in die Untersuchungshaft befördern.
Gottfried wischte sein Denken leer. Es konnte nicht schaden, sich in dieser Tätigkeit zu üben.

103

„Sind wir so weit?“, fragte Oberstleutnant Zmugg in die Runde. Einhelliges Nicken. Christina nahm die Tasse zur Hand.

„Also, Frau Kayserling, dann wollen wir.“

Franz Zmugg klemmte eine Aktenmappe unter seine Achsel und marschierte voran, Christina und zwei weitere Kriminalbeamte folgten. Die beiden Kollegen würden die Vernehmung von außen beobachten und eine Videoaufzeichnung anlegen.

Zmugg öffnete, ohne zu klopfen, die Tür zum Vernehmungsraum. Gottfried hob seinen Blick. Zmugg klatschte die Mappe auf den Tisch und setzte sich grußlos und mit grimmiger Miene auf einen der beiden freien Stühle. Es war im Vorfeld nicht nötig gewesen, eine Rollenverteilung zu besprechen, vielmehr war völlig klar gewesen, dass Franz Zmugg den taffen Bullen geben würde.

„Guten Tag, Herr Moorhammer. Ich habe mir gedacht, dass Sie vielleicht eine Tasse Kaffee wollen.“

Christina stellte die Tasse vor Gottfried ab.

„Danke sehr, Frau Kayserling.“

Fast ein wenig gierig nahm Gottfried einen Schluck. Guter Kaffee, sehr gehaltvolle Bohnen. Eine Wohltat. Christina vermerkte, dass er sich ihren Namen gemerkt hatte. Franz Zmugg schob mit einer kleinen Handbewegung seine Brille zurecht.

„Ich möchte ein Geständnis ablegen.“

Zmugg hob seine Augenbrauen. Seine sorgsam zurechtgelegte Strategie, den Mann in die Mangel zu nehmen, war mit einem Mal obsolet.

„Wir sind ganz Ohr.“

„Ich habe drei Menschen getötet.“

„So viel wissen wir auch.“

„Nennen Sie die Namen der Personen“, forderte Christina.

„Jens Tillmann, Barbara Satzberger und Heiner Schweiger."
„Warum haben Sie Jens Tillmann erschossen?", fragte Christina.
Gottfried holte tief Luft.
„Weil er Adna in den Wasserfall gestoßen hat. Ich war von Sinnen, ich war wahnsinnig vor Wut, ich bin in eine Art Blutrausch geraten. Also habe ich das Jagdgewehr aus Heiners Sammlung gestohlen und habe Jens aufgelauert. Ich wusste ja, wo ich ihn treffen konnte. Jens war in seinen Gewohnheiten sehr strikt, ja fast sogar pedantisch. Ich habe angelegt und geschossen. Es ist mir leichtgefallen. Übrigens, das Gewehr finden Sie auf dem Dachboden meines Hauses. Ich habe es unter alten Teppichen versteckt."
„Wir haben das Gewehr schon gefunden und ballistisch untersuchen lassen", warf Zmugg ein.
„Natürlich, die Polizei geht methodisch vor."
„Können Sie sich erklären, weshalb Frau Sriti spätnachts in den Wald gelaufen ist?", fragte Christina.
„Jens hat ihr nachgestellt. Das habe ich lange gewusst. Ich habe sie immer wieder vor seinen Zudringlichkeiten in Schutz nehmen müssen."
Christina verschränkte die Arme.
„Herr Moorhammer, wir haben eindeutige Beweise, dass Frau Sriti und Herr Tillmann eine Beziehung unterhalten haben."
Gottfrieds Lippen waren blutleer.
„Eindeutige Beweise? Was sind das für Beweise?"
„Das werden Sie vor Gericht schon noch erfahren. Haben Sie von dieser Beziehung gewusst?"
„Gewusst? Ich habe es geahnt, ich habe es befürchtet, ich habe es instinktiv gewusst."
„Warum sollte Herr Tillmann Frau Sriti in den Wald verfolgen und sie in den Wasserfall stoßen?"

„Ich kann nur Vermutungen anstellen. Wahrscheinlich wollte sich Adna von Jens lossagen, er wollte das nicht hinnehmen und wurde handgreiflich. Er hat sie getötet. Heiner hat gesehen, wie Jens aus dem Wald gerannt, auf sein Motorrad gestiegen und wie ein Verrückter davongefahren ist."
„Herr Schweiger hat Ihnen von dieser Beobachtung erzählt?"
„Für Heiner und mich war klar, dass Jens Adna getötet hat. Deswegen nahm ich Rache. Ein Wahnsinn hat mich gepackt."
Christina überdachte das Gesagte.
„Leider können wir Herrn Schweiger nicht mehr befragen."
„Warum haben Sie Frau Satzberger und Herrn Schweiger getötet?", fragte Zmugg.
„Ich habe die Kontrolle verloren. Wie gesagt, es war ein Wahnsinn, ein gefährlicher Wahnsinn, ein tödlicher Wahnsinn. Barbara ist in den letzten Monaten immer verrückter geworden. Sie hat mich bespitzelt, sie hat mich belauert, sie hat mir nachgestellt. Und sie hat Adna von der ersten Sekunde an gehasst und dieser Hass ist mit jeder Sekunde noch gewachsen. Sie hat es nicht verwunden, dass wir einander innig geliebt haben."
„So innig dürfte die Liebe von Seiten Frau Sritis nicht gewesen sein, wenn sie nebenher ein Verhältnis unterhalten hat", meinte Zmugg.
Gottfried lächelte ein wenig spöttisch.
„Jetzt sind Sie spießig, Herr Inspektor. Strikte Treue ist keine Eigenschaft, die ich je von einer Frau verlangt habe, und auch nie von mir selbst."
„Und Heiner Schweiger? Warum haben Sie ihn erschossen?", hakte Christina nach.
„Weil es mir gerecht erschien. Weil ich reinen Tisch gemacht habe. Weil auch er Jahr und Tag wie ein Egel mein Blut gesaugt hat. Heiner war in Wahrheit ein widerlicher Parasit. Als ich genug Kraft gehabt habe, alle, die das wollten und brauch-

ten, mitzuschleppen, habe ich es getan. Ich habe meine Kräfte nie kleinlich geschont, ich habe aus dem Vollen geschöpft, ich habe meine Lebensenergie um mich geworfen. Ich habe mich, wie ich jetzt feststellen muss, dabei verschlissen und verausgabt. Als Jens Adna, meinen Leitstern, meinen Engel des Himmels, meine Morgensonne und mein Abendrot, getötet hat, ist alles in mir zusammengebrochen. Wie gesagt, es war ein böser Wahnsinn, in den ich gefallen bin."

Christina strich in einer kleinen Geste über die Tischkante. Sie dachte nach. Gottfried beobachtete sie genau.

„Ich kenne Ihren Mann, Frau Kayserling."

Christina streckte den Rücken.

„Ach ja?"

„Ja. Ich bin ihm einmal begegnet. Nicht bei einer Ausstellung, sondern bei einer Bergwanderung, die vom Wirtschaftsbund veranstaltet wurde. Oder war es der Alpenverein? Ich weiß es nicht mehr genau. Das ist schon ein paar Jahre her. Auf jeden Fall waren da einige Wirtschaftsleute der Region in den Bergen. Richten Sie bitte Ihrem Gatten liebe Grüße aus."

Christinas Miene war wie aus polierter Bronze.

„Herr Kayserling ist hier nicht das Thema", fuhr Zmugg hart dazwischen.

Gottfried runzelte die Stirn. Er fühlte eine Verunsicherung im Raum.

„Habe ich etwas Falsches gesagt? Leben Sie etwa in Scheidung?"

„Wir reden hier über Ihre Taten, Herr Moorhammer, über nichts anderes", beharrte Zmugg lautstark.

Christina war ihm dankbar, dass er sich schützend vor sie stellte.

„Früher oder später werden Sie es ja doch erfahren", sagte Christina, ohne zu wissen, warum sie es tat. „Wilhelm und ich

sind schon geschieden, und zwar durch den einzigen Grund, der für unsere Ehe möglich war. Er ist am Samstagnachmittag nach zwei Gehirnschlägen innerhalb kurzer Zeit verstorben."
Gottfrieds Mund klappte auf. Er stellte die Kaffeetasse ab und schaute betreten in eine Ecke. Erst jetzt fiel ihm auf, dass die Frau Inspektor ganz in schwarz gekleidet war.
„Mein Beileid."
„Danke."
„Der Tod ist den Lebendigen scheinbar so fern, die Gewissheit, am nächsten Morgen wieder eine Welt voll Sonnenschein, Regen, Schnee und Kindergelächter zu erleben, ist so manifest und klar, dass man in den meisten Augenblicken des Lebens nicht an die Vergänglichkeit denkt. Und doch ist es da, das Jenseits, und ragt immerzu fordernd in das Diesseits. Jederzeit kann einen die kalte Hand des Todes umfassen und in die Dunkelheit ziehen. Mein Mitgefühl haben Sie, Frau Kayserling, das haben Sie wirklich."
Christina konnte es nicht verhindern. Der Tonfall, die Wortwahl und die tiefe Traurigkeit in den Augen Gottfried Moorhammers berührten sie. Sie sah es ihrem Vorgesetzten an, dass er über den Verlauf des Gespräches alles andere als erfreut war.
„Zurück zum Thema."
„Vielen Dank, dass Sie mich gerettet haben, Frau Kayserling", sagte Gottfried.
„Was meinen Sie damit?"
„Ich habe mit meinem Leben abgeschlossen, ich war bereit für den Tod. Und ich hätte es getan, da können Sie sich sicher sein. Ich hätte nicht gezögert. Aber die Polizisten in Rom haben es verhindert. Und letztlich haben Sie diese Männer geschickt. Also haben Sie mein Leben gerettet. Meine Zukunft wird düster und grau sein, Gefängnismauern und Gitter werden mich umgeben. Und es ist gerecht. Es ist gut so. Wissen Sie, Frau Kay-

serling, dass ich in der letzten Woche ein Talent in mir erweckt habe, dass bislang unentdeckt in mir geschlummert hat? Das Talent zum Töten. Sie müssen mich einsperren, Frau Inspektor, Sie müssen die Menschen vor mir schützen, ich bin gefährlich, ich bin nicht zurechnungsfähig. Ich habe es dreimal getan, ich kann es wieder tun. Das müssen Sie verhindern."

Christina und Franz Zmugg wechselten einen Blick

„So soll es sein und so wird es sein", brummte Zmugg.

„Ich bin jetzt bereit."

Für ein Weilchen lag Stille im Raum.

„Ich habe noch eine Frage."

„Welche Frage, Frau Inspektor?"

„Warum waren Sie mit Ihrer Tochter und deren Freund in Italien? Warum haben Sie den beiden Geld gegeben? Warum haben Sie die beiden außer Landes gebracht?"

„Ich wollte den beiden ein Vergnügen bereiten, ich wollte sie vor der Hölle bewahren, in die ich gefallen bin. Ihr Vater ist ein Mörder, das ja, aber nicht ein Mörder aus Berechnung und Gier, sondern einer aus wahnsinnig gewordener Leidenschaft, und dennoch soll sie ihren Vater als Menschen mit Verantwortung in Erinnerung behalten, als jemanden, der ein Leben lang für seine Fehler und Dummheiten zu bezahlen bereit war. Deshalb gestehe ich die Taten. Ich bin kein Gangster, Frau Kayserling, ich bin ein einfacher Bauernbub aus den Bergen, den das Leben hin und her geworfen hat."

Christina horchte genau in die Aussage.

„Irgendetwas verheimlichen Sie uns, Herr Moorhammer."

„Nein."

„Doch."

„Ich habe Ihnen alles erzählt."

„Der Fund des Armreifens gibt mir zu denken."

„Was meinen Sie?"

„Wir haben Fingerabdrücke von Clemens Jindrich auf dem Armreifen gefunden."
„Haben Sie das?"
„Allerdings. Wenn Ihre Tochter im Lande wäre, könnten wir ermitteln, ob ihre Fingerabdrücke auch drauf sind."
„Bestimmt sind sie drauf. Adna hat Jasmina und Clemens ihren Schmuck gezeigt. Das war am Abend knapp nach Beginn des Geburtstagsfestes. Sie ist mit den beiden in ihr Zimmer gegangen, dort hat sie ihren Schmuck gezeigt."
„Das wissen Sie mit Gewissheit?"
„Natürlich. Ich habe es mit eigenen Augen gesehen."
Christina schüttelte den Kopf.
„Ihre Geschichte klingt stimmig, alles passt zusammen, trotzdem glaube ich, dass Sie in irgendeinem Punkt lügen."
„Ich lüge nicht, wenn ich Ihnen sage, dass ich drei Menschen getötet habe und jetzt die gerechte Strafe dafür erhalten will. Das ist die reine Wahrheit, das können Sie mir glauben, Frau Kayserling."
Christina legte ihre Hände auf die Tischplatte.
„Danke, dass Sie kooperativ und geständig sind, Herr Moorhammer" sagte Zmugg und erhob sich. „Frau Kayserling, folgen Sie mir bitte."
Die beiden ließen Gottfried zurück. Zmugg führte Christina auf den Gang und ging mit verbissener Miene einmal auf und ab.
„Das war jetzt aber sehr unkonventionell, Frau Kollegin. Fast hätte ich gesagt, unprofessionell."
Christina zuckte mit den Schultern.
„Tut mir leid, Herr Oberstleutnant. Nach Professionalität ist mir derzeit nicht zumute."
Franz Zmugg seufzte.
„Also gut, ich mache hier jetzt weiter. Danke, dass Sie sich die Zeit genommen haben."

Er reichte ihr die Hand und verschwand wieder im Vernehmungsraum.
Christina holte die Handtasche aus ihrem Büro und verließ das Polizeikommando. Sie schlenderte durch die Altstadt Steyrs. Eine Weile stand sie auf der Ennsbrücke und schaute zu den ineinanderfließenden Flüssen hinab.
Hatte sie noch irgendetwas sagen wollen? Sie schüttelte den Kopf. Nein. Alles war gesagt. Manche lebten noch, andere waren tot. Der Frühling kam mit morgendlichem Leichtsinn und ging mit abendlicher Schwermut. Nichts blieb, alles bewegte sich, was heute noch Sicherheit gab, war morgen in unbekannte Ferne gespült, was heute noch Leben spendete, verfiel morgen zu Staub. War das gerecht? Christina zuckte mit den Schultern. Gerechtigkeit war kein Modus des Lebens, Gerechtigkeit war eine Idee des Menschen und Ideen konnten an einem Tag großartig erscheinen, am nächsten Tag schon peinlich und dumm. Die Menschen kamen und gingen, was blieb, waren das Wasser, die Sonne und die im Wind ziehenden Wolken. Das reichte in Wahrheit auch.
Leichter Regen setzte ein.

ISBN 978-3-222-13480-7

styria

Wien – Graz – Klagenfurt

Bücher aus der Verlagsgruppe Styria gibt es
in jeder Buchhandlung und im Online-Shop

styriabooks.at

Lektorat: Rainer Lendl
Buchgestaltung und Layout: Maria Schuster
Covergestaltung: Bruno Wegscheider
Coverfoto: Ben Siegel, Copyright 2001,
Steinskulptur: „Die Haarnadel", www.siegel-kunst.com

Druck und Bindung:
Druckerei Theiss GmbH, St. Stefan im Lavanttal
7 6 5 4 3 2 1
Printed in Austria